TEODORA KOSTOVA
BESTSELLER DA AMAZON

Num piscar de Olhos

Copyright© 2013 Teodora Kostova
Copyright da tradução 2015© Editora Charme

Todos os direitos reservados. Nenhuma reprodução, cópia ou transmissão desta publicação pode ser feita sem a permissão por escrito da autora. Nenhum parágrafo desta publicação pode ser reproduzido, copiado ou transmitido sem a permissão por escrito da Editora Charme.

2ª Impressão 2015

Produção Editorial - Editora Charme
Tradução - Ingrid Lopes
Revisão - Andrea Lopes e Cristiane Saavedra
Edição e adaptação de texto - Andréia Barboza
Foto - Depositphotos
Criação e Produção Gráfica - Verônica Góes

Este livro segue as regras da Nova Ortografia da Lingua Portuguesa.

CIP-BRASIL, CATALOGAÇÃO NA PUBLICAÇÃO
SINDICATO NACIONAL DE EDITORES DE LIVROS, RJ

Kostova, Teodora
Num piscar de olhos /Teodora Kostova
Titulo Original - In a Heartbeat
Editora Charme, 2015.

ISBN: 978-85-68056-11-0
1. Romance Estrangeiro

CDD 813
CDU 821.111(73)3

---

www.editoracharme.com.br

TEODORA KOSTOVA
BESTSELLER DA AMAZON

Num piscar de Olhos

Tradução: Ingrid Lopes

"Viver é a coisa mais rara do mundo, a maioria das pessoas apenas existe, isso é tudo."

Oscar Wilde

Prólogo

— Não, Eric, ainda não começou! O início da partida será em meia hora, você sabe disso. — Stella revirou os olhos, ainda que seu irmão não pudesse vê-la pelo telefone. Como maníaco por futebol que era, ele tinha ido a um jogo mais cedo, com seu pai e seu tio, e agora eles estavam correndo de volta para casa, porque seu amado *Liverpool* iria jogar contra o *Man U* em vinte e cinco minutos.

— Tá bom, te vejo daqui a pouco. Tchau.

Ela desligou e sorriu. Mesmo seu irmão sendo quatro anos mais velho, ele nunca a tratou como uma garotinha mais nova. Eric sempre a levava com ele – quando a idade permitia, é claro. Aos quatorze anos, ela ainda não podia ir a algumas das festas dos seus amigos, mas ele, de bom grado, a levava quando iam aos jogos de futebol, shows, boliche ou apenas sair.

Stella não tinha muitos amigos. As garotas da sua idade eram chatas – falavam o tempo todo de garotos, maquiagem e roupas. Nenhum desses assuntos estava na lista de interesses de Stella. Ela preferia sair com os amigos de Eric, que a adotaram como um deles. A única garota que ela se dava bem era sua prima Lisa. Stella teria gostado de passar a tarde com ela, mas, estranhamente, a prima tinha recusado a oferta, dizendo que tinha muita lição de casa para fazer. Stella suspeitou que havia um garoto envolvido em algum lugar em meio a toda essa lição de casa, mas havia decidido não pressionar sua prima por respostas. Lisa diria a ela quando estivesse pronta. O que Stella esperava, e rezava, era que sua prima não se transformasse numa daquelas garotas chatas que desenham corações nos cadernos com uma expressão sonhadora no rosto.

Risos ecoaram no corredor, quando sua mãe e sua tia entraram pela porta da frente. Elas tinham aproveitado que os meninos estavam no futebol e tiveram um dia de garotas no shopping. Stella tinha educadamente se recusado a ir com elas, porque fazer as unhas e andar de loja em loja por horas a fio não era sua ideia de divertimento. Ela também não quis ir com Eric e seu pai para o jogo do *Fulham* x *Charlton*, porque só havia três ingressos e ela sabia que o tio Gordon gostaria de ir. E tinha razão – o rosto dele se iluminou quando ela lhe ofereceu o ingresso.

Num piscar de Olhos   5

Tendo a casa só para si, ela tinha se envolvido com um livro e uma xícara de chocolate quente e o tempo tinha voado.

— Ei, docinho. O que você está fazendo? — O cheiro que era a marca registrada de sua mãe encheu a sala, enquanto ela entrava carregando uma tonelada de sacolas, com a tia Niki bem atrás dela, também segurando um monte de sacolas em ambas as mãos.

— Oi, mãe. Nada de mais. Só lendo.

— Os garotos ainda não chegaram em casa?

— Não. Eric ligou. Estão a caminho.

— Bom. Venha, Nik, vamos colocar isso lá em cima antes de Bradley chegar em casa e ter um ataque cardíaco.

— E eu, Helen? Onde devo esconder as minhas do Gordon?

— Vamos colocar tudo no armário; vamos contrabandeá-las mais tarde, enquanto eles assistem ao jogo.

Suas risadas seguiram pelas escadas e logo Stella ouviu a porta do quarto de sua mãe se fechar.

Nicole Elliott, também conhecida como Niki, era a melhor amiga de sua mãe desde que se conheceram em uma convenção médica em Milão, há mais de vinte anos. Quando Niki conheceu Gordon, ela apresentou Helen ao seu irmão, Bradley, e tinha sido amor à primeira vista. Os quatro eram inseparáveis desde então.

Os Elliotts viviam na mesma rua e passavam quase todas as noites juntos. Eram uma grande família, pronta para apoiar e cuidar uns dos outros em seus altos e baixos.

Não, muitas pessoas não tinham tanta sorte, Stella pensou.

Sua mãe não só tinha encontrado uma amiga para toda a vida em Niki, como tinham construído suas vidas juntas e eram mais próximas do que irmãs.

Stella olhou para o relógio; eram cinco horas. A partida começaria a qualquer momento, então, ela ligou a TV. Se Eric não chegasse em casa em trinta segundos, perderia o início da partida e ela não queria passar dias ouvindo lamentações sobre isso. Revirando os olhos mais uma vez, ela deixou o livro sobre a mesa de café e foi até a janela verificar se o carro estava estacionando na garagem. Nada. Nada de carro. Nada de Eric.

O toque do telefone fixo a assustou. Ninguém mais ligava no telefone fixo. Talvez o sinal de rede tivesse caído e Eric estivesse pirando por estar atrasado. Suspirando, ela foi atendê-lo, esperando ouvir a voz em pânico de seu irmão. No entanto, ela não reconheceu o número que piscava na tela.

— Alô?

— Alô, é a Sra. Quinn? — perguntou uma voz feminina educada.

— Não, é a Srta. Quinn, filha dela.

— Srta. Quinn, chame sua mãe, é urgente. — A voz era calma, mas insistente.

Os sinos de alerta interno de Stella começaram a tocar tão alto que ela mal ouviu as palavras seguintes que viajaram pela linha. — Houve um acidente. Sua mãe precisa vir para o Hospital St. George imediatamente.

E assim, num piscar de olhos, a vida delas mudou para sempre.

Dois meses mais tarde

— Por favor, não faça isso, Niki. *Por favor.* — A voz suplicante de Helen parecia como se alguém estivesse cortando direto através do coração de Stella.

— Me desculpe, mas não consigo mais ficar aqui. Sinto muito, Helen, mas eu simplesmente não consigo. Vamos embora em uma semana.

Niki respirou profundamente, sua própria voz trêmula. Elas estavam em pé no meio da sala de estar, uns sessenta centímetros as separava, e, ainda assim, parecia que havia um continente inteiro entre elas.

Em breve, haverá, Stella pensou.

Depois que seu pai, seu tio e Eric morreram naquele acidente de carro há dois meses, nada tinha sido igual. Niki estava completamente perdida. Ela e Lisa tinham se mudado para um hotel e venderam tudo o que possuíam – casa, carro, móveis, roupas. Apesar dos melhores esforços de Helen para chegar até sua amiga, Niki tinha se fechado completamente. Elas nem sequer se falavam mais. Este encontro entre elas foi o primeiro em semanas, e ela só tinha vindo para se despedir pessoalmente.

Ela e Lisa estavam se mudando para a Itália. Niki tinha amado aquele país desde que passou um ano estudando na Universidade de Gênova, fazendo intercâmbio. Lisa foi forçada a estudar italiano desde a tenra idade e, para não ficar para trás, Stella tinha se juntado às aulas particulares de sua prima. Assim, sem qualquer barreira linguística e com alguns amigos esperando por elas, era o lugar perfeito para irem e tentarem reconstruir suas vidas.

Sentada no degrau mais alto da escada, de modo que sua mãe não podia vê-la, Stella enxugou as lágrimas e tentou se sentir feliz por elas. Elas iam ficar bem. Depois de tudo o que tinham passado, era, de alguma forma, reconfortante pensar que pelo menos elas duas ficariam bem.

Niki saiu sem abraçar Helen. Ela nem sequer apertou sua mão ou falou algo. Qualquer coisa. Sua mãe conseguiu manter-se firme até sua melhor amiga sair pela porta, mas, no momento em que ouviu o som suave da fechadura trancar, ela caiu para trás no sofá e começou a chorar. Seus soluços eram tantos e tão altos que ela não conseguia respirar.

Stella correu pelas escadas e abraçou o corpo frágil de sua mãe com seus braços magros.

— Ssshh, tudo bem, mamãe. Você ainda tem a mim. Podemos passar por isso.

Um soluço ainda mais alto escapou dos lábios de Helen.

— Você está me ouvindo? Nós vamos conseguir.

Stella não tinha certeza se ela estava tentando convencer sua mãe ou a si mesma, mas isso não importava. Eram apenas elas duas agora.

Uma semana mais tarde

Stella não estava pronta para ver Niki. Ainda não. Mesmo que ela compreendesse as razões por trás de sua decisão e lhe desejasse o bem, Niki não era a única que tinha perdido alguém que amava. Sua mãe havia perdido o marido e o filho – e agora tinha perdido sua melhor amiga também. Stella sabia que Helen ficaria bem com o tempo; sua mãe era uma pessoa forte e nunca fugia das responsabilidades ou dos problemas. Sua filha era a única coisa que lhe restava, e Stella tinha toda certeza do mundo de que seria forte por ela.

Elas ficariam bem.

Stella tinha certeza de que um dia seria capaz de perdoar Niki por deixar sua melhor amiga no pior momento de sua vida, mas não ainda.

No entanto, ela sentiria falta de sua melhor amiga loucamente.

— Oi — disse Stella quando Lisa abriu a porta. Sua prima sorriu tristemente e afastou-se da soleira, convidando-a a entrar. As duas garotas se abraçaram quando a porta se fechou atrás delas e ficaram assim por um longo tempo.

Quatro anos mais tarde

— Eu sinto muito — disse o médico, por trás dos óculos sem aro.

Lágrimas derramaram-se dos olhos de Helen quando ela olhou para a filha. Stella tinha apenas uma coisa em sua mente: o que sua mãe tinha feito de tão ruim para perder o marido e o filho, e agora sua filha ser diagnosticada com câncer no fígado? Por que ela estava sendo punida de forma tão cruel? Helen Quinn era a pessoa mais sensível, atenciosa, carinhosa, honesta e responsável do mundo. Como médica clínico-geral, ela ajudava as pessoas diariamente;

como mãe, amava e apoiava sua única filha em tudo o que fazia e tinha ajudado as duas a colocarem suas vidas de volta nos trilhos.

Até hoje, elas quase podiam afirmar que a vida delas era boa. Elas haviam aceitado e lidado com as consequências do acidente e se sentiam quase normais. Stella tinha terminado o ensino médio e estava ansiosa para seu ano sabático e por escolher uma faculdade depois disso. Helen começou a sorrir de novo, mesmo que houvesse uma sombra constante atrás de seus olhos azuis. Elas saíam para jantar, para a casa de amigos, para o cinema, para fins de semana de "garotas".

Há uma semana, elas haviam descoberto que o motorista bêbado que tinha esmagado o carro de seu pai e matado três pessoas estava fora da prisão. Sua sentença tinha sido uma piada, para começar, mas isso era ridículo – ele foi condenado a pagar uma multa de duas mil libras e oito anos de prisão, mas cumpriu apenas quatro. Aparentemente, isso era o quanto a vida de três pessoas valia: duas mil libras e quatro anos em uma prisão de luxo, com TV, um console de jogos e um telefone celular ao alcance das mãos.

Depois de ouvir sobre a libertação antecipada do motorista, Helen tinha se trancado em seu quarto e chorado por horas. Stella, por outro lado, estava cega pela raiva. Ela fez algo do qual não se orgulhava e agora estava sendo punida por sua decisão.

— Há uma boa notícia, no entanto. — A voz calorosa do médico arrastou Stella para longe de seus pensamentos sombrios. — Felizmente, nós encontramos o câncer em uma fase muito precoce, o que significa que, se operarmos de imediato e seguirmos com um ciclo de quimioterapia, você tem uma boa chance de um resultado positivo, mocinha. Se pudermos remover tudo, há uma boa chance de que não se espalhe para nenhum outro órgão.

Dez meses mais tarde

— Feliz aniversário, querida! — Sua mãe abraçou-a com tanta força que ela quase arrancou a intravenosa que gotejava na veia de Stella. Helen tinha trazido um balão gigante, que flutuava atrás dela e ocupava quase todo o quarto.

— Obrigada, mamãe. E, a propósito, eu tenho dezenove anos, não seis. — Ela olhou diretamente para o balão prateado em forma de bolo de aniversário.

— Eu não me importo. — Helen beijou a bochecha dela e entregou-lhe a corda do balão, esperando que Stella não apenas aceitasse-o, mas ficasse feliz com isso. A situação toda era tão ridícula que Stella não pôde deixar de rir – ela estava em um quarto de hospital se recuperando da sua segunda cirurgia no fígado, enquanto sua mãe trazia balões para comemorar seu décimo nono aniversário. Uma pessoa mais fraca poderia ficar deprimida com toda a situação, mas não Stella. Ela sempre tentava encontrar o lado positivo por trás de toda a porcaria. Neste caso, ela tinha sua mãe com ela; e ainda estava viva, apesar de ter feito duas cirurgias no ano passado; e, o mais importante, ela tinha um plano para os próximos meses. Um plano que havia compartilhado apenas com Lisa.

Agora, tudo o que Stella tinha que fazer era dar a notícia à sua mãe.

— Olha, mamãe, eu preciso falar com você sobre algo. — Helen vincou as sobrancelhas em uma linha preocupada.

— Não é nada ruim, eu juro. É muito bom, na verdade. — Ela sorriu e sua mãe relaxou e seguiu o exemplo. Reunindo toda a sua coragem, Stella deixou escapar seu plano em uma única respiração: — Eu quero passar o verão em Gênova, com Lisa.

Helen recuou como se tivesse sido atingida com um taco de beisebol. Não era a reação que Stella queria ver, mas era uma que ela esperava.

— Antes de você discordar, deixe-me tentar convencê-la, ok?

Helen balançou a cabeça sem dizer uma palavra e Stella aproveitou o choque momentâneo de sua mãe. — Eu entrei e saí de hospitais nos últimos dez meses. Tive a metade do meu fígado removido e, embora desta vez os médicos estejam muito otimistas de que já removeram todos os tumores, eles não podem ter certeza. Daqui a três meses, eles me querem aqui novamente para um check-up e, se o câncer estiver de volta...

A voz de Stella tremeu e ela fez uma pausa para se recompor. — Há uma boa chance de eu acabar na lista de doadores.

Stella mordeu o lábio e deu à sua mãe a oportunidade de dizer alguma coisa, mesmo que nenhuma dessas informações fosse nova para qualquer uma delas. Quando Helen não falou, Stella continuou:

— Agora, me sinto melhor do que me senti nos últimos meses. Eu sei que a maldita coisa se foi, pelo menos, nesse momento. Apesar disso, eu não posso fazer planos para o futuro: ainda não. Preciso ir para algum lugar onde ninguém me conheça, onde eu possa relaxar e talvez até mesmo esquecer tudo isso por um tempo.

Ela fez um gesto em volta dela e sentiu uma lágrima rolar pelo seu rosto.

Merda, eu prometi a mim mesma que não choraria.

— Um lugar onde eu possa conhecer pessoas que não pensem em mim como a garota que perdeu o pai e o irmão e que agora tem câncer. Quero me divertir, mesmo que seja apenas por alguns meses.

Em algum momento, Helen começou a chorar também, fazendo Stella se sentir incrivelmente mal. Ambas sabiam que tudo o que ela tinha dito era verdade, mas perturbar sua mãe era como esfaquear seu próprio peito com uma faca de cozinha.

— Tudo bem — disse Helen e até abriu um sorriso quando apertou a mão de sua filha.

— Tudo bem? É isso? Após todo esse discurso? — As duas riram em meio às suas lágrimas quando Stella envolveu sua mãe em um longo abraço.

— Tudo o que você disse é verdade, querida — sua mãe começou quando elas se separaram. — E eu acho que é uma ideia realmente boa. Eu sei que você quer ir há algum tempo, mas não pediu porque pensou que eu fosse ficar chateada. — Stella abriu a boca para protestar, mas Helen levantou a mão para cortá-la. — Não tente negar. Você ficou brava com Niki quase tanto quanto eu. O que ela fez não foi justo, não só para mim, mas também para você e Lisa. Eu sei que você queria perdoá-la e visitar Lisa, mas você sentia como se estivesse me traindo de alguma forma.

Como é que ela sabia exatamente como eu me sentia? Stella pensou e seus olhos devem ter refletido a sua pergunta porque Helen continuou:

— Eu sempre sei como você se sente, querida. Você é tão forte e tão responsável. Se não fosse por você, não sei se eu poderia ter...

— Não, mãe, por favor. Não volte a isso. — Helen fechou os olhos para obter controle sobre si mesma antes de falar.

— Você tem que perdoar Niki. Eu perdoei há muito tempo. Essa foi a sua maneira de lidar com a tragédia, assim como permanecer em minha casa e reconstruir a minha vida, para nós duas, foi o meu jeito.

— Por que você não falou com ela, então?

— Eu não sei. Ainda não estou pronta, eu acho. E não sei o que ela pensa sobre isso. Tenho medo de chegar até ela e levar um fora. Tenho medo de que eu seja um lembrete doloroso de seu passado, e talvez ela não queira ser lembrada, de forma alguma.

Stella balançou a cabeça, compreendendo completamente o que Helen estava dizendo. Foi um grande alívio descobrir que sua mãe tinha perdoado Niki; guardar rancor contra alguém era um fardo enorme e Helen não precisava de qualquer peso extra pressionando seu coração agora.

— De qualquer forma, sobre sua viagem, eu acho que é uma ideia maravilhosa. Contanto que Niki concorde, é claro. Você tem que perguntar a ela. Se ela estiver bem com isso, eu também estarei.

— Você tem certeza? Você vai ficar bem aqui sozinha?

— Acho que sim. Acho que precisamos de um tempo separadas, querida. Não me leve a mal, mas temos sido o apoio uma da outra por tanto tempo que talvez seja a hora de descobrir se podemos caminhar por conta própria, por assim dizer.

Capítulo Um

A estação de trem St. Pancras cheirava a bolo fresco e café e ao cheiro doce cítrico que era a assinatura de Helen. Neste momento, este último dominava tudo, porque a mãe de Stella estava abraçando-a com tanta força que ela tinha dificuldade para respirar. Stella ansiava por um gole do mocha que esteve segurando pelos últimos quinze minutos, mas ela não queria afastar sua mãe. Elas não tinham ficado separadas um único dia sequer nos últimos cinco anos, e era natural que Helen estivesse com dificuldades de soltar a sua filha e a deixar partir.

— Tem certeza de que é o que você precisa, docinho? — perguntou Helen, quando liberou a filha de seu abraço.

— Sim, mãe, eu tenho. — Stella tentou manter a calma e não ressaltar que já tinha respondido a essa pergunta três vezes nos últimos vinte minutos.

— Você ainda pode mudar de ideia sobre os planos de viagem. É muito mais fácil conseguir um voo...

— Eu não estou atrás do "mais fácil", mãe — interrompeu Stella. — Eu gostaria de aproveitar a viagem e apreciar um pouco da bela paisagem francesa e italiana. Eu não estou com pressa.

Eu preciso de tempo para tentar reprogramar meu cérebro para pensar que está tudo bem e tudo o que tenho que me preocupar é se tenho bastante protetor solar.

Helen balançou a cabeça quando o sistema de áudio foi ativado e uma voz masculina entediada anunciou a última chamada para o trem Eurostar das 14.03hs para Paris.

— É melhor você ir, meu bem — disse Helen e seus olhos brilhavam com lágrimas. Os olhos de Stella embaçaram e, por uma fração de segundo, perguntou-se se estava fazendo a coisa certa, deixando sua mãe sozinha. *Talvez seja a hora de descobrir se podemos caminhar sozinhas* – as palavras de sua mãe ecoaram em sua cabeça e afugentaram todas as dúvidas.

Num piscar de Olhos   15

No momento em que Stella sentou na poltrona, ela cochilou. A exaustão súbita a oprimiu e, num primeiro momento, por puro instinto, ela pensou que era por causa do câncer. Mas depois, pensando racionalmente, ela percebeu que lhe tinha sido dado o "tudo limpo" há apenas uma semana e ela não tinha se sentido tão bem ou mais fortalecida há meses. Não, não foi o câncer que a fez sentir como se um saco de batatas pesado estivesse em seu peito. Foram todas as emoções pelas quais Stella passou na semana anterior: o exame após a cirurgia; receber a boa notícia; ver o sorriso de sua mãe novamente, mas, em seguida, deixá-la sozinha.

Ela dormiu todo o percurso até Paris. Quando acordou, assim que o trem parou na Gare du Nord, Stella não pôde deixar de sorrir. Metade do saco pesado em seu peito tinha ido embora e ela se sentiu revigorada e... feliz. Enviando uma mensagem de texto para sua mãe para que ela soubesse que chegou à França em segurança, Stella tirou a mala do trem e deu seu primeiro passo sozinha.

E assim, num piscar de olhos, a sua vida mudaria para sempre.

Ela só não sabia disso ainda.

Eram cinco horas em Paris e Stella tinha cerca de três horas antes que precisasse embarcar no Thello, o trem noturno para Milão. Saindo do metrô por uma passarela, ela caminhou até a Gare de Lyon com mais de duas horas de tempo livre. Era muito tempo para apenas sentar e esperar o trem, mas não era o suficiente para dar uma volta pela cidade – especialmente porque teria que puxar a mala atrás dela o tempo todo.

O que eu faço? Ela pensou, assim que seu estômago roncou e a lembrou de que não tinha comido nada desde a confeitaria em St. Pancras.

Como paciente com câncer de fígado, Stella não era fã de fast food, já que precisava tomar cuidado com a sua dieta. Não, nada disso; ela não era mais paciente com câncer de fígado. Nem a garota que havia perdido metade de sua família. Ela era Stella Quinn – prima de Lisa e amiga afastada há anos. Pelo menos por alguns meses.

Vamos tentar de novo – Stella Quinn não era fã de fast food, ou outros alimentos não saudáveis, de qualquer forma. Não só porque ela tinha que tomar cuidado com a dieta, mas porque ela adorava boa comida. Frituras, aromas fortes e sanduíches industrializados não eram a sua praia. Olhando em volta, ela esperava encontrar um lugar decente para sentar e comer, mesmo estando em uma estação de trem. E sabe o quê? Bem à sua direita, havia um restaurante que parecia bastante promissor. Chegando mais perto, Stella viu que se chamava Train Bleu e parecia mais com o Palácio de Versalhes do que com um lugar para comer. A decoração era tão top de linha que ela sorriu com fascínio – só os franceses para terem tal restaurante em uma estação de trem!

Sustentando enormes lustres, tetos altos góticos e enormes desenhos pintados à mão em todas as paredes faziam totalmente valer a pena, de qualquer forma. A comida era requintada. Stella escolheu a refeição mais complicada de pronunciar, apenas para assistir a cara esnobe do garçom produzir uma carranca clássica enquanto lutava com as palavras. *Fricassée de Poulet à l'Ancienne* era, de fato, um bocado difícil de falar, mas acabou por ser tão delicioso que Stella prometeu se lembrar do nome e aprender a pronunciá-lo corretamente. Para a sobremesa, ela fez outra escolha impronunciável – *Croquembouche*. Quando o garçom esnobe trouxe para a mesa, Stella não podia acreditar em seus olhos. Era uma pirâmide de profiteroles caramelados, dentro de uma rede fina de cordas de caramelo entrelaçadas. Era tão lindo que Stella sentiu-se mal por arruiná-lo – até provar o primeiro pedaço e passar os próximos quinze minutos sentindo o gosto do paraíso na boca.

Assim que foi pagar a conta, ela ouviu a primeira chamada para o trem Thello, para Milão. Naquele momento, ela estava extremamente feliz por ter decidido pegar o trem noturno em vez do trem de alta velocidade. A cabine com uma cama que ela havia reservado parecia como o céu após o jantar gratificante que ela tinha acabado de ter.

E foi isso. Stella trancou a porta da cabine, estirou-se na cama e estava dormindo antes que o trem tivesse deixado Paris.

Quando ela acordou, eram quatro horas da manhã. O trem estava se movendo em um ritmo vagaroso e não havia nenhum outro ruído, exceto o suave "choo-choo" dos trilhos. Abrindo as cortinas e olhando para fora da janela, Stella engasgou. O sol não havia nascido ainda, mas o brilho de seus primeiros raios estava lançando luzes sobre a paisagem. Ela não tinha certeza exatamente de onde estavam, mas o cenário era incrível: um vale verdejante, cercado por montanhas que pareciam tão majestosas como algo saído de um conto de fadas.

Ela definitivamente não estava mais no Reino Unido.

Com essa percepção, a última de suas preocupações e dúvidas saiu de seu peito e sua boca se espalhou em um sorriso preguiçoso, que cresceu mais e mais até que seu rosto começou a doer. E, mesmo assim, ela não conseguia parar de sorrir.

Enquanto esperava o nascer do sol, os pensamentos de Stella deixaram sua própria vida em casa e flutuaram em direção ao seu futuro pelos próximos meses. Niki tinha feito muito por ela e Lisa. Usando parte do dinheiro que havia recebido do seguro de vida do marido, bem como da venda de tudo o que possuía em Londres, Niki tinha comprado uma casa em um bairro bom, em Gênova, a uma curta distância do Corso Itália e da praia. Com o resto, ela montou seu próprio negócio quiroprático, que foi muito bem sucedido, e agora ela possuía um pequeno, mas luxuoso, centro de spa.

Niki tinha tentado proporcionar tudo para Lisa, para fazê-la sentir-se segura e inspirá-la a viver sua vida ao máximo, apesar da sua perda terrível. Durante os últimos cinco anos, Stella e Lisa tinham mantido contato via e-mail ou Skype. Sua prima parecia mais feliz e mais contente, conforme tinha passado o tempo. Ela também tinha ficado feliz por Stella conseguir colocar a sua vida de volta nos trilhos, sem as medidas extremas que Niki tinha tomado para elas.

Apesar da distância, as duas garotas tinham permanecido próximas e Lisa era a única pessoa, além de sua mãe, que sabia sobre o câncer de Stella. Lembrou-se tão claramente, como se fosse ontem, do dia em que tinha contado a ela a notícia; Lisa tinha ficado transtornada e chorado. Stella precisou permanecer calma e composta, garantindo à sua prima que ela ficaria bem, em vez do contrário.

A única coisa que Stella tinha pedido era que essa informação permanecesse entre as duas. Nem mesmo Niki poderia saber. Lisa tinha dado sua palavra e feito uma promessa fantasiosa de silêncio que fez as duas rirem através de suas lágrimas.

Stella sentiu um calor no rosto e percebeu que o sol tinha subido até a metade enquanto estava perdida em pensamentos. Era laranja brilhante e suave, acordando o cenário através do qual o trem estava viajando. Ele lembrou-a de Lisa e seu "período laranja", no qual ela tinha sido obcecada por encontrar "a sombra laranja perfeita" para usar em uma de suas pinturas. Levara quatro meses de experiências com cores, e, quando ela finalmente ficou satisfeita com o resultado, sua alegria foi imensa.

A prima de Stella era uma artista extremamente talentosa e não foi uma surpresa para ninguém quando ela escolheu estudar História da Arte na Universidade de Gênova. Ela tinha acabado de terminar o primeiro ano e já estava arcando com muito mais responsabilidades do que uma pessoa de vinte anos de idade deveria. Reconhecendo seu talento, um de seus professores lhe oferecera estágio em sua galeria, assim como a deixaria ajudá-lo em sua aula de arte. Então, ao invés de desfrutar das suas férias de verão, Lisa estava presa em uma galeria quase todos os dias e em um estúdio de desenho na maioria das noites. Mas ela adorava. O entusiasmo com que ela falava sobre a faculdade e seus "empregos" era contagiante, e Stella estava muito feliz por ela.

Lisa se sentiu culpada porque não seria capaz de passar tanto tempo com sua prima como desejava, por causa de seus compromissos. Stella a tinha tranquilizado e dito que ficaria bem por conta própria. Elas passariam o máximo de tempo juntas, que Lisa pudesse, e isso seria ótimo. No entanto, Lisa não tinha ficado satisfeita com essa resposta e prometeu apresentar Stella a todos os seus amigos mais próximos. Os coitados ficariam presos bancando sua babá, enquanto Lisa trabalhava. Nenhuma objeção tinha sido autorizada e, conhecendo bem a teimosia de sua prima, Stella decidiu poupar o fôlego.

Num piscar de Olhos   19

Perdida em seus pensamentos, Stella nem percebeu como o tempo voou. Em um minuto, ela estava olhando para a bela paisagem, e, no próximo, parecia que o trem estava parando na Estação Central de Milão. O trem InterCity para Gênova sairia em menos de uma hora, de acordo com o itinerário de Stella. Ela tinha tempo suficiente para esticar as pernas, comprar uma xícara de café e encontrar seu último trem.

Deixar o trem com ar-condicionado e sair na plataforma da Piazza Principe em Gênova foi um choque. O ar do lado de fora estava mais quente e mais úmido do que o que ela estava acostumada, em qualquer época do ano. Mesmo no verão, o clima de Londres não podia se comparar com nada próximo a calor. Graças a Deus, Lisa tinha avisado a ela o quão quente estaria e a maioria das roupas que Stella tinha levado eram vestidos, shorts e tops. Neste exato momento, ela ansiava por um short. O jeans que usava estava começando a grudar em suas pernas e ela tinha sérias dúvidas de que seria capaz de tirá-lo. Removendo o casaco e dobrando-o sobre a mala, Stella sentiu-se um pouco melhor somente com a camiseta, apesar de isso não ter feito nada para melhorar a situação do jeans.

Ela chegou a Gênova às nove e meia. Pontualmente. Sentindo-se renovada por causa do forte macchiato duplo que tomou em Milão, e o fato de ter chegado ao seu destino com segurança, Stella puxou sua mala para a saída mais próxima. Entrou em um táxi, deu ao motorista o endereço e mandou uma mensagem para sua mãe. A resposta veio quase que imediatamente e Stella tinha certeza de que sua mãe não tinha dormido a noite toda, segurando o telefone, esperando chegar a mensagem de texto de sua filha dizendo "cheguei em segurança em Gênova".

Era isso. Ela estava aqui. Ela podia relaxar e se divertir.

Já estava na hora.

Capítulo Dois

Lisa havia deixado a chave de sua casa com os vizinhos, porque tanto ela como Niki estariam no trabalho quando Stella chegasse. Ela foi instruída a bater na porta da *Signora* DeFiore, apresentar-se e pegar a chave.

— *Buon giorno, Signora DeFiore?* — Stella falou quando a porta dos vizinhos abriu, e uma mulher bonita de meia-idade sorriu calorosamente para ela. Ela estava prestes a se apresentar e pedir a chave quando a *signora* a envolveu em um abraço, beijou-lhe o rosto duas vezes, e começou um discurso sobre o quão feliz ela estava por conhecer a prima de Lisa, enquanto a conduziu para dentro e começou a colocar a mesa para o almoço. Stella foi pega de surpresa, porque dar boas vindas a um completo estranho não era algo que seus vizinhos faziam. Ou alguém em Londres, de qualquer forma.

Uma hora mais tarde, uma deliciosa refeição e duas xícaras de café, Stella saiu da casa, segurando a chave na mão. Em circunstâncias diferentes, ela poderia ter ficado nervosa com a familiaridade da mulher, mas ela tinha sido tão sincera em sua hospitalidade com Stella que ela sentiu tudo, menos nervosismo.

Abrindo a porta da casa de Lisa e Niki, ela entrou direto na sala de estar. A casa foi recentemente construída e era bastante moderna – a sala de estar era enorme, clara e decorada em tons pasteis, com muita luz proveniente das inúmeras janelas. Stella puxou a mala para dentro e fechou a porta. Na parede oposta à sua esquerda, havia uma enorme TV de tela plana, e à sua frente, vários sofás, poltronas e pufes em diferentes formas e tamanhos. Parecia muito confortável e acolhedor.

À direita, tinha uma porta aberta que dava para a cozinha, e Stella podia ver os armários brancos e uma enorme mesa de jantar. Bem em frente a ela, no entanto, ficava o que ela estava mais interessada – enormes janelas que davam para o jardim. Stella deu um passo nessa direção e, sabe? – havia uma piscina, espreguiçadeiras e uma churrasqueira embutida do lado de fora. Virando-se, um pedaço de papel branco na mesa de café chamou a sua atenção e ela foi buscá-lo. Era um bilhete de Lisa.

Num piscar de Olhos   21

Bem-vinda!

Sinta-se em casa – seu quarto é no andar de cima, a segunda porta à esquerda. Desfaça suas malas, relaxe, tome um banho – o que quiser. Estarei de volta lá pelas quatro. Mal posso esperar para te ver!

P.S. Esse chip é pra você. Coloque-o em seu celular e eu te ligo assim que puder.

Te amo!

Lisa

Stella colocou o chip no seu celular e mandou uma mensagem para sua mãe com seu número italiano. Depois, ela fez como instruído: arrastou a mala pelas escadas e encontrou seu quarto. Ele era bastante espaçoso, com uma grande cama no meio. Havia também um enorme guarda-roupa, uma mesa e um par de pufes espalhados. E o melhor de tudo: tinha um banheiro. Stella sorriu e se jogou na cama.

Uma hora depois, ela tinha desfeito as malas, tirado as calças, tomado um banho, colocado um vestido amarelo e um chinelo branco, e ainda tinha três horas até que Lisa chegasse em casa. Olhando no espelho enquanto tentava domar seu cabelo longo e loiro escuro em um rabo de cavalo, Stella sabia que não tinha uma aparência tão boa há muito tempo. Ela estava radiante de felicidade e havia uma paz em seus olhos cinzentos que não estava ali há um dia atrás.

O sol estava brilhando lá fora e não havia uma única nuvem no céu. Como londrina, parecia errado ficar sentada dentro de casa quando o tempo estava tão bom, então, ela pegou seu guia turístico de Gênova e partiu para explorar a cidade por conta própria.

Corso Itália, uma rua com três quilômetros de extensão, ficava a uma caminhada de dez minutos a pé da casa de Lisa. Ele tecia paralelamente à praia por todos os três quilômetros, e Stella podia apreciar a paisagem à beira-mar à sua esquerda e a paisagem urbana à sua direita enquanto caminhava. Gênova era verdadeiramente uma bela cidade, embora pudesse ser um pouco esmagadora, a princípio. A maioria dos edifícios eram coloridos em laranja, vermelho, amarelo, azul e verde, e a explosão de cores podia fazer girar sua cabeça. Stella tentou não olhar fixamente quando mulheres bronzeadas usando quase nada corriam ou caminhavam com seus cães, conversando animadamente entre si. Ou quando homens bonitões usando apenas shorts passavam patinando por ela. Era um dia quente, em muitos aspectos, e Stella parou em uma barraca de *gelato* e comprou um sorvete para tentar se refrescar.

Chegando ao final da Corso Itália, Stella decidiu fazer o caminho de volta, mas desta vez ela queria caminhar pela praia. Estava muito quente e ela precisava desesperadamente de uma brisa fresca e água fria para evitar uma insolação. A súbita mudança de clima já estava cobrando seu preço, em seu corpo.

Stella tirou seus chinelos e desceu para a beira d'água. Assim que a primeira pequena onda bateu em seus tornozelos, ela gritou de alegria. Pena que ela não tinha colocado um biquíni sob o vestido – agora estava tentada a dar um mergulho, com roupa e tudo. Em vez disso, começou a caminhar ao longo da praia, curtindo o sol, a areia debaixo dos seus pés, a água e a brisa refrescante. Havia tantas pessoas – mulheres lindas em biquínis minúsculos; homens bronzeados mostrando seus tanquinhos e encantadores sorrisos italianos; crianças correndo gritando; turistas sob seus guarda-sóis. Ela conseguia identificar um turista no raio de um quilômetro – eles eram pálidos, escondendo-se sob a sombra de seus guarda-sóis ou chapéus de palha. Olhando para sua própria pele pálida, ela percebeu que era uma turista também. Stella precisava fazer algo a respeito do seu bronzeado o mais rápido possível. Seria sua missão ter um brilho dourado e saudável em toda a sua pele em menos de duas semanas, de modo que ela não se sentisse tão fora de lugar.

Uma buzina soou à distância e, quando Stella voltou-se para o mar para olhar o enorme navio que tinha produzido o som, seu olhar ficou preso em uma cena tão bonita que a pitoresca praia empalideceu em comparação. Um salva-vidas estava emergindo da água, seu calção laranja grudava em suas pernas e água pingava e escorria por ele todo. Ele balançou a cabeça para se livrar de parte da água em seu cabelo e Stella sentiu como se tudo começasse a se mover em câmera lenta – pequenas gotas de água deslizavam do pescoço em direção ao seu peito largo e braços musculosos, passando pela tatuagem desenhada em seu ombro direito, e continuava até embaixo, seguindo por seu peito e no abdome tanquinho, finalmente se perdendo na sua cintura. Parte de outra tatuagem estava aparecendo na parte de cima, do lado esquerdo do seu quadril, o resto do desenho escondido. Sua pele dourada e bronzeada brilhava ao sol e ele movia-se com tanta graça que uma pantera poderia ser considerada desajeitada ao lado dele.

Stella parou de caminhar e o olhou de boca aberta, o que chamou a atenção do salva-vidas. No típico estilo italiano, ele sorriu e piscou para ela antes de continuar até a praia e subir para o seu posto. Stella sentiu sua pele pálida ficar em chamas e isso foi suficiente para levá-la a sair de seu transe. Foi um *momento SOS Malibu* total e ela não pôde resistir à tentação de procurar ao redor por qualquer câmera. Ela não podia acreditar que algo assim poderia ter acontecido sem que ninguém estivesse filmando, pelo menos, um comercial.

Reunindo toda a dignidade que poderia juntar em tal circunstância, ela continuou sua caminhada como se não tivesse olhado para alguém por sólidos cinco minutos. Passando em frente ao seu posto de salva-vidas, ela não conseguiu deixar de olhar para a criatura semelhante a Deus. Ele encontrou seus olhos com um sorriso diabólico no rosto. Em vez de achá-lo arrogante, no entanto, Stella o achou extremamente sexy.

O toque de seu celular a assustou e ela pulou, com o coração disparando no peito. Tirando-o do bolso de seu vestido, ela sorriu antes de deslizar seu dedo pela tela para aceitar a chamada.

— Onde você está? Acabei de chegar em casa e você não está aqui. Eu olhei em todos os lugares! Você está bem? — A voz em pânico de Lisa soou do outro lado.

— Eu estou bem, Lis. Não consegui resistir e saí para explorar o lugar - o tempo está tão maravilhoso!

— Sim, ele parece assim para uma londrina. — As duas riram. — Onde está você?

— Na praia. Eu estava prestes a voltar.

— Ok, você consegue encontrar o caminho de volta sozinha ou quer que eu vá te buscar?

— A praia fica a dez minutos a pé da sua casa. Acho que consigo.

— Tá bom, apresse-se. Mal posso esperar para vê-la!

— Eu também. Te vejo daqui a pouco.

Desligando o telefone, Stella não conseguiu resistir, e virou para dar uma última olhada no salva-vidas. Para sua grande decepção, ele não estava lá. Discretamente, ela esquadrinhou o mar e a praia, mas não conseguiu vê-lo. Oh, bem, talvez ela tivesse imaginado a coisa toda? Ela era conhecida por sonhar acordada. Para ter certeza, ela fez uma nota mental para pedir a Lisa para vir à praia amanhã.

Quando Stella entrou pela porta, Lisa a agarrou em um abraço de urso.

— Estou tão feliz por você estar aqui — disse ela, com a voz abafada contra o ombro de Stella.

— Eu também.

Dez minutos mais tarde, cada uma sentou-se em um pufe com limonada gelada na mão. Lisa falou sobre a universidade e seus empregos de verão com grande entusiasmo. Também disse a Stella que estava ansiosa para lhe apresentar seus amigos – tinha certeza de que iriam amá-la.

— Deixe-me avisá-la sobre Max. — Lisa tinha mencionado seu amigo Max algumas vezes antes e Stella se perguntava se havia algo mais do que amizade entre eles, porque Lisa sempre falava com muito carinho sobre ele. Stella levantou uma sobrancelha interrogativamente, esperando o discurso nós-costumávamos-ser-amigos-mas-agora-somos-amantes.

— Não, não, não é nada disso. Somos apenas amigos.

Stella bufou um "sim, claro" de forma que Lisa ficou séria. — Não é desse jeito. Quando cheguei aqui, há cinco anos, eu tinha acabado de perder tudo o que eu amava – meu pai, a casa onde cresci, minha melhor amiga... Minha mãe achava que eu precisava falar com alguém e me enviou a um grupo de apoio. Foi lá que conheci o Max. Seu pai tinha falecido dois anos antes e ele estava finalmente tentando lidar com isso. Encontramos apoio um no outro. Nunca houve qualquer atração física entre nós e nunca haverá. Mas posso dizer honestamente que, além de você, ele é o meu melhor amigo.

Stella balançou a cabeça, tentando não voltar a esse tempo, há cinco anos.

— Mas, por mais que eu o ame, ele é um terrível paquerador. Então, fique avisada: ele vai tentar te dar mole no início, mas, quando você não der bola, verá que ele é um grande cara.

Stella sorriu, sem saber o que dizer.

— Além disso, ele tem uma irmã, Gia, que é uma chef incrível e trabalha em um restaurante muito chique. Ela prometeu cozinhar para nós, quando tiver uma noite de folga. Ah, e Beppe, ele e Max são amigos desde a escola. Ele pode ser um pouco intimidador para as pessoas que não o conhecem bem, mas tenho certeza de que você vai adorá-lo.

— Parece um bom grupo — disse Stella, já impaciente para conhecer todos.

Elas conversaram por horas sobre tudo e mais um pouco, mas era como se apenas alguns minutos tivessem se passado quando Niki entrou pela porta. Ao ver Stella, um enorme sorriso apareceu em seu rosto e ela abriu os braços. Stella abraçou sua tia e derreteu em seu abraço, deixando de lado todas as dúvidas sobre sua vinda. Foi definitivamente a coisa certa a ser feita.

— Isso está incrível, tia Niki. Você mesma quem fez? — Stella perguntou quando provou o melhor tiramisù do mundo.

— Sim, ontem à noite. — Sua tia brilhava positivamente com

satisfação quando as duas garotas terminaram a sobremesa em tempo recorde.

Lisa sempre se pareceu com sua mãe, mas agora, cinco anos depois que Stella as tinha visto pela última vez juntas, elas pareciam gêmeas. O clima italiano, obviamente, teve um grande efeito sobre sua tia, porque ela nunca tinha aparentado melhor: sua pele estava levemente bronzeada e brilhava com saúde, os olhos verdes tinham o brilho travesso que Stella se lembrava de sua infância, e seu corpo era magro e tonificado. A única diferença entre mãe e filha era que o cabelo loiro de Lisa era longo e ondulado, enquanto Niki mantinha o dela em um elegante corte curto, logo abaixo das orelhas.

Elas tinham estado tão ocupadas comendo a deliciosa refeição que Niki tinha preparado, que Stella tinha esquecido de contar a elas sobre o salva-vidas "dela".

— Eu fui à praia hoje e, Lisa, nós temos que voltar amanhã! Tinha um salva-vidas incrível - ele era de outro mundo, sexy! Não pude acreditar nos meus olhos... — Tanto Niki quanto Lisa caíram na gargalhada e Stella olhou para elas com curiosidade. — O quê?

— Oh, querida, além da paisagem, comida e clima, outra coisa que você vai achar aqui "de outro mundo" — Niki fez aspas no ar com os dedos — são os homens. Eles são muito carismáticos. E bonitos. Mas, cuidado, eles são muito charmosos até conseguirem o que querem de você, mas não espere um relacionamento.

Stella tinha esquecido o quão fácil era lidar com sua tia; elas poderiam conversar sobre qualquer coisa sem se sentirem estranhas.

— Não se preocupe, tia Niki. Eu também estou apenas procurando diversão. — Ela piscou e as três riram.

Depois do jantar, Lisa se desculpou porque tinha que terminar uma pintura para sua aula no dia seguinte, e Stella ficou na cozinha para ajudar sua tia com a louça.

— Estou tão feliz que você finalmente decidiu nos visitar, querida —

ela disse calorosamente, mas havia tristeza em seus olhos.

— Eu também. É maravilhoso aqui.

Elas ficaram em silêncio por um longo tempo antes de Niki falar novamente.

— Eu queria ligar para ela, sabe... — ela começou, mas sua voz tremia e não terminou a frase.

— Ela queria ligar para você também.

E foi isso. Lágrimas derramaram dos olhos de Niki e ela enxugou-as com as costas da mão.

— Ela perdoou você.

Niki exalou um profundo suspiro e assentiu. — Ela sempre foi uma pessoa maravilhosa.

— Não se trata disso, tia Niki. Cada um lida com a tragédia de forma diferente. Minha mãe queria ficar na casa dela, justamente porque continha muitas memórias. Você queria ficar longe e esse foi o seu jeito. Não se sinta culpada porque você fez o que tinha que fazer para você e sua filha.

Niki ainda estava chorando em silêncio e não respondeu.

— O importante é que todas nós estamos quase de volta ao normal agora. Nunca voltaremos a ser quem éramos antes, mas nós conseguimos remendar nossas vidas novamente. Não desmoronamos.

— Quando você ficou tão inteligente e madura? — perguntou Niki, em meio às lágrimas.

Quando eu tive que lidar com a perda do meu pai e irmão, assim como o câncer. Ele faz isso com uma pessoa.

Em vez disso, ela disse: — Quando você estiver pronta, ligue para ela. Veja o que acontece.

Niki assentiu quando Stella a abraçou. Ficaram assim mais tempo do que o necessário, precisando do apoio uma da outra.

— Então, os pratos estão limpos. Onde é o estúdio de Lisa? Eu adoraria ver seus quadros — disse Stella, para quebrar a tensão e mudar de assunto.

— Receio que você não possa. Ela é muito reservada sobre o assunto. Não permite que ninguém entre, nem mesmo eu.

— Você nunca viu nenhum dos quadros dela?

— Oh, eu vi. Os que ela escolhe me mostrar. Venha, vou te mostrar, tenho todos eles pendurados.

Stella tinha acabado de falar com sua mãe no Skype, quando ouviu uma batida suave na porta de seu quarto.

— Entre.

— Oi. — Lisa entrou, já de pijama, e sentou-se na cama ao lado de sua prima.

— Eu vi algumas de suas pinturas. Elas são incríveis, Lis. Não acredito no quão talentosa você é.

Lisa sorriu e acenou com a cabeça, mas não disse nada. O que, conhecendo-a bem como Stella a conhecia, significava que ela não queria discutir isso ainda mais.

Vai sonhando....

— Então, o que há com esse seu estúdio supersecreto?

— Não é supersecreto. Só não gosto que ninguém veja no que estou trabalhando antes que eu termine e esteja satisfeita com o resultado.

Isso soou muito razoável e convincente. O problema era que Stella não acreditava que essa fosse a única razão, uma vez que não era típico de Lisa manter segredos. Sim, ela era mal-humorada e tendia a ficar em seu próprio mundo, às vezes, mas ela era uma artista. Isso vinha com o dom.

Suspirando, Stella decidiu deixar morrer o assunto, por agora. Afinal, era a sua primeira noite juntas.

— Você se importaria se eu dormisse aqui esta noite? — perguntou Lisa.

— Claro que não — disse Stella, e deslizou para o outro lado da cama.

— É que amanhã de manhã eu tenho que estar na galeria e não conseguirei te ver até o final da tarde. — Ela parecia culpada e em conflito. Era óbvio que Lisa amava o que ela fazia, mas, ao mesmo tempo, sentia-se mal por não gastar cada segundo com Stella depois de não se verem por cinco anos. Mas essa não era a única razão. Stella suspeitava que sua prima também estava preocupada com ela por causa de sua doença.

— Não se preocupe, Lis. Eu não espero que você largue tudo por minha causa. Eu vou ficar bem. Vou dar uma corrida na praia pela manhã e, depois, posso dar um passeio pela cidade.

Quando Lisa não disse nada, Stella continuou: — Eu estou *bem*. Não me sinto tão bem há meses. Estou muito feliz por estar aqui. Vou me divertir muito, neste verão. Então pare de se sentir mal por me "abandonar"; estou qualquer coisa, exceto abandonada. — Isso fez com que Lisa risse, assim como Stella tinha previsto.

— Ok. Mas à tarde, quando eu voltar, já convidei todos para conhecê-la.

— Parece ótimo.

Elas conversaram até o meio da madrugada, tentando dormir várias vezes, mas não conseguiam deixar a companhia uma da outra. No final, Lisa não conseguia manter os olhos abertos por mais tempo e adormeceu enquanto Stella falava sobre sua obsessão por True Blood.

Logo, ela se deixou levar pela imaginação, sorrindo pela perspectiva do verão maravilhoso que vinha pela frente. A última coisa que veio à sua cabeça antes que perdesse o pensamento consciente foi o salva-vidas gato.

Quem me dera eu pudesse vê-lo novamente. Só uma vez.

Capítulo Três

Gênova de manhã era deslumbrante. Apesar de estar quente, o calor não pressionava seu corpo como um aspirador gigante. O ar era fresco e cheirava a sal, mar, café e algo mais que Stella não conseguiu identificar. Algo exclusivo desta cidade.

Ela estava relativamente calma; poucas pessoas tinham saído de suas casas. Mesmo que tivesse passado das oito horas, as ruas estavam acabando de acordar. Lisa tinha dito a ela que os italianos não eram madrugadores, a menos que realmente precisassem. Eles preferiam dormir até tarde no período da manhã e trabalhar até tarde da noite. Isso se adequava bem a Stella – ela não gostava de acordar cedo, mas achava difícil encaixar sua corrida diária durante qualquer outra hora do dia. Manter-se mais saudável era a sua prioridade e isso a tirava mais cedo de sua cama quente na parte da manhã.

Correr em Londres era uma tarefa árdua. Correr em Gênova, nem tanto. De modo algum, na verdade. Stella nem mesmo precisou de seus fones de ouvido para encher a cabeça com a música e silenciar todos os outros ruídos, porque o ruído em questão era maravilhoso. Ela chegou à praia e não podia imaginar nada mais perfeito – a areia era sedosa e recentemente limpa; a água brilhava debaixo do sol; e o melhor de tudo: não havia ninguém ao redor. Tirando os tênis, ela os escondeu debaixo de um banco, esperando que ninguém fosse roubá-los ou jogá-los fora, e caminhou na direção do mar.

Depois de alguns alongamentos leves, Stella começou uma corrida moderada para aquecer os músculos. Ela não conseguia tirar o sorriso do rosto – *o quão perfeito era isso?* Em poucos minutos, ela pegou o ritmo até que estava correndo a uma velocidade confortável – não muito lento, mas não tão rápido a ponto de ficar ofegante. Ela nunca se preocupou com relógios e pedômetros, então, ela não sabia qual era sua velocidade exata ou quanto tempo corria todos os dias. Apenas corria até que sentisse que era o suficiente.

Olhando ao redor, Stella não viu ninguém à sua frente ou atrás, então, decidiu que poderia brincar um pouco. Ela não via a hora de entrar na água - e então entrou. Pulou ondas, chutou o mar, espirrou água em sua legging e

Num piscar de Olhos 31

camiseta, enquanto ainda tentava manter sua corrida.

Isso é incrível! Stella pensou.

Ela não se sentia tão feliz em um longo, longo tempo.

Por alguma razão, seu cérebro associou a palavra "feliz" ao *seu* salva-vidas, como ela estava acostumada a chamá-lo agora, e a visão dele saindo da água ofuscou todos os seus outros pensamentos. Sacudindo a cabeça e tentando manter o foco na corrida, Stella respirou fundo e continuou correndo ao longo da costa, mantendo uma linha reta e não se distraindo com as ondas. Principalmente.

Foi quando ela o viu. Seu salva-vidas. Correndo. Vindo direto em sua direção.

Sua primeira reação foi de pânico. Tinha sonhado com ele e rezado para vê-lo novamente. Mas agora que ele estava bem à sua frente, ela não tinha certeza de que era uma boa ideia.

Ele usava um short preto e nada mais. Os músculos em seu peito, braços e ombros flexionavam com cada passo que dava. A tatuagem em seu quadril deslocava-se em sincronia com o seu corpo e, naquele momento, tudo o que Stella queria fazer era puxar o calção para baixo e explorá-lo. Com sua boca.

Quanto mais ele se aproximava, mais nervosa ela ficava, parecia que estava crescendo um Alien em seu estômago, que estava se preparando para explodir. Percebendo que estava olhando de boca aberta – de novo – Stella tentou franzir os lábios, porque ele estava a meros poucos metros de distância agora.

Então, uma dor aguda perfurou seu pé direito e ela caiu em agonia. Não prestando atenção por onde corria, ela pisou bem em cima de uma enorme concha quebrada. Era tão afiada quanto uma lâmina e tinha cortado seu pé. O sangue começou a correr pela areia quando Stella tentou apertar a ferida para reduzir o sangramento.

— *Stai bene?* — Stella ouviu a voz ao lado de seu ouvido e isso aqueceu o sangue em suas veias como um gole de um uísque de vinte e cinco anos. Ele estava ajoelhado na frente dela com uma expressão preocupada em seu rosto perfeito. Como uma completa idiota, ela ficou sem palavras. Seus olhos cor de avelã olhavam diretamente para ela, a poucos centímetros de distância do seu rosto, manchas douradas brilhando nele com o sol. Suas sobrancelhas escuras estavam vincadas em preocupação, porque ela permaneceu ali sentada, olhando para ele, segurando seu pé sangrando e não disse nada. Todas as palavras tinham deixado seu cérebro. Ela não conseguia sequer lembrar como dizer "olá" em italiano, nem falar mais nada. O bom era que ela sempre podia culpar a dor mais tarde.

— Eu acho que cortei meu pé naquela concha. — Ela apontou irritada para a concha.

— Deixe-me ver — disse o salva-vidas num inglês perfeito, apenas um leve sotaque em suas palavras demonstrava que ele era italiano.

Stella nunca tinha ouvido nada mais sexy.

Ela tirou a mão do corte e o sangue correu livremente pela areia. Sua expressão não demonstrava nada enquanto ele examinava seu pé. Stella não dava a mínima para o pé estúpido. Ele cheirava incrivelmente bem e sua proximidade nublava todos os seus outros sentidos, incluindo sua percepção da dor. Sem aviso, ele a tocou perto da ferida e a resposta de seu corpo foi puxar o pé de volta e ofegar.

— Desculpe — ele disse, imobilizando-a com seu incrível olhar amendoado e seu pedido de desculpas. Stella não conseguia se mexer, respirar ou pensar.

O que há de errado comigo?

— Você está com sorte hoje — ele disse, seus lábios se abrindo em um sorriso preguiçoso. O coração de Stella parou. Na verdade, recusou-se a bater por alguns segundos. Seu sorriso era a epítome do charme – seus incisivos superiores e caninos eram mais longos do que seus outros dentes, mas a irregularidade do seu sorriso só o tornava mais atraente.

— Eu sou o salva-vidas da praia e o meu posto é logo ali — disse ele, apontando à sua direita, os músculos ao longo do braço roubando a atenção de Stella.

Então, ele não se lembra de mim de ontem. Claro que não lembra. Ele provavelmente tem garotas olhando para ele o tempo todo.

Ainda assim, doía um pouco.

— Eu tenho um kit de primeiros socorros lá, e vou pegá-lo para que possamos te enfaixar, tudo bem?

Stella assentiu e, tencionando seu corpo, o salva-vidas caminhou em direção ao posto. Tudo o que ela podia fazer era ficar de boca aberta pelas costas dele, desfrutando plenamente da visão traseira. Os músculos de suas costas nuas flexionavam sob sua pele e a graça com que ele se movia surpreendeu Stella novamente. Ele devia ter, pelo menos, 1,88m, e um homem do seu tamanho e estatura não deveria se mover tão naturalmente. Sem esforço.

Naquele momento, Stella estava agradecida por seu corte. A vida lhe trouxe felicidade de formas inesperadas. Se ela não tivesse pisado na concha, eles teriam passado direto um pelo outro, e provavelmente nunca se encontrariam novamente. Seu pé vai se curar em um dia ou dois, mas sua voz sexy e toque quente iriam ficar com ela para sempre.

— Ok, me dê seu pé. Tenho que limpar a ferida antes de enfaixar. — Ele se ajoelhou na frente dela novamente e a garota estendeu o pé em seu colo. Sua pele era macia sob seus dedos e, inesperadamente, ele desejou que pudesse tocar em mais partes dela. Deitada na areia apoiada em seus cotovelos, com as pernas magras estendidas em direção a ele, ela era linda. Seus longos cabelos estavam presos em um rabo de cavalo e seu rosto estava limpo, sem nenhuma maquiagem. Muito sexy. Seus enormes olhos cinzentos olhavam para ele, em chamas.

— Isso vai arder. — Ela assentiu e ele derramou um pouco de água oxigenada para limpar a areia, o sangue restante e esterilizar a ferida.

Um silvo escapou por entre seus dentes cerrados quando sua cabeça caiu para trás, as costas arquearam, sua barriga flexionou sob sua camiseta. Ele sabia que ela estava com dor, mas a visão da bela mulher à sua frente era tão sexy que seu calção de repente se tornou mais apertado na frente.

Deus, espero que ela não perceba ou pode pensar que sou algum tipo de pervertido, que se excita com a dor.

Ele não sabia por que importava o que ela pensaria dele, mas importava. Felizmente, ele tinha usado um short preto hoje e a cor cobriria qualquer evidência do quanto exatamente ele gostou dela. Tomara.

Após o corte ser limpo, ele enfaixou o pé e a ajudou a levantar. O topo da cabeça dela ficava logo abaixo da clavícula dele, e ele não pôde deixar de se questionar como seria encostar seus lábios lá.

— *Grazie* — ela disse e sorriu. Se ele já não tivesse ficado completamente encantado com ela até agora, seu sorriso o teria cativado totalmente. Alcançou imediatamente os olhos e todo o seu rosto se iluminou. Ele tinha a sensação de que a conhecia de algum lugar, mas era improvável. Era óbvio que ela não era uma local e não estava aqui há muito tempo, a julgar pela sua pele pálida.

— Tenha cuidado — ele disse antes de virar e correr na direção oposta. Ele teve a sensação incômoda de que talvez devesse ter perguntado o número dela. Ou, pelo menos, o nome. Mas o que ela acharia de alguém que a ajudou e depois deu em cima dela? Ele não ia abusar da situação e agir de acordo com a reputação dos "homens italianos". Pelo menos, não agora. Mas se ele alguma vez a visse novamente, que Deus o ajudasse, ele ia fazer muito mais do que perguntar o seu nome.

Tenha cuidado? *Tenha cuidado?* Só isso?

Stella estava muito aturdida para reagir, mas mesmo que não estivesse, o que ela deveria fazer? Correr atrás dele? Ela tinha orgulho!

Até parece. É por isso que eu o estava admirando como se ele fosse um pedaço de bolo de chocolate e eu quisesse lamber o glacê.

Talvez fosse por isso que ele literalmente fugiu – ele ficou ofendido. Tudo o que ele fez foi ajudar uma estranha em necessidade e essa estranha olhou para ele, de boca aberta, com um sorriso quase babando.

Em minha defesa, como não poderia? Eu nunca conheci um homem que teve tal efeito sobre mim. Eu não sei o nome dele, mas estava pronta para enlaçar minhas pernas em volta de sua cintura. Num piscar de olhos.

Balançando a cabeça, Stella mancou de volta para pegar seu tênis. Ela não seria capaz de correr pelos próximos dias, o que significava que ela não teria a chance de vê-lo novamente. Olhando pelo lado positivo, ela agora sabia onde era o seu posto e iria tomar sol naquela praia até que ele aparecesse. Ela ia falar com ele novamente, mesmo que tivesse que fingir estar se afogando e ele fosse forçado a salvá-la. Mais uma vez.

Quando Stella chegou em casa, sentia-se exausta demais para fazer qualquer coisa – ela tinha dormido apenas algumas horas na noite passada e, depois de todos os acontecimentos da manhã, seus níveis de energia estavam ficando perigosamente baixos. Tudo o que ela conseguiu foi um café da manhã leve e um banho antes de desabar em sua cama.

Ela devia ter dormido por umas duas horas, quando ouviu uma batida na porta.

— Entre.

— Ei. Você está bem? Por que está na cama? — Lisa estava preocupada, e demonstrou isso em cada movimento dela, enquanto se sentava na cama.

— Eu estou bem.

— Tem certeza? — Stella apreciou a preocupação de sua prima, mas sabia o que ela queria dizer – ela achou que Stella estava na cama por causa de sua doença.

— Eu te amo demais, Lis, mas se você não parar de me tratar como se eu estivesse morrendo, vou te estrangular.

— Desculpe — disse Lisa, com um enorme sorriso no rosto. — O que você fez hoje?

Stella jogou as cobertas para longe de seu corpo e colocou as pernas para fora da cama, enquanto pensava exatamente em como colocar em palavras os eventos de hoje, de modo que sua prima não surtasse.

— Por que o seu pé está enfaixado? — Lisa gritou.

Tarde demais para esse plano.

— Eu vou te contar, se você me prometer que vai ficar calma. — Lisa murmurou algo como "desculpe", então Stella continuou: — Fui correr descalça na praia. Eu não prestei atenção por onde ia e pisei em uma concha quebrada.

— Nossa... Como é que você chegou em casa, sangrando?

— Eu não cheguei. — Lisa pareceu confusa e Stella sabia que era hora de confessar toda a história. — Eu não estava prestando atenção porque todas as minhas células cerebrais estavam focadas no cara que estava correndo em minha direção. Era o salva-vidas que te falei ontem. Ele estava correndo e fiquei embasbacada quando o vi. Então, me distraí e cortei o pé. Ele veio me socorrer, pegou um kit de primeiros socorros no seu posto e me enfaixou.

— Por que você está com esse sorriso bobo? Isso é horrível!

— Horrível? Eu nunca fiquei mais grata por uma lesão acidental em toda a minha vida.

Stella riu e logo Lisa seguiu o exemplo. Relaxada, ela perguntou:

— E então o que aconteceu?

— Nada. Ele me ajudou a levantar, e me disse "tenha cuidado", e foi embora. Eu nem sei o nome dele.

— Hmmm, isso é estranho.

— É... acho que ele deve ter se ofendido porque eu o estava cobiçando...

— Certo, porque os homens odeiam isso. — Lisa revirou os olhos.

— Não, estou falando sério. Ele é tão perfeito que eu não conseguia parar de olhar. Eu nunca, nunca encontrei alguém que me fizesse sentir desse jeito.

Num piscar de Olhos   37

— Quer saber? Você veio aqui para se divertir e merece uma aventura de verão. Quanto mais gostoso, melhor.

— Exatamente o que eu penso.

— Qual é o plano? — perguntou Lisa com um sorriso travesso.

— Eu sei onde ele trabalha. Amanhã, vamos à praia e vou agradecer-lhe por "*me salvar*". No meu menor biquíni.

— Perfeito. Não trabalho amanhã, então está combinado. Agora, tire seu traseiro alegre desta cama e se arrume. Todo mundo chegará dentro de meia hora.

Lisa preparou tudo e se recusou a deixar Stella até mesmo chegar perto da cozinha. Ela foi instruída a *"pegar uma bebida gelada e sentar seu traseiro lá fora na piscina".*

— Posso, pelo menos, iniciar o churrasco? Vejo que você tem carne suficiente para alimentar uma pequena aldeia chinesa.

— Não, isso é coisa do Max. Você sabe, homens e churrasqueiras — disse Lisa, revirando os olhos. Ela colocou a carne e os vegetais em recipientes de plástico perto da grelha. Em seguida, trouxe uma enorme tigela de salada e uma jarra cheia de limonada gelada, seguida de uma garrafa de *Prosecco* e um prato de petiscos. Colocando tudo em cima da mesa, ela se jogou na espreguiçadeira ao lado de Stella. Então, a campainha tocou.

Lisa foi abrir a porta e, um minuto depois, alegres vozes encheram a casa. Stella não pôde deixar de sorrir: clima quente, churrasco à beira da piscina, Lisa e seus amigos. A vida era boa.

De repente, ela teve um flashback da última vez que tinha pensado que sua vida era perfeita – bem antes da ligação sobre o acidente de carro que matou seu pai e Eric. Stella esperava que, desta vez, sua sorte não virasse, simplesmente porque ela era grata pelo que tinha.

Virando a cabeça para as portas francesas, ela percebeu que sua sorte havia definitivamente voltado. Para melhor.

Porque, dando o seu primeiro passo para o lado de fora, estava o seu salva-vidas.

Capítulo Quatro

Seus olhos focaram direto nos dela e, em uma fração de segundos, sua expressão mudou várias vezes – surpresa, entendimento e depois deleite. Os cantos de sua boca se curvaram num sorriso de dar água na boca e ele piscou para ela.

Graças a Deus, Stella estava sentada, ou seus joelhos teriam se dobrado. Como era mesmo possível uma única pessoa possuir tanto charme? Ele caminhou em direção a ela, sua arrogância perfeitamente acentuada por seu jeans desbotado e camiseta preta. Seus olhos brilharam perigosamente quando ele se sentou na extremidade inferior de sua espreguiçadeira e disse:

— Algo que eu deveria ter dito esta manhã... — Stella piscou, incapaz de formar palavras - novamente. — Oi, eu sou Max.

Nãããoo, não, não, não, não!

— Max? Max da Lisa?

Eu não posso acreditar nisso!

— Então, você já ouviu falar de mim? — *Sim, eu ouvi falar de você - você é o melhor amigo da minha melhor amiga! Você é provavelmente o único homem em Gênova, risque isso, nada disso, o único em toda Itália que não posso ter. Você é a única pessoa com a qual eu não posso ter o meu sexy caso de verão... e a única pessoa com a qual eu quero ter a minha aventura deliciosa de verão!*

Isso era um desastre.

Sangue quente correu para as bochechas de Stella enquanto ela se lembrava de tudo o que disse à Lisa. Quando ela descobrisse que seu salva-vidas era Max, ela ia surtar. Stella sabia que sua prima não iria gostar que alguém usasse um dos seus amigos, para uma aventura de verão. Mesmo que esse alguém *fosse* a sua melhor amiga.

— Sim, eu ouvi sobre você — disse ela. Ia ficar tudo bem. Ela fingiria que não o achou insanamente atraente e tentaria ser amiga dele.

— Tudo o que ela disse a você, eu garanto que o negócio real é melhor — ele disse, e sorriu.

Bom plano, Stella, bom plano. Agora tente cumpri-lo.

Quando Max a viu, ele não podia acreditar na sua sorte. Não tinha parado de pensar nela o dia todo. Ele sabia que ela o lembrava alguém - tinha uma foto no quarto de Lisa das duas juntas. Ela tinha uns doze anos na foto, por isso ele não conseguiu reconhecê-la de imediato.

Stella. O nome dela era Stella - prima de Lisa.

Ela definitivamente parecia desconfortável com o flerte dele e Max não podia deixar de achar isso adorável. Não são muitas meninas hoje em dia que se esquivavam do seu charme.

— Max, pare de importunar Stella — disse Lisa quando se aproximou, seguida por sua irmã e Beppe.

— Eu não a estou incomodando. Estou apenas checando a minha paciente.

Stella fechou os olhos e corou.

Uau, ela deve ter dito a Lisa sobre mim, pensou Max.

A julgar pela expressão de surpresa quase cômica da sua amiga, ela tinha dito. E era interessante - as meninas trocaram um olhar que dizia tudo.

— É essa a sua mais recente cantada? — perguntou Beppe caminhando na direção deles, parando bem na frente de Stella e dando um beijo teatral em sua mão. — Não perca seu tempo com esse perdedor, *bellissima*.

Stella sorriu, para deleite de Beppe. Ele ainda estava segurando a mão dela. Ela não a puxou, mas sustentou o olhar, lambendo os lábios com a ponta da língua. Max sabia que as mulheres reagiam dessa maneira a Beppe - seu amigo era alto, magro e tinha essa perigosa vibração de bad boy. Seu rosto perfeitamente simétrico, hipnotizantes olhos escuros, piercings e tatuagens também ajudavam a atrair as mulheres. Agora, no entanto, Beppe precisava se afastar de Stella ou Max o faria.

— Cai fora, cara. Isso é entre médico e paciente. Na verdade, acho que deveríamos ir a algum lugar mais calmo para eu examiná-la adequadamente.

Stella desviou os olhos de Beppe e soltou sua mão. Concentrando sua atenção de volta em Max, ela mordeu o lábio para abafar uma risada.

— Não há necessidade, mas obrigada. Eu estou bem.

Para provar seu ponto, ela jogou as pernas para o lado da espreguiçadeira e levantou-se, pisando em seu pé machucado. Não foi uma boa ideia. Max a viu estremecer de dor e perder o equilíbrio. Felizmente, ele ficou de pé no momento em que ela levantou e apoiou seu peso, circulando sua cintura com os braços. Ela ficou tensa sob seu toque e perdeu o fôlego.

— Você tem certeza sobre o exame? — Max sussurrou em seu ouvido, quando a soltou e ela apoiou seu peso sobre o outro pé. Stella exalou alto, suas pupilas dilatadas e corou quando olhou para ele.

— Quase certeza.

Suas palavras estavam dizendo uma coisa, mas seu corpo tinha uma opinião completamente diferente. Max gostou disso. Ele não conseguia se lembrar de quando foi a última vez, se houve alguma, que uma garota tinha tido esse tipo de reação apenas por estar perto dele. Claro, a ele não faltava atenção feminina, mas não era nada assim.

Nada com essa sinceridade.

— Não se preocupe com eles, Stella. São dois idiotas — disse Gia vindo ao seu resgate. — Eu sou Gia, irmã do idiota número um. — Stella sorriu para ela quando a irmã dele a abraçou e beijou seu rosto. — Venha, deixe-os fazendo o churrasco. Vamos pegar uma bebida.

E a levou embora.

Gia era quase uma cópia exata de Max - uma versão feminina de sua perfeição. Seu cabelo escuro era comprido e ondulado, e Stella pensou que era como Max ficaria se ele não o cortasse curto. Seu rosto era um grande exemplo de simetria perfeita: nariz reto, maçãs do rosto salientes, boca cheia e *aqueles* olhos cor de avelã brilhantes. A única diferença era que o corpo de Gia era um caso impecável da feminilidade – pequeno, elegante e cheio de curvas – enquanto Max era alto, com ombros largos, e emitia poder e equilíbrio com todos os seus movimentos.

Gia pegou dois copos e começou a derramar *Prosecco* neles.

— Eu vou tomar um copo de limonada — disse Stella antes que ela pudesse encher seu copo com o vinho espumante.

— Tem certeza? — Stella assentiu. — O vinho espumante combina perfeitamente com o antepasto...

Sim, quando você tem câncer de fígado - nem tanto.

— Talvez mais tarde. — Não haveria consumo de vinho mais tarde por parte de Stella, mas ela não queria ofender Gia. Os italianos levavam seus vinhos muito a sério.

Apesar da surpresa inicial com a identidade de Max, a noite fluiu perfeitamente, sem pausas estranhas. Gia foi legal, engraçada e falava sem meias palavras, e Stella realmente gostou dela. Beppe parecia pertencer a um romance, não à vida real. Ele era impecável: seu corpo era magro e musculoso, tatuagens apareciam por baixo de sua camiseta apertada; a barba de alguns dias, por fazer, acentuava seu visual casual; ele tinha um piercing na sobrancelha direita; e Stella tinha certeza de ter visto um em sua língua também. E, ainda assim, aos olhos de Stella, seu deslumbramento desapareceu no momento em que se sentou perto de Max.

Beppe gostava de implicar com Max e fazer todos rirem. Eles continuaram provocando um ao outro, alternando entre inglês e italiano o tempo todo como se fosse a mesma língua. O inglês de Beppe era muito bom, embora não tão perfeito quanto o de Gia e Max. Stella se perguntou o porquê e fez uma nota mental para perguntar a Lisa depois.

Falando de Lisa, ela parecia preocupada quando descobriu que Max era o salva-vidas de Stella, mas, conforme a noite avançava, ela relaxou. Stella foi inflexível sobre cortar sua paquera pela raiz, porque iria claramente deixar Lisa desconfortável - e com razão: dois de seus amigos mais próximos ficando, quando um deles tinha câncer e vivia em outro país, era uma receita para o desastre. Stella não queria colocar sua prima em uma posição na qual teria que escolher entre os dois, se as coisas acabassem mal.

O jantar estava delicioso - churrasco, salsichas e legumes. Stella teve que admitir que, enquanto brincavam, os garotos conseguiram manipular a churrasqueira com perfeição. Max ficou especialmente orgulhoso quando a chef Gia elogiou a comida. Ele não fez nenhum outro movimento em Stella enquanto comiam e ela ficou contente. Realmente parecia um jantar entre amigos e facilmente ela esqueceu que tinha acabado de conhecê-los há apenas algumas horas.

— Então, Stella, você tem algum plano? Alguma coisa que queira fazer enquanto estiver aqui? — perguntou Gia.

— Não, eu não fiz nenhum plano em particular. Acho que estou pronta para qualquer coisa.

— Bom. Nós vamos cuidar bem de você, então. — Gia sorriu calorosamente para ela.

— Você vem com a gente para o jogo de futebol no sábado? — Beppe perguntou, os olhos brilhando de emoção.

— Uma partida? A temporada já não acabou? — Stella tinha certeza de que a *Série A* tinha terminado em maio e não começaria até o final de agosto.

— Acabou — disse Beppe, seu interesse aumentando. — Mas é uma partida beneficente entre Sampdoria e Gênova. A cidade inteira provavelmente vai.

— Eu não perderia um clássico por nada. Conte comigo.

Sampdoria x Gênova? No verão? Uau – Stella queria ser capaz de ver um jogo, mas ela não esperava que fosse um clássico épico, uma vez que estavam fora da temporada. Seu rosto deve ter mostrado exatamente o quanto ela estava animada, porque Beppe estreitou seus intimidantes olhos castanhos para ela e ergueu sua sobrancelha com piercing.

Num piscar de Olhos   45

— Você gosta de futebol?

— Gosto. — Ela tentou parecer indiferente, porque isso sempre deixava as pessoas surpresas. Futebol era sua paixão desde que era menina, graças ao seu pai e Eric. Seu irmão tinha sido um ávido fã do Liverpool e a tinha levado a inúmeros jogos. Seu entusiasmo sempre foi muito viciante e, antes que percebesse, Stella tinha se tornado tão obcecada quanto ele. Depois que ele morreu, ela sentiu que era seu dever continuar sua lealdade para com seu time favorito. Ela sentia que, se ele pudesse vê-la, ficaria orgulhoso.

— Então, para qual time você vai torcer no jogo? — perguntou Beppe, testando-a.

— Gênova. Sem a menor dúvida.

Foi a resposta errada, porque o rosto de Beppe caiu. Por outro lado, os lábios de Max se espalharam em um sorriso preguiçoso. Então, talvez fosse a resposta certa, afinal.

— Só um pequeno aviso: os torcedores do time perdedor pagam a cerveja depois. — Beppe relaxou em sua cadeira, achando que ele estava a salvo.

— Então é melhor levar a sua carteira — disse Stella, enquanto Max e Gia riam. O rosto de Beppe ficou sério, e Stella sentiu que tinha dado corda demais e estava prestes a ser profundamente testada.

Manda ver.

— Você sabe ao menos quais são as cores do Gênova? — Oh, ela não era uma fã propriamente dita, era isso? Sua opinião não contava?

— O oficial é vermelho e azul, com essas duas cores em listras verticais.

Beppe ficou boquiaberto involuntariamente e Stella aproveitou a oportunidade para atacar novamente. — E antes que você diga qualquer outra coisa, se não fosse por nós, ingleses, que viemos aqui e lhe *fizemos* um clube de futebol, o esporte mais popular seria, provavelmente, o vôlei de praia. É por isso que eu vou apoiar Gênova no sábado - foi o primeiro clube de futebol da Itália, fundado por ingleses em 1893, e ainda veste orgulhosamente a cruz de São Jorge em suas camisas.

Silêncio. Beppe ficou sem palavras. E Max, surpreso. Gia e Lisa tinham saído para levar os pratos vazios da mesa, sem Stella perceber.

Beppe conseguiu organizar seus pensamentos depois de alguns segundos e, se Stella podia julgar pelo brilho perverso em seus olhos, ele estava pronto para o contra-ataque.

— Falando em bandeiras, vocês ingleses devem *nos* agradecer, povo de Gênova, por emprestar a bandeira do *nosso* São Jorge quando protegemos sua frota enquanto navegavam em nossas águas no século XII — disse ele, e sorriu, orgulhoso de si mesmo por sua resposta.

— Nós não estávamos falando de bandeiras em si, estávamos falando de futebol. Não tente levar a conversa para outra direção. Na verdade, você provavelmente deveria me agradecer agora, já que sou uma representante da nação que presenteou o seu país com o futebol. Se você fizer isso, eu poderia simplesmente ignorar o fato de que você está falando mal da razão de até mesmo existir o futebol italiano.

Max soltou uma risada rouca e foi a coisa mais sexy que Stella já tinha ouvido. Seu corpo todo se encheu de ondas de prazer e ela se esforçou para manter a calma e ficar impassível, quando o que ela realmente queria fazer era fechar os olhos em êxtase. Seus olhos correram na direção de Max e ele inclinou a garrafa de cerveja em sua direção, antes de tomar um gole. Ele manteve o olhar nela enquanto bebia, seu pomo de Adão subindo e descendo em sua garganta. Os lábios de Stella se separaram quando ela se viu beijando logo abaixo da linha do maxilar e chupando a carne tenra.

Pare com isso! Amigos, lembra?

— Que tal *você* agradecer a *mim*? Nós demos ao seu país a bandeira nacional, porra! — A voz de Beppe era séria, mas seu olhar era divertido.

— Tudo bem, eu agradecerei. Contanto que você me agradeça pelo futebol.

Ele a olhou, incrédulo.

— Então? Temos um acordo?

— Só por cima do meu cadáver — Beppe pronunciou cada palavra

Num piscar de Olhos   47

devagar e com cuidado e Stella não conseguiu esconder o sorriso. — Será que ele te mandou falar isso? — ele perguntou, apontando para Max.

— O quê? Não!

— Você tem certeza? Porque soa muito como algo que seu traseiro meio-inglês diria.

Meio-inglês? Isso explica muita coisa.

— Vou fumar um cigarro. — Beppe levantou-se, colocou o maço de cigarros no bolso de trás, e se dirigiu para longe da mesa.

— Você realmente o pegou; ele só fuma quando está extremamente frustrado — disse Max, cravando o olhar em Stella. Estava ficando escuro lá fora e, sem nenhuma luz para refleti-los, eles pareciam quase pretos.

— Desculpe. Acabo ficando um pouco mais na defensiva quando alguém sugere que eu não sou uma "fã propriamente dita", porque sou mulher.

— Ele nunca disse isso.

— Estava em seus olhos.

Max sorriu e inclinou a cabeça para o lado, a intensidade de seu olhar derretendo qualquer pensamento e razão na mente de Stella. Ela teria dado qualquer coisa para descobrir no que ele estava pensando.

A cabeça de Max estava cheia de imagens de Stella, e, em todas elas, ele estava muito mais perto dela do que estava agora.

Ele passou apenas algumas horas com ela, mas foi o suficiente para tirar algumas conclusões a seu respeito: ela era inteligente, divertida, com um grande senso de humor; ela sabia quem era e se aceitava como era; ela respeitava as outras pessoas, mas não se intimidava quando se tratava de expressar sua opinião; ela gostava de futebol. Ela poderia ser mais perfeita?

Duvido.

— Você lê bem as pessoas, não é? — disse ele, em resposta à sua afirmação anterior. Ele a pegou avaliando todo mundo à mesa com aqueles olhos verde acinzentados. Ela não tinha sido óbvia sobre isso, mas não passou desapercebido de Max, porque ele a olhava o tempo todo.

— Às vezes.

— Você pode dizer no que eu estou pensando agora? — Ele sabia que estava jogando terrivelmente com ela e rezou para ela morder a isca.

— Posso imaginar.

— Você quer compartilhar as observações?

— Acho melhor não. — Não era a resposta que ele esperava, então, ergueu uma sobrancelha em questão.

— Por que não? Você pode estar certa. — Ele estava abusando da sorte e sabia disso, mas ela o deixava louco. Ele queria pular dessa maldita cadeira, colocá-la de pé e beijá-la até que ambos estivessem sem fôlego.

— É disso que eu tenho medo. — Stella levantou-se, reunindo alguns guardanapos em um prato vazio. — É melhor eu ir ajudar Lisa...

Ele estava de pé e ao lado dela em um segundo.

— Stella... — começou ele, gostando do modo como seu nome rolou em sua língua.

— Max, não. Pare de flertar comigo; você sabe que não devemos. — Ela olhou para ele e sua expressão ficou séria e determinada.

— Por quê?

— Por causa de Lisa.

Ela não teve que continuar. Max não era estúpido; ele sabia o que ela queria dizer e ainda assim ele não conseguia se conter. Ele tentou ir com calma durante o jantar, mas, quando eles ficaram a sós, não conseguiu evitar. Max não conseguia se lembrar de quando foi a última vez que ele tinha estado tão atraído por alguém.

— Olha, eu ficarei aqui durante dois meses e tudo que eu quero é relaxar e me divertir. Você e eu... — ela circulou a mão entre eles, tocando sua barriga e fazendo o seu abdômen flexionar involuntariamente — traria muitas complicações. Por que você não me mostra o seu verdadeiro eu, não o Casanova atrevido? Eu gostaria de conhecê-lo e descobrir por que Lisa o considera um de seus melhores amigos. Vamos parar de agir impulsivamente e sermos amigos.

Ele não se importaria de ser amigo dela. Com benefícios.

Mas, sim, ela estava certa.

Niki chegou em casa quando todo mundo estava indo embora. Ela parecia exausta - administrar seu próprio negócio tinha seus benefícios, mas também significava que ela tinha que trabalhar quase o tempo todo. Elas conversaram um pouco enquanto ela comia algo do jantar na cozinha e, em seguida, pediu licença para ir para a cama.

— Quer um pouco de chá de camomila? — Lisa perguntou quando colocou a chaleira no fogo.

— Sim, obrigada. — Stella mandou uma mensagem para sua mãe, porque sabia que Helen gostaria de ter notícias dela, mas gostaria de dar-lhe um pouco de espaço e não ligaria para ver como ela estava a cada dia. Quando colocou o telefone sobre a mesa, Stella percebeu que o único som que podia ser ouvido em toda a casa era o da água fervendo.

Lisa estava de costas para ela, olhando para a chaleira.

— Ei! Você está bem? — Tudo o que ela conseguiu foi um aceno de cabeça. — Você está preocupada comigo e Max?

Os ombros de Lisa caíram e Stella soube que tinha acertado em cheio. Sua prima era muito atenciosa para dizer qualquer coisa, mas ela estava inquieta. Stella se levantou e foi até ela.

— Lis. — Ela tocou em seu ombro para fazê-la se virar e encará-la. — Não se preocupe. Está tudo bem. Eu não sabia quem ele era, nem ele me conhecia. Mas agora que sabemos, nós seremos amigos. Ele parece ser um cara muito legal e eu adoraria conhecê-lo e ver o que você vê nele.

— Mas... o que você disse antes, sobre o quanto você estava atraída por ele... — Os olhos verdes de Lisa brilhavam com preocupação e incerteza.

— Eu acho que toda mulher que o olha fica atraída por ele. Olhe para ele! Não consigo imaginar como você nunca sentiu nada por ele...

— Você não está tornando isso melhor — disse Lisa, mas ela relaxou um pouco e até sorriu.

— Fica fria, Lis. Eu posso olhar para além disso. Posso ser amiga dele, de todos eles. — Lisa assentiu e todo o seu rosto se iluminou num sorriso, como se uma névoa espessa tivesse sido dissipada. — Além disso, meu palpite é que há vários outros caras para cobiçar aqui, não é?

— Você não faz ideia.

Elas riram enquanto colocavam um pouco de mel em seus chás.

Capítulo Cinco

No dia seguinte, Lisa estava determinada a compensar o tempo que estava trabalhando e passar o dia inteiro com Stella. Ela trocou seus turnos e teria que trabalhar o dia inteiro amanhã, mas hoje as garotas tinham o dia todo para elas.

Lisa levou Stella para um passeio no antigo centro histórico de Gênova. Era o maior centro histórico de uma cidade na Europa, como Lisa apontou. Um número incrível de pequenas ruas e becos, chamados *caruggi*, entrelaçados como uma tigela de espaguete e tecidos por todo o lugar. Stella sentiu como se elas tivessem sido transportadas de volta aos tempos medievais e não conseguia acreditar que um lugar tão bonito e pacífico se transformava em uma panela borbulhante de atividade criminosa à noite. Lisa explicou que a antiga cidade estava cheia de turistas, lojas e restaurantes durante o dia, mas, uma vez que o sol se punha, transformava-se em um ponto de prostituição e tráfico de drogas.

Em todos os lugares que ela olhava, Stella via edifícios incríveis, tais como igrejas, palácios e museus, ricamente construídos para atrair a atenção. Entre eles, as casas coloridas se destacavam, mas estranhamente completavam a extravagância dos outros edifícios. O lugar era verdadeiramente mágico - tinha um "quê" de energia nele, um tipo arrogante e uma atmosfera avassaladora que Stella nunca tinha experimentado antes.

Depois de passarem algumas horas andando e explorando a cidade antiga, as garotas pegaram um táxi e se dirigiram para o *Centro Commerciale Fiumara* - o maior centro comercial de Gênova. Ele ficava localizado no distrito de *Sampierdarena*, que costumava ser uma zona industrial enorme, mas foi remodelado e reconstruído para ser este enorme shopping moderno. Tinha até mesmo seu próprio parque de diversões, bem como um cinema, várias lojas e restaurantes. Os saldões de verão já tinham começado e as garotas aproveitaram, matando mais algumas horas.

O tempo estava lindo lá fora e depois de uma rápida parada em casa para um almoço leve, deixar as sacolas e trocar de roupa, elas se dirigiram para a praia. Lisa tinha apoiado a determinação de Stella de conseguir um belo bronzeado e a tinha convencido a comprar um biquíni que era tão pequeno que deveria ser ilegal. Era preto com enfeites dourados que cintilavam à luz do sol e parecia que se moviam - quase como se fosse vivo. A parte de baixo era cortada na altura dos quadris e de lacinhos; a parte de cima consistia em dois triângulos unidos por um par de tiras pretas. Stella era naturalmente magra, mas, depois de seu diagnóstico, ela tinha tomado um cuidado extra com sua dieta e se exercitado todos os dias, por isso o seu corpo poderia definitivamente ostentar o biquíni. Ela se sentiu meio exposta no início, mas decidiu ignorar e aproveitar.

Espero que Max goste. Ou melhor, que ele goste de mim nele.

O pensamento veio tão de repente que fez Stella parar e sacudir a cabeça.

AMIGOS! Lembra-se? Ele é um grande cara; vá conhecê-lo. Você pode babar em mil outros caras na praia.

Determinada a seguir o seu próprio conselho, Stella colocou os óculos de sol enquanto se dirigiam para a praia.

Max a viu imediatamente. Seu biquíni se movia em sincronia com o seu corpo como se fosse líquido. Ele tinha quatro laços - dois nos quadris, um nas costas e um na nuca. Ele se imaginou desatando-os com dois movimentos rápidos e o biquíni desaparecendo. Só então ele notou que Stella tinha uma tatuagem: três símbolos japoneses alinhados sob seu ombro esquerdo. Max se perguntou o que eles significavam e, em sua mente, traçou as linhas delicadas com os dedos, fazendo-a tremer de desejo e antecipação.

Esta, definitivamente, não era uma boa hora para pensar nisso - primeiro, ele estava no trabalho e, segundo, o short laranja de salva-vidas não era tão indulgente em disfarçar o tesão como o preto tinha sido.

Já que Lisa estava tão desconfortável que ele e Stella ficassem juntos, então, por que trazê-la aqui? A vinte metros de distância do seu posto? A praia era tão grande; elas poderiam ter ido a qualquer lugar e ele nem saberia.

Mas, cara, ela parecia sexy...

Pensando bem, ele não estava triste por elas terem vindo aqui. Lisa era uma garota muito atraente também, e, ainda assim, ele conseguia ser amigo dela há anos, nunca sequer considerando a ideia de levar as coisas mais longe. Talvez ele pudesse agir assim com Stella também.

Max percebeu que estava olhando quando Lisa acenou para ele. Era melhor acenar e dizer "oi".

— *Ciao, ragazze bellissimi* — ele disse, quando as beijou nas bochechas. Dar um beijinho em Lisa estava bem; ele tinha feito isso milhares de vezes. Mas, no momento em que tocou os lábios no rosto de Stella, amaldiçoou a tradição italiana. Era para ele beijá-la todas as vezes que a visse e não sentir nada? O corpo dele parecia como se estivesse sendo arrastado por uma correnteza. No momento em que ele tocou uma pequena parte das costas de Stella, ela se derreteu institivamente nele, colocando a mão em seu abdômen. Era como se seu corpo agisse por vontade própria.

Sim, eu sei como é isso.

— Como vão as coisas? — ele perguntou, quando o torturante beijo de saudação acabou.

— Nada de novo. Decidimos trabalhar no bronzeado de Stella hoje.

— Sim, você está precisando. Está pálida — ele brincou e seus olhos se encontraram pela primeira vez.

Pálida e sem falhas.

— Ei! — Stella protestou e ironicamente bateu-lhe no braço. Ele faria *qualquer coisa* para ter aquelas mãos em todos os lugares do seu corpo. — Eu moro em Londres, lembra?

Um grupo de rapazes passou e, é claro, quase quebraram o pescoço ao olharem para as suas garotas.

Isso ia ser muito mais difícil do que ele imaginava. Elas viriam para cá o tempo todo, vestindo quase nada. Ele era uma pessoa forte, mas não era feito de pedra. Mais cedo ou mais tarde, ele iria rachar.

Num piscar de Olhos 55

Ele precisava de uma distração. Uma do tipo feminino. E rápido.

Max permaneceu ali de pé, atirando punhais em todos os caras que passavam por elas e, de forma eficaz, os espantavam para longe. Como Stella conseguiria ter um encontro?

Não finja que você não gosta disso.

Com ele estando tão perto, seu corpo elevando-se sobre ela e seus olhos cor de avelã queimando, Stella não conseguia pensar direito. E, além disso, quando ele falou em italiano com aquela voz sexy, ela sentiu fogos de artifício explodindo em seu peito.

— Vocês têm planos para hoje à noite? Eu vou sair com Beppe e Gia para comer alguma coisa e talvez ir a um clube mais tarde. Vocês querem ir?

Lisa olhou para Stella em uma pergunta silenciosa - ela queria ir, mas obviamente tinha visto a reação de sua prima a Max e agora não tinha tanta certeza de que era uma boa ideia. Stella odiava fazê-la se sentir dessa maneira. Ela não queria separar Lisa de seus amigos - era ruim o suficiente que ela tivesse dois empregos no verão e não pudesse passar tempo suficiente com eles.

— Claro. Ainda não temos planos. Adoraríamos ir. — Stella tentou dar seu sorriso mais amigável, mesmo que ela se sentisse tudo, menos amigável com Max. Ele precisava ficar tão perto dela?

— Tem certeza de que você está bem com isso? — questionou Lisa, quando Max voltou para seu posto.

— Sim, claro. Eu adoraria sair e me divertir um pouco. Talvez eu possa encontrar um cara bonito e arranjar um encontro. — Ela piscou para sua prima e viu seu sorriso de alívio.

O resto da tarde passou voando. Quando chegaram em casa,

Stella percebeu que sua pele estava corada do sol. Suas bochechas estavam agradavelmente rosadas e, se olhasse bem de perto, ela poderia até ver linhas bronzeadas nos quadris e costas.

Stella tomou um banho, tomando cuidado extra para lavar toda a água salgada do seu cabelo. Quando saiu do banheiro, ela ainda tinha cerca de uma hora antes de terem que sair. Maquiagem nunca foi seu forte - menos era mais, era a sua filosofia. Mas, tendo em vista que ia sair, Stella decidiu fazer um esforço extra. Ela hidratou o corpo e passou uma base liquida no rosto para complementar seu bronzeado. Então, delineou os olhos e aplicou duas camadas de máscara nos cílios, até que ficou satisfeita com o resultado. Com os olhos destacados, os lábios tinham que ficar mais apagados, por isso, ela aplicou um batom nude e sorriu para seu reflexo.

Agora, o problema número dois: o que vestir? Exagerado estava fora de questão. Stella precisava de algo sensual, mas casual, elegante, mas não muito formal. Depois de esvaziar metade do conteúdo do guarda-roupa em cima da cama, ela escolheu um top preto de paetês com fechamento no pescoço que caía solto em torno do corpo e bermuda preta que abraçava seus quadris e ficava um pouco acima dos joelhos. Seu cabelo cor de mel se destacava em tudo o que era preto e Stella não fez grande coisa em termos de penteado nele. Ela só o secou e deixou cair sobre os ombros em ondas rebeldes. Parecia que ela tinha feito um penteado, mas bagunçado tudo depois de ter feito sexo incrível.

Bem que ela gostaria.

Com as sandálias de salto alto na mão, ela abriu a porta do quarto, no exato momento em que Lisa estava prestes a bater. Sua prima parecia incrível - com um perfeito vestido de corte simples, mas justo na cintura, azul e vermelho. Ela arrumou os cabelos loiros em um rabo de cavalo, acentuando seus magros ombros.

— Você está maravilhosa! — ambas disseram ao mesmo tempo e riram.

— Não, sério, Stella, eu nunca te vi assim. Você não costuma usar maquiagem e eu nem fazia ideia que você sabia como usar o delineador.

— Não é um bicho-de-sete-cabeças, né? Você está poderosa, Lis! Eu não consigo acreditar que você ainda não enlaçou um gato italiano.

Num piscar de Olhos 57

Ela quis dizer isso como uma piada, mas algo cintilou na expressão de Lisa. Algo como tristeza e talvez arrependimento. Foi apenas por um segundo e, em seguida, se foi, com um sorriso em substituição, apagando todas as provas.

— Vamos sair e corrigir esse erro, então — ela disse, e puxou a mão de Stella.

— Pode contar com isso.

Eles tinham combinado de se encontrar na Piazza de Ferrari, ao lado da fonte. Já que era a maior e mais popular praça da cidade, ela estava fervilhando de pessoas no momento em que Stella e Lisa chegaram.

No momento em que Max a viu, ele sabia que essa ia ser a noite mais difícil da sua vida. Em muitos aspectos.

Stella parecia deslumbrante. Não, essa não era uma palavra boa o suficiente para descrever seu fascínio. Ela parecia mais sexy do que o mais profundo vulcão dos infernos.

Suas pernas pareciam intermináveis naquela bermuda e saltos altos. O top que ela vestia brilhava e seguia cada movimento seu. Seu olhar de loba estava em chamas e perfeitamente acentuado pela maquiagem.

Max não conseguia tirar os olhos dela. Ele queria tecer seus dedos através do seu cabelo selvagem, trazer seus lábios nos dele e não parar até que ele explorasse cada centímetro do seu corpo. Com sua língua. Duplamente.

Beppe foi o primeiro a cumprimentá-las, com um abraço e um beijo. Ele estava praticamente brilhando de alegria. Ele murmurou alguma coisa quando beijou cada uma delas e elas riram. Em seguida, foi Gia, que estava em uma de suas raras noites de folga e estava realmente satisfeita em ver as meninas. E, em seguida, foi a vez de Max. Ele deu a Lisa um abraço e um beijo e elogiou o seu visual. Felizmente, no momento em que Stella chegou a ele, Beppe, Gia e Lisa estavam envolvidos em uma conversa animada e estavam se dirigindo para o restaurante ao longo da rua movimentada.

Stella parou diante dele, observando-o olhar para ela com o máximo de apreciação que ele tinha por ela. Na verdade, ele tinha feito um esforço especial esta noite e abandonou sua calça jeans desbotada e camiseta por um conjunto mais clássico de jeans Diesel e uma camisa de mangas curtas da Calvin Klein.

— *Ciao*, Max — disse ela, e, colocando a mão em seu ombro, inclinou-se para beijá-lo na bochecha. Ela cheirava tão bem – doce, limpa e fresca, como uma manhã de primavera.

— Você está linda, *tesoro* — ele sussurrou em seu ouvido, pouco antes de ela se afastar. Seus lábios se separaram, como se quisesse dizer algo, mas nada saiu. Stella olhou para ele, diretamente *para* ele, e ele nunca se sentiu mais vulnerável, como se ela pudesse ler todos os seus pensamentos.

— Você não parece nada mal — ela finalmente falou, com um sorriso torto. Ele balançou a cabeça em direção aos seus amigos em um silencioso "vamos?" e, apertando a mão na parte inferior das costas dela, Max levou-a ao longo da *via XX Settembre* e para o restaurante.

Esta noite ia ser ainda mais difícil do que ele tinha pensado inicialmente.

A música no clube estava tão alta que Stella mal podia ouvir seus próprios pensamentos. Eles estavam sentados em uma grande mesa, com sofá de veludo, em forma de semicírculo. A *hostess* era amiga de Beppe, então eles não tiveram que esperar para entrar. Foi um bom bônus também terem conseguido uma mesa VIP, depois que Beppe sussurrou algo em seu ouvido que a fez corar.

Todo mundo estava de ótimo humor. O jantar tinha sido divertido - a comida estava incrível e a conversa fluiu. Stella havia descoberto que Beppe estudava direito na Universidade de Gênova, e sua boca ficou aberta por um longo tempo, em surpresa.

— Você vai ser advogado? — ela perguntou, olhando-o incrédula.

— Sim. Por quê? Eu não pareço um advogado para você? — ele disse e piscou para ela.

— Não, não mesmo. Não com todas as tatuagens, piercings e barba de cinco dias por fazer.

— Eu escondo as tatuagens sob o terno — ele disse, e riu como se fosse óbvio. — E tiro todos os piercings, incluindo este. — Ele estalou seu piercing da língua na parte de trás de seus dentes e deu a Stella um de seus olhares mais sedutores. Ela corou e desviou o olhar; Beppe poderia ser tão descaradamente paquerador quando queria. Não é de se admirar que a maioria das mulheres caíssem na sua lábia em dois segundos.

Ela também descobriu que Gia amava seu trabalho no restaurante. Seu chefe era um famoso *chef* e empresário, e mesmo que ele colocasse uma grande pressão sobre sua equipe, ela se sentia honrada em trabalhar para ele. Nesse ponto, Beppe tinha murmurado algo que soou como *"um idiota com um ego gigantesco"*, mas ninguém prestou atenção a ele, porque Gia continuava a contar animadamente sobre o quão maravilhoso seu chefe e seu trabalho eram.

O vinho fluiu e, até o final do jantar, todos tinham tomado algumas taças. Stella tinha se mantido a base de suco e ninguém pegou no pé dela por causa isso - eles devem ter se acostumado com seu costume de não beber nada alcoólico.

Max sentou-se o mais longe possível de Stella. Ele falou, sorriu e comeu a sua comida, mas em nenhum momento se envolveu em uma conversa com ela ou mesmo a olhou. Isso a tinha chateado. Não só porque desejava sua atenção como o ar que ela precisava para respirar, mas também porque as atitudes dele tinham mudado radicalmente em questão de minutos. Primeiro, ele a tinha cumprimentado como se quisesse pular em seus ossos ali mesmo na rua, e então ele a ignorou completamente.

Graças a Deus pela música alta!

Stella estava mal por pensar excessivamente em tudo. Ela só queria se desligar completamente e viver o momento. Havia algo relacionado a música alta e pouca luz que fazia as pessoas esquecerem seus problemas e inibições - e isso era exatamente o que ela pretendia fazer.

Lisa puxou sua mão e balbuciou "vamos" quando ela a levou para a pista de dança lotada, onde Gia já se balançava ao ritmo da música. Era algum tipo de *house mix*, que não era o que Stella ouviria normalmente, mas para a noite era perfeita. Poucos minutos depois, ela perdeu-se completamente na dança - a música monótona ecoando por todo o seu corpo.

Ela sentiu a mão de Lisa em seu braço e virou-se para a prima. Não tinha a menor chance de ouvir o que ela queria dizer, então, elas recorreram a gestos e muita leitura labial. Ela apontou para a mesa e fez um gesto de beber, com a mão. Stella assentiu e voltaram para a mesa.

Quando se aproximaram, perceberam que não estavam somente Max e Beppe sentados lá. Havia um grupo de mais cinco pessoas - três garotas e dois rapazes - que estavam sentados confortavelmente em sua mesa e tentando conversar. Isso envolvia um monte de gritos e inclinações para o ouvido, bem como gestos animados. Era muito engraçado de ver. Até os olhos de Stella se fixarem em uma garota que estava sentada tão perto de Max que estava praticamente em seu colo. Eles se revezavam para gritar no ouvido um do outro, seguido de sorrisos e acenos.

Não havia nada de engraçado nisso.

O ciúme dominou Stella e afogou todos os outros sentimentos e sons. Ela queria ir até lá, puxar a vadia pelo cabelo e arrastá-la para longe. Mas não faria isso. Se ela tinha aprendido alguma coisa nesta vida, era que o cálculo cuidadoso e a ação inteligente sempre ganhavam mais do que a raiva cega.

Ela seguiu Lisa até a mesa e viu uma garrafa fechada de suco. Devia ser para ela, já que todos estavam bebendo coquetéis e, além disso, tinha sido sua bebida escolhida no restaurante. Estava muito barulho para sequer tentar perguntar a alguém se era para ela, por isso ela a pegou, tirou a tampa e bebeu metade da garrafa de uma só vez. O líquido frio se espalhou por dentro do seu corpo e pareceu incrivelmente bom contra o calor no clube.

Quando abaixou a cabeça e tirou a garrafa dos lábios, notou Max olhando para ela. Sua amiga estava dizendo alguma coisa no ouvido dele e ele parecia satisfeito. Muito satisfeito. Stella levantou a garrafa para ele em um silencioso gesto de "saúde" e ele a imitou com seu copo. A menina que tinha estado tão entusiasmada com a conversa com ele há alguns segundos se afastou de sua orelha, e agora estava olhando para ele como se esperasse uma resposta. Ele nem sequer percebeu que ela tinha parado de falar. Max tinha fixado seu olhar intenso em Stella e ela não conseguia desviar o olhar, mesmo que quisesse desesperadamente. A menina franziu a testa e fez beicinho olhando entre ele e Stella, sua carranca se aprofundando.

Só então, Beppe apareceu ao lado de Stella e, puxando a mão dela, levou-a a poucos metros de distância. Ele a colocou na frente de um cara e saiu. Este era, provavelmente, o único método de apresentação que ela ia encontrar em um ambiente tão barulhento. O cara se inclinou e disse:

— Oi, eu sou Ricardo — disse em italiano. — Você pode me chamar de Rico. — Mesmo com a música alta, Stella podia ouvir o "r" rolando em sua língua.

— Stella — disse ela, inclinando-se para ele em troca. Ele cheirava bem e não parecia nada mau. Não que ela pudesse ver claramente na luz fraca, mas o que ela viu, aprovou - ele era alto, bem vestido em um jeans escuro e camisa, e tinha os olhos azuis bebê que eram visíveis mesmo no escuro.

— Quer dançar? — perguntou ele, inclinando-se, mas não recuou imediatamente. Ele permaneceu ao lado de seu ouvido um pouco mais do que o necessário e Stella não tinha certeza de como ela se sentia sobre isso. Ele parecia bom o suficiente e bonito, mas...

Mas ele não era Max. Ele não faz o meu interior girar em desordem com um único olhar.

Pensar em Max a fez virar a cabeça em sua direção instintivamente e ela viu que ele não estava prestando atenção a ela ou a sua companhia. Max tinha retomado sua conversa com a garota e parecia que as coisas estavam progredindo bem para ele, porque a mão dele estava em sua coxa nua e ela estava claramente gostando disso.

Se Stella fosse uma personagem de desenho animado, seus ouvidos estariam liberando fumaça agora porque ela estava fervendo de raiva por dentro. A solução, no entanto, estava bem na frente dela. Ela sorriu docemente para Rico e o deixou levá-la para a pista de dança.

Isso era bom. Ela dançava e não pensava em outras coisas. Ela iria desfrutar da companhia desse cara legal e esquecer Max e a Srta. Vadia. Como se lesse seus pensamentos, Rico rodeou sua cintura com as mãos e eles se moveram juntos no ritmo. Quase não havia espaço entre seus corpos enquanto dançavam e logo Stella começou a gostar. Rico era um bom dançarino - sem esforço e com muito ritmo. Ele a fez girar e, colou-se nela por trás, colocando as mãos em seus quadris.

Eles dançaram assim pelo que pareceram horas - mudando constantemente de posição e não falando uma única palavra. Stella queria afastar seus pensamentos de Max e ela o fez - dançar com Rico parecia certo. Agradável. Ela deixou pra lá todos os pensamentos conscientes e tudo o que se deixou sentir foi o corpo de Rico ao lado do dela, no ritmo da música.

Max não podia acreditar no que estava vendo quando Beppe arrastou Stella para longe para apresentá-la a Rico. As garotas adoravam Ricardo. Ele era charmoso, bonito, bem comportado e fácil de lidar. Ele tinha a fama de não permanecer com a mesma namorada por mais de quinze dias. E elas ainda o adoravam, porque, diziam os rumores, ele sabia como proporcionar bons momentos.

Não era isso que Stella estava procurando? Diversão sem compromisso? Rico era perfeito para ela, então.

Eu vou matar aquele idiota do Beppe.

Seu amigo sabia muito bem que Max a queria. Eles nunca tinham discutido o assunto, mas Beppe sempre pôde lê-lo como um livro aberto. Desde que eram crianças, não havia nada que Max pudesse esconder porque Beppe tinha estado sempre dois passos à frente. Ele simplesmente o conhecia muito bem.

Rico levou Stella para a pista de dança e começaram a mover-se no ritmo da música. Em pouco tempo, ele estava em cima dela - girando em torno dela, tocando os ombros, cintura, braços e pescoço. A pior parte era que ela parecia se divertir. Ela se afastaria, se não estivesse, *certo*?

Max estava com ciúmes. Pela primeira vez em sua vida, sentiu um ciúme avassalador que consumiu todos os seus pensamentos racionais. Ele queria puxar Rico para longe de Stella e socá-lo até que o rapaz precisasse de reconstrução facial.

Mas ele não o fez. Em vez disso, levou Antonia para a pista de dança e, para a satisfação dela, passou os braços em volta da sua cintura.

Dois poderiam jogar esse jogo.

Só que ele não tinha certeza qual era o jogo exatamente. Ou, até mesmo, se era um jogo.

Stella foi abruptamente trazida de volta à realidade quando Rico empurrou seu cabelo para a frente de seu ombro esquerdo e deu um beijo suave na parte de trás do seu pescoço. Não foi desagradável, não totalmente. Ela até tentou gostar. Podia sentir exatamente o quanto ele gostava.

Infelizmente, assim que seus olhos se reorientaram para a realidade à sua volta, a primeira coisa que viu foi Max dançando com aquela garota. Seu corpo se movia com tanta graça, totalmente em casa na pista de dança. Era hipnotizante. Stella não conseguia desviar o olhar.

Ela sentiu outro beijo em seu pescoço. Desta vez, houve até mesmo um pouco de língua. Seu cérebro começou a gritar com ela para fugir, mas estava hipnotizada por Max e a maneira como ele se movia. Ela desejou que o corpo dele fosse o da pessoa por trás dela e seus lábios fossem os que a beijavam. O pensamento causou-lhe arrepios na espinha, apesar do calor, e ela sentiu os pelos dos braços se arrepiarem.

E, em seguida, todo o seu mundo desmoronou.

A garota com a qual Max estava dançando passou os braços ao redor de seu pescoço e puxou-o para um beijo. Ele retribuiu. Ele a beijou de volta.

Stella sentiu como se estivesse prestes a desmaiar e, desculpando-se, deixou Rico sozinho na pista de dança e voltou para mesa. Ela precisava sair dali. Agora.

Quando Max viu Rico beijar Stella na parte de trás do pescoço dela, a raiva fez seu sangue ferver e seus punhos doeram para bater em alguma coisa, de preferência, no rosto de Rico. Ele queria arrancar a língua do bastardo e alimentá-lo de volta com ela. A raiva que ele não sentia há muito tempo ultrapassou-o, e ele sentiu os músculos se retesarem, preparando-se para uma luta.

Ele foi pego completamente de surpresa quando Antonia o beijou. O toque de seus lábios o trouxe de volta à realidade. Aos poucos, seu corpo aliviou e ele foi capaz de formar alguns pensamentos razoáveis. Stella não era dele. Ela poderia beijar quem quisesse. Ele não deveria ficar com ciúmes e ele definitivamente não deveria atacar qualquer um que chegasse perto dela.

Max se deixou levar e se perdeu no beijo de Antonia. Ele retribuiu por um tempo, porque o que ele realmente precisava agora era gostar disso. Ele queria sentir algo por Antonia, mesmo que fosse uma fração do desejo que sentia por Stella. Ele precisava tirá-la da cabeça e Antonia parecia ser a pessoa perfeita para isso.

No entanto, não deu certo. A garota era inteligente; ela se afastou assim que sentiu que não era correspondida, exceto um movimento mecânico de lábios e língua. Sorrindo para ele com uma mistura de percepção e arrependimento, ela deu meia volta e o deixou sozinho na pista de dança.

Ele olhou ao redor, mas Stella tinha ido embora.

Capítulo Seis

Stella não dormiu bem naquela noite. Suas emoções estavam à flor da pele e, cada vez que fechava os olhos, ela via Max beijando aquela garota.

Às seis da manhã, não aguentou mais e se levantou. Ela fez a única coisa que poderia ajudar a limpar sua mente: colocou suas roupas e tênis e foi para a praia. Ainda estava frio lá fora e Stella gostava de frio, ar refrescante e o silêncio das ruas. Toda a cidade ainda estava dormindo. Quando ela chegou à praia, o sol estava um pouco acima do horizonte e a água estava se movendo de forma pacífica e criando pequenas ondas, como se ela também ainda estivesse sonolenta.

Stella alongou-se por alguns minutos antes de iniciar uma corrida lenta. Um flashback da última vez que ela tinha corrido surgiu em sua mente. Nunca mais ela conseguiria correr sem pensar em Max. No entanto, ela não podia se dar ao luxo de *não* correr, de forma que sua malhação fosse arruinada, porque, mesmo que ela não quisesse pensar nele, ela pensaria.

Ontem à noite tinha sido uma revelação. Max estava atraído por ela, é verdade. Mas ele também era um homem que não faria nada intencionalmente para decepcionar seus amigos. Então, ele estava seguindo em frente.

Stella estava feliz. Mais ou menos. Bem, ela não estava cem por cento feliz e estava loucamente com ciúmes, mas ela sabia que era assim que deveria ser. Assim era melhor. Agora eles poderiam ir além de atração que sentiam um pelo outro e conviver. Serem amigos.

Quantas vezes ela tinha usado essa palavra nos últimos dias? E para que efeito? Ela nunca tinha feito nada para tentar conhecer Max melhor, tinha? Tudo o que ela tinha feito era implorar seu toque como o ar, pensar sobre como seria o sabor dos seus lábios e se deliciar com a maneira como ele a comia com aqueles olhos hipnotizantes. Não é muito amigável. Alguma vez ela perguntou alguma coisa a ele? Fez um esforço para saber mais sobre *ele*? Não. Bem, chegou a hora de corrigir esse erro. Agora que ele tinha seguido em frente e começado a beijar garotas em clubes bem na frente dela, não tinha perigo de eles passarem por cima da linha da amizade. Ela ia convidá-lo para jantar hoje à noite e realmente ter uma conversa.

Stella estava tão absorta em seus pensamentos que não notou o quanto tinha corrido. Seus pulmões estavam queimando, suas pernas pareciam gelatina e ela podia sentir a dor começando a se formar em seu pé machucado. Tinha corrido tudo bem ontem, mesmo depois de passar a noite em cima dos saltos, mas agora a ferida estava começando a latejar. Ela diminuiu seu ritmo e, em poucos minutos, desacelerou para uma caminhada. Pegando a garrafa de água que levou, bebeu metade e sentou-se na areia para se alongar. Quando muito, ela caminharia de volta. Sem mais corrida por hoje.

Stella abriu as pernas bem separadas, tanto quanto conseguia e levou toda a parte superior do corpo para frente até que o peito tocou a areia. O alongamento a fazia se sentir incrível! Ela poderia ficar assim para sempre...

— *Ciao* — disse alguém, bem em frente a ela, e isso a fez sentar-se ereta abruptamente. — Você é muito madrugadora, né? — disse Max, com um sorriso malicioso nos lábios. Mais uma vez, ele estava vestindo apenas uma bermuda, e seu peito estava brilhando com o suor da sua própria corrida.

— Eu não dormi bem na noite passada e queria espairecer. Não costumo correr tão cedo — disse Stella, olhando para a tatuagem em seu quadril, mais de perto. A parte que ela conseguia ver era "A vida é uma" e o resto estava escondido sob a bermuda.

— Eu também. — Ele pegou sua garrafa de água e bebeu alguns goles.

Isso estava ficando muito estranho. Talvez a resolução genial que Stella tinha pensado não fosse tão genial, afinal. Ela não podia nem olhar para ele sem imaginá-lo com aquela garota e seu ciúme borbulhar muito perto da superfície.

— Eu tenho que voltar. — Ela ficou de pé e se virou para ir embora.

Max agarrou seu braço e girou-a de volta.

— Stella, espere. — Ela olhou para a mão dele segurando-a e franziu a testa. Ele a soltou imediatamente, mas seu olhar fixo a grudou no lugar. — Por que você saiu tão de repente ontem à noite? Um minuto você estava lá dançando, e, no seguinte, você tinha ido embora.

— Estou surpresa que você tenha notado. Você parecia bem ocupado.

Droga!

Por que ela foi dizer isso? Ele não lhe devia nada. Ele poderia ficar com dezenas de garotas de cada clube e isso era da conta dele.

— Eu queria ter certeza de que você e Lisa chegaram em casa em segurança. Vocês deveriam ter dito que iam embora.

— Já somos bem crescidinhas, Max. Nós podemos muito bem voltar para casa sozinhas. Não precisamos de um cavaleiro de armadura brilhante para nos acompanhar.

Bem feito. Parabéns. Seja sarcástica e mostre o seu ciúme. Uma maneira perfeita para fazer um amigo!

— Eu sei. É por mim. *Eu* me sentiria muito melhor se soubesse que vocês estavam em casa, em segurança.

Stella se sentiu uma cadela. Este cara legal estava de pé, à sua frente, genuinamente preocupado se suas amigas chegaram bem em casa, e ela estava olhando para ele com raiva. O olhar em seus olhos a fez se sentir ainda pior - era preocupação misturada com tristeza e vergonha. Ele sabia porque ela tinha ido embora - era perfeitamente claro para os dois. Mas ele não deveria se sentir culpado por causa dela.

— Você tem razão. Sinto muito, deveríamos ter avisado que íamos embora.

Max assentiu e tomou outro gole de água, observando-a. Sentia-se tão exposta sob o seu olhar, como se ele pudesse ver tudo o que se passava na cabeça dela.

— Eu realmente preciso voltar... — ela disse, e começou a afastar-se dele.

— Espere. — Ele deu alguns passos em sua direção antes que ela parasse. Stella sabia o que ele ia dizer antes mesmo que abrisse a boca, e desejou poder detê-lo. Ela não merecia um pedido de desculpas e não queria que ele sentisse a necessidade de dar-lhe um.

Num piscar de Olhos   69

— Eu sinto muito.

— Max, você não tem que...

— Não, eu tenho — ele a interrompeu e seus olhos estavam implorando para ela ouvi-lo. — Eu sei porque você saiu daquele jeito. E eu sinto muito. Eu fiz aquilo porque eu estava ficando louco vendo você com Rico.

O quê?

— Eu nunca senti tanto ciúme em toda a minha vida, Stella. Há cinco anos eu jurei que nunca mais bateria novamente em outro homem, exceto se fosse para me defender, mas ontem à noite eu queria arrastar aquele idiota para fora do clube e espancá-lo até que só restasse um fio de vida nele, porque ele estava com as mãos em cima de você. E quando ele beijou seu pescoço... — Max passou a mão pelo cabelo curto, lutando para encontrar as palavras. — Eu pensei que fosse explodir, Stella. Se Antonia não tivesse me beijado para me distrair, Rico estaria no hospital agora.

Stella ficou atordoada. Ela jamais esperava tal confissão.

— Eu não sei o que dizer. — Ela cruzou os braços em torno de si, porque, de repente, sentiu frio, apesar de estar ficando mais quente. Max deu um passo em sua direção e ela teve que inclinar a cabeça para trás para olhar para ele.

— Eu não quero me sentir daquele jeito de novo e não sei o que fazer. Você não quer ficar comigo, mas é óbvio que não podemos ser apenas amigos.

— Não é que eu não *queira* ficar com você. Você não é o tipo de cara que uma garota usa para se divertir durante um verão, Max. E eu vou embora em poucos meses. Isso não vai acabar bem e você sabe disso. Eu não vou colocar Lisa nesse meio, porque ela vai ficar no meio, quer queiramos ou não. Você não deve querer colocá-la nessa posição também; ela é uma de suas amigas mais próximas. Você está disposto a arruinar a amizade de vocês por causa de uma atração que sentimos um pelo outro?

E meu câncer também pode voltar.

— Lisa é a única razão pela qual você não fica comigo?

Não.

— Sim. Minha mãe, Niki e Lisa são as últimas pessoas que restam da minha família. Recuso-me a magoar qualquer uma delas.

Ele assentiu com a cabeça, mas estava claro que não ficou satisfeito com a resposta.

— Olha, nós temos que tentar nos comportarmos como pessoas normais. *Isso* não é normal, Max. Nós estamos deixando um ao outro louco e só nos conhecemos há alguns dias. Você não sabe nada sobre mim, e vice-versa. Talvez pudéssemos tentar nos conhecer melhor e, se passarmos mais tempo um com o outro, é mais provável é que essa atração desapareça...

— Eu não posso, Stella. Isso tudo é novo para mim. Eu nunca me senti assim em relação a uma garota; jamais. Especialmente uma que acabei de conhecer. Mas uma coisa eu sei: não serei capaz de me controlar da próxima vez que um cara se aproximar de você. Vai ser complicado.

Isso significava que nunca mais seriam capazes de sair juntos e Lisa seria separada de seus amigos por causa dela. A culpa tomou conta de Stella e ela estava pronta para fazer qualquer coisa que pudesse para manter Max na vida de Lisa.

E na dela.

— Tudo bem, que tal isso? Eu prometo que não vou dançar ou flertar com qualquer outro cara quando você estiver presente.

Ele pareceu pensar sobre isso antes de assentir. Ele não estava muito feliz com isso, mas pelo menos era alguma coisa. Essa era a solução que precisavam para serem capazes de passar algum tempo juntos.

— Mas tenho uma condição — ela falou e sorriu maliciosamente.

— Claro que tem — ele disse, e sorriu em troca.

— O acordo abrange os dois lados.

— Você está com ciúmes? — Max levantou uma sobrancelha.

— Talvez um pouco. É pegar ou largar.

— Você conseguiu um acordo, *tesoro.*

Num piscar de Olhos   71

Ele tinha que chamá-la assim? A combinação de sua voz e ele falando italiano era de ficar com os joelhos bambos.

— Que tal um jantar hoje à noite? Só você e eu. Podemos conversar.

— Eu não posso. Estarei trabalhando.

— À noite? Os turnos dos salva-vidas não vão só até às seis?

— Eu trabalho em um bar duas noites por semana. Por que você não vai até lá? Beppe vai aparecer em algum momento e talvez Gia, depois do trabalho.

— Claro. Lisa está trabalhando também. Envie-me uma mensagem de texto com o endereço e estarei lá.

Quando eles se separaram, Max não conseguia acreditar que tinha expressado seus sentimentos tão livremente na frente de Stella. Ele a conhecia há cinco dias, mas sentia como se fossem semanas - meses, até. Ela trouxe à tona seu lado muito aberto e honesto. Max não conseguia se ver como um idiota tagarelando sobre sentir ciúmes de qualquer outra garota que ele conhecia há cinco dias. Qualquer outra garota, ponto final. Ele tinha vinte e dois anos de idade e teve dois relacionamentos - um por quase um ano, logo após seu pai ter morrido, e um de aproximadamente oito meses, quando tinha dezenove anos. Houve muitas meninas nesse meio tempo, mas ele não as chamaria de relacionamento.

E ainda assim, com Stella, ele sentia como se nunca tivesse namorado com ninguém antes. Tudo o que sentia era novo para ele: o ciúme extremo; o desejo intenso; o medo desesperador de que ele nunca conseguisse ficar com ela; a honestidade absoluta. Olhá-la nos olhos e dizer exatamente como ele se sentia parecia ser a única opção.

Max mal podia esperar para conhecê-la melhor e desvendar cada nuance dela até que chegasse ao seu âmago. Ele queria ter tudo dela, e não apenas o seu corpo ou a sua amizade. Ele queria seus medos, seus sonhos, seus segredos, seus desejos, seus pequenos hábitos irritantes - toda ela.

Essa constatação o deixou perplexo. O que isso significa? Por que ele se sentia assim por alguém que só conhecia há *dias*? Será que realmente importa há quanto tempo você conhece uma pessoa antes de desenvolver sentimentos por ela? Existe algum livro de regras ou algo assim? Tudo o que ele sabia era que não conseguia evitar de se sentir assim e seria condenado se julgasse a si mesmo por isso.

As coisas eram assim e pronto.

Ele precisava parar de analisar demais, ou ficaria louco.

Quando Stella chegou em casa, teve a casa só para ela o resto do dia. Niki estava trabalhando e Lisa foi compensar a sua ausência do dia anterior, indo para a galeria e a aula de arte, tudo em um só dia.

Tomar um banho parecia ser a primeira coisa a fazer. Quando ela secou os cabelos e vestiu um short e um top, pegou seu telefone e o Kindle e saiu para o jardim. Sentada em uma espreguiçadeira à beira da piscina, Stella ligou para sua mãe e falou apenas por alguns minutos, porque ela estava no trabalho. Ouvir a voz dela era realmente o que ela precisava. Stella sentia saudade da mãe. Queria contar tudo o que estava acontecendo em sua vida agora, porque ela sabia que Helen seria capaz de ajudá-la a resolver a confusão em sua cabeça.

Ouvir a admissão de Max de que ele tinha sentimentos por ela pegou Stella completamente desprevenida. Não era apenas luxúria que ele sentia. Você não tem um ciúme doentio a ponto de querer machucar alguém, quando tudo o que você quer é só o corpo de uma garota. Em vez de ficar feliz com isso, Stella se sentiu confusa. Ela gostava muito de Max. Sua atração por ele ia além do desejo. Era por isso que ela não queria ceder aos seus sentimentos - ela sabia com certeza absoluta que o que ela e Max tinham era muito intenso para apenas uma aventura.

Ela iria embora em dois meses e também ainda poderia estar com câncer. Depois de duas cirurgias, o câncer tinha voltado. Independente de quão bons fossem os médicos, eles nunca teriam certeza de que tinham dizimado todas as células cancerígenas. Stella rezava todos os dias para que ele não se espalhasse para outros órgãos desta vez - porque, se o fizesse, ela não teria quase nenhuma chance de sobrevivência.

Como podia permitir-se ter um relacionamento com um cara incrível e condená-lo a ficar com uma garota doente?

Stella balançou a cabeça, porque seus pensamentos tinham começado a ficar muito mais obscuros do que imaginava. Sem pensamentos sobre o câncer - essa foi sua resolução quando veio para cá. Sinta-se normal e seja normal. Mesmo que seja apenas por dois meses.

Ela pegou o Kindle e começou a ler. Logo, sua agitação e reviradas na cama a noite toda cobraram seu preço, suas pálpebras ficaram pesadas antes que ela cochilasse.

O som da chegada de uma mensagem de texto a acordou. Olhando para o telefone, Stella percebeu que tinha dormido por quatro horas. Sentindo-se renovada e pronta para sair à noite, ela pegou o celular e leu a mensagem. Era de Max - ele estava informando o nome e o endereço do bar no qual ele trabalhava. Por um segundo, Stella se perguntou por que ele tinha dois empregos, sendo que nenhum deles parecia ser uma escolha de profissão. Ela não sabia muito sobre ele, sabia? Talvez se ela adicionasse algumas camadas extras à sua personalidade, fosse capaz de olhar além de seu abdômen tanquinho e apaixonantes olhos cor de avelã e realmente conhecê-lo.

Ela precisava se preparar. Reunindo todas as suas coisas, ela subiu as escadas, enviou uma mensagem de texto para Lisa avisando onde estaria, e se dirigiu para o banheiro. O cabelo dela estava uma bagunça, porque ela tinha caído no sono depois que o lavou. Suspirando, Stella fez um rabo de cavalo e escovou os dentes. Então, passou um pouco de maquiagem enquanto pensava no que vestir. Ter Max olhando-a do jeito que ele tinha olhado para ela quando saíram ontem à noite foi delicioso, mas ela não queria abusar hoje. Então escolheu um jeans - neutro o suficiente - e um top sem mangas prateado que parecia não ter nada de especial na parte da frente, embora as costas fossem decotadas até quase a cintura. Ele era todo preso por três fitas de cetim na parte de trás e abraçava suas curvas perfeitamente. Com seu cabelo em um rabo de cavalo bagunçado, a atenção era imediatamente atraída para suas costas nuas.

O salto alto seria demais, então, Stella decidiu por algo mais baixo, calçando sandálias pretas simples. É isso aí. O mais casual que ela conseguiu.

Sua barriga roncou e lembrou-lhe de que ela não tinha comido nada desde a manhã. Descendo até a cozinha, ela fez um sanduíche e bebeu quase uma garrafa inteira de água. Em aproximadamente dez minutos, ela se sentiu satisfeita, hidratada e animada para sair.

Capítulo Sete

O bar *Ironia* estava muito cheio. Quase todas as mesas estavam ocupadas e o bar estava lotado. A música era uma mistura de pop atual e sucessos do rock, fazendo a maioria dos clientes felizes, mas não muito envolvidos nela. O interior era muito moderno e elegante - mesas de vidro preto, cadeiras vermelhas e brancas e banquinhos, muitos espelhos e luzes. Ele servia à geração mais jovem e demostrava isso.

Stella se dirigiu até o bar e, quando se aproximou, viu um único banco branco no canto esquerdo que estava desocupado. Indo para ele, ela olhou em volta à procura de Max atrás do balcão. Ela o viu e diminuiu o passo para que pudesse desfrutar de observá-lo sem que ele percebesse. Era óbvio que ele sabia o que estava fazendo - ele movia-se com rapidez e eficiência, fazendo e servindo bebidas, enquanto conversava e brincava com os clientes.

Ela poderia ficar ali e observá-lo a noite toda.

Infelizmente, Max a notou enquanto Stella estava olhando para ele. Envergonhada, ela sorriu e acenou, indo para o banco vazio.

— Oi — ele disse quando se aproximou dela. Inclinando-se sobre o bar, ele lhe deu um beijo em cada bochecha. — Um pouco mais e eu não teria sido capaz de segurar o banquinho para você. Está uma loucura aqui hoje. — Alguém chamou o seu nome e, gritando "espere um pouco" em italiano, ele inclinou-se sobre os cotovelos em direção a ela. — O que eu posso fazer para você, *tesoro*? — Essa palavra rolou para fora da sua boca perfeita como se fosse feita para ele. Stella não poderia imaginar qualquer outra pessoa dizendo isso da mesma forma.

— Um Virgin Bellini, por favor. — Ele balançou a cabeça e voltou com a bebida sem álcool, momentos depois. — Você está sozinho esta noite? — Parecia estranho que fosse uma noite movimentada e Max fosse o único atrás do bar.

— Sim, a garota que devia estar no turno comigo se demitiu ontem à noite. Os outros dois caras que trabalham aqui já tinham planos para hoje à noite, por isso não poderiam trocar. Fiquei aqui a maior parte da tarde tentando encontrar alguém para substituí-la, mas não tive sorte.

Alguém o chamou de novo e, desculpando-se, ele foi trabalhar. Stella percebeu que, a menos que Beppe ou Gia aparecessem logo, estaria presa ali a noite toda bebendo seus Virgin Bellinis sozinha, assistindo Max trabalhar. Não que fosse uma vista particularmente ruim, mas ela tinha a esperança de passar algum tempo *com* ele, e não apenas admirando-o de longe.

— Por que você tem que encontrar alguém para substituir a garota? Não há um gerente ou um responsável? — Stella perguntou quando ele voltou para encher o copo dela.

— Sim, tem, mas ele está de férias até amanhã. Os proprietários vivem na Toscana e, já que me conhecem desde criança, sou a única pessoa em quem confiam para gerenciar este lugar quando Stephan não está aqui. — Ele mal terminou a frase antes que tivesse que ir e servir outro cliente de novo.

— Eu tenho uma ideia — disse ela, quando Max veio até ela novamente.

Seus olhos brilharam com malícia e, no momento em que ela disse essas quatro palavras, Max sabia que isso seria um problema hoje.

— Por que você não me deixa ajudá-lo hoje à noite?

— O quê? Não.

— Por que não? Você está obviamente sobrecarregado e eu estou loucamente entediada apenas sentada aqui. Você pode fazer os coquetéis já que eu não sei como fazê-los, e eu posso fazer o serviço mais fácil: entregar cervejas, vinhos e outras coisas.

— Você não trabalha aqui, Stella...

— E quem é que sabe? Ninguém está aqui, exceto você. Se uma das garçonetes perguntar, apenas responda que você está me testando para o trabalho.

78 *Teodora Kostova*

Alguém o chamou de novo e, por mais que Max quisesse virar e gritar com eles, não podia. Se era pelo fato de ser uma noite ocupada ou pelo entusiasmo nos olhos cinza arredondados dela, Max encontrou-se pensando sobre sua proposta. Ela estava certa - ninguém estava aqui. Ele precisava de ajuda. Ele poderia, de fato, dizer que a estava testando para o trabalho.

— Tudo bem — ele falou as palavras antes que tivesse a chance de mudar de ideia. O sorriso com que ela o recompensou valeu a pena cada porção de problema que viria disso, esta noite. — Vá lá trás, para a sala dos funcionários; há um armário cheio de aventais pretos; coloque um e venha para trás do balcão por lá. — Ele apontou a pequena abertura na extremidade do balcão.

Stella pulou de seu banquinho e, literalmente, correu para a sala dos funcionários.

Ele ficou olhando para as costas dela.

Se ele tivesse visto a parte de trás do seu top dois segundos antes, nunca teria concordado com isso. Ela estava praticamente nua! Seu rabo de cavalo tocava de leve no meio de suas costas nuas enquanto andava e ele se imaginou deslizando as mãos sobre a pele lisa e traçando a tatuagem abaixo do seu ombro com as pontas dos dedos, antes de beijar seu caminho até o pescoço.

Max só podia imaginar como os homens que rodeavam seu bar reagiriam a ela. Alguns segundos atrás, ela estava aconchegada em segurança no canto, não causando nenhum problema e, definitivamente, não dando de costas para uma linha completa de jovens de vinte anos, cheios de tesão.

Essa ia ser uma longa noite.

Poucos minutos depois, Stella caminhou em direção a ele usando um pequeno avental preto e um enorme sorriso. Ele rapidamente mostrou-lhe onde ficava tudo o que ela precisaria, como garrafas de cerveja, vinho, frascos de álcool, nozes e fritas.

— Ouçam, rapazes — ele falou mais alto que a música alta e atraiu a atenção de todos. — Esta é Stella. Ela vai me ajudar esta noite. Peguem leve com ela.

A atmosfera do bar mudou imediatamente.

Num piscar de Olhos   79

Os homens começaram a fazer piadinhas e assobiar, aumentando o interesse deles. Eles não tinham uma nova garota no bar *Ironia* há muito tempo e Max estava certo de que Stella teria vários deles em suas mãos, esta noite.

— Cuide das bebidas engarrafadas e vinhos. Chame-me se precisar de um coquetel.

O bar não tinha tantas pessoas pedindo cerveja há um bom tempo.

Max ficou preso fazendo coquetéis para as mesas, porque Stella já tinha sua própria tarefa no bar. Ela serviu a todos com um sorriso, brincou e riu com eles, mas ao mesmo tempo não aceitava qualquer porcaria de qualquer um deles. Algumas observações sarcásticas e flertes foram recuando, procurando alvos mais fáceis. Ela movia-se com rapidez e eficiência, genuinamente se divertindo. Alguns caras se ofereceram para lhe comprar bebidas, mas ela sempre recusava educadamente. Qual era o problema dela em não beber? Ela tinha dezenove anos e estava no exterior, de férias, e, ainda assim, Max nunca a tinha visto beber álcool. Não que ele fosse apoiar que ela bebesse no trabalho, mas Stella não tinha bebido até agora e nem ontem à noite no clube, ou no churrasco de Lisa.

Percebendo que estava olhando para ela com metade de um limão espremido na mão, Max sacudiu a cabeça e tentou se concentrar em seu trabalho. Era difícil, porque Stella era uma grande distração. Sua risada ecoava até mesmo sobre a música alta e despertava arrepios de desejo em sua espinha. Imaginou-a rir baixinho em seus braços, só para ele, e não em um bar cheio de gente babando em cima dela. De vez em quando, ela passava por ele e o cheiro suave de seu perfume atingia seus sentidos, nublando-os. E a pele nua de suas costas... isso o deixou louco por não tocá-la.

— Bem, bem, o que temos aqui? Já explorando a pobre garota inglesa, né?

A voz de Beppe tirou Max de seu devaneio. Seu amigo tinha se inclinado sobre o balcão, obviamente apreciando o rumo dos acontecimentos e pensando em maneiras de envergonhá-lo na frente de Stella.

— Ninguém está explorando ninguém. Ela está me ajudando. — O aviso na voz de Max era óbvio. Ou melhor, seria óbvio se Beppe tivesse qualquer respeito pelos avisos de seu amigo.

— É mesmo? — Ele levantou uma sobrancelha sugestivamente, olhando ao redor e acenando para Stella. — Por que está todo mundo bebendo cerveja? Não tem coquetéis hoje à noite? — perguntou Beppe, quando deu um olhar mais atento ao redor do bar.

— Stella está servindo a cerveja.

Um "Ahhhh" entendedor saiu de sua boca, juntamente com um olhar travesso dirigido a Max. — Eu aposto que você está gostando disso. — A ironia em sua voz não foi perdida em Max.

— O que você quer dizer com isso?

— Não fique na defensiva comigo, cara. Você sabe muito bem o que quero dizer. Eu pude ver que você está com a cueca enfiada na bunda no segundo em que eu entrei.

— Isso poderia ser verdade, se eu estivesse usando cueca. — Max sorriu para o amigo, que fez cara de nojo.

— Eu realmente não precisava saber disso.

— Oi, Beppe — Stella o cumprimentou, inclinando-se para lhe dar os beijos habituais e expôs suas costas totalmente nuas ao lado de Max. Foi preciso toda a força de vontade que ele possuía para não agarrá-la e arrastá-la de volta para a sala dos funcionários. — Você não precisa saber o quê? — ela perguntou, com um sorriso torto.

— Max está sem cueca esta noite — Beppe declarou, orgulhoso de si mesmo e da forma como a situação estava evoluindo ao seu redor.

O sorriso de Stella se alargou, mas ela não disse nada. Era imaginação dele ou ela corou? Se fosse esse o caso, ele poderia empurrá-la um pouco mais.

— Não apenas hoje à noite, cara — disse Max, roubando um olhar em sua direção.

Ah, sim, ela definitivamente corou. Max podia ver claramente a linda cor rosa em seu rosto quando ela se virou para olhar para ele para ver se estava falando sério. Ele piscou e ela balançou a cabeça em descrença. Sorrindo, ela se afastou para atender seu fã-clube.

Num piscar de Olhos   81

— Por favor, encontrem logo um quarto — Beppe murmurou, antes de se dirigir à pista de dança.

Max sempre se achou um bom dançarino, mas seu amigo era outra coisa. Beppe nasceu para se mover no compasso da música. Ele era mais ou menos uns três centímetros mais baixo que Max, mas ele ainda era maior do que a maioria dos caras. Ver aquele corpo magro e musculoso movendo-se tão fluentemente era outra coisa. As garotas adoravam Beppe - ele mal entrava na pista de dança e, em dois segundos, elas começavam a fazer um círculo em volta dele, prontas para atacar. E ele gostava de cada segundo disso.

— Uau, ele domina os movimentos, né? — disse Stella ao lado dele, assustando-o e interrompendo seus pensamentos, fazendo-o deixar cair o limão que estava segurando para fazer um coquetel. Ele espirrou por todo o bar e em sua camisa.

— Eu sinto muito. Não queria te assustar — ela se desculpou, enquanto pegava um pano de prato seco. — Aqui, deixe-me ajudá-lo... — Ela começou a secar a mancha úmida em sua camiseta.

A última coisa que Max precisava agora era de suas mãos em qualquer lugar perto dele. Ele segurou a mão dela e resmungou: — Eu faço isso. — Ela recuou um pouco com a voz dura dele, mas, quando a compreensão chegou em seus olhos, ela mordeu o lábio inferior, tentando esconder o sorriso.

— Sim, com certeza. — Ela deixou o pano de prato em sua mão e dirigiu-se para o lado oposto do bar.

Cara, esta noite nunca vai acabar?

Max mal podia esperar para ter Stella só para ele.

Stella viu quando Max foi para a parte de trás do bar, para a sala dos funcionários, tirando a camiseta no caminho. A tatuagem abaixo do ombro direito movia-se em sincronia com os músculos de suas costas. Stella se imaginou passando os dedos ao longo de toda a tatuagem e descobrindo o que ela representava exatamente, porque agora parecia um monte de curvas aleatórias, embora bonitas.

Ele voltou minutos depois, vestindo uma camiseta preta com "SNATCH" escrito em letras grandes e brancas na frente. Poderia significar qualquer coisa, mas Stella pensou imediatamente no filme de Guy Richie e sorriu.

— O quê? — perguntou Max, quando a pegou sorrindo.

— Nada. Eu adoro esse filme.

— Ah, sim. Eu também. — Ele chegou mais perto dela e Stella teve que inclinar a cabeça para trás para olhar para ele. Ela adorava o quão alto ele era - a fazia se sentir vulnerável e segura ao mesmo tempo. — Talvez pudéssemos vê-lo juntos algum dia. — A voz dele baixou para um ronronar sedutor que ressoou por todo o seu corpo.

Um pigarro alto arruinou o momento quando eles se viraram em direção ao som e deram de cara com Gia. Ela parecia exausta.

— Se vocês dois já acabaram de se comerem com os olhos, poderiam me dar uma bebida? E faça-a forte.

A irmã de Max era bastante franca e Stella gostava disso. Ela não parecia se preocupar com a vida das outras pessoas, mas de um jeito bom. Gia era o tipo de garota que vivia sua vida como ela bem entendia e deixava todos os outros fazerem o mesmo. Stella pensou que não faria nenhuma diferença para ela se seu irmão começasse a namorá-la, mesmo que ela partisse seu coração no final.

Max colocou um coquetel em frente a ela, assim que Beppe caminhou na direção deles. Ele se concentrou em Gia e rodeou sua cintura com o braço quando se aproximou do seu banquinho.

— *Ciao, amore.* Eu estava esperando por você. — Seu tom era brincalhão e ele demorou um pouco mais do que o necessário quando beijou a bochecha dela.

— Sim, eu aposto. É por isso que você está suado e sem fôlego? De esperar? — ela o provocou impiedosamente e ele adorou.

Num piscar de Olhos   83

— Sim, eu estava dançando. Mas vi a sua bunda perfeita no momento em que você entrou, *dolcissima*. — Gia riu e balançou a cabeça, descartando seu elogio.

— Cara, você pode não falar sobre a bunda da minha irmã na minha frente? É nojento — Max reclamou.

— Nojento? Você está cego? — Ele levantou Gia do banco sem esforço, a fez girar, enquanto ainda segurava sua cintura e apontou para o traseiro dela. — Você chama isso de nojento? É a perfeição em sua forma mais pura, homem. — Ele a girou novamente, encontrando-a rindo e, chegando mais perto de seu rosto, acrescentou: — Assim como o resto dela.

Gia continuou rindo e ele, puxando o braço dela, levou-a para a pista de dança.

De alguma forma, Stella não achou que ele estava brincando.

— Então, o que rola entre Gia e Beppe? — ela perguntou a Max, enquanto limpava o balcão. Estava ficando tarde e a maior parte das pessoas ao redor do bar já tinha ido para casa ou arranjado companhia na pista de dança.

— É assim que eles são. Não é nada extraordinário. Eles podem ser bastante irritantes, até você se acostumar com o relacionamento estranho deles.

— Parece-me que ele realmente gosta dela.

— Ele gosta de tudo com estrogênio. — Stella revirou os olhos por esse comentário, mas decidiu não empurrá-lo ainda mais. — Ele é um grande paquerador e as mulheres o amam. Ele nunca teve um relacionamento de mais de uma semana e não está interessado em compromisso. Minha irmã sabe disso e sabe que ele está apenas brincando com ela. Ela nunca cai em nenhum de seus movimentos, porque o conhece muito bem.

Stella assentiu, ainda não completamente convencida de que Beppe não gostava de Gia de uma maneira completamente diferente de todas as outras garotas. Ela o tinha conhecido há apenas alguns dias e Max era seu amigo durante a maior parte de sua vida. Ela não tinha qualquer fundamento para sustentar seu argumento, então, apenas mudou de assunto.

— A que horas você costuma fechar?

84   *Teodora Kostova*

Max olhou para o relógio. — Por volta da uma hora.

O tempo voou entre limpar por trás do balcão e servir algumas bebidas finais. A pista de dança lentamente começou a esvaziar até que Gia e Beppe eram os únicos. Não que eles se importassem. Eles estavam se divertindo muito - a irritada e exausta Gia que entrou no bar tinha ido embora e uma brilhante, despreocupada e risonha garota estava dançando em seu lugar. Beppe era definitivamente seu tipo de remédio.

— Stella — Max chamou. — Aqui está a sua parte nas gorjetas desta noite. — Ele se aproximou dela com um punhado de notas.

— Eu acho que você deve ter esquecido que eu não trabalho aqui, Max. — Ela não se moveu para pegar o dinheiro. Parecia errado; ela tinha feito isso para ajudar Max e tinha sido muito divertido fazê-lo. Ainda não tinha ocorrido a ela que receberia algum dinheiro.

— Confie em mim: eu não estou me esquecendo de nada sobre esta noite. — Ele sorriu e parou a poucos centímetros à frente dela. Normalmente, Stella não gostava que o seu espaço pessoal fosse tão descaradamente desrespeitado, mas com Max ela não se importava. De forma alguma.

— Eu não vou pegar o seu dinheiro, Max.

— Não é o *meu* dinheiro, ele é seu. Nós sempre dividimos as gorjetas entre nós no final da noite. Você serviu bebidas, você ganha gorjetas. É assim que o sistema funciona em um bar. — Ele teimosamente manteve estendida a mão com o dinheiro, em direção a ela, e não tinha nenhuma intenção de recuar.

— Tudo bem. Mas eu tenho uma condição.

— Você tem uma condição?

— Sim. Eu não vou pegar esse dinheiro, se você não aceitar. — Dois poderiam jogar esse jogo teimoso.

— E qual seria? — perguntou Max, suspirando ironicamente entediado.

— Você sai para jantar comigo amanhã - e é por minha conta. — Stella olhou para as gorjetas em sua mão intencionalmente.

Num piscar de Olhos   85

— Você está me convidando para sair? — Ele levantou uma sobrancelha sugestivamente e sorriu.

— Não… bem, sim, mas não é um encontro. Vamos jantar e conversar. Amigos conversam, certo?

— Combinado.

Stella sorriu e pegou o dinheiro.

— Uau, isso é o quanto você geralmente ganha em gorjetas? — Havia mais de cem euros na mão dela, e era apenas a sua parte.

— Não, mas posso apostar que o seu "quase não te cobre" top ajudou a afrouxar algumas carteiras.

— Quase não te cobre? Esse top me *cobre* perfeitamente!

— Tchau, pessoal. Estamos indo embora — disse Gia quando veio pegar sua bolsa, com Beppe a reboque. — Stella, você precisa de uma carona?

— Ela está bem. Eu vou cuidar dela — disse Max, antes de Stella ter a chance de abrir a boca.

— Tudo bem. Até logo. — Eles se dirigiram para a porta, o braço de Beppe envolto ao redor dos ombros de Gia.

Capítulo Oito

Quando o bar estava limpo e as portas, trancadas com segurança, Max pegou a mão de Stella na sua como se fosse a coisa mais natural do mundo, e a levou em direção ao estacionamento, que ficava na parte de trás.

— Para onde vamos? — perguntou ela, porque pensou que iam pegar um táxi para casa.

— Para o carro. Vou te levar para casa.

— Ah. Está bem. Eu não sabia que você tinha carro.

— Sim, acabei de pegá-lo na oficina. Tive que consertá-lo depois do acidente.

A palavra "acidente" ecoou na cabeça de Stella e ela imediatamente congelou no lugar. Ela não gostava dessa palavra. Após o acidente de carro que tinha tirado a vida de seu pai e Eric, Stella não tinha sido capaz nem mesmo de entrar em um carro por dois anos. Tinha lutado contra sua fobia com toda a força que tinha, percebendo que não poderia passar a vida com medo. Imaginar Max em um acidente de carro, no entanto, trouxe de volta memórias ainda recentes e, por um momento, ela sentiu o início de um ataque de pânico. Fechando os olhos, Stella respirou fundo e tentou se acalmar.

Max estava bem aqui ao seu lado; ele não tinha morrido. Tudo estava bem.

— Stella? Você está bem?

Ela abriu os olhos e o encarou, imediatamente relaxando ao encontrar o seu olhar cor de avelã. Ele havia chegado mais perto dela, provavelmente achando que ela poderia desmaiar. A preocupação em seus olhos era evidente, mesmo no estacionamento pouco iluminado. Mas havia algo mais - ele sabia por que suas palavras a tinham perturbado. Lisa deve ter contado a ele sobre o acidente que também matou o pai dela.

— Desculpe. Eu não deveria ter dito nada. Eu esqueci... — Felizmente,

Num piscar de Olhos   87

não havia piedade em seus olhos; apenas preocupação genuína. Stella estava feliz por ele não lembrar que ela tinha perdido metade da sua família. Ela não queria que ele pensasse nisso cada vez que olhasse para ela.

— Está tudo bem, Max. Eu estou bem. — Ela passou por ele em direção ao único carro no estacionamento - uma BMW125i prata.

— Você tem certeza? Podemos ir a pé - está uma noite quente. Eu posso te levar para casa e pegar um táxi de volta para cá...

— Max — disse ela, virando-se para ficar de frente para ele, sentindo-se irritada por ter mostrado tanta vulnerabilidade, porque agora ele estava preocupado com ela. — Eu não vou fazer você andar pela cidade depois do trabalho só porque me apavorei sobre você ter sofrido um acidente. Eu estou bem. Vamos. — Ela fez um gesto impaciente em direção ao carro e, depois de lançar um último olhar desconfiado para ela, Max abriu as portas e eles entraram.

Ele era um ótimo motorista. O carro rugia sob seus pés e ele conduzia sem problemas. Apesar de se sentir nervosa, Stella não podia deixar de admirar a maneira como ele lidava com a BMW: nenhuma vez deu solavanco em uma parada súbita ou rangeu a embreagem. O que a surpreendeu foi que ela achou muito sexy o jeito que ele mudava a marcha e segurava o volante. Ela nunca, nunca antes achou que dirigir um carro fosse sexy.

— Você está me encarando, querida — disse ele com um sorriso diabólico. Stella corou e ficou contente pela escuridão da noite. — O que foi? Você não achava que eu pudesse te levar para casa em segurança?

Ela confiava nele, embora não soubesse o porquê. Confiar em alguém que dirigia um carro era algo que ela achava que nunca faria.

— Você acabou de admitir que sofreu um acidente. Eu queria ter certeza de que você sabia o que estava fazendo.

— Não foi minha culpa. O imbecil tinha bebido e avançou o sinal vermelho, batendo em nós. Não havia nada que eu pudesse fazer. Felizmente, o outro carro sofreu todos os danos e saímos sem um arranhão.

— Nós? — Stella sentiu seu pulso acelerar mais uma vez. Isso soou tanto como um déjà vu; o motorista que matou sua família havia avançado o sinal vermelho e estava embriagado. E Max não estava sozinho.

— Sim, Lisa e eu. — *Não, não, não, não!* — Eu pensei que ela tinha contado...

Stella não conseguia falar, porque sua garganta estava completamente fechada, então, ela apenas balançou a cabeça. Lisa tinha estado em um acidente de carro recentemente. O que havia de errado com este mundo? Será que todos que amava tinham que morrer em um acidente de carro? Esse era o seu pior medo tornando-se realidade. Justamente quando ela pensou que tinha conseguido superá-lo.

O carro diminuiu a velocidade e parou num acostamento. Stella tentou superar a sua ansiedade. Olhando para fora da janela, percebeu que eles ainda não estavam em frente à casa de Lisa.

— Por que você parou? — ela perguntou a Max, virando-se para encará-lo. Ele tinha aquele olhar de novo - preocupação misturada com pesar. Ele não disse nada, apenas soltou o cinto de segurança e afastou uma lágrima de seu rosto com o polegar.

Stella não tinha notado que estava chorando.

Perfeito. Isso pode ficar mais embaraçoso?

Ele não perguntou se ela estava bem, porque, obviamente, ela não estava. Não havia como negar o que sentia. Mas, ainda assim, não teve coragem de dizer a ele exatamente como se sentia agora.

Eles ficaram em silêncio por alguns instantes antes de Max falar.

— Quando meu pai morreu, eu saí dos trilhos, por um longo tempo. Eu bebia e festejava todas as noites, dormia com cada garota que mostrava um remoto interesse em mim. Eu não estava interessado em nada nem ninguém. Minha mãe estava de luto, sofrendo, enterrando-se no trabalho, e raramente estava em casa. Gia estava ocupada tentando se formar com boas notas e entrar em uma faculdade. Eu senti que todos tinham me abandonado. Comecei a entrar em brigas e causar problemas em todos os lugares que eu aparecia. Durou mais de dois anos. Eu estava muito mal e não via nenhuma maneira de sair dessa. Até que uma noite, eu entrei em uma briga e o cara que eu bati acabou em coma por uma semana. Ele quase não sobreviveu. Nenhuma acusação foi feita contra mim, porque eu tinha fugido e o deixado para morrer. Ele tinha drogas com ele e estava chapado quando a ambulância chegou. Ele nem lembrava quem o tinha levado para o hospital.

— Eu quase matei alguém, e não me lembro o porquê. Essa foi a sacudida que eu precisava para tentar resolver minha situação. Era isso ou acabar na prisão, ou pior. Eu precisava lidar com a morte do meu pai. Aceitá-la e seguir em frente. Então, eu parei de beber e festejar, e descobri um grupo de apoio para jovens que perderam seus pais. Percebi que eu não seria capaz de fazer isso sozinho. Foi lá que eu conheci Lisa, e sua amizade tem sido uma parte vital na minha recuperação.

O tempo todo que falou, ele olhou para frente, além do para-brisa. Stella não podia ver seus olhos, mas ela imaginava que eles estavam repletos de emoção. Ela também achou que ele não contava essa história para qualquer um. Ele fez isso para preparar o terreno para ela compartilhar seus próprios sentimentos com ele.

Ela alcançou a caixa de marcha e pegou a mão direita dele na dela. Max virou a cabeça em sua direção e parecia surpreso. Ele não sabia como ela reagiria ao seu passado e ao fato de que ele quase matou alguém sem nenhuma razão.

— Você deveria estar orgulhoso de si mesmo, Max. Apesar de tudo, você conseguiu sair desse buraco. Muitas pessoas não podem dizer isso. É muito mais fácil se deixar levar e afundar ainda mais. — Ela apertou sua mão para tranquilizá-lo de que ela estava falando a verdade. Ele assentiu e Stella sabia que era a sua vez de falar.

— Eu... eu tenho medo de carros. Mas não posso passar a minha vida tendo medo disto ou daquilo. Então, eu entro no carro quando preciso, cerro os dentes e suporto o passeio. Tornei-me tão boa em suprimir meu medo que as pessoas nem percebem o quão desconfortável eu estou. O que eu nunca poderia me imaginar fazendo é dirigir um carro sozinha. Embora eu possa garantir que eu nunca vou beber e dirigir ou ser imprudente ao volante, eu nunca poderia garantir que não vou bater em alguém, não por culpa minha, e mudar a vida de alguém como...

Stella fez uma pausa e engoliu as lágrimas. Cinco anos se passaram e ainda falar sobre as mortes de seu pai e irmão não estava sendo nada fácil. Max apertou de volta a mão dela e, quando ela olhou para ele, seus olhos estavam pedindo a ela para ir em frente.

— Minha vida mudou num piscar de olhos. Simples assim — ela estalou os dedos — tudo foi tirado de mim. Meu pai e Eric estavam mortos; minha prima e melhor amiga, a única pessoa que sabia exatamente como eu me sentia, estava se mudando para outro país; minha tia não queria nem manter contato. Meu maior medo até hoje é que as pessoas com quem me importo sejam arrancadas da minha vida e eu não seja capaz de fazer nada sobre isso. Eu percebo que é do que a maioria das pessoas tem medo, mas conheço a sensação por experiência própria e nunca mais quero passar por isso.

— Eu luto contra esse medo todos os dias, porque eu quero realmente *viver* a minha vida e não ter *medo* dela. Eu não quero me separar das pessoas de quem gosto só porque estou com medo de perdê-las. — Ela fez uma pausa e ponderou mentalmente se deveria dizer o que vinha a seguir ou não. — Eu não quero não ser capaz de me apaixonar, porque tenho medo que meu coração seja quebrado de uma maneira ou de outra.

Seus olhos nunca deixaram os dele quando ela disse essas últimas palavras.

Conseguir que Stella se abrisse para ele parecia um feito incrível. Ela sempre parecia reservada, mesmo depois que ele admitiu como se sentia sobre ela.

Eu não quero não ser capaz de me apaixonar, porque tenho medo que meu coração seja quebrado de uma maneira ou de outra.

O jeito que ela disse isso, olhando diretamente em seus olhos, parecia uma admissão. E, no entanto, esta manhã na praia, ela disse que não queria usá-lo como uma aventura de verão e ferir Lisa no processo. O que Max deveria pensar agora?

A única coisa na qual ele *conseguia* pensar era no quanto queria beijá-la. Ele não conseguia se lembrar de alguma vez ter compartilhado esse momento com alguém. Lisa e Beppe eram as únicas pessoas com as quais ele já tinha falado sobre seu pai e seus sentimentos. Nem mesmo Gia sabia exatamente o quão duro havia sido para ele superar a morte de seu pai.

Mas se ele a beijasse, não haveria como voltar atrás. Ele não se importaria com as consequências. No entanto, ele não tinha certeza de que Stella não se importaria. Ele não seria capaz de aguentar se a beijasse e ela o rejeitasse.

No final, o seu instinto de autopreservação ganhou. Ele soltou a mão dela e reposicionou-se novamente em seu assento. Ele podia sentir a decepção de Stella quando ela voltou ao seu assento. Ele estava desapontado também, mas tinha que lhe dar espaço para pensar. Ele deixou bem claro que queria estar com ela, e, até que ela estivesse cem por cento certa de que queria isso tanto quanto ele, ele não iria pressioná-la.

Se ela o rejeitasse novamente, ele não seria mais capaz de ficar perto dela. Ele preferia passar o tempo com ela a beijá-la agora, unicamente para tornar as coisas estranhamente difíceis amanhã, quando a consciência dela chutasse novamente.

Max ligou o carro e eles foram em silêncio pelo resto do caminho. Eles tinham compartilhado muito e ambos precisavam de um tempo para processar as informações.

Pouco tempo depois, ele estacionou na frente da casa de Lisa e desligou o motor.

— Estou feliz por você ter ido hoje à noite.

— Eu também. — Stella sorriu e ele espelhou seu sorriso. Seus olhos mergulharam para seus lábios por um segundo e Max teve que cerrar os punhos para se impedir de agarrá-la e puxá-la para ele. — Vejo você amanhã, então. Obrigada pela carona.

— *Ciao, tesoro. A domani.* — Max se despediu. Ele podia ver o efeito que tinha sobre ela quando falava em italiano e ele adorava. O simples pensamento de ela não conseguir resistir a ele era excitante demais.

Ele suspeitava que ela cederia mais cedo ou mais tarde.

A luz no quarto de Lisa ainda estava acesa, embora fosse muito tarde. Stella esperava que ela ainda estivesse acordada. Subindo as escadas o mais silenciosamente que pôde, porque sua tia já devia estar dormindo, Stella bateu suavemente na porta de sua prima.

— Ei, eu estava te esperando — disse Lisa, quando fechou o livro que estava lendo. Ela estava vestida com seu pijama e estava deitada apoiada em seu cotovelo na cama.

— Não precisava. Você trabalhou o dia todo. — Stella sentou-se na cama ao lado de sua prima e puxou as pernas para debaixo dela.

— Eu queria te ver. Tenho a sensação de que, desde que você chegou, eu só trabalho. Quero passar mais tempo com você.

— Lis, pare com isso. Eu estou bem. Qualquer momento que você puder ficar comigo está bom.

— Olha, amanhã estou livre durante o dia; eu só tenho que ir à aula de arte à noite. Vamos fazer alguma coisa. Podemos ir ao SPA da mamãe e fazer as unhas ou receber uma massagem. Nós podemos ir à praia... eu não sei - você decide.

— Eu gostaria disso: SPA e praia. — Ambas riram, mas logo o rosto de Stella ficou sério.

— O que há de errado? — perguntou Lisa. — Max deu em cima de você de novo? — Ela fez uma careta.

— Não, não é isso. Nos divertimos muito esta noite. Vamos jantar amanhã.

— É um encontro? — Lisa tentou esconder sua desaprovação, mas não conseguiu. Isso só cimentou a suspeita de Stella de que ela não gostaria que eles ficassem juntos. Max tinha feito a coisa certa quando resistiu em beijá-la esta noite. Se ele não tivesse, elas teriam uma conversa muito diferente agora.

— Não, como amigos que fazem uma refeição juntos.

Stella entendia por que Lisa não queria que ela se envolvesse com um de seus melhores amigos, mas, apesar disso, ela se sentia um pouco irritada. Seria tão ruim se ela e Max namorassem enquanto ela estivesse aqui? Mas ela não podia se dar ao luxo de pensar assim agora.

— Por que você não me disse que sofreu um acidente de carro? — ela perguntou, mudando de assunto abruptamente.

Lisa ficou atordoada em silêncio. Primeiro, o choque apareceu em seu rosto, em seguida, entendimento. E então outra coisa que Stella não pôde identificar, porque sua prima escondeu quase que imediatamente.

— Ele te contou — ela disse suavemente, não acusando.

— Sim, ele contou. Por que *você* não me contou?

— Você sabe por que, Stella. Qual é a razão? Nós estamos bem. A única coisa que a informação teria causado em você era sofrimento desnecessário.

Stella sabia que ela estava certa, mas ainda se sentia como uma pessoa fraca e vulnerável que todo mundo tinha que ter cautela. Ela odiava isso.

— Eu posso lidar com isso, Lis. Sou capaz de lidar com a minha própria merda; você não tem que me proteger. — Ela não queria parecer tão dura, mas era assim que se sentia.

— Eu sei que pode. Você é uma das pessoas mais fortes que eu conheço, Stella. Admiro a forma como você lidou com tudo que a vida já jogou em você. Eu só não vi razão para te contar - o que você teria feito?

— Eu poderia ter, pelo menos, te dado apoio. Aposto que o acidente trouxe muitas memórias de volta.

— Ele trouxe. É também por isso que eu não queria te dizer. Eu não queria que você sentisse o que senti. Eu fiquei mal por dias. Mas, sabe, eu consegui sair daquele buraco negro e me sinto muito melhor agora. Não só sobre o meu acidente, mas sobre o *deles* também.

— O que você quer dizer?

— Eu não sei como explicar isso exatamente. Acho que eu não tinha superado o que aconteceu com o meu pai e ainda não tinha lidado com isso completamente. Mas estar em uma situação semelhante me fez sentir como se, ao superar a minha própria experiência, eu, de alguma forma, consegui aceitar plenamente o que aconteceu com eles também. Isso provavelmente não faz sentido...

— Não, faz sim. Eu entendo. E, de uma maneira estranha, eu estou feliz.

— Você está feliz que eu sofri um acidente de carro? — Lisa brincou com ela e Stella sorriu.

— Sim. Fico feliz que você sofreu um acidente de carro. Essa é uma frase que nunca pensei que diria.

Elas conversaram por mais um tempo. Lisa conversou animadamente sobre a galeria de arte e como ela tinha vendido uma pintura muito cara hoje. O rapaz que a comprou estava impressionado com o conhecimento de Lisa sobre artes, apesar de sua pouca idade. Ele disse que iria solicitar sua ajuda na próxima vez que visitasse a galeria. Ela também contou a Stella como estava impressionada com um de seus alunos, que tinha um estilo único e seu trabalho estava ficando melhor a cada aula.

Stella gostava de ouvir Lisa falar. Logo, suas pálpebras ficaram pesadas e ela começou a cair no sono. Seu último pensamento foi de que ela não estava em sua própria cama, mas estava tão cansada e tão confortável que não se importou. Ela adormeceu ao lado de Lisa, enquanto suas palavras soavam como a melhor história para dormir.

Num piscar de Olhos

Capítulo Nove

Quando Stella acordou, o sol já estava alto no céu e brilhando através das cortinas transparentes de Lisa. Sua prima ainda estava dormindo ao seu lado. Perceber que tinha adormecido no quarto errado fez todos os acontecimentos da noite passada inundarem seus pensamentos ainda sonolentos. Uma dor de cabeça a ameaçou, então, Stella decidiu que era hora de um pouco de exercício. E café. Definitivamente café.

Saindo do quarto o mais silenciosamente possível, para não acordar Lisa, Stella desceu as escadas e foi até a cozinha. Sua tia estava tomando café e lendo jornal.

— Oi, querida. Como você está? — ela perguntou com um sorriso.

— Estou bem, obrigada. Adormeci na cama da Lisa ontem à noite. Nós conversamos até depois das duas da manhã. Eu preciso da minha dose de cafeína.

— Estou feliz por vocês se reaproximarem. Lisa sentiu loucamente sua falta.

— Sim, eu também senti a falta dela.

O que se seguiu foi uma longa e estranha pausa. Stella não gostou do rumo da conversa; era muito cedo para isso e, além do mais, ela precisava de uma pausa das conversas sérias do mundo. A ideia era se divertir. Falando nisso...

— Nós estávamos pensando em ir ao SPA hoje. Tudo bem?

— Claro! Estou sempre dizendo a Lisa para aparecer quando quiser, mas ela raramente vai. Ligue-me quando vocês chegarem lá. Eu adoraria vê-las. — Ela lavou sua xícara de café vazia e dobrou o jornal cuidadosamente sobre a mesa. — Eu tenho que ir, mas te vejo mais tarde. — Ela beijou ambas as bochechas de Stella e foi embora.

Stella terminou o café e ponderou sobre colocar a sua roupa de corrida e ir até a praia, mas ela não quis arriscar machucar seu pé debilitado. Ela correria na próxima semana, só por precaução. Então, colocou seu biquíni e deu algumas voltas na piscina.

Quando terminou, Lisa já estava tomando café, esparramada em uma espreguiçadeira à beira da piscina.

— Como você tem energia para se exercitar todo dia está além da minha compreensão.

— Eu não tenho escolha. Ao me manter em forma, eu maximizo minhas chances de recuperação. — Lisa assentiu e olhou para seu copo, como se estivesse envergonhada. — Além disso, nem todo mundo tem os seus genes. A maioria de nós tem que suar para ficar bem de biquíni — Stella brincou, enquanto se sentava na espreguiçadeira ao lado da sua prima. — Eu vi sua mãe quando acordei e a avisei que nós vamos ao SPA hoje.

— Ah, legal, eu estava prestes a ligar pra ela. Vamos tomar o café da manhã e sair, caso contrário, não teremos tempo para a praia depois. Eu tenho que estar no estúdio às seis.

O SPA era incrível. Ele ficava situado ao lado de uma estrada movimentada, em uma casa moderna de dois andares com um enorme jardim. Era conveniente para o transporte, mas, ao mesmo tempo, afastado o suficiente para não ser perturbado por muito barulho. O jardim era cheio de árvores, arbustos e flores, dando uma sensação de estar afastado da cidade.

Não era um daqueles lugares excessivamente grandes ou impessoais, onde ninguém sequer olhava para o outro. O SPA era pequeno, mas com espaço suficiente para acomodar várias salas de diferentes tratamentos. Ele também tinha uma grande área plana aberta, onde as pessoas podiam fazer seus cabelos ou unhas. Na parte de trás da casa, havia uma sauna e uma pequena piscina de relaxamento.

Ele tinha uma aparência luxuosa e, ainda assim, parecia acolhedor. As pessoas conversavam despreocupadamente e os funcionários estavam sempre sorrindo educadamente. No momento em que as meninas entraram, a recepcionista - uma mulher bonita, de meia-idade, com pele cor de oliva suave e olhos azuis brilhantes - ficou de pé e veio dar um abraço de urso em Lisa.

— Oh, meu Deus, não acredito no que eu estou vendo — ela começou a falar efusivamente em italiano. — Não te vejo há meses, *cara*. Você está maravilhosa, como sempre. Sua mãe vai ficar tão feliz que você veio fazer uma visita. — Ela fez uma pausa para tomar fôlego e seus olhos imediatamente desviaram para Stella. — Você deve ser Stella — ela disse, enquanto a envolvia em um abraço e beijava suas bochechas. — Niki me contou tudo sobre você! Venha, vou levá-las para dentro. — Ela pegou as mãos delas e as levou para a parte de trás do SPA.

Em aproximadamente três horas, tanto Stella quanto Lisa tiveram suas unhas feitas, cabelos hidratados e escovados, receberam uma massagem e uma hidratação facial. Depois, comeram um almoço leve, juntamente com um coquetel energético orgânico. Nesse meio tempo, elas ouviram sobre as últimas fofocas, não importando se era sobre uma celebridade ou alguém próximo.

Elas foram embora do SPA sorrindo. Stella realmente não tinha pensado em nada durante essas três horas, e se sentia mais relaxada por causa disso do que qualquer outra coisa. Elas se dirigiram para a praia e Stella mal podia esperar para melhorar seu bronzeado - sua pele estava lentamente começando a ruborizar com um saudável bronzeado de sol e ela estava gostando muito do resultado.

Ela também estava ansiosa para ver Max.

Era sexta-feira e um dia quente, o que significava que a praia estava lotada. Felizmente, o mar estava calmo e sem idiotas tentando se exibir na frente de seus amigos, nadando apesar da bandeira vermelha. Max estava examinando a praia através de seus óculos de sol quando notou Lisa e Stella indo para os vestiários à sua esquerda. Logo, elas saíram, vestidas em seus biquínis, e, aparentemente, algo engraçado estava acontecendo porque Lisa estava apontando para o mar e ambas estavam rindo.

Max não poderia se importar menos com o motivo das risadas. Seu cérebro não podia processar qualquer informação além do jeito que Stella parecia em seu brilhante biquíni rosa. Ele poderia vê-la por todo o caminho até a Austrália. Ele mal cobria suas curvas conforme ela balançava seus quadris em direção a ele.

Elas acenaram para ele ao estenderem suas toalhas na areia. Ele orou a Deus para que ninguém precisasse de sua ajuda hoje, porque, com Stella a poucos metros de distância, quase nua, seria muito duro reagir a qualquer situação de emergência.

Falando em duro, ele teve que se reposicionar em seu short apertado de salva-vidas e amaldiçoou em voz baixa. Exatamente o que ele precisava. Depois de quase não conseguir resistir a beijá-la ontem à noite, hoje ela estava provocando-o com seu corpo incrível a tarde toda e ainda iriam passar a noite juntos.

Merda.

Ele tinha que fazer alguma coisa sobre esta situação, porque isso o estava deixando louco.

— Cara, parece que alguém roubou seu pirulito. — Era Beppe. Como de costume, ele chegou exatamente quando Max não precisava da sua opinião. Ele olhou na direção das meninas e um sorriso de satisfação se espalhou em seus lábios. Ele estava se divertindo com isso. — Ah, não é um pirulito, no entanto. Mas eu aposto que ela é tão doce quanto.

Em um segundo, Max estava no rosto do amigo e rosnou: — Se você gosta da sensação de ter todos os dentes na sua boca, tome cuidado com o que sai dela. — Max era, pelo menos, três centímetros mais alto do que seu amigo e mais forte, mas Beppe não parecia nem um pouco intimidado por sua ameaça. Embora seu corpo fosse musculoso, era muito mais magro que o de Max, mas isso não o fez recuar. Pelo contrário, ele olhou para o amigo bem nos olhos, seu sorriso ainda no lugar.

— Seja homem e a reivindique, então. Porque, se você não fizer isso, outros farão. — Não era uma ameaça, nem mesmo um aviso. Não havia nada de desagradável em seu tom.

Max passou as mãos pelos cabelos, recuando de Beppe.

— Não é bem assim, cara. Eu me sinto atraído por ela, mas é só isso.

— Sério? Quando foi a última vez que você esteve na cara de alguém pronto para uma briga? Quando foi a última vez que você esteve na minha cara, pronto para uma briga?

Há muito tempo atrás.

— Me desculpa. Eu não deveria ter feito isso. Mas, falando sério, não é grande coisa. Ela é prima de Lisa, somos amigos. Nós vamos jantar hoje à noite. Como amigos. Está tudo bem. — Max estava tentando olhar para qualquer lugar, exceto para os olhos demasiadamente perspicazes de Beppe.

— Isso é conversa fiada. E não faz nenhum sentido. Mas, olha, se você diz que não sente nada por ela, eu acredito em você. — Max assentiu, aliviado por sair dessa tão facilmente. — Eu tenho certeza de que você não vai se importar com o que eu vou fazer agora — disse Beppe. E, com um sorriso perverso, ele foi em direção às garotas.

Max sabia que ele ia pegar pesado. Esse era o Beppe. Ele adorava provocá-lo.

Ele assistiu horrorizado quando Beppe aproximou-se e ligou o charme. Ele não estava lá nem dois segundos, quando elas começaram a rir. Em cinco segundos, ele estava pegando o frasco de protetor solar delas e Stella estava deitando de bruços. Beppe olhou para Max explicitamente quando soltou lentamente a alça do biquíni das costas dela. Em seguida, espremeu uma quantidade generosa de protetor solar em suas mãos e, tomando seu tempo, espalhou-o sobre as costas e ombros de Stella.

Max estava tão furioso que não conseguia pensar direito. A única coisa que o segurava era Lisa - ela estava olhando diretamente para ele, observando sua reação. Ela franziu a testa quando viu sua raiva mal contida e sutilmente balançou a cabeça. Max forçou-se a pensar sobre o cara que ele tinha espancado, há cinco anos - o jeito que estava quando ele foi visitá-lo no hospital; o desespero que sentiu quando não conseguia sequer se lembrar por que ele tinha batido nele. A promessa que fizera a si mesmo de nunca mais bater em qualquer pessoa. A decepção nos olhos de Beppe no mesmo dia.

Funcionou, porque Max não sentia mais a necessidade de matar Beppe.

Ainda assim, ele tinha um ciúme doentio porque seu amigo tinha tocado Stella de uma forma tão íntima. Se ele queria provar um ponto, tinha conseguido. Max poderia apostar sua bola esquerda que Beppe estava muito feliz com isso. E, pela expressão de satisfação em seu rosto, ele definitivamente estava.

— Está tudo bem? Você parecia um pouco... no limite — disse Beppe quando se aproximou dele, seu sorriso torto nunca deixando seu rosto. Max não disse nada - se ele atacasse, acabaria de provar seu ponto; se ele bancasse o indiferente, Beppe veria seu blefe. A única outra opção era olhar para seu amigo e ficar quieto. Talvez, então, ele pegasse a dica e o deixasse em paz.

Beppe foi pego de surpresa com a reação dele; talvez ele esperasse uma explosão semelhante à do comentário do pirulito. Seus olhos ficaram sérios.

— Olha, cara, eu não vou ver você perder o controle de novo, porque você foi covarde e não foi atrás do que queria. — Ele estava falando sério agora, sua voz dura e ainda cheia de preocupação. — Há uma praia cheia de mulheres gostosas. Olhe ao seu redor. Escolha uma, leve-a para casa e foda com ela até que Stella seja apenas uma memória distante.

— Eu não quero nenhuma delas.

— Desde quando? — Max involuntariamente olhou na direção de Stella. Essa era a resposta que Beppe precisava. — Pegue-*a*, então.

— Ela não me quer.

— Papo furado, cara. Eu vi como ela te olha.

Então, nesse exato momento, de todos os momentos que ele poderia escolher, Rico escolheu este para aparecer. Acompanhado de seus amigos, ele caminhou propositadamente para as garotas, seu sorriso arrogante no lugar; seu peito nu e bronzeado.

— Merda — murmurou Beppe, quando os olhos de Max tornaram-se mortais novamente. Por mais que quisesse, ele não conseguia apagar a imagem dos lábios de Rico no pescoço de Stella, seus quadris balançando, com as mãos na cintura dela.

Rico agachou-se ao lado delas e eles começaram a conversar. Seus amigos mantiveram distância, mas ainda cobiçavam as meninas. *Idiotas.* Stella começou a vasculhar a bolsa, mas não tirou nada. Ela disse algo para Rico e ele acenou com a mão com desdém. Eles conversaram um pouco mais e, em seguida, o idiota e seus companheiros foram embora. Lisa virou-se para Stella e sussurrou algo em seu ouvido, e as duas riram.

Que diabos foi isso? Stella ia se encontrar com Rico? Quando?

— Ei, você está bem? — A voz de Beppe sacudiu-o de seus pensamentos e Max assentiu. Ele odiava que seu amigo o tivesse visto reagir a Stella assim. A última coisa que ele queria era deixá-lo chateado novamente. Beppe tinha um monte de problemas, mas ele gostava de Max como um irmão.

— Vá atrás dela — disse Beppe, um pouco mais alto do que um sussurro. Max olhou para ele, surpreso. — Olha, eu não sei o que está acontecendo e por que você acha que ela não quer ficar com você. Francamente, não tô nem aí. Mas eu te conheço desde o primeiro ano da escola, e nunca te vi tão empolgado por uma garota. Vá atrás dela com tudo o que tem, cara. A vida é muito curta, porra.

Ele colocou seus óculos de volta e foi embora. Só mesmo Beppe para soltar uma bomba e desaparecer.

A campainha tocou assim que Stella estava abrindo a porta do banheiro. Lisa havia saído para a aula de arte há meia hora e Niki ainda não tinha chegado em casa do trabalho, por isso Stella, ainda de roupão, foi abrir a porta, perguntando-se quem seria. Ela não esperava Max - eles tinham combinado de se encontrar no restaurante em uma hora, por isso, ela não estava pronta ainda.

Era Max. Ele estava parado à sua porta, parecendo incrivelmente bonito em seus jeans azul e camiseta branca, que destacava sua pele bronzeada. Suas mãos estavam casualmente nos bolsos e seu cabelo ainda estava úmido. Ele cheirava incrivelmente bem e Stella imaginou que ele devia ter acabado de sair do banho. Isso a lembrou de que *ela* tinha acabado de sair do banho, deixando-a imediatamente consciente de seu corpo nu sob o roupão.

Graças a Deus, era um roupão bem fechado, não uma toalha.

— Oi — ele disse e sorriu encantadoramente para ela, seus olhos deslizando por seu corpo e escurecendo como se ele tivesse acabado de perceber que ela devia estar nua por baixo. Ele lambeu o lábio inferior e mordeu-o, seu sorriso perverso nunca deixando seu rosto.

— O que você está fazendo aqui? — Stella não queria parecer indelicada, mas a luxúria em seus olhos a incomodava. Ela sentiu o corpo responder ao seu olhar imediatamente e odiava parecer estar perdendo o controle da situação. Naquele momento, Max poderia fazer qualquer coisa e ela não seria capaz de fazer nada para detê-lo. Felizmente, ele não sabia disso.

Ou sabia?

— É bom ver você também — ele disse ao passar por ela e entrar.

— Não deveríamos nos encontrar no restaurante? Em, tipo, uma hora?

— Sim, mas não consegui esperar tanto tempo. — Ele se esparramou no sofá e deu-lhe outro sorriso irresistível.

— Bem, eu não estou pronta ainda, então, você vai ter que esperar por mim.

— Eu sei. Não se preocupe. — Ele pegou o controle remoto e ligou a TV.

Stella tinha esquecido que ele passava muito tempo aqui e se sentia muito confortável na casa de Lisa. Então, ela apenas passou por ele e foi para seu quarto se vestir.

Ver Stella de roupão fez valer a pena sua chegada antecipada. Max a tinha visto vestindo muito menos na praia, mas isso era diferente; era muito mais íntimo. Ela estava nua sob esse roupão e só pensar nisso o deixou excitado. Ela parecia tão sexy com o cabelo molhado e o rosto sem maquiagem. Ela cheirava adoravelmente também.

Depois que Beppe o deixou atordoado na praia, Max passou a tarde pensando. Seu amigo tinha razão. Ele sabia muito bem como exatamente a vida era curta. Desperdiçar momentos preciosos e pensar excessivamente cada passo era um enorme desperdício de tempo. Max sempre acreditou que havia uma razão por trás de tudo. Se uma pessoa entrava na sua vida, sempre tinha um determinado efeito sobre isso. Deixar de lado seus sentimentos por Stella, sem nem sequer dar uma chance a eles, parecia como perder uma oportunidade que a vida lhe tinha servido numa bandeja de prata.

Vá atrás dela com tudo o que você tem, cara.

As palavras de Beppe ecoaram em sua cabeça novamente - porque isso era exatamente o que ele pretendia fazer. Mas ele tinha que ser esperto; se ele pressionasse muito e muito rápido, ela correria. Ele tinha que fazê-la perder o controle. E, considerando a forma como ela reagiu a ele há cinco minutos atrás, não seria tão difícil.

E eu vou aproveitar cada segundo disso.

No momento em que Stella tinha se vestido e descido as escadas, Max estava deitado confortavelmente no sofá, com um braço em seu estômago, o outro atrás da cabeça. Ele tinha uma garrafa de suco de laranja meio vazia na mesa de café. Enquanto descia as escadas, seu olhar se desviou da TV para ela e seus lábios se abriram em um sorriso sedutor. Stella estava feliz que tinha calçado sapatilhas, pois seu olhar a fez ficar tonta e ela provavelmente teria perdido o equilíbrio com um sapato menos confortável.

Max estava de volta ao seu modo paquerador. No entanto, agora que ela o conhecia melhor, isso acabava por adicionar outra camada a ele. Não era mais apenas atração que sentia. Era algo mais profundo, algo que ardia em seu peito e fazia sua barriga se agitar cada vez que ele a encarava com seus sensuais olhos cor de avelã.

Involuntariamente, seus lábios se entreabriram, reagindo por conta própria ao seu olhar de molhar a calcinha. Ele se levantou e foi até ela, antes que ela chegasse ao último degrau. Mesmo com a vantagem da altura desse degrau, ele ainda era mais alto do que ela. Ele parou bem na frente dela e Stella inclinou a cabeça para olhar para o rosto dele. Max estava olhando para ela com os olhos semicerrados e ela ficou maravilhada com seus cílios longos e grossos. Ele olhou para ela por mais alguns momentos, sem dizer nada. Stella queria desesperadamente quebrar o silêncio, mas a respiração dela estava presa em sua garganta e ela não conseguia falar.

Ele se inclinou e afastou o cabelo dela do ombro esquerdo, expondo a alça fina do vestido e fazendo um arrepio correr pelo corpo dela. Então, ele a beijou na bochecha - e permaneceu lá durante o que pareceu uma eternidade.

— Você parece melhor do que qualquer refeição que podemos pedir no restaurante — disse ele, seu hálito quente fazendo cócegas em seu pescoço. — Vamos ficar aqui e ter você, em vez disso — ele sussurrou perto de seu ouvido e ela estremeceu fisicamente.

Assim que ela amaldiçoou silenciosamente seu corpo traiçoeiro, ele decidiu ajudá-la e sua barriga roncou. Max riu e ofereceu-lhe o braço.

— Vamos lá, vamos sair e comer. Vamos guardar você para a sobremesa. — Ele piscou para ela enquanto a levava para a porta.

Stella percebeu que não tinha falado uma palavra desde que desceu. Se ele podia fazê-la perder sua língua tão facilmente, ela estava em apuros.

Capítulo Dez

O restaurante era agradável e acolhedor, embora fosse bem na *Via XX Settembre*, que estava muito cheia esta noite. A noite estava quente, então, eles escolheram uma mesa do lado de fora. As pessoas passavam ao lado da mesa, mas isso não parecia incomodar ninguém. Os italianos amavam caminhar. Eles sempre passeavam pelas ruas principais, sempre à noite, encontravam amigos, riam, sentavam-se para um coquetel ou dois, em seguida, caminhavam de novo.

Não é de admirar que as pessoas daqui sejam muito mais saudáveis do que as do meu país, pensou Stella.

Eles pediram a comida e bebidas, e Stella pegou seu celular para enviar uma mensagem de texto para sua mãe. Ela deixou-o em cima da mesa para que pudesse ouvi-lo se Lisa ligasse - ela tinha dito que, se não estivesse muito cansada depois do trabalho, talvez se juntasse a eles.

As bebidas chegaram rapidamente. Max pediu uma cerveja sem álcool, já que estava dirigindo e Stella, uma limonada.

— Você deve ser uma bêbada terrível — disse Max, enquanto observava Stella saborear sua limonada.

— O que disse?

— Sabe, quando se bebe, você se transforma em outra pessoa - como se fosse uma versão maior e com mais raiva de si mesmo.

— O que te faz pensar isso?

— Eu nunca te vi beber álcool desde que chegou. Você tem dezenove anos, está no exterior, sozinha, saindo com amigos todas as noites. Sua restrição tem que ter uma explicação. E essa é a que inventei. — Ele sorriu para ela, obviamente orgulhoso de sua conclusão.

— Eu acho que você nunca vai saber — Stella brincou de volta.

— Ah, sem essa: eu quero ver a Stella selvagem. Você nunca perde o controle?

Num piscar de Olhos 107

— Eu não tenho que beber para isso. A "Stella selvagem" pode facilmente vir à tona quando estou muito sóbria.

— Eu adoraria ver isso.

— Se você for um bom menino, talvez veja. — Stella piscou brincando e Max riu.

Ele se inclinou mais perto dela sobre a mesa e, baixando a voz, disse: — Eu não acho que o bom menino vai fazê-la aparecer. — Ele piscou de volta e colocou a mão sobre a de Stella.

Eles permaneceram assim mais alguns segundos, encarando-se, quando o rosto de Max ficou sério. Stella não gostou da intensidade com que ele a encarava e ela precisava desesperadamente de uma rápida mudança de assunto.

— Então, me fale sobre você, Max.

— O que você quer saber? — Ele se inclinou para trás na cadeira, soltando a mão dela.

— Como pode seu nome ser Max? Não é muito italiano.

— Meu nome é Massimo. Mas minha mãe me chama de Max desde que nasci, então, pegou. Meu pai era o único que insistia em me chamar de Massimo.

Ele baixou as pálpebras e evitou contato visual com Stella, o que a levou a pensar que ele realmente não queria falar sobre o seu pai. Ela estava bem com isso.

— Massimo. Eu gosto.

Ele olhou para ela de uma maneira incerta, como se estivesse decidindo se gostava de outra pessoa, que não o seu pai, usando o seu nome real. Quase que imediatamente sua carranca desapareceu e um sorriso torto tomou seu lugar.

— Eu gosto de como você o pronuncia também. Deveria dizê-lo mais vezes — disse ele, quando seu olhar viajou para os lábios dela e permaneceu lá por um tempo.

Stella deveria ter pigarreado e dito alguma coisa, mudando de assunto - qualquer coisa. Mas tudo o que ela podia fazer era olhar para o rosto perfeito de Max. E então ela fez a única coisa que não deveria ter feito - em um impulso, lambeu o lábio inferior e o segurou entre os dentes. Os olhos castanhos claros de Max piscaram de volta para os dela e escureceram.

— Stella... — Sua voz era tão baixa que quase soou como um sussurro. Isso a puxou para fora do momento e, pigarreando dez segundos atrasada, ela se recostou na cadeira para criar alguma distância entre eles. Com ele estando tão perto, tão focado nela, a atmosfera era muito mais intensa do que ela queria. Esta noite era para se conhecerem e *superarem* a atração de um pelo outro, e não serem sugados para isso mais profundamente.

— Conte-me sobre a sua mãe.

— Uau, você sabe como estragar um momento.

Stella riu - perguntar a um homem sobre sua mãe definitivamente o tirava de quaisquer pensamentos passionais. Nesse momento, a garçonete trouxe a comida, que aparentava e cheirava deliciosamente. Eles imediatamente começaram a comer.

— Bem, minha mãe veio para a Itália da Inglaterra, como guia turística de uma grande empresa de turismo logo depois que terminou a faculdade. Ela pretendia tirar um ano sabático e decidir o que fazer com sua vida; ela nunca teve a intenção de ficar aqui. Mas conheceu meu pai e foi amor à primeira vista; eles se casaram um ano depois de se conhecerem. Além disso, ela realmente gostava de seu trabalho. Ela sempre foi boa com pessoas e idiomas, e o emprego era perfeito para ela. No entanto, ela queria crescer e se desenvolver, não ser guia turística para o resto da vida. Quando ela ficou grávida de Gianna, em vez de tirar folga e ficar em repouso, ela fez aulas de francês. Ela afirma que era muito fácil, uma vez que já falava espanhol e italiano. E aprendeu alemão quando estava grávida de mim. Para encurtar a história, em sete anos, ela já falava cinco línguas e trabalhava como guia turístico em Veneza e na região, e fazia freelance em passeios de barco particulares e passeios em galerias de artes. Ao mesmo tempo, ela se casou e teve dois filhos. — Stella percebeu o quão orgulhoso Max era de sua mãe - estava escrito em todo o seu rosto.

— Ela parece realmente uma força da natureza — disse ela.

Num piscar de Olhos   109

— Sim, ela é. Mamãe é incrível. Não me admira que o papai se apaixonou por ela imediatamente. Eles foram muito felizes todos esses anos; era maravilhoso assistir. Eles sempre se beijavam e abraçavam, riam e brincavam um com o outro.

Max fez uma pausa e concentrou sua atenção na comida, como se estivesse tentando não pensar sobre o passado. Stella não queria deixá-lo desconfortável e decidiu não fazer mais perguntas, deixando que ele falasse o que quisesse.

— Ela trabalha muito agora. Eu raramente a vejo. Essa é a sua maneira de lidar, eu acho. — Ele tomou um gole de sua cerveja e olhou seriamente para Stella, observando atentamente a reação dela. Se ele esperava ver pena ou tristeza, não viu. Tudo o que ela podia sentir por sua mãe era compreensão.

— Ah, eu quase esqueci — Stella começou, levando a conversa para uma direção totalmente nova, porque a dor nos olhos de Max a estava matando. — Eu estava querendo te perguntar, pode me emprestar uma camisa do Gênova para o jogo de amanhã?

— Você quer a minha camisa emprestada? — Seus lábios se abriram em um sorriso preguiçoso.

— Uma de suas camisas.

— Como você sabe que eu tenho mais de uma?

Stella bufou. — Que tipo de fã é você, se tiver apenas uma?

Max riu e concordou com a cabeça.

— Ok. Posso te emprestar uma. Mas você sabe que é do *meu* tamanho, né? — Seus olhos percorreram o corpo dela sugestivamente.

— Eu vou pensar em alguma coisa.

— Claro. — Max deu de ombros. — Nós podemos passar na minha casa depois do jantar e eu pego pra você. Falando em futebol, eu jogo em um time pequeno, estritamente amador. Vamos jogar nesse domingo, na hora do almoço. Lisa e os outros geralmente vão. Nos divertimos e comemos algo depois. Você quer vir?

110   *Teodora Kostova*

— Eu não perderia isso por nada. Você, ao menos, é bom?

— Se sou, ao menos, bom? Minha linda, você está olhando para a cola que mantém toda a equipe junta.

— Em que posição você joga?

— Meio-campo.

— Oh.

— Oh?

— É uma posição de muita responsabilidade. Você sabe que eles sempre dizem que essa é a posição mais importante entre os jogadores de futebol. Eu, pessoalmente, acho que não se pode ser estúpido se você é um meio-campista. Você tem o controle absoluto do jogo e tem que ser capaz de ver todos os ângulos. Você está no comando. Você se atrapalha e toda a equipe sofre. E, claro, alguns dos mais belos gols são marcados não por atacantes, mas por meio-campistas. — Stella parou porque Max a observava atentamente, com um meio sorriso no rosto. — O quê?

— Você realmente gosta de futebol, né?

— Acho que nós estabelecemos isso no primeiro dia que nos conhecemos.

— Não, quero dizer que você *realmente* gosta. Aproveita-o. Qualquer um pode memorizar fatos sobre times. Você fala com paixão.

Stella assentiu, mas não tinha vontade de entrar em detalhes.

— Então, você me faz responder a todas essas perguntas pessoais, mas você não vai devolver o favor? — ele disse isso com humor, mas havia decepção em sua voz também. Stella sabia que não era justo perguntar-lhe sobre a sua família e não dizer nada sobre a dela.

— Eric adorava futebol — disse ela depois de uma pausa. — Meu irmão. Ele me levava aos jogos, me fazia estudar a história do Liverpool como se fosse ensinada na escola. Sua paixão era contagiosa. Depois que ele se foi, senti que, se eu parasse de assistir futebol, ele ficaria louco se pudesse me ver. Foi difícil no começo, porque me lembrava muito dele. Mas eu não parei e,

Num piscar de Olhos   111

com o tempo, tornou-se a única coisa que o mantinha vivo em minha memória.

Max entrelaçou os dedos com os de Stella sobre a mesa e comeram em silêncio por um tempo.

— Sabe, eu sempre pensei que comer com alguém é tão íntimo como ter relações sexuais — disse Max, quebrando o silêncio e circulando a palma da mão de Stella com o polegar. Ela sorriu e olhou para ele, surpresa. — O quê?

— Isso é exatamente o que eu penso também.

— Sério?

— Sim. Mas há mais. Eu acho que você pode dizer como alguém é na cama ao vê-lo comer.

— Sério? — Max sorriu e levantou uma sobrancelha. — E o que você aprendeu sobre mim hoje à noite?

Assim que Stella estava pensando em como formular sua resposta, Rico apareceu do nada e deixou-se cair ao lado dela.

— Oi, pessoal — disse ele em italiano.

— Oi — disse Stella, surpresa com sua aparição repentina. — O que você está fazendo aqui?

— Eu estava passando e te vi. Pensei que poderíamos terminar o que começamos hoje na praia. — Ele piscou para ela - bem na frente de Max, que estava olhando para Rico com uma mistura de raiva e aborrecimento. Rico, no entanto, não parecia nem um pouco preocupado com o cara em frente a ele, porque toda a sua atenção estava voltada para Stella.

Ele pegou o celular dela, que ainda estava sobre a mesa, e começou a escrever nele. Então, ele pegou seu próprio celular e digitou alguma coisa lá também.

— Aí. Não há mais desculpas, *bellissima*. Eu te ligo. — E, com isso, ele se foi.

Stella não sabia o que fazer com esse cara - ele parecia encantador e amável, embora um pouco atrevido. Mas ela definitivamente não gostava dele.

Quando ele pediu seu número hoje na praia, ela disse que tinha esquecido o celular em casa. O que aconteceu foi o jeito do destino pagar de volta sua mentira. Stella não pôde deixar de sorrir ao pensar e balançou a cabeça.

— Você está saindo com ele? — A voz de Max era séria e perigosamente baixa.

— O quê? Não... eu... ele pediu meu número hoje na praia. Eu disse que tinha esquecido meu celular. Eu não podia mentir hoje à noite.

— Por que você não queria dar o seu número a ele? Eu pensei que você queria alguém "não muito intenso" para uma aventura de verão. — Max fez aspas no ar com os dedos e isso, de alguma forma, irritou Stella ainda mais do que o seu tom desagradável. Ela estava pronta para uma resposta maldosa, mas as palavras de Max na praia ontem soaram em sua cabeça, como se tivesse acabado de dizê-las:

Eu nunca senti tanto ciúme em toda a minha vida, Stella... Eu queria arrastar aquele idiota para fora do clube e espancá-lo até que só restasse um fio de vida nele, porque ele estava com as mãos em cima de você. E quando ele beijou seu pescoço... Eu pensei que fosse explodir, Stella.

Ele estava com ciúmes de Rico, o que era ridículo. Stella não se sentia nem remotamente atraída pelo cara. Os olhos dela se suavizaram e ela decidiu que a melhor maneira de lidar com a situação era acalmar Max. Ela não lhe devia nenhuma explicação, mas, de alguma forma, a necessidade de tê-lo relaxado e feliz em sua companhia superou-a.

— Max, não vamos estragar uma excelente noite por causa de Rico. O que está feito está feito. Apenas esqueça-o. Eu já esqueci.

Ele assentiu com a cabeça e a raiva evaporou de seus olhos, mas ele ainda não estava à vontade.

— Vamos pagar a conta e tomar sorvete em outro lugar.

Max assentiu novamente e tirou a carteira.

— O que você está fazendo?

— Eu estou tirando o dinheiro para pagar.

Num piscar de Olhos   113

— É por minha conta, lembra-se?

— Stella...

— Nem tente, Massimo. — Ela fitou-o com um olhar gélido e Max riu, balançando a cabeça e colocando sua carteira de volta no bolso.

— Eu não devia ter falado o meu nome verdadeiro. Parece tão sexy quando sai da sua boca que não consigo resistir. Eu faria qualquer coisa que você pedisse.

— Vou manter isso em mente.

Max riu de todo o coração e, depois que Stella pagou a conta, ele pegou a mão dela e a levou para fora do restaurante.

Eles compraram sorvete em uma pequena barraca e caminharam ao longo da rua movimentada, apreciando a sobremesa, bem como a noite quente.

— Você vai para a universidade no próximo ano? — perguntou Max. Stella tinha esperança de que quaisquer planos para o futuro não surgissem em uma conversa, porque ela realmente não tinha nenhum. Mas como iria dizer que não tinha planos de estudar ou trabalhar e não soar como uma idiota preguiçosa?

— Eu não sei. Ainda não decidi. — Ela esperava que fosse o suficiente e ele não a pressionasse.

— Não? Você, pelo menos, pensou no que gostaria de estudar? Ou trabalhar, no futuro?

Sim, eu gostaria de sobreviver tempo suficiente para ser capaz de fazer essa escolha.

— Não.

Ele olhou para ela, surpreso com a resposta de uma única palavra.

— O que você gosta? Algum hobby?

Ele não ia desistir, então ela decidiu dar-lhe alguma coisa. Pelo menos assim, ele não pensaria que ela era completamente sem esperança.

— Eu gosto de livros. E de escrever. E de moda. Fazer coisas, como bijuterias e acessórios. Design de interiores. — Antes que ele tivesse a chance de fazer mais cinco perguntas sobre o tema, ela disse: — E você? Algum plano para a universidade?

— Sim. Eu gostaria de ir para a universidade no próximo ano. É por isso que tenho trabalhado em dois empregos nos últimos dois anos. Eu não quero pegar financiamento estudantil, então, decidi ficar em casa com mamãe e Gia, trabalhando e economizando o máximo que puder, para não me preocupar com dinheiro, enquanto eu estiver na universidade. Me pareceu o mais sensato a fazer, já que temos esta casa enorme que fica vazia o tempo todo com a mamãe viajando e as longas horas de Gia no restaurante.

Se houvesse alguma chance de a rua se abrir e engolir Stella, ela a teria pego. Lá estava ela, completamente sem ambição, idiota preguiçosa, andando com um cara que trabalhava em dois empregos para economizar dinheiro para a universidade.

— Você já sabe o que quer estudar? — perguntou ela, recusando-se a afogar-se na autopiedade e vergonha.

— Arquitetura. Eu amo edifícios, mesmo que isso soe meio estranho. Eu gostaria de restaurar edifícios antigos, um dia. Trazê-los de volta à sua antiga glória. Manter o lado de fora o mais original possível, mas torná-los elegantes, confortáveis e modernos no interior.

— Isso é incrível — disse Stella. — Tenho certeza de que você será muito bom no que fizer.

Ele sorriu e lambeu o sorvete. — Vamos ver.

Max estacionou o carro na garagem e desligou o motor. Estava escuro dentro da casa; Gia provavelmente ainda estava fora e sua mãe não voltaria até o final do domingo à noite. Ele olhou para Stella, que, de repente, parecia um pouco desconfortável. Não era completamente infundado - eles estavam em frente à sua casa vazia, sozinhos, e se ela pudesse ler os pensamentos dele e ver todas as coisas que ele imaginava fazer com ela quando passassem pela porta... Digamos apenas que ela estaria muito mais desconfortável do que estava agora.

— Você está bem? — questionou.

— Sim. Eu vou... Eu posso esperar aqui, se você quiser.

— Saia do carro, Stella. Você não vai ficar esperando aqui do lado de fora. Não vai demorar nem um minuto. Eu só preciso encontrar a camisa e te levo para casa.

Isso pareceu relaxá-la um pouco, então ela abriu a porta e saiu.

Uma vez que eles estavam lá dentro, Max acendeu as luzes e Stella olhou com curiosidade ao redor.

— Você tem uma bela casa.

— Obrigado. Venha, vamos até o meu quarto.

— Eu posso esperar aqui...

— Pelo amor de Deus. — Max revirou os olhos e, pegando a mão de Stella, levou-a escada acima. Isso a fez rir. — Que tipo de monstro você acha que eu sou?

Sem esperar por uma resposta, ele abriu a porta do quarto, acendeu a luz e arrastou Stella para dentro antes de soltar a mão dela. Graças a Deus, ele tinha arrumado sua cama esta manhã. Estava relativamente limpo e arrumado. Seu quarto era enorme, com uma cama king-size em uma extremidade, e uma área de estar com sofá e TV de tela plana na outra. Ele também tinha um closet, que vinha a ser muito útil para armazenar coisas e tirá-las do caminho.

— Por favor, sente-se e fique à vontade. Eu vou procurar a camisa. — Ele apontou para a porta do closet. Stella assentiu e foi para o sofá.

Max entrou em seu closet e deixou a porta aberta. Ele sabia exatamente onde suas camisas de futebol estavam, mas queria deixar o tempo passar e prolongar a presença de Stella em seu quarto o máximo de tempo possível. Felizmente para ele, ela não se sentou e olhou nervosamente para ele. Ela começou a andar em volta, olhando fotos e explorando. Max valorizava sua privacidade e não conseguia se lembrar quando foi a última vez que ele trouxe uma garota aqui. Mas, de alguma forma, Stella olhando em volta não parecia ser uma intrusão. Parecia como se ele estivesse se abrindo para ela, de uma forma diferente, e ele gostou disso.

Fingindo que estava procurando a camisa, ele a seguiu com os olhos. Ela parecia um pouco mais relaxada; seu corpo não estava mais tão rígido. Bom, isso era exatamente o que ele queria. Ele não sonharia em fazer nenhum movimento enquanto ela estivesse esperando por isso. Mas ele tinha toda a intenção de beijá-la esta noite. A ideia de passar mais um dia sem provar seus lábios era insuportável. Ele precisava dela. Ele não conseguia explicar o que exatamente precisava dela. Tudo o que sabia era que a pura necessidade de ficar perto dela era tão forte que tinha vontade própria e o puxava na direção dela. Tentar se controlar necessitaria de muito esforço.

Stella não fez nenhuma pergunta. Ela olhou em silêncio ao redor, mas não disse nada. Max se perguntou no que ela estava pensando. Eventualmente, ela se sentou no sofá, virando-se para encará-lo. Sua procura se tornou mais concentrada, agora que ela estava olhando para ele.

— Eu sei que você está enrolando — ela disse e o fez rir. É claro que ela sabia. — Por que você me quer aqui? — ela perguntou, sua voz perdendo o tom brincalhão.

Ele pegou a camisa com um movimento rápido e saiu do closet. Ele se sentou em frente a ela no sofá, imitando sua pose - o braço apoiado sobre o encosto, uma perna dobrada na frente dele, a outra plantada no chão.

— Eu não sei — ele disse e entregou-lhe a camisa. Ela pegou.

— Obrigada.

Eles permaneceram em silêncio por um tempo. Stella estava olhando para ele com expectativa. Max sentiu que tinha que dizer alguma coisa, mas não sabia o quê. Tudo o que sabia era que ele não queria que ela fosse embora. Mas como ele poderia impedi-la?

— Acho que é melhor eu ir — ela disse, já se levantando. Em seguida, ela hesitou por um segundo e foi tudo o que Max precisava para perceber

Num piscar de Olhos   117

exatamente o que precisava dela. Algo dentro dele estalou e a vontade de segurá-la em seus braços inundou suas veias e deixou todo o seu corpo em chamas. Lentamente, ele se levantou e pairou sobre ela.

— Você não quer ficar? — ele sussurrou. Não era uma paquera ou um comentário sugestivo. Ele não queria provocá-la. Ele queria saber a resposta honesta para essa pergunta. De alguma forma, ela sabia disso, porque não sorriu ou revirou os olhos.

— Quero. — Sua resposta foi positiva, mas sua linguagem corporal definitivamente não foi. — Mas não vou.

— Por que não? — Ele escovou o cabelo dela para trás sobre seus ombros e acariciou sua bochecha com os nós dos dedos. Instantaneamente, seus braços se arrepiaram. Ela não respondeu imediatamente; seu olhar permanecendo pensativo, como se estivesse tentando descobrir o que dizer e o que deixar de fora. — Por que não, Stella?

Mais uma vez, silêncio. Bem, se ela não conseguia encontrar uma razão para ir embora, então, talvez Max pudesse usar isso a seu favor.

Ele segurou seu rosto com uma das mãos, enquanto a outra acariciava o braço dela e deslizava até a cintura. Ainda nada. Sem palavras, sem razões pelas quais eles não deveriam ficar juntos. Mergulhando a cabeça para baixo, mantendo os olhos focados nos dela, Max cortou a distância entre seus lábios até que eles quase se tocaram. Ele estava tão perto que podia sentir sua respiração quente. Seu controle estava se esgotando e, a menos que ela falasse nos próximos dois segundos, ele iria...

— Eu não quero me apaixonar por você — ela deixou escapar.

Ele se afastou como se ela o tivesse esbofeteado. Ela fechou os olhos em arrependimento.

— Sinto muito, Max. Eu não queria...

— Eu não estou pedindo para você se apaixonar por mim, Stella. — Ele não podia deixar de soar um pouco defensivo, até mesmo amargo. Ele nem sequer sabia por que essa afirmação o incomodava tanto.

— Não é uma questão de você pedir. Você é... incrível. Cada minuto que eu passo com você, percebo o quão maravilhoso você é. Eu não seria capaz de evitar.

— Então, não evite. Eu quero que você seja tão obcecada por mim como eu sou por você. — Ele se aproximou dela novamente, o fogo dentro dele reacendendo com suas palavras. Ele a abraçou e beijou o topo de sua cabeça. Ela circulou sua cintura com os braços e Max suspirou satisfeito. — Não vá. Fique aqui esta noite — ele sussurrou em seu cabelo. Ela negou ligeiramente com a cabeça quando se afastou dele. Involuntariamente, ele a soltou. Ela deu um passo para trás e depois hesitou. Mais uma vez.

Péssimo movimento.

Estendendo seus braços longos, Max a agarrou e a puxou para ele, seus lábios colidindo. Ele sugou seu lábio quando ela fez o mesmo com ele. Quando ele empurrou a língua, não muito suavemente, dentro de sua boca, ela a recebeu ansiosamente, encontrando com a sua e, em seguida, chupou-a. Max gemeu com agradável surpresa enquanto Stella continuou a chupar suavemente a língua dele dentro da sua boca. Agora tudo o que ele conseguia pensar era em sua boca em cada parte do seu corpo.

Eles se beijaram intensamente, entregando-se ao momento, perdendo todo o controle. Max enterrou os dedos no cabelo longo de Stella, puxando sua cabeça para trás, expondo seu pescoço. Ele deslizou a língua pelo pescoço dela e beijou sua clavícula. Sua outra mão desceu pelo seu corpo e acariciou a lateral de seu seio. Stella arfou e soltou o som mais erótico que Max já tinha ouvido.

Se ainda restava qualquer controle nele, acabou naquele momento. Ele a levantou e deitou de costas no sofá com Stella por cima dele. Ela caiu para frente sobre seu peito e pressionou seu corpo contra o dele. Segurando seu rosto com as duas mãos, ela o beijou. Max espalmou suas coxas e deslizou suas mãos debaixo de seu vestido. Um tremor o atravessou quando Stella deixou a sua boca e traçou a língua em sua mandíbula.

E então o telefone tocou.

O barulho foi tão alto que sacudiu os dois para fora de seu êxtase. Stella o tirou do bolso e franziu o cenho para o display.

— Eu juro que, se for Rico, vou matá-lo — Max resmungou, e Stella negou com a cabeça.

— Oi, Lis. O que foi? — disse ela, sem fôlego. — Não, está tudo bem. Nós perdemos a noção do tempo. — Ela olhou para ele e sorriu.

Deus, ela era tão sexy! Max deslizou suas mãos até suas coxas de novo, movendo a bainha do vestido mais para cima até que ele alcançou seus quadris e calcinha. Stella fechou os olhos e mordeu o lábio. Esse telefonema nunca vai acabar?

— Eu estarei em casa em breve. Sim, eu também. Tchau.

Ela desligou e de repente o silêncio no quarto era imenso. Max sentiu que não seria uma boa jogada beijá-la novamente, porque seu humor mudou. Como se a ligação de Lisa tivesse sido um lembrete do porquê ela não queria que eles ficassem juntos.

— Eu tenho que ir — ela disse e se afastou dele.

— Stella...

— Eu não posso falar sobre isso agora, Max. Por favor. Eu preciso de algum tempo, tudo bem? — Ele balançou a cabeça e se levantou. Deslizando uma das alças que tinha escorregado pelo ombro, Max sorriu e tentou arrumar o cabelo dela. Então, para tranquilizá-la, deu-lhe um abraço. Ela retribuiu e, naquele exato momento, isso o atingiu.

Eu não quero me apaixonar por você.

Ele sabia por que essas palavras o tinham atingido tão dura e inesperadamente.

Porque ele já estava apaixonado.

Capítulo Onze

Na manhã seguinte, Stella acordou com um sobressalto. Ela olhou em volta freneticamente, porque, num primeiro momento, ela não tinha certeza de onde estava. Ela tinha passado a noite na casa de Max? Não. Ela estava em sua própria cama.

Havia algo sobre estar com Max que embaçava a realidade. Era um tipo bom de borrão, uma mancha na qual não haviam razões para não ficarem juntos. Um borrão no qual não havia câncer, apenas planos e sonhos para o futuro.

Infelizmente, no momento em que o borrão se apagou, a realidade bateu em Stella como um furacão. O que ela tinha feito na noite passada? Por que ela tinha permitido que as coisas fossem tão longe? Max a tinha beijado e foi... inesquecível. Foi um beijo que fez todo o seu corpo tremer de desejo. Foi um beijo pelo qual valeu a pena esquecer a realidade.

Se uma coisa ficou clara ontem à noite, foi que Max não tinha nenhuma intenção de deixar Stella em paz. Ele a queria e viria atrás dela. Mais cedo ou mais tarde, ela iria ceder. Novamente - como tinha feito na noite passada. Mas, da próxima vez, podia não haver um telefonema para interrompê-los.

A única coisa que podia fazer era ficar longe dele, mesmo como amigo. Mas como ela conseguiria fazer isso? Ele era uma parte permanente na vida de Lisa. Não havia nenhum jeito de que ela pudesse evitá-lo pelas próximas oito semanas.

E, francamente, ela não queria. Max era ótimo e ela mal podia esperar para passar mais tempo com ele e conhecê-lo melhor.

Que se dane a realidade.

Quando Stella desceu as escadas, Lisa e Niki já estavam na cozinha, fazendo café e a comida estava com um cheiro delicioso.

— Oi, gente. Vocês acordaram cedo.

— Cedo? São onze horas — disse Niki e, caminhando até Stella, deu-lhe um beijo na bochecha. — Noite longa, a de ontem?

— Sim. Desculpe por isso, Lis. Eu deveria ter ligado, mas acho que perdi a noção do tempo.

Max a tinha levado para casa logo após Lisa ter ligado, mas tinham ficado no carro e conversado um pouco. Nenhum deles queria deixar a sua pequena e acolhedora bolha. Eles não tocaram em nenhum tópico "campo minado", mas, em vez disso, conversaram sobre música, filmes, comida e memórias de infância. Descobriram que tinham muita coisa em comum: eles gostavam do mesmo tipo de filmes e ouviam as mesmas bandas. Aparentemente, depois de Stella ter admitido que gostava de rock dos anos 80 e 90, Max tinha sorrido e dito que amava também. Ele rapidamente encontrou um CD do Aerosmith e juntos começaram a cantar "Crazy" a plenos pulmões. Então, ele confiscou o iPod de Stella e bisbilhotou suas playlists.

— Você tem dupla personalidade ou algo assim? — ele perguntou, depois de vasculhar a coleção de músicas dela.

— O quê? Por quê? — Ela tentou pegar de volta seu iPod, mas ele afastou a mão muito rapidamente.

— Green Day, Bon Jovi, Aerosmith, Linkin Park e 30 Seconds to Mars nunca devem estar no mesmo dispositivo que Rihanna, Destinys Child e Lady Gaga — ele disse, ainda percorrendo as músicas.

— Eu gosto de ter diferentes tipos de música, dependendo do meu humor.

— Sério? Você tem Zero Assoluto e Paolo Nutini? — Ele olhou para ela, incrédulo.

— Bem, sim. Eu estava tentando deixar o meu italiano fluente novamente e acho que é muito mais fácil estudar uma língua através da música.

— E o que diabos é Framing Hanley?

— É uma excelente banda. Você vai gostar.

Eles haviam escutado as músicas favoritas de Framing Hanley de Stella depois que ela lutou para pegar seu iPod das mãos de Max, antes que ele encontrasse mais alguma coisa para tirar sarro dela. Ela estava certa - ele adorou. No momento em que Stella tinha finalmente se arrastado para longe de Max, Lisa já tinha ido para a cama há muito tempo. Stella subiu as escadas e foi para o seu quarto o mais silenciosamente possível.

Lisa não parecia muito feliz com ela, agora. Stella percebeu que não teria trocado o tempo que passou com Max por nada, muito menos pela aprovação de sua prima.

— Sem problema, Stella. Você me disse que estava com Max, então, eu sabia que estava em segurança. É por isso que fui para a cama e não esperei por você. — Stella teria apostado que a preocupação de Lisa não era apenas pela segurança dela - especialmente do jeito que ela falou - mas ela não poderia se importar menos. No momento, tudo o que ela queria fazer era se divertir e esquecer tudo. Ela lidaria com a vida dentro de oito semanas.

Niki colocou panquecas, ovos mexidos, torradas, geleia, salame e manteiga na mesa e fez sinal para que se sentassem. Lisa trouxe o café e de repente elas pareciam felizes e contentes enquanto comiam.

— Eu tenho novidades — disse Niki, depois de esperar que todas tivessem comido algo. As duas garotas olharam para ela com expectativa. Ela sorriu e disse: — Eu conversei com Helen ontem à noite.

— Oh, meu Deus! Sério? Como foi? — Stella ficou tão animada. Ela esperava que Niki desse o primeiro passo e ligasse para sua mãe, mas ela realmente não tinha certeza se ela o faria. Lisa sorriu e olhou para a mãe com interesse.

— Foi um pouco estranho no começo, eu acho. Mas, então, foi como se nunca tivéssemos perdido o contato! Nós conversamos por quase uma hora e pareceu... certo. — Pensando nisso, Niki realmente parecia brilhante esta manhã, como se um peso enorme tivesse sido tirado de seus ombros.

— Estou tão feliz por você, mãe. — Lisa levantou e deu em Niki um beijinho na bochecha quando passou por ela para se dirigir até o balcão e se servir de mais café.

— Eu tenho que ligar para minha mãe antes de sair — disse Stella. —

Num piscar de Olhos   123

Eu aposto que ela está muito animada também.

— Aonde você vai? — perguntou Lisa quando voltou para a mesa.

— Eu não, nós. Vamos ao jogo, lembra? — A julgar pelo olhar confuso no rosto de Lisa, ela não lembrava. — Gênova x Sampdoria, o jogo de caridade? Beppe nos falou sobre ele na segunda-feira.

— Ah, é verdade. Eu tinha esquecido completamente.

— Você ainda vai, né?

— Sim. — Lisa deu de ombros como se ela fosse só porque não tinha nada melhor planejado.

— Você está bem? — perguntou Stella, porque sua prima vinha agindo estranhamente durante toda a manhã, e não era só porque ela voltou tarde para casa, ontem à noite.

— Eu estou bem. Só estou com muita coisa na cabeça.

— Quer falar sobre isso?

— Talvez mais tarde. Temos que nos arrumar. — Ela deu um sorriso tranquilizador a Stella, como se para mostrar que ela não era a razão de seu mau humor; levando a xícara de café, ela subiu as escadas para o quarto.

— O que aconteceu com ela? — Stella perguntou à tia.

— Não sei. Ela não me disse nada. Quando cheguei em casa ontem à noite, ela estava em seu estúdio e não saiu até que fui para a cama. Talvez ela esteja em algum tipo de humor de artista. Isso já aconteceu antes.

Stella assentiu, aceitando a explicação de sua tia, porque ela não parecia preocupada. Elas eram muito próximas, por isso, se Niki estava certa de que Lisa estava bem, então, ela deveria estar.

— Então, Lisa me disse que você passou bastante tempo com Max. — Niki sorriu descaradamente e Stella corou.

— Sim, ele é ótimo. Não olhe para mim desse jeito; somos apenas amigos.

— Ceeeeerto. — Sua tia riu. — Você sabe que sempre pode conversar comigo sobre qualquer coisa, né? Eu estou aqui para você, querida.

— Obrigada, tia Niki. Eu sei.

— Bom. Eu tenho que ir agora, mas espero que todas nós possamos estar aqui para o jantar, ok? Eu sinto falta de vocês.

Ela deu um beijo em Stella e saiu pela porta da frente, indo para o trabalho.

Sorrindo, Stella subiu para seu quarto para se arrumar. Assim que fechou a porta, ouviu seu celular vibrar na mesinha de cabeceira.

Era uma mensagem de texto.

Max — **Você já está usando a minha camisa?**

Stella sorriu e digitou de volta.

Prestes a vestir — **Stella**

Quase que instantaneamente ela recebeu uma resposta.

Max — **Então, você não está usando nada agora?**

Isso a fez rir, mas também a excitou. Imaginou-o ainda na cama, de cueca, apoiado no cotovelo e digitando em seu telefone.

E você? — **Stella**

De onde é que isso veio? Ela não deveria incentivar sua paquera, deveria? Mas era tão difícil resistir.

Max — **Pouco. Mas é facilmente removível. Basta dizer uma palavra.**

Mantenha as calças, garotão. Ou vamos nos atrasar para o jogo. — **Stella**

Max — **Estraga-prazeres.**

Num piscar de Olhos   125

Stella balançou a cabeça e, sorrindo, entrou no banheiro para tomar um banho.

Meia hora depois, ela estava quase pronta. Seu cabelo estava lavado, mas ela não se preocupou em secar e fazer um penteado, então, fez somente um rabo de cavalo e amarrou uma fita azul e vermelha nele para combinar com as cores do time. Sua maquiagem era mínima - apenas um pouco de rímel e gloss. Era hora de decidir o que fazer com a camisa de Max.

Era enorme. Quando ela a vestiu, chegou até os joelhos e as mangas cobriram dois terços dos seus braços. Ah, e havia espaço para mais duas pessoas dentro dela também. Pelo lado positivo, cheirava maravilhosamente. Ela tinha sido recém-lavada, mas o cheiro de Max ainda permanecia nela. No momento em que Stella a colocou, parecia que ele estava ali ao seu lado.

Certo. De volta para estilizar a camisa.

Somente uma coisa adequada lhe veio à mente: legging e um cinto. Stella tinha uma legging azul escura que batia um pouco abaixo dos joelhos. Ela geralmente a usava para ioga, mas seria perfeita para esta ocasião porque a camisa era metade vermelha, metade azul escuro. Vasculhando sua gaveta de acessórios no guarda-roupa, Stella encontrou um cinto fino vermelho, que ela amarrou na cintura com um nó bagunçado.

Pronto. Parecia que ela tinha um *vestido* de futebol, mas ainda era casual e, pensou, original. Por fim, ela calçou o tênis e saiu do quarto, assim que a campainha da porta tocou.

— Lisa, você está pronta? — ela chamou quando passou pelo quarto dela, no caminho para chegar à porta.

— Quase — Lisa gritou de volta.

Abrindo a porta da frente, Stella ficou cara a cara com Beppe e Gia, que estavam ambos sorrindo.

— Você é um idiota — Gia disse a ele em italiano, quando tirou as mãos dele de seus ombros e entrou, beijando Stella em ambas as bochechas. — Uau, você está fofa!

— Se está. Eu não usaria essa mesma palavra, apesar disso — disse

Beppe, quando piscou para ela e a abraçou, beijando seu rosto também.

Quando Beppe entrou, Stella viu Max chegando logo atrás. Ele estava vestindo uma camisa do Gênova também, mas a sua era a do uniforme reserva: branca com duas listras azuis e vermelhas na frente. A outra diferença é que, na verdade, ela realmente cabia nele.

— *Ciao, tesoro* — disse ele quando se inclinou para beijar seu rosto. — E eu que achei que você não poderia fazer a minha camisa parecer sexy — ele sussurrou em seu ouvido, fazendo seu coração acelerar.

— Que bom que gostou. Eu não sonharia em desonrar a sua camisa.

— Desonrar? Você está brincando comigo? Eu nunca mais vou lavá-la novamente.

— Uh, porquinho. — Stella franziu o nariz e riu.

Eles deixaram o carro de Max na frente da casa de Lisa, porque o estádio Luigi Feraris - ou Marassi, como era conhecido - era bem no meio da cidade e não havia estacionamento. Eles pegaram o ônibus até a estação de trem e, de lá, pegaram um dos ônibus fornecidos especialmente para os fãs que iam ao estádio.

A atmosfera na cidade era eletrizante. Pessoas vestidas com as cores das duas equipes estavam andando por toda parte, cantando, rindo e agitando as bandeiras. Stella não conseguia tirar o sorriso do rosto. Era exatamente como tinha imaginado que este clássico histórico seria!

Max estava segurando a mão de Stella desde que tinham deixado sua casa. Isso tinha provocado um olhar crítico em Lisa e uns poucos atrevidos de Beppe e Gia, mas logo ninguém ligava mais. Até mesmo o humor de Lisa se animou quando chegaram à estação e entraram no ônibus especial. Era como se todos se conhecessem - as pessoas paravam e conversavam entre si e realmente não importava as cores de qual equipe eles usavam. Um rapaz bonito, usando uma camisa do Gênova, elogiou Stella por sua roupa e provavelmente teria flertado um pouco se Max não a tivesse puxado para perto e lançado um olhar ameaçador em sua direção. Stella riu e balançou a cabeça. Em outras circunstâncias, ela provavelmente teria se irritado, mas hoje era um bom dia, de tal forma que ela não conseguia sentir-se mal. Então, ela notou outro cara, em uma camiseta do Sampdoria, conversando com Lisa e, pouco antes de descerem do ônibus, ele anotou para ela o seu número, que o colocou no bolso de trás da calça jeans com um sorriso.

O ônibus parou bem em frente ao estádio e eles entraram, com Beppe gemendo pela centésima vez que estaria sentado na *Tribuna Centrale* em vez de em *Gradinata Sud*, onde todos os fãs que se prezem do Sampdoria estariam. Max insistiu que ele nunca colocaria os pés em *Gradinata Sud*, porque todos os fãs do Gênova estavam em *Gradinata Nord*. Então, *Tribunata Centrale* tinha sido o acertado quando eles estavam comprando os bilhetes. Mesmo sabendo onde estariam sentados com semanas de antecedência, os gemidos não pararam até eles tomarem seus assentos e as garotas os ameaçarem se não se calassem.

O estádio estava lotado. Stella não conseguia ver um assento desocupado em qualquer lugar. O lugar estava repleto de tanta energia que o chão estava vibrando sob seus pés. Todas as trinta e cinco mil pessoas aqui tinham o futebol em suas veias. Elas provavelmente tinham sido alimentadas com amor por um time ou outro desde que eram bebês. E mostravam isso.

Stella ocupou o assento ao lado dos degraus e Max se sentou ao lado dela, ainda segurando sua mão. Ele estava agitado com antecipação. Seus olhos brilhavam e ele nunca perdia o sorriso em seu rosto. Beppe sentou-se entre Lisa e Gia e imediatamente começou a provocá-las, com um largo sorriso enquanto elas o provocavam de volta. Ele nem reparou em como as mulheres ao seu redor olhavam para ele, mas não era porque ele não estivesse ciente do quão atraente ele era. Stella achava que tinha mais a ver com Gia - quando ela estava por perto, Beppe não tinha olhos para mais ninguém.

— Você está bem? — perguntou Max, inclinando-se para Stella. Ela tinha estado perdida em pensamentos por um minuto e imaginou que isso tinha transparecido em seu rosto.

— Sim. Estou ótima. Ainda não acredito que estou aqui, no Marassi. Não consigo pensar em qualquer outro lugar que eu preferisse estar agora. — Ela sorriu para ele e quis dizer cada palavra.

— Mesmo que isso esteja perto do topo da minha lista, posso pensar em alguns outros lugares que eu preferia estar agora — sussurrou Max em seu ouvido, e muito suavemente mordeu o lóbulo de sua orelha. Era tão suave que, por um segundo, Stella achou que tinha imaginado, mas a agitação em sua barriga confirmou.

Só então, o estádio explodiu quando as duas equipes saíram para se aquecer no campo. Stella estava de pé também, tentando ver melhor. Ao fazê-lo, o que ela viu não a agradou. Rico e aquela tal Antonia - a que tinha beijado Max no clube - juntamente com um grupo de outras pessoas estavam subindo as escadas em sua direção. Rico estava conversando com outro cara na frente, enquanto Antonia estava segurando a mão de alguém e rindo de alguma coisa que ele disse.

A mão de Max ficou tensa na de Stella. Ele os tinha visto também. Ela se virou para olhar para ele e seu rosto estava ameaçador. Sentindo-se irritada, Stella soltou sua mão e sentou em seu assento.

Esta rotina de ciúme estava se tornando chata. Max não tinha o direito de estar com ciúmes; ela não era sua namorada, pelo amor de Deus. Mesmo que tentasse dizer a si mesma que estava irritada com Max, ela também estava se sentindo muito desconfortável por ver Antonia. No momento em que a viu, ela se lembrou daquela noite e de seus lábios nos de Max. Isso quase a deixou louca.

Esses perfeitos e deliciosos lábios são meus.

Ela acabou de pensar isso? Então, para resumir, Stella estava irritada com os ciúmes infundados de Max, enquanto ela ficava toda territorial sobre seus lábios. Ele gerava um turbilhão de emoções contraditórias dentro dela, e ela não tinha ideia de como controlá-las.

À medida que se aproximavam, a sensação desconfortável em seu estômago se intensificou. Ela não queria a cadela perto de Max. Obviamente, não era difícil ganhar o seu afeto - aquele cara estava em cima dela e ela não parecia se importar. Beppe os tinha visto também, e estava sorrindo em sua direção, claramente apreciando o show. Ele tinha os dois braços esticados sobre os encostos de Gia e Lisa, e parecia um modelo masculino em um anúncio da Calvin Klein. As meninas estavam ocupadas conversando animadamente e não

Num piscar de Olhos 129

tinham notado o grupo que se aproximava.

Stella orou para que eles não os vissem e só passassem. Não teve essa sorte.

— Ei, Stella. Como você está? — disse Rico, quando se inclinou para beijar seu rosto. Será que ela imaginou ou Max tinha acabado de rosnar no fundo de sua garganta?

— Ei, cara — Rico acenou para Max, que, indelicadamente, acenou com a cabeça para trás, mas não disse nada. Beppe fingiu estar muito interessado na conversa de Gia e Lisa e apenas o ignorou.

— Então, essa é a famosa Stella — disse o rapaz ao lado de Rico. — Ele não para de falar sobre você — continuou ele, apontando na direção de Rico com um sorriso atrevido. Rico lhe lançou um olhar, mas o cara nem mesmo percebeu o aviso.

— Savio, quanto tempo que não te vejo — disse Max e apertou a mão do cara. — Há quanto tempo você está na cidade?

— Duas semanas. Devíamos sair, Max. Colocar o papo em dia. Eu não te vejo há tempos.

— Claro. Me liga.

Rico tentou dizer alguma coisa, mas Savio apressou-o para subir as escadas.

— Aproveite o jogo e nos falamos depois — disse ele, enquanto subiam.

— Quem era? — perguntou Stella.

— O irmão de Rico. Ele mora em Milão. Nós éramos da mesma turma da escola, mas, desde que ele foi para Milão trabalhar, nós meio que perdemos o contato — explicou Max, sua voz plana, enquanto olhava fixamente para frente, no campo.

— Quantos anos tem o Rico? — perguntou Stella, não tendo a intenção de que a questão mostrasse qualquer interesse no rapaz. Era só que Savio parecia mais velho e ele teria a idade de Max se tinham ido para a escola juntos. Max virou a cabeça e olhou para ela, seus olhos cor de avelã parecendo quase negros enquanto ele julgava a questão.

— Dezenove.

— Oh. Isso explica muita coisa. — Max olhou para ela com curiosidade, inclinando a cabeça para o lado. Stella sentiu a necessidade de explicar. — Bem, ele é muito... despreocupado. Imaturo. Não é tão intenso. — Como você, ela queria acrescentar, mas não o fez. Max murmurou "hmmm" e olhou para frente, apertando os músculos do queixo.

Pelo amor de Deus!

— Vou ao banheiro. Já volto — disse Stella, e levantou. Ela realmente não precisava ir ao banheiro, mas, no momento, Max estava agindo como um idiota e ela precisava ficar longe dele por uns minutos.

— Eu vou com você para te mostrar onde fica — disse Max, enquanto se levantava.

— Sou capaz de encontrar o banheiro, Max. Você não precisa me acompanhar por todos os lugares. — Ela lhe lançou um olhar frio e, virando-se, subiu as escadas.

Ela passou por onde Rico e companhia estavam sentados e acenou para eles quando a viram. Aparentemente, Antonia tinha achado seu lugar muito desconfortável e estava sentada no colo de um cara. E não era o cara que estava segurando a mão dela na subida.

Vagabunda.

Com sua visão periférica, Stella viu Savio acotovelar Rico e ele levantou, abrindo caminho em direção aos degraus.

— Stella, espera — ele a alcançou no momento em que ela estava olhando ao redor do corredor, procurando por uma indicação do banheiro.

— Oi. Por acaso você sabe onde fica o banheiro feminino?

— Sei, bem ali. — Apontou Rico ao virar do corredor à sua esquerda.

— Obrigada — disse Stella e tentou ir embora, mas Rico permaneceu onde estava. — Você quer me dizer alguma coisa?

— Quero — disse ele, parecendo um pouco desconfortável e, de repente, muito jovem. Stella imaginou que seria tão fácil se ele fosse o cara que ela estivesse a fim. Ela se divertiria muito com ele - ele parecia ser alguém que gostava de se divertir. Ao mesmo tempo, ela não seria submetida a olhares intensos e possessivos e flerte ultrajante.

Mas ele não era o cara que ela queria.

— Você está namorando Max? — perguntou ele, timidamente.

— Não.

— Você quer sair comigo?

Ela queria? Ele parecia realmente gostar dela.

Lembrou-se da sua dança no clube naquela noite e quão bem se sentira antes da vadia da Antonia enfiar a língua na boca de Max e estragar tudo.

— Eu adoraria — disse ela, e sorriu para ele. Ele sorriu de volta, um pouco surpreso. Ele era bonito. *Rico* era bonito. E divertido. E exatamente o que Stella precisava agora.

— Legal. Ligo pra você semana que vem — disse ele e caminhou para trás em direção à escada, olhando para ela e sorrindo. Stella sorriu de volta e, de alguma forma, sentiu que tinha tomado a decisão certa. Max com certeza descobriria de uma maneira ou de outra, e, provavelmente, ficaria com raiva, mas ela não era namorada dele e ele não tinha o direito de dizer a ela o que fazer. Ela tinha vindo para cá para distrair sua cabeça do câncer e de sua vida sem futuro - não para ser infeliz por causa de um cara.

Quando Stella voltou, o jogo ainda não tinha começado, mas os times tinham se aquecido, o que significava que começaria a qualquer momento. Beppe estava sentado em sua cadeira, conversando com Max. Ele não se moveu quando ela apareceu ao lado dele. Ele apenas olhou para ela, com os olhos brilhando divertidamente, os braços cruzados sobre o peito.

— Você está no meu lugar — disse ela, cruzando seus braços sobre o peito.

— É? Aposto que você ficará muito mais confortável dessa forma — disse ele, e piscou para ela.

— Eu aposto que não.

— É, provavelmente você está certa — disse ele, quando muito sutilmente se reajustou em seu jeans. Stella não conseguia acreditar no que acabara de acontecer.

— Mova-se, pervertido — disse ela, com a intenção de parecer ameaçadora, mas o encantador sorriso de Beppe a derrubou e, mordendo o lábio, ela não pôde deixar de sorrir também. Ele voltou para o seu lugar entre Gia e Lisa. Stella sentou-se e olhou para Max, que parecia um pouco no limite ainda. Mas, então, ele lhe deu um pequeno sorriso e pegou sua mão na dele, apertando-a levemente.

Aquele homem era um mistério para ela. Ela nunca tinha encontrado alguém que poderia mudar seu humor tão rapidamente. O que passava pela cabeça dele? Será que ele sempre foi assim, ou era ela o motivo?

Stella não tinha mais tempo para pensar sobre isso, porque as duas equipes surgiram em campo e o estádio irrompeu novamente.

Capítulo Doze

Stella tinha gritado tão alto que estava quase sem voz. Ela soava como uma operadora de disque-sexo, como Max a tinha apelidado. Beppe tinha amado a comparação e tentou fazê-la dizer coisas sensuais.

A partida foi incrível. Visto que era um jogo de caridade, as duas equipes jogaram inteiramente para os fãs. Eles marcaram quatro gols cada e Stella se perguntou se eles tinham organizado isso com o propósito de terminar com um empate.

No momento em que o apito soou, toda a tensão tinha fluído de Max e ele tinha ficado de pé, aplaudindo e gritando. Stella e Beppe tinham seguido o exemplo. Após o primeiro gol do Gênova, Max tinha jogado os braços em volta de Stella, levantando-a e girando-a em um círculo. Então, ele tinha beijado a bochecha dela e olhado para ela como se quisesse fazer muito mais, mas Stella tinha se afastado. Ela podia imaginar os olhares que eles receberiam de todos, se ele a tivesse beijado ali mesmo.

Ao final da partida, Beppe sugeriu que fossem comer em algum lugar e todos concordaram, porque estavam morrendo de fome. O jantar foi rápido, porque Beppe sugeriu, mais uma vez, irem a um bar de karaokê e eles estavam muito animados para perder tempo com comida. Todos, exceto Stella, que não gostava de bares de karaokê. E ela definitivamente não cantaria esta noite. Não com a voz de operadora de disque-sexo.

Então, meia hora depois, eles estavam sentados num bar de karaokê, que tinha uma banda ao vivo: uma banda real de quatro pessoas. Eles não usavam playback aqui; tocavam para você. Beppe alegou que isso fazia você se sentir como uma estrela do rock. Até agora, não tinha sido muito ruim. A banda era ótima e foi muito divertido, mas a noite tinha apenas começado. Stella se perguntou como o lugar pareceria depois que todo mundo estivesse em seu terceiro coquetel.

Gia e Max tinham concordado em fazer um dueto - "Kidz", de Robbie Williams e Kylie Minogue. Era coisa deles, como Lisa tinha apontado com um

Num piscar de Olhos 135

sorriso. Ela mesma não ia cantar esta noite, mas parecia estar em um estado de espírito muito melhor. Beppe cantaria também, mas não disse qual seria a música.

Depois de terem sofrido com um homem de meia idade cantando "Let it be" e um número enorme de sucessos italianos, foi a vez de Gia e Max. Sua versão de "Kidz" acordou o lugar. As pessoas estavam de pé, dançando e rindo. Beppe levou tanto Lisa quanto Stella para a pista de dança e, de alguma forma, conseguiu dançar com as duas sem perder o ritmo. As mulheres no bar o despiam mentalmente enquanto olhavam para ele abertamente. Ele não poderia ter se importado menos. Quando a música terminou, ele agarrou Gia e a girou enquanto ela ria. Por que eles não eram um casal? Eles pareciam perfeitos juntos.

Eles ficaram na pista de dança até que a banda começou a tocar uma versão acústica de "Set fire to the rain", da Adele, enquanto Stella e Lisa voltaram para a mesa. Max se juntou a elas pouco depois.

— Você foi ótimo, Max. Eu não sabia que você tinha uma voz tão fantástica — disse Stella, e ele sorriu para ela.

— O quê? Você não percebeu isso na outra noite no carro, quando cantamos "Crazy"?

Stella sorriu e tomou um gole de sua sangria sem álcool, dando uma olhada rápida em direção a Lisa. Ela estava olhando para os dois, mas sua expressão era completamente ilegível. Talvez fosse uma boa ideia conversar com ela sobre Max. Elas não tinham falado mais sobre isso, e Stella não queria que sua prima se sentisse isolada ou, até mesmo, enganada. Ela conversaria com ela amanhã e contaria tudo sobre ela e Max. Talvez ela tivesse algum bom conselho.

A música terminou e Beppe e Gia se deixaram cair em suas cadeiras, rindo. Só então, os primeiros acordes de "Amazing", do Aerosmith, soou e Stella levantou imediatamente olhando para Max, que já estava olhando com expectativa para ela. Ele silenciosamente ofereceu-lhe a mão e, quando ela a pegou, ele a levou de volta para a pista de dança. Ele a abraçou enquanto ela descansava a cabeça em seu peito. Parecia certo, quente, forte e... Por mais que doesse admitir, parecia muito certo.

— Essa é a minha música favorita do Aerosmith — disse ela.

— A minha também — disse ele, e ela o sentiu sorrir.

— Eu acho que ela tem a frase mais certa e mais inspiradora já escrita em uma canção — ela disse, e levantou a cabeça para olhar em seu rosto.

— Qual? — perguntou Max, mas seus olhos cor de avelã queimaram através dela como se ele já soubesse o que ela ia dizer.

— A vida é uma jornada, não um destino.

Seus lábios perfeitos se espalharam lentamente em um sorriso, mas não o seu tipo usual de sorriso. Este era mais satisfeito - mais íntimo, de alguma forma.

— O quê? — perguntou Stella, atordoada com a reação dele.

— Eu acho que você está absolutamente certa. — Ele continuou a olhá-la daquele jeito estranho, como se soubesse algo que ela não sabia.

Stella percebeu Beppe caminhando para o palco, então, ele provavelmente seria o próximo a cantar. Ela realmente não o conhecia o suficiente para saber que tipo de música ele gostava, por isso a sua escolha da música seria uma surpresa completa. Max seguiu seu olhar e revirou os olhos.

— Aqui vamos nós de novo — disse ele.

— O quê?

— Toda vez que Beppe canta, as mulheres aqui enlouquecem. Ele tem uma voz Incrível e a usa a seu favor.

— Então, ele é absolutamente encantador e divertido, é um dançarino incrível, tem uma voz maravilhosa e parece um modelo da Calvin Klein. Há algo de errado com esse cara? — disse Stella e riu.

A testa de Max franziu, mas ele não estava com ciúmes. Era outra coisa, como se estivesse se lembrando de algo.

— Há algo de errado com todo mundo — ele disse, olhando para Beppe, que já estava segurando o microfone e se preparando. Uma multidão estava começando a se reunir na pista de dança e na frente do palco.

Num piscar de Olhos   137

— Boa noite — disse Beppe, e sorriu quando se sentou em um banquinho alto no centro do palco.

Ele está se levando muito a sério, Stella pensou. A banda começou a tocar e Stella reconheceu imediatamente a canção: era "If you can't say no", de Lenny Kravitz. O sorriso insolente de Beppe desapareceu e, fixando o olhar em Gia, começou a cantar. Max tinha razão: sua voz era incrível.

Enquanto Stella continuou a dançar com Max, ela também roubou alguns olhares na direção de Gia. Havia alguma coisa acontecendo entre os dois, mesmo que ninguém quisesse admitir. Ela só não tinha certeza do que, já que Gia estava olhando para Beppe como se quisesse matá-lo. Quem sabe aquela música significasse algo para eles? Em alguma parte do meio, ela sussurrou algo no ouvido de Lisa e, beijando seu rosto, saiu. Simples assim. Ela nem sequer chegou a dizer adeus a eles, ou esperou Beppe terminar. Ele a viu sair, mas continuou a cantar mesmo assim.

Quando tudo acabou, os três se juntaram à Lisa em sua mesa.

— Ela foi embora? — Beppe perguntou à Lisa. Ela assentiu com a cabeça e olhou para ele de uma maneira estranha.

— Foda-se — ele murmurou e, pegando seu maço de cigarros, saiu pela porta. Max seguiu seu amigo com os olhos, sua expressão mostrando que ele estava um pouco inseguro sobre exatamente o que estava acontecendo. Então, ele se levantou e foi atrás de Beppe, murmurando "volto já" para Stella.

— O que aconteceu agora? Por que minha irmã foi embora? — Max estava chateado. Ele estava cansado da dinâmica estranha entre sua irmã e seu melhor amigo. Eles sempre estavam colados um no outro ou querendo se estrangular.

— Eu errei. Mais uma vez. — Max olhou para Beppe em expectativa, esperando que ele continuasse. — Hoje, antes do jogo, ela me disse que o babaca para quem ela trabalha, e, obviamente, tem tesão, mesmo que a trate e a toda a sua equipe como merda, beijou-a ontem à noite. E agora ela está confusa sobre o que fazer a seguir.

— Eu posso imaginar o que você disse a ela. — Max cruzou os braços na frente do peito.

— O que eu deveria dizer? Francesco Naldo é um babaca rico que manipula todos ao seu redor. Se ele quer algo, ele toma e não se preocupa com as consequências. Agora, ele está com os olhos em cima da sua irmã, cara. Quanto tempo você acha que vai levar antes de ele descartá-la como todas as suas piranhas?

— Você acabou de chamar minha irmã de piranha?

— Não, e esse é exatamente o problema. Ela não é uma vagabunda. Ela realmente admira o cara. Mas duvido que ele queira algo a mais dela do que levá-la para a cama.

— Por que ela não me disse nada disso? — perguntou Max, sentindo-se deixado de fora.

Gia e ele eram muito próximos antes de seu pai morrer, mas, depois disso, eles apenas se afastaram. Não era como se não confiassem ou contassem as coisas um ao outro. Só não se sentiam mais tão confortáveis um com o outro como costumavam ser. Eles não conversavam mais sobre assuntos pessoais, principalmente porque cada um tinha medo de descobrir como o outro realmente se sentiu após a morte do pai. Posteriormente, tornou-se um hábito evitar falar sobre coisas que fossem muito pessoais. Beppe era amigo de Gia desde que eram crianças e Max sempre soube que eles compartilhavam muito, mas ainda doía descobrir sobre isso por Beppe e não da própria Gia.

— Você sabe o porquê. — Beppe agarrou seu cigarro e inspirou.

— Então, ainda não entendi. Por que ela foi embora? — Max ainda estava confuso, porque o que Beppe tinha acabado de lhe dizer não explicava a saída repentina de Gia ou a escolha de música de seu amigo. Beppe exalou a fumaça que estava segurando e, lançando os olhos para Max, disse:

— Eu disse a ela que ele só queria comê-la. Ela ficou com raiva. Eu disse a ela que ele não é bom o suficiente para ela. Ela disse que ele é um homem de negócios realizado e chef, com três restaurantes e duas estrelas Michelin. Eu disse que ele, ainda assim, não era bom o suficiente para ela. E então ela perguntou se eu achava que eu era bom o suficiente para ela.

Num piscar de Olhos   139

Max sempre soube que Beppe tinha sentimentos por Gia, mas nunca pensou que ele iria agir sobre isso. Sua irmã precisava de um homem com os pés bem firmes no chão - um homem que soubesse quem *ele* era e que a apreciasse por quem *ela* era. Beppe não podia dar isso a ela e sabia disso. Era por isso que ele só brincava, nunca agindo a sério sobre seus sentimentos.

— O que você disse?

— Não. Eu não sou bom o suficiente para ela, Max. Eu sei que ela sabe disso, você sabe disso, todo mundo sabe disso, porra. E agora ela, provavelmente, vai pular na cama daquele idiota. E foi por isso que eu cantei essa canção. — Beppe jogou o resto do cigarro no chão e se afastou do bar.

Balançando a cabeça, Max caminhou de volta para dentro e encontrou Lisa e Stella dançando com dois caras que ele não conhecia. Ele não podia deixá-las sozinhas por uma porra de um minuto antes de os abutres aparecerem! Graças a Deus, não era uma música lenta e os caras tiveram a decência de manter distância. Se ele tivesse visto Stella dançando perto de alguém, como na outra noite com Rico, ele ficaria louco.

O que havia de errado com ele? Ultimamente - desde que ela chegou, para ser mais exato - ele não se reconhecia mais. Mudanças extremas de humor, ciúme esmagador, um desejo ardente por ela... Ele nunca se sentiu assim antes. Ele não tinha estado tão perdido nem mesmo quando seu pai morreu. Foi uma queda íngreme na época: sem emoções extremas, apenas um grande buraco negro em seu interior que cresceu até que o consumiu.

Agora, ele estava completamente perdido. Ele precisava dela e isso o confundia e o aterrorizava.

Ele não sabia o que fazer.

Stella voltou para a mesa, para tomar uma bebida, enquanto Lisa foi ao banheiro. Max estava de mau humor em sua cadeira e ela não tinha certeza se era porque ela tinha dançado com aquele cara ou por causa do que tinha acontecido com Beppe lá fora. Deve ter sido ruim, porque ele não havia retornado com Max, que estava mexendo em seu celular quando ela falou.

— Ei. Está tudo bem? — Ele olhou para ela com uma expressão confusa, como se não tivesse certeza se ela tinha falado ou não.

— Sim, está tudo bem. Acabei de receber uma mensagem de texto de Gia. Ela quer que a gente vá para a nossa casa depois do jogo de amanhã. Ela vai cozinhar. Você quer vir?

— Eu não perderia por nada uma das famosas refeições da Gia — ela disse e sorriu, esperando aliviar um pouco a tensão de Max. Ele sorriu de volta, mas não alcançou seus olhos. — Max?

— Eu estou bem, Stella. De verdade. Só estou cansado. — Ele olhou para Lisa, que estava vindo em direção a eles. — Vocês querem ir embora? — Os dois balançaram a cabeça, e, deixando dinheiro na mesa para as bebidas, eles saíram do bar.

Quando chegaram à casa de Lisa, já era tarde, mas a luz da sala estava acesa. Niki não estava dormindo ainda. Eles pararam em frente à porta da frente, combinando quando e onde se encontrariam amanhã, quando ela abriu a porta.

— Oi, pessoal. Eu sabia que tinha ouvido vozes. — Ela sorriu para eles. — Max, querido, eu não te vejo há tempos! — Ela foi até ele e o beijou no rosto.

— Oi, Niki, como você está?

— Estou bem. Falei com sua mãe esta noite. Ela ligou para me convidar para sua casa amanhã. Aparentemente, Gia será a cozinheira.

— Sim, ela será. Mamãe vai gostar de vê-la.

— Eu também. Não vejo Elsa já faz um tempo. Bom, vou deixar vocês. Até amanhã, Max — ela disse e entrou.

Lisa seguiu para dentro, dando adeus a Max e deixando a porta aberta para Stella.

— Então, acho que te vejo amanhã — disse Stella, sentindo-se um pouco estranha de ficar ali parada com Max.

— Sim. Boa noite, Stella. — Ele se inclinou e beijou seu rosto. Ele não

Num piscar de Olhos   141

demorou ou prolongou seu toque. Foram duas bitocas perfeitamente breves e sem emoção.

Enquanto ele caminhava de volta para seu carro, Stella sentiu um impulso irresistível de fazê-lo sorrir. Ela queria tirar um pouco do peso que ele carregava, mesmo que não soubesse o que era.

— Ei, Max! — ela gritou para ele.

Ele se virou para ela, andando de costas.

— Sim?

Stella abriu um enorme sorriso. Foi o suficiente para fazê-lo sorrir também.

— Marque um gol para mim, amanhã?

— Você pode apostar nisso. — Seu sorriso se espalhou em um sorriso completo, aquele que Stella tanto amava.

Capítulo Treze

Apenas Lisa e Stella estavam torcendo por Max na arquibancada. Beppe não tinha aparecido, nem Gia. Ela provavelmente estava ocupada cozinhando, mas Beppe não ter ido era um mistério. De acordo com Lisa, ele sempre vinha quando Max jogava.

Max era muito bom. Ele jogava de forma harmoniosa e inteligente, avaliando cada situação com cuidado e sempre estando no lugar certo na hora certa. Ele não era exibido, como Stella pensou. Ele passava a bola para os companheiros, satisfeito por envolver todo o time na partida. Ele parecia estar em todos os lugares o tempo todo - como ele fazia isso, estava além da compreensão de Stella.

Ele fez um gol perto do final do primeiro tempo. Stella se levantou e aplaudiu, sabendo que o gol foi para ela. Max correu em direção à extremidade do campo, sorrindo, e apontou para ela, como se dissesse "Esse foi para você", e piscou. Stella soprou-lhe um beijo e não conseguiu parar de sorrir. Por que esse gol era tão importante, ela não tinha ideia. Mas era... e isso fez os dois ficarem felizes.

Quando a comemoração acabou e o jogo recomeçou, Stella sentou-se e sorriu para Lisa. Ela não sorriu de volta, apesar disso. Nesse momento, Stella soube que Lisa ia dizer algo que ela não ia gostar.

— Stella, nós precisamos conversar.

— Aqui? Não pode esperar?

— Não. Vamos para Gia depois; vai ter um monte de gente lá e não sei onde vamos acabar esta noite, e eu realmente preciso dizer isso. Mesmo que possa fazer você me odiar.

Lá estava. Aquele olhar que Lisa guardava para quando tinha más notícias. Stella se preparou e assentiu.

— Você sabe que eu te amo, né? Eu me importo com você e quero que você seja feliz mais do que qualquer coisa. Mas eu também amo Max e não quero ver nenhum dos dois se machucando.

— Lis, não estamos...

— Por favor, apenas me ouça — Lisa a interrompeu, colocando a mão suavemente no braço de Stella. — Eu conheço bem o Max. Posso ver como ele se sente sobre você. Eu também conheço você e posso ver que você sente algo por ele, também. Em circunstâncias diferentes, me faria muito feliz ver vocês dois juntos, porque sinto que vocês ficariam bem juntos. Mas agora... — ela parou, medindo suas palavras, tentando não magoar Stella.

— Agora eu tenho câncer — disse Stella, não querendo soar amarga, mas foi assim que saiu. Lisa concordou com a cabeça.

— E você também vive em outro país. Max, ele... vamos apenas dizer que ele não será capaz de lidar com o fato de que você está doente.

— Eu não vou contar a ele. Não quero piedade de ninguém.

— Eu sei. Mas se você ceder à sua atração por ele e a paquera, em poucas semanas, quando você for embora, ambos estarão com o coração partido.

— Eu sei disso, Lis. É por isso que eu disse a ele, repetidamente, que podemos ser amigos e apenas amigos. Eu falei que não queria colocar você no meio, se algo acontecesse entre nós e ele pareceu concordar, mas depois ele... ele simplesmente não desiste. E eu não sei o que fazer.

Stella propositadamente não mencionou o beijo deles. Lisa iria pirar se ela contasse, e não queria lidar com isso agora.

— Tente e mantenha isso inocente. Amigável. Talvez ele receba a mensagem. Você também pode tentar ir a um encontro. Com outra pessoa. — Stella olhou para sua prima, surpresa, e um pequeno sorriso apareceu nos cantos de sua boca. — Você veio aqui para relaxar e se divertir, lembra-se? Faça isso. Seja amiga de Max, mas vá e encontre outro cara. Vá a alguns encontros. Talvez ele pegue a dica e talvez você seja capaz de tirá-lo da cabeça.

— Falando em encontros, Rico me encurralou no estádio ontem e me convidou para sair.

— Sério? Isso é ótimo. Ele é um cara bom. Saia com ele.

Stella sabia que Lisa estava certa; sobre tudo. No entanto, ela não podia deixar de se sentir um pouco magoada. Era completamente irracional e ela não tinha o direito de se sentir assim, porque Lisa estava apenas cuidando de seus amigos - tanto dela quanto de Max. Mas doeu ouvir alguém dizer exatamente o que ela estava pensando e agonizando nesses últimos dias.

Isso o tornou real. Não estava apenas em sua cabeça.

Ela tentou esconder seus verdadeiros sentimentos da melhor forma que pôde, conversando e rindo com Lisa pelo resto do jogo. Max fez outro gol e sua equipe venceu por 2x0. Quando acabou, desceram para o gramado para parabenizá-lo. Lisa deu-lhe um abraço e Stella seguiu o exemplo. Estava bem fazer o que sua outra amiga estava fazendo, certo?

No entanto, Max a segurou em seus braços mais alguns momentos.

— Ótimos gols. Eu pedi só um, seu exibido — ela brincou e ele riu.

— Eu sempre vou te dar mais do que você pede — ele sussurrou em seu ouvido quando a soltou do abraço. Seus olhos estavam brilhando com a adrenalina do jogo e com alguma outra coisa que ela não conseguiu identificar. Naquele momento, Max era o homem mais sexy da Terra e o único que Stella queria em sua vida.

Oh, Deus. Estou ferrada.

Max tinha acordado com um sobressalto. Naquela manhã, ele teve o sonho mais estranho de sua vida e já estava, literalmente, sentado na cama quando acordou.

Ele tinha sonhado com Stella. Ontem à noite, quando ela o chamou para pedir para marcar um gol para ela, ele sabia que ela tinha feito isso para fazê-lo sorrir. Era bom ter alguém que queria fazê-lo sorrir, apenas por fazer.

Ele não conseguia tirá-la da cabeça depois disso. Ele havia caído no sono pensando dela, e tinha sonhado em estar com ela sem nenhum obstáculo.

Mas, então, do nada, eles estavam em uma estação de trem e Stella estava indo embora. Ela se afastou dele, entrou no trem e se despediu. Max tinha ficado congelado no local, incapaz de se mover, incapaz de gritar seu nome. Por dentro, ele estava lutando, gritando, tentando sair desse estado; Por fora, estava imóvel.

E foi aí que ele acordou.

A sensação de perdê-la tinha permanecido nele nas horas seguintes, até que ele a viu no jogo.

Max nunca queria se sentir daquele jeito de novo. Ele não a deixaria ir embora e passaria por cima de tudo e todos que atravessassem seu caminho.

Eles chegaram na casa de Max animados. Ele ainda estava eufórico com a vitória e seu bom humor estava passando para Stella e Lisa. Niki já estava lá, conversando com a mãe de Max.

— Lá estão eles — disse a mãe de Max, e levantou-se do sofá. Ela era uma mulher pequena, que era a imagem exata de Gia, apenas alguns anos mais velha. Seu cabelo era longo e escuro, assim como o de sua filha; seus olhos eram da mesma cor de avelã como os de seus dois filhos, mas não brilhavam tanto quanto os deles. Eles pareciam mais velhos, de alguma forma, mais tristes.

Isso é o que acontece quando você perde o amor de sua vida.

— Max, querido, você marcou algum gol? — Ela se aproximou de seu filho e deu-lhe um abraço. Ele teve de curvar-se quase pela metade para enlaçar o corpo de sua mãe. Stella não podia acreditar que uma mulher tão pequena poderia dar à luz um homem tão grande como Max.

— Marquei dois — disse ele com um sorriso torto.

— Esse é o meu garoto. — Ela deu um beijo na bochecha dele e virou para abraçar Lisa.

— E você é Stella. Estou tão feliz por finalmente conhecê-la. — Ela a abraçou e beijou seu rosto. — Vamos todos lá para fora. A mesa está quase posta. Gia já está lá.

Ela os conduziu para fora pelas portas francesas até um jardim que era maior do que o de Lisa. Ele também tinha uma piscina e um pátio com uma grande mesa, muitas cadeiras e uma churrasqueira embutida. Gia estava agitada perto da mesa, colocando pratos e guardanapos. Quando viu os demais, imediatamente atribuiu tarefas para todos, e, meia hora depois, estavam todos sentados à mesa, apreciando a boa comida que Gia tinha cozinhado e a companhia um do outro.

Tornou-se evidente que Beppe não viria. Ninguém perguntou onde ele estava ou se ele ia se atrasar; eles apenas atacaram a comida.

— Beppe está bem? — Stella perguntou a Max, sua voz baixa, para que só ele pudesse ouvi-la.

— Eu não sei — Max respondeu honestamente, a preocupação sombreando seus olhos.

Stella não sabia o que dizer ou fazer. Ela não sabia do que se tratava, mas ainda assim queria aliviar as preocupações de Max. O desejo de tocá-lo e assegurar que tudo ficaria bem era tão forte que, em um impulso, ela colocou a mão sobre a coxa dele por baixo da mesa. Silenciosamente, sem nem mesmo olhar para ela, ele colocou a mão dele sobre a dela e entrelaçaram os dedos.

Ficaram assim pelo resto da refeição, como se fosse a coisa mais natural do mundo.

Durante a sobremesa, o celular de Max vibrou no bolso e ele o pegou. Era uma mensagem de texto e suas sobrancelhas franziram, no início, mas depois, ele sorriu. Virando-se para Stella, disse:

— Beppe está bem. Eu acho. Olha, ele me enviou algumas fotos nossas de ontem à noite. — Ele deu-lhe o telefone para ela olhar as imagens.

Elas eram adoráveis – uma era do jogo, e eles estavam se abraçando, comemorando um dos gols. A outra era do bar de karaokê; eles estavam dançando próximos um do outro, e Stella estava com a cabeça inclinada para trás para olhar para o rosto de Max, que estava falando. Ela estava sorrindo e parecia realmente muito feliz.

Num piscar de Olhos 147

É assim que eu sempre pareço quando estou perto dele?

— Eu não sabia que ele estava tirando fotos da gente. Isso é meio assustador — disse ela, sorrindo. O que ela deveria dizer? Eu amo como nós ficamos quando estamos juntos?

— Sim, ele sempre teve tendências assediadoras — Max respondeu, seu sorriso combinando com o dela. — Você não pode negar que ele tem talento, apesar de tudo.

— Você pode enviá-las para mim?

— Ah, agora você quer as imagens assustadoras?

— Eu não disse que *elas* eram assustadoras. Eu disse que *ele* era assustador por tirá-las sem que a gente percebesse — Stella disse e Max riu, enquanto apertou alguns botões. O telefone de Stella vibrou. — Obrigada — ela disse quando o pegou.

— Do que vocês estão rindo? — perguntou Lisa, notando a troca entre Max e Stella.

— Beppe me enviou algumas fotos da noite passada. Eu estava mostrando-as à Stella.

Stella instintivamente olhou na direção de Gia, querendo ver sua reação ao nome de Beppe. Gia visivelmente se encolheu, mas posou de completamente desinteressada, tomando um gole de vinho.

— Deixe-me ver — disse Lisa, estendendo a mão para o telefone de Max.

O telefone passou pelas mãos de cada um e todos adoraram as imagens. Elsa, mãe de Max, foi efusiva sobre como ele era bonito, então, compartilhou algumas histórias de infância, que fez todos rirem enquanto Max tombou em sua cadeira, desconfortável. Ela passou a contar algumas das travessuras de infância de Gia, e, dessa vez, Max riu enquanto sua irmã se retorcia em seu assento.

Mais cedo do que Stella teria gostado, o jantar acabou. Lisa disse que tinha trabalho para fazer em seu estúdio e queria ir para casa, mas Niki estava em profunda conversa com Elsa e queria ficar mais um pouco.

— E você, Stella? Quer ir? — sua prima perguntou, pegando a bolsa e indo para a porta. Stella hesitou. Se ela fosse para casa com Lisa agora, teria que passar o resto da noite sozinha, porque sua prima ficaria trancada em seu estúdio. Ainda eram apenas sete horas e ela preferia gastar um pouco mais de tempo aqui.

— Eu acho que vou ficar e esperar pela tia Niki, já que você precisa trabalhar.

— Sim, sinto muito por isso, mas eu realmente preciso terminar uma pintura para amanhã. Eu a deixei de lado por um tempo e preciso mostrá-la em sala de aula.

— Claro. Não se preocupe. Estou bem aqui. Vejo você amanhã, então. — Ela caminhou com Lisa para a porta e abraçou-a em despedida.

Ela voltou e ajudou Gia e Max a limparem a mesa. Niki e Elsa tinham se mudado, junto com seus copos de vinho, para as espreguiçadeiras da piscina, e pareciam estar se divertindo muito colocando a conversa em dia.

— Ei — disse Max, quando Stella voltou para fora depois de levar o último dos pratos para a cozinha. Ela se ofereceu para ajudar a lavar, mas Gia a enxotou. — Eu tenho que estar no trabalho em quarenta minutos — disse ele, e Stella sentiu seu bom humor evaporar instantaneamente. Percebendo isso, ele se aproximou dela, inclinando o queixo para cima com o dedo. — Você quer vir comigo? É domingo, então, não vai estar muito cheio e, além disso, desta vez eu não vou estar sozinho e não vou te obrigar a trabalhar.

Ela não precisava de um segundo convite.

Max não sabia por que convidou Stella para ir junto. Foi puramente um impulso. Ele só queria estar com ela, se possível, até que tivesse que ir para a cama. Se dependesse dele, mesmo depois disso - mas não dependia. Ela não estava pronta para isso ainda. Claro, se ele a pegasse sozinha e vulnerável de novo, e se não houvesse telefonema para interrompê-los, ela passaria a noite com ele. O que o preocupava era que, na manhã seguinte, ela se fecharia para ele. Ela iria se arrepender do que tinha feito, porque ela não estava na mesma página que ele, ainda. Mas estaria. Ele a faria ver o quão bom eram um para o outro. Ele a faria, conscientemente, querer estar com ele, e não apenas por um impulso.

O bar não estava tão cheio como na outra noite. Havia dois caras atrás do bar, mas, quando Max entrou, um deles saiu. Ele a apresentou a seu colega. Seu nome era Francesco e ele era mais jovem do que Max, provavelmente da idade de Stella. Ele tinha toda essa vibração de estrela do rock nele - cabelo escuro bagunçado com fios roxos saindo aqui e ali; unhas pintadas de preto; piercings na sobrancelha e orelhas. Seu sorriso era caloroso e genuíno, e ele era fácil de se conversar. Max disse que Stella era a sua convidada esta noite e eles se revezaram para entretê-la.

No final da noite, quando o bar estava quase vazio, Max serviu as últimas bebidas e, logo depois, todos foram embora. Ele deixou Francesco e as duas garçonetes irem na frente e disse que terminaria e fecharia.

Quando ficaram sozinhos, ele trocou a música, baixou o volume para um nível normal e ofereceu-lhe a mão.

— Eu quis dançar com você a noite toda, mas não tive chance. — Ela sorriu e colocou a mão na dele.

A voz mágica de Adele encheu o bar quando ela cantou "Someone like you". Max abraçou Stella apertado e eles balançaram no ritmo. Ela queria que esse momento jamais chegasse ao fim. Era tão perfeito - apenas os dois, nada mais. Ela se permitiu esquecer do resto do mundo, mesmo que fosse apenas pela duração da música.

Capítulo Catorze

Eram duas da manhã quando Stella finalmente chegou à sua cama. Mesmo que estivesse exausta, não conseguiu adormecer imediatamente. Os eventos do dia inundaram sua cabeça e pareciam ter a intenção de nunca deixá-la descansar.

Ela dançou com Max metade do álbum "21", de Adele. Eles não tinham conversado, ele não tinha flertado. Eles apenas se abraçaram e se moveram com a música, perdendo-se completamente nela. Então, ela o ajudou a fechar o bar e ele a levou para casa. No carro, ele não tinha feito qualquer movimento em direção a ela - sem mãos dadas, nenhuma tentativa de beijá-la. Apesar disso, Stella não sentiu, de modo algum, que ele tinha tentado se distanciar dela. Pelo contrário: a vibração que ele estava emitindo tinha sido de que ele virou uma nova página e seu flerte inocente acabou, com algo muito mais significativo tomando o seu lugar.

Ou talvez isso seja apenas a minha imaginação.

O alerta de mensagem de texto de seu telefone a acordou. Eram sete horas da manhã. Ela tinha dormido por quatro horas, no máximo. Resmungando, ela o pegou da mesa de cabeceira e imediatamente sorriu.

Max — Não consegui dormir bem. Não posso mais ficar na minha cama fria e solitária. Topa uma corrida?

Seu mau humor matinal evaporou e ela digitou:

15 min. Na praia. — **Stella**

Max — Te vejo lá.

Sua resposta foi imediata e, enquanto seu sorriso ficava mais amplo, Stella saltou da cama e se dirigiu para o banheiro.

Em cinco minutos, estava pronta para sair. Ela escovou os dentes, penteou e domou seu cabelo em um rabo de cavalo, colocou seu short e regata em tempo recorde. Decidiu não levar o iPod, porque teria Max para lhe fazer companhia. Stella abriu a porta e, o mais silenciosamente possível, desceu as escadas. Não havia ninguém na cozinha e ela não queria acordar Niki e Lisa, por isso ela não fez café. A máquina era muito barulhenta e iria alertá-las de seu plano. Por alguma razão, Stella não queria que Lisa soubesse que ela estava indo se encontrar com Max.

A conversa que elas tiveram ontem foi uma confirmação de como Stella suspeitava que Lisa se sentia. Mesmo que ela estivesse certa sobre tudo e Lisa estivesse genuinamente preocupada com seus amigos, Stella não ia seguir o seu conselho ou sua lógica. Ela simplesmente não podia. Não quando Max estava bem aqui, abrindo-se para ela, querendo ficar com ela. Ela não tinha intenção de empurrá-lo para longe, porque ele tinha sido a melhor coisa que aconteceu na vida dela em um bom tempo, e, pela primeira vez desde que podia se lembrar, Stella queria ser egoísta.

Viver o momento.

Porque a vida era extremamente curta.

A melhor coisa a fazer era liberar suas reservas e seguir seu rumo.

Estava mais frio do lado de fora do que ela tinha previsto. Levar uma camisa de mangas compridas com ela, para tirá-la quando estivesse aquecida, não era algo que Stella tinha vontade de fazer. Ela decidiu se aquecer rapidamente e correu em direção à praia.

Seu pé estava como novo; ela não sentiu dor alguma. Tinha sido uma boa ideia dar um descanso a ele por alguns dias. Ela chegou à praia e percebeu que não tinha especificado o local exato para se encontrarem. "Praia" era uma palavra muito vaga. Stella lembrou que, nas duas vezes que tinha visto Max correr, ele viera da esquerda, então, ela se virou e foi nessa direção.

Seus músculos estavam aquecidos da sua corrida rápida até a praia e Stella queria se alongar um pouco para evitar qualquer lesão. Alcançando a água, ela se abaixou com as pernas juntas, e tocou a areia. Inspire, expire. Então, ela levantou-se lentamente, elevando os braços sobre a cabeça. Stella repetiu a sequência várias vezes, incluindo alguns trechos laterais também. Sentindo-se pronta para ir, ela se virou para a esquerda e lentamente começou a movimentar-se.

Ela viu Max imediatamente. Ele estava vindo em sua direção, correndo. Ele estava vestindo o calção preto de costume, mas desta vez ele tinha adicionado um moletom cinza sem mangas, com o zíper fechado sobre o peito nu. O capuz estava em cima de sua cabeça e, se fosse possível, ele parecia ainda mais sexy do que o habitual.

À medida que se aproximavam, ambos desaceleraram para uma caminhada.

— Oh, qual é? Sério? — disse Max, quando ficou bem na frente de Stella. Ela olhou para ele em confusão e ele apontou para sua roupa. — Você não está tornando isso mais fácil para mim, minha linda. Short e regata?

Ainda não entendendo o que ele estava falando, Stella se olhou e não viu nada de errado. Seu short era bastante curto, mas era um short de ginástica. Seu top era completamente ajustado, mas, novamente, era o que ela costumava usar para malhar.

— Essa é a minha roupa de malhar. Lide com isso — disse ela, e, passando por ele com um sorriso, saiu correndo.

— E agora vai correr na minha frente? Você está tentando me seduzir, *tesoro*?

— Se parar de resmungar e pegar o ritmo, talvez você seja capaz de correr ao meu lado, e não atrás de mim — disse ela, virando-se e correndo de costas para encarar Max enquanto falava.

Houve um rápido flash de desejo em seus olhos, mas depois a sua boca se abriu em um sorriso preguiçosamente lento. Aceitando o desafio, ele correu mais rápido e alcançou Stella facilmente. Ele passou correndo por ela, e imitando sua corrida de costas, brincou com ela.

— Ah, vamos, o que há de errado? Não consegue acompanhar?

Num piscar de Olhos   153

— Suas pernas são duas vezes mais compridas do que as minhas. Não posso apostar corrida com você de jeito algum. Você é mais rápido.

Max levantou uma sobrancelha, surpreso com sua derrota fácil.

— Eu só tenho que descobrir outra maneira de vencê-lo — disse ela, e sorriu. — Distração tem funcionado muito bem ultimamente.

— É mesmo? — Max estava sorrindo sensualmente para ela, o olhar em seus olhos muito semelhante ao de uma pantera brincando com sua presa, quando ele a pega.

— Hum-hum.

Ainda correndo de costas na frente dela, Max abriu o zíper lentamente de seu moletom, seus olhos nunca deixando os de Stella. Ela sabia o que ele estava fazendo, mas ainda não podia evitar; ela olhou para o zíper enquanto descia e revelava o peito de Max. Involuntariamente, ela lambeu o lábio inferior, enquanto tinha um vislumbre da tatuagem em seu quadril.

— O que diz? — ela perguntou, apontando para a tatuagem, tentando limpar a neblina em sua cabeça que Max tinha acabado de criar. Seu sorriso se transformou em um sorriso satisfeito, depois de ter conseguido o que ele estava tentando.

— Até que ponto você deseja descobrir? — Seu sedutor olhar predatório estava de volta, e ele diminuiu o ritmo, fazendo Stella retardar o dela, a menos que ela quisesse esbarrar nele.

Ela estendeu a mão e passou os dedos sobre a parte que ela podia ver por cima do calção. Max desacelerou para uma caminhada enquanto Stella delineou lentamente seu dedo indicador na cintura, guiando para baixo. Max parou abruptamente, fazendo-a bater bem em seu peito, e pegou a mão dela. Ela olhou para ele, o desejo cru em seus olhos fazendo sua barriga vibrar animadamente.

— Tanto assim, hein? — Sua voz era tão baixa, que era quase um sussurro. Stella assentiu em resposta, fixando os olhos em seus lábios. Ele soltou a mão dela e esperou. Sem olhar para a tatuagem, mas mantendo os olhos no rosto dele, Stella acariciou a pele por cima do cós do short e viu os músculos de sua mandíbula apertarem. Ela deslizou a outra mão no outro lado de sua cintura e notou Max apertando os punhos como se tivesse que se controlar para não tocá-la. Em seguida, ele fechou os olhos e Stella sabia que o tinha onde ela o queria.

Com um movimento rápido, ela correu passando por ele, pegando o máximo de velocidade que podia, antes que ele se recompusesse e corresse atrás dela. Olhando para trás, o viu correndo atrás dela e sorriu.

— Então, você quer jogar sujo? — Ela o ouviu rosnar, e a próxima coisa que ela percebeu era que ele a tinha pego no ar e jogado por cima do ombro.

— Ponha-me no chão, seu Neandertal — ela gritou.

— Quando chegarmos à caverna, mulher — disse ele e bateu em sua bunda.

Stella queria ficar zangada com ele por tratá-la como uma boneca de pano, mas ela simplesmente não conseguia. A situação era tão engraçada que ela começou a rir descontroladamente.

Ele abrandou e se dirigiu para longe da água, colocando-a em algum tipo de escada. Stella olhou em volta e viu que era um posto salva-vidas. Max se ajoelhou na frente dela, colocando as duas mãos sobre o degrau atrás dela, prendendo-a em seus braços.

— Você sempre joga sujo, ou eu sou a exceção sortuda? — Ele estava tão perto que ela podia sentir sua respiração em seus lábios.

— Eu avisei que ia encontrar outra maneira de te vencer.

Seus olhos viajaram até seus lábios.

Não os lamba. Não os lamba. Não os lamba.

Stella lambeu os lábios.

Ela lambeu os lábios, porra!

Tudo o que Max podia pensar era em como ele os havia provado na outra noite, quando a beijou. Não hoje, apesar de tudo. Ele convocou toda a sua resistência, cada gota dela, até que ele sentisse que ia explodir tentando conter seu desejo por ela.

Stella estava observando, analisando a reação dele. Ele tinha notado antes como ela gostava de observar as pessoas e tomar notas mentais. Ela sabia que ele estava tentando não beijá-la e, pelo olhar curioso em seus olhos, Max suspeitava que ela estivesse se perguntando o porquê.

Isso era exatamente o que ele queria que ela fizesse - questionar-se por que ele não iria beijá-la. Questionar-se por que ele a provocava até a beira do abismo, mas depois se afastava antes que caíssem da borda. Saber por que ele queria passar todas as horas com ela, mas não fazia um movimento.

Max queria que os pensamentos sobre ele fossem a única coisa que ocupasse a cabeça de Stella. Quando ela estivesse tão desesperada por ele como ele estava por ela, então ele faria a sua jogada e faria valer a pena.

— Eu acho que deveríamos voltar — Max sussurrou, tão perto de Stella que seus lábios quase se tocaram. Quase. E, em seguida, ele recuou ligeiramente para trás. A decepção nos olhos dela deve ter sido evidente porque um lampejo de hesitação cruzou seu rosto, mas ele se recuperou rapidamente e levantou-se, oferecendo-lhe a mão. — Vamos. Vou te levar para casa.

— Não precisa — ela disse, soando defensiva, mas ainda assim pegou a mão dele.

— Eu quero. Tenho uma hora para matar antes de ter que ir para o trabalho.

— Você vai trabalhar na praia após o turno noturno de ontem à noite?

— Vou. E vou trabalhar no bar hoje à noite. Eu prometi cobrir Francesco.

— Agenda apertada.

— Estou acostumado com isso. Além disso, minha resistência é famosa — ele disse e balançou as sobrancelhas para ela. Stella bateu no peito dele com as costas da mão e sorriu.

A caminhada de volta para a casa de Lisa foi muito curta. Mas, novamente, cada tempo gasto com Max parecia muito curto recentemente.

— Quer entrar? Vou fazer café — ela perguntou quando eles chegaram à porta da frente.

— A menos que você tenha a oferecer um chuveiro com o café, eu vou passar. Preciso voltar e me arrumar para o trabalho — ele disse, mas ainda segurava a mão dela. Max estava dizendo que precisava ir, mas sua linguagem corporal dizia algo completamente diferente.

— Tudo bem. Vejo você mais tarde, então. — Stella tentou soltar a mão e entrar, mas ele a segurou.

— Você vem à praia hoje?

Ela queria, especialmente agora que sabia que ele estaria lá. Mas não sabia quais eram os planos de Lisa e não poderia se comprometer com nada ainda.

— Não sei. Eu tenho que ver o que Lisa quer fazer. Eu acho que ela não deve trabalhar até ao fim da tarde.

— Está bem. *Ciao, tesoro* — disse ele e se inclinou para beijar sua bochecha.

Quando Stella caminhou para dentro da casa, seus pés mal estavam tocando o chão e ela estava sorrindo como uma idiota. Toda a experiência desta manhã tinha sido muito surreal e um pouco confusa. No entanto, ela não quis pensar muito sobre isso, porque a coisa mais importante era que Max era incrível e ele a fez se sentir excitada e eufórica por dentro.

Lisa já estava na cozinha fazendo café. Só o cheiro já era uma dádiva para Stella.

— Ei, eu não sabia que você estava de pé, e muito menos que tinha saído — disse Lisa, tirando duas canecas de café do armário.

Num piscar de Olhos   157

— Eu fui correr. Não queria te acordar. — Ela se jogou em uma cadeira, aceitando a caneca de café fumegante e exalando em puro delírio quando tomou seu primeiro gole. Por um momento, ela pensou em contar à Lisa que ela estava correndo com Max, mas depois mudou de ideia. Se sua prima perguntasse, ela diria. Caso contrário, por que estragar um dia perfeito com outro dos sermões de Lisa?

— Então, o que você quer fazer hoje? — perguntou Stella.

— Bem, eu tenho que estar no estúdio às cinco. Sou toda sua até lá. O que você gostaria de fazer?

Stella queria ir à praia. Queria deitar em uma toalha, aproveitar o sol, trabalhar em seu bronzeado, que estava ficando muito bom ultimamente, e olhar para o corpo seminu de Max. Mas ela sentia que precisava resistir a essa tentação. Eles ficaram juntos por dois dias seguidos, e tinham começado o dia juntos hoje. Talvez fosse uma boa ideia manter alguma distância. Stella precisava limpar a mente do nevoeiro induzido por Max.

— Vamos até a cidade. Talvez fazer compras. Almoçar em algum restaurante agradável. Um filme? — sugeriu.

— Parece bom — disse Lisa.

— Qual deles?

— Todos eles. Vamos. Termine o seu café lá em cima enquanto você se arruma. Se quisermos fazer tudo isso, precisamos sair em cinco minutos.

Elas tiveram um ótimo dia. Lisa estava feliz e sorridente o tempo todo, muito diferente da confusa irritação em que tinha estado nos últimos dias. Havia algo que afetava o seu humor, mas Stella não sabia ao certo o quê. Bom, ela era uma artista e eles eram famosos por suas mudanças de humor, mas era outra coisa. Ou mais especificamente, *alguém*? Stella poderia apostar seu braço direito que tinha um homem afetando o humor de sua prima. Mas onde estava ele? Ela nunca mencionou ninguém, e muito menos a tinha visto com alguém desde que Stella tinha chegado. Além disso, Lisa nunca deu a entender que havia algo que ela precisava falar com Stella. Respeitando a privacidade de sua prima, Stella não a inqueriu. Se e quando ela estivesse pronta para falar, ela falaria.

Não houve tempo para um filme, porque parte do dia foi fazendo compras e demorou um pouco mais do que inicialmente elas previram. Pelo lado positivo, elas tinham comprado uma roupa nova cada uma, e alguns pares de sapatos, também. Stella também comprou lingeries sensuais que estavam em oferta e não conseguiu resistir. Além disso, ela realmente esperava que tivesse a chance de usá-las antes que tivesse que ir embora.

Quando chegaram em casa, Stella se esparramou no sofá e se recusou a se mover. Ela estava exausta. Quatro horas de sono naquela noite, combinadas com exercícios e compras, tudo no mesmo dia, provaram ser um pouco demais para ela. Antes que percebesse, seus olhos tinham ficado pesados e ela estava caindo em um sono tranquilo.

Quando acordou, ela tinha um cobertor macio cobrindo-a e a casa estava incrivelmente silenciosa.

Lisa já deve ter saído, Stella pensou.

Ela levantou e, pegando todas as suas sacolas de compras, subiu as escadas. Tinha sido um dia quente e ela se sentia pegajosa da umidade do ar. Um segundo banho no dia era necessário. Ele também iria ajudá-la a acordar corretamente, porque, logo em seguida, tudo o que ela queria fazer era subir de volta na cama e dormir até de manhã.

O celular dela estava piscando quando saiu do banho. Ela tinha duas chamadas não atendidas - uma da Lisa e uma de Max, e uma mensagem de texto dele que simplesmente dizia: Me liga.

Então, ela o telefonou.

— Oi, onde você esteve o dia todo? — ele perguntou, depois de responder no segundo toque.

— Fazendo compras com Lisa.

— Certo. Eu posso imaginar como isso levou o dia todo. — Ela podia sentir o sorriso em sua voz.

— Sim. Eu poderia ter continuado, mas ela tinha que ir trabalhar. Caso contrário, minha resistência é famosa — disse ela, citando as palavras dele de hoje de manhã, e Max riu. A genuína risada profunda, gutural. Stella desejava que ela estivesse lá ao lado dele, vendo-o rir daquele jeito.

— Você comprou algo legal?

— Sim. Um monte de coisas.

— Por que você não coloca algumas dessas coisas legais e vem para o bar? Estarei lá depois das sete.

Stella queria ir, muito. Ela queria vê-lo, porque já sentia falta dele. Mas, se concordasse imediatamente, ele pensaria que ela estava desesperada? Um pouco de flerte esta manhã e ela não podia suportar ficar longe dele? Seu ego já era enorme; não havia necessidade de inflá-lo ainda mais.

— Eu não sei. Estou muito cansada. Prefiro dormir na frente da TV.

— Ah, sem essa! Eu sei que você deve estar se coçando para colocar esses sapatos novos — ele brincou.

— Como você sabe que eu comprei sapatos?

— É claro que você comprou. As mulheres sempre compram sapatos quando vão às compras.

— Você tem estudado a nossa espécie muito de perto.

— Conheça o seu inimigo, totalmente. — Ele estava sorrindo novamente e Stella queria ver aquele sorriso. Essa noite. — Stella?

— Sim?

— Por favor, venha. — A maneira como ele disse a palavra "venha" a fez pensar em uma situação muito diferente. Ela mordeu o lábio para se obrigar a prestar atenção à conversa, porque sua mente já estava se afastando para um lugar onde Max falava ofegante em seu ouvido. — Eu quero te ver, *tesoro* — ele disse e, como se sentindo sua mudança de humor, sua voz caiu para um sussurro sedutor.

Como ela poderia resistir?

Stella tinha aproximadamente uma hora para ficar pronta. A roupa que ela tinha comprado hoje seria perfeita para esta noite - calça jeans que abraçava cada curva sua e ficava baixa nos quadris; um top preto que era decotado na parte de trás e da frente, mas não parecia vulgar, porque tinha um monte de rebites, pedrinhas que imitavam pedras preciosas e franjas penduradas por toda parte, que distraíam o olhar do decote; e as sandálias de salto alto pretas, que poderiam acabar com os pés dela, mas eram lindas. Para finalizar, Stella escolheu algumas pulseiras e um longo colar com apenas um pingente de asa de anjo, que ela colocou dentro de sua blusa. Ela secou o cabelo e deixou-o solto sobre os ombros. Uma camada de máscara para cílios, um toque de blush, um pouco de gloss e ela estava pronta.

Ela ligou para Lisa enquanto saía, mas foi para o correio de voz. Ela provavelmente já estava na sala de aula. Stella deixou uma mensagem dizendo que ela estaria com Max no bar e que ela poderia se juntar a eles mais tarde, se quisesse, e saiu.

162   Teodora Kostova

Capítulo Quinze

Era segunda-feira à noite e, como esperado, o bar não estava cheio. Max estava no turno com Marco, que era legal e fazia coquetéis com a velocidade da luz. Portanto, tudo o que restou para Max foi abrir cervejas e garrafas de vinho.

Quando Stella entrou, Max quase se arrependeu por convidá-la. Ela estava sensual. Brilhante como o sol. Como ele iria afastar qualquer cara que desse em cima dela? E ele tinha certeza de que seriam muitos.

— Uau, quem é essa? Eu nunca a vi aqui antes — disse Marco, praticamente babando em todo o balcão e olhando para Stella.

— Essa é Stella, e, se você não parar de olhar para ela como um pervertido, eu vou limpar o balcão com você — disse Max, o mais discretamente possível, porque ela estava chegando perto e ele não queria que ela ouvisse a sua ameaça.

— Relaxa, cara. Eu não sabia que ela era sua garota — disse Marco, levantando as mãos na frente dele e indo embora. Max não o corrigiu. Ele gostou do som de "sua garota".

— Oi — ela disse, tomando seu lugar habitual no canto do bar. — Por que você está me olhando desse jeito?

— Foi isso que você comprou hoje? — perguntou Max, ficando na frente dela e colocando as mãos sobre o balcão.

— Sim. Você gostou? — Ela deu seu sorriso mais encantador.

— Eu e todos com um cromossomo Y aqui.

Ela riu e revirou os olhos.

— Agora receio que terei que te beijar, para deixar todo mundo saber e dar o fora. — Max inclinou-se sobre os cotovelos em direção a ela e percebeu a expressão dela mudar instantaneamente de brincadeira encantadora para algo mais sério. Ela queria que ele a beijasse. Max inclinou-se ainda mais e ela se

Num piscar de Olhos   163

acalmou por completo, a respiração presa e seus lábios se abrindo.

Merda. Isso vai ser mais difícil do que eu pensava.

Stella tentou manter seu olhar fixo no dele, mas não conseguiu resistir e o abaixou até seus lábios. Max beijou o canto da sua boca e permaneceu por alguns segundos, antes de reunir toda a força que tinha e se afastar. Ela exalou a respiração que estava segurando e, novamente, como esta manhã, a decepção era evidente em seus olhos.

Ainda não, querida. Ainda não.

— Você quer fazer joguinhos, Max? — ela perguntou, o timbre de sua voz ficando baixo. — Porque eu posso jogar também, se é isso que você quer.

Ela não estava sorrindo ou brincando mais. Com um último olhar em sua direção, Stella foi para a pista de dança.

Fodeu.

Stella ficou furiosa. Max estava agindo como um idiota. Ele podia muito bem ver o efeito que tinha sobre ela, mas ainda assim ele a provocava. E não só isso, mas a humilhou por se afastar no último momento, sorrindo de satisfação e a deixando a ver navios.

Ela estava farta de seus joguinhos. Primeiro, ele a queria; em seguida, prometeu que seriam apenas amigos; então ele começou a persegui-la e fazer com que ela o desejasse.

Como se eu tivesse parado alguma vez.

A parte racional de seu cérebro dizia que era melhor assim. Ficar irritada com Max era bom. Pelo menos, a distraía de sua necessidade de estar com ele de todas as formas possíveis. Mas a maior parte, a irracional, disse para ela o deixar com ciúme doentio esta noite e se divertir.

Vingança é uma merda.

No momento em que ela chegou à pista de dança, dois rapazes focaram nela e foram em sua direção. Um homem muito atraente e alto chegou a ela primeiro e, tomando-lhe a mão, girou ao seu redor. Ele era um dançarino muito bom - nada como Beppe, mas também ninguém chegava aos pés dele - e Stella gostou de dançar com ele. Seus pés estavam começando a doer por causa dos sapatos novos, mas ela decidiu ignorar a dor. Sem dor, sem conquista, certo?

Ela conseguiu roubar alguns relances na direção de Max e ele parecia tão furioso como Stella queria que ele estivesse. Quando a quarta música dançante começou, Stella teve que se desculpar porque seus pés não estavam apenas matando-a, eles já estavam mortos e enterrados. O cara - que ela nunca chegou a perguntar o nome sobre a música alta — se ofereceu para comprar uma bebida, mas ela educadamente recusou. Isso poderia ir um pouco longe demais. Ela não queria ser responsável por seu nariz quebrado.

Sentando em seu banquinho, ela abanou-se dramaticamente e pediu ao outro bartender uma sangria sem álcool. Ele parecia apreciar os eventos que giravam em torno dele e, apresentando-se como Marco, beijou-lhe a mão, antes de fazer seu coquetel.

— Está se divertindo? — Max perguntou, sua voz pedregosa.

— Sim, muito. Você estava certo - foi muito melhor vir aqui do que ficar jogada na frente da TV durante toda a noite. — Ela estava testando os limites dele e sabia disso. Os olhos de Max brilharam perigosamente com possessividade e raiva. Stella se recusou a vacilar ou acabar com seu ato. Ele estava recebendo o que merecia.

— Bom. Fico feliz — disse ele e, dando-lhe o mais sarcástico sorriso que Stella já tinha visto, afastou-se para atender um cliente.

Ok, então ele estava arremessando a bola de volta em seu campo. O que ele esperava? Que ela ficasse sentada e esperasse que ele a provocasse um pouco mais? Fazê-la se sentir vulnerável, então, trair sua confiança? Stella odiava fazer jogos mentais com pessoas que ela gostava, mas ele começou isso e agora teria que aguentar as consequências.

Mesmo que Max soubesse por que ela estava fazendo isso, não o tornava menos doloroso. Ela dançou com aquele babaca a noite toda. Pelo menos, ela teve o bom senso de não deixá-lo comprar-lhe qualquer bebida ou flertar com ela no bar. Isso teria sido o empurrão que Max precisava e o cara teria voado para fora, pela porta dos fundos, com pelo menos três costelas quebradas.

Stella era inteligente. Ela sabia exatamente quanto empurrar sem cruzar a linha.

Max lamentou provocá-la com aquele beijo mais cedo. Não foi justo. Ela tinha estado convicta de que ele a beijaria. Ainda mais, ela queria o beijo tanto quanto ele. O olhar dela mudou no momento em que Max se afastou, de luxúria e expectativa para mágoa e determinação. Ele nunca teve a intenção de fazê-la se sentir assim. Agora, ele estava dividido entre seu arrependimento e a necessidade de pedir desculpas, e seu desejo de arrastá-la da pista de dança e trancá-la no almoxarifado, até que tivesse acabado a noite.

— Parece que estou chegando bem a tempo de suavizar esse vinco entre as suas sobrancelhas, mano. — O sotaque de Beppe interrompeu os pensamentos de Max.

— Onde você estava, cara? Tentei te ligar ontem e três vezes hoje. O que diabos aconteceu?

— Você não recebeu as fotos que te mandei?

— Recebi, mas isso dificilmente é uma explicação de onde você está. Ou melhor, como você está.

— Eu estou bem — disse ele, embora sua expressão sugerisse que ele não estava nada bem.

— Beppe... — Max começou.

— Olha, cara, eu não quero falar sobre isso. Estou aqui para relaxar, ficar bêbado e, de preferência, voltar para casa com uma gostosa. Então, deixe pra lá, ok?

Max assentiu. Ele conhecia seu amigo o suficiente para saber que, se ele não quisesse falar, não falaria. Ele o pegaria em um humor melhor ainda esta semana e o faria contar tudo sobre ele e Gia, porque, ultimamente, algo certamente estava acontecendo.

— Falando em gostosa... — Os olhos de Beppe se arrastaram para a pista de dança e ele os fixou em Stella, que estava dançando com aquele palhaço, de costas para eles. — Puta merda, é a Stella? — ele perguntou quando ela se virou, um sorriso fixo no rosto, claramente se divertindo. — O que você fez?

— Por que você assume imediatamente que eu fiz alguma coisa? — perguntou Max, baixando o copo, que estava secando, com um pouco mais de força no balcão.

— Porque Stella está ali, dançando com um cara, quando normalmente ela não sai do seu lado, quando saímos juntos. E você está aqui, chateado. — Quando Max não discordou, Beppe continuou: — Então, o que você fez?

— É uma longa história.

— Resuma.

Suspirando, Max esfregou a parte de trás do seu pescoço.

— Eu a quero, cara. Eu *realmente* a quero. Ela vem com essas desculpas estúpidas pelas quais não podemos ficar juntos, quando eu vejo que ela também me quer. Na outra noite, eu a levei para casa para dar a ela a minha camisa do Gênova e, em um momento de fraqueza, eu a beijei. Ela me beijou de volta e, se o telefone dela não tivesse tocado, ela teria passado a noite, eu sei disso. Mas, então, ela se afastou e eu a levei para casa. Decidi nesse momento que faria com que ela me quisesse tanto quanto eu a quero. Eu não quero que ela tenha nenhum arrependimento se ficarmos na mesma situação novamente e não haja nada que nos impeça. — Max fez uma pausa e olhou para a pista de dança. O cara que estava dançando com Stella estava ficando mais corajoso e estava segurando-a mais perto. Ele franziu o cenho.

— Ok, isso foi antes do jogo no sábado. Vocês dois pareciam estar bem, então.

— Sim, nós estávamos. Até que eu tomei a decisão de provocá-la para tirar qualquer relutância dela. Fomos correr hoje e eu quase a beijei - me afastei no último momento. Hoje à noite, quando ela entrou aqui, eu quase a beijei novamente. Ela me queria também. Ela estava preparada para isso. E

Num piscar de Olhos   167

eu não só me afastei, mais uma vez, com também pareci triunfante sobre isso. Honestamente, eu *estava* triunfante, mas por um motivo diferente. Eu estava feliz por ter tal efeito sobre ela - que ela me queria tanto quanto eu a queria. Claro, ela entendeu da forma errada e não parou de dançar com aquele idiota de merda lá a noite toda.

— Você é um idiota de merda. Pare de jogar e fazer planos. Se você a quer, pegue-a! Diga a ela como você se sente.

— Eu disse a ela!

— Tem certeza? — Beppe levantou uma sobrancelha.

Pensando nisso, Max não tinha dito a Stella como se sentia. Ele disse que ela o estava deixando louco de ciúmes e flertou escandalosamente com ela, mas foi isso.

— De que adianta? — Ele sentiu que ela provavelmente viria com alguma desculpa inútil outra vez e o deixaria pendurado.

Beppe não disse nada; apenas balançou a cabeça.

— Eu vou salvar sua bunda essa noite, mas você me deve uma. — Ele piscou para Max e se dirigiu para a pista de dança.

Beppe se livrou do homem que estava dançando com Stella em apenas dez segundos, depois que algumas palavras aquecidas foram trocadas e, usando o seu mais encantador sorriso, começou a dançar com ela. Ela balançou a cabeça e olhou na direção de Max, mas não conseguiu resistir aos movimentos de Beppe e logo foi completamente engolida pela dança.

Stella tinha certeza de que Max tinha enviado Beppe para dançar com ela. Foi uma sorte para os dois que Beppe era um dançarino incrível, e ela estava feliz que ele a livrou daquele cara - ela havia começado a pensar em maneiras de fazer isso sozinha, sem causar uma cena.

Uma música lenta começou a tocar e Beppe a envolveu em seus braços. Stella relaxou contra ele.

— Stella — ele disse, e ela levantou a cabeça de seu peito. — Eu sei que Max é um idiota, acredite em mim. Mas ele está completamente fora do seu normal aqui, *cara*. Você precisa ajudá-lo.

— O que você quer dizer?

— Ele nunca esteve interessado por uma garota da forma como ele está por você. Ele não sabe como lidar com isso. Ele pode ter deixado você louca hoje, mas é porque ele não acredita que você o queira e ele está com medo de que você o rejeite.

Stella não disse nada, apenas colocou a cabeça novamente no peito de Beppe. Ele estava certo. Max estava com medo de que ela o rejeitasse, porque ela já o tinha rejeitado antes.

— Ele é um cara legal. Ele merece alguém como você.

Stella sentiu lágrimas brotando e não queria que Beppe visse, então ela apenas balançou a cabeça contra seu peito.

Eles dançaram um pouco mais até que o lugar estava quase vazio e as bebidas finais foram servidas. Max começou a fechar o bar. Beppe a levou de volta ao seu lugar e ela sentou-se desajeitadamente, incapaz de olhar para Max.

— Você me deve uma gostosa. — Beppe piscou para seu amigo, e beijando Stella em despedida, saiu.

Os últimos clientes saíram com ele, assim como Marco e as garçonetes. Eram apenas eles dois.

Desde que o conheceu, Stella nunca se sentiu estranha por ficar sozinha com Max, mas agora ela não sabia o que dizer. Estudando seus dedos da mão esquerda atentamente, ela pensou em começar com um simples "*eu sinto muito*" porque ela realmente sentia. Como de costume, ela tinha explodido a situação além do limite.

Ela viu os dedos de Max se entrelaçarem com os dela e olhou para cima.

— Max, eu sinto muito. Eu exagerei... — ela começou, mas ele a interrompeu.

— Não, Stella, a culpa é minha. Eu não deveria ter brincado com você assim. Sou eu quem peço desculpas.

— Eu vim aqui para passar algum tempo com você, porque... Bem, eu senti saudade de você hoje. E passei a noite inteira dançando com outra pessoa, mesmo que eu tenha prometido que não iria intencionalmente provocar ciúmes. — Ela colocou a cabeça entre as mãos, tentando organizar seus pensamentos. Max ficou em silêncio, como se estivesse esperando que ela fizesse o primeiro movimento. — É só que... quando você deu aquele beijo ao lado dos meus lábios, em vez de *neles*, eu me senti... enganada. Como se eu não fosse nada mais do que um jogo para você.

— Stella...

— Não, espere. Deixe-me terminar. Eu sei que te empurrei para longe antes e eu meio que merecia, mas, por favor, não faça isso de novo. — Falar sobre isso trouxe de volta toda a gama de emoções que Stella tinha atravessado quando ele se afastou dela e sorriu com satisfação. Ela sentiu as lágrimas abrirem caminho e se odiou por isso.

Max deu a volta no bar e, girando seu corpo no banco, abraçou-a com força. Ela escondeu o rosto em seu pescoço, inalando o aroma especial de Max, e instantaneamente relaxou. Ele acariciou seu cabelo, brincando com ele, mas não disse nada.

— Acho que devemos esfriar isso. *Nos* esfriar — disse Stella, sua voz abafada pela camisa dele. — Seja meu amigo, ok? Eu quero estar perto de você, mas pare com o flerte, provocações, comentários sugestivos e toques persistentes. Eu preciso de tempo para organizar a minha cabeça.

O aceno de Max foi quase imperceptível. Ele não a soltou, apesar disso. Ele continuou a segurá-la e a brincar com o cabelo dela.

Ficaram assim por um tempo até que ambos estavam prontos para se soltarem.

Capítulo Dezesseis

Stella acordou cedo - de novo. Ultimamente ela estava funcionando com apenas algumas horas de sono por noite e isso estava começando a cobrar seu preço. Sentia-se cansada e fora de equilíbrio. Apesar disso, ela decidiu sair para correr, pois com certeza levantaria seus níveis de energia, mesmo que o simples pensamento de fazer qualquer coisa remotamente física neste momento parecesse uma tortura.

Vestindo suas roupas de malhação, Stella saiu de casa o mais silenciosamente que pôde, porque ninguém mais estava acordado ainda. Na praia, ela decidiu correr na direção oposta à sua rota habitual, porque a chance de encontrar Max era muito grande e ela não tinha vontade de ver ou falar com ele tão cedo. Ela precisava de um pouco de oxigênio bombeando o sangue dela primeiramente, a fim de clarear os pensamentos e encará-lo.

Ontem foi um dia e tanto. Stella tinha sido jogada de um extremo do espectro emocional ao outro, e estava se sentindo tonta quando finalmente chegou em casa e caiu na cama. Lembrar como carinhosamente Max a segurou em seus braços na noite passada trouxe um sorriso ao seu rosto. Ambos tinham cometido erros, mas o importante era que eles esclareceram e assumiram as responsabilidades por suas ações. Quando ele a soltou depois, prometeu não jogar mais. Não provocar mais. A atmosfera no carro mudou quase que instantaneamente - Stella tinha relaxado e Max parecia menos intenso sobre como ele se sentia.

Isso lhe deu esperança de que talvez eles pudessem superar isso. Talvez a atração entre eles fosse transformada em amizade e talvez, quando fosse para casa, Stella teria ganho um bom amigo, em vez de um coração partido.

Ela ainda o queria, cada pedaço dele. Ele ainda podia fazer seu corpo agir por conta própria com um único olhar.

Mas alguém poderia ter esperança.

Max tinha saído de sua casa no piloto automático. Ele tinha dormido apenas algumas horas e se sentia exausto. Sem perceber, colocou sua roupa de corrida e saiu.

Ele colocou o volume de seu iPod no máximo e, tentando não pensar em nada, começou a correr. Infelizmente, a música alta não podia abafar seus pensamentos completamente. Logo, as imagens de Stella na noite passada inundaram seu cérebro. Sua dança com aquele cara; ela rindo sua adorável risada contagiante; seu desapontamento com ele; seu corpo quente relaxado contra seu peito; seu cabelo macio cor de mel entre seus dedos.

Beppe estava certo. Max era um idiota. Ele a fez chorar ontem à noite, pelo amor de Deus. A última coisa que ele queria fazer era magoá-la, de forma alguma. Ele não jogaria mais.

Stella era a melhor coisa que tinha acontecido em sua vida em um longo tempo e ele seria condenado se a perdesse. De agora em diante, ele seria o que ela precisava que ele fosse.

Correndo e pensando, Max tinha esquecido completamente de prestar atenção para onde estava indo - até que ele percebeu que não estava em seu curso de corrida normal. Era tarde demais. Stella estava vindo em direção a ele, vestida com seu lindo short de corrida e regata incrivelmente apertada.

Ela definitivamente não estava tornando a tarefa mais fácil. Como ele conseguiria resistir, quando ela era tão sexy? Max era um cara que não babava sobre cada menina bonita; ele era um cara que esteve com um monte de mulheres, que tinha amigas e que poderia, normalmente, controlar-se muito bem com as mulheres. Ele era um salva-vidas - trabalhava ao redor de lindas mulheres seminuas o tempo todo, sem a sensação desconfortável de sua bermuda, de repente, ficar muito apertada.

No entanto, no momento em que Stella apareceu em sua linha de visão, seu coração começou a bater mais rápido - e seu short definitivamente ficou muito mais apertado.

Ao vê-lo, ela diminuiu o passo para uma corrida lenta e, mesmo à distância, Max podia ver sua boca espalhando-se num sorriso.

— O quê? — ele perguntou quando ela chegou até ele e parou, ainda sorrindo e com um brilho de diversão em seus olhos.

— Eu fui na direção oposta hoje para me certificar de que não esbarraria em você. E veja aonde isso me levou.

— Você está tentando me evitar, *tesoro*? — O sorriso dela era contagiante e ele se pegou sorrindo, seu humor instantaneamente melhorando.

— Sim.

— E por que isso?

— Eu não dormi muito, e você pode ser um pouco impressionante.

Eu a impressiono. Gosto disso.

— Pare de sorrir como um idiota. Por que você está tão feliz?

— Nada. — Stella o imobilizou com um de seus incríveis olhares hipnotizantes exigentes, mas ele não deu mais detalhes.

— Tudo bem, não me diga. Ah, a propósito, este não é o seu caminho também. Você está me perseguindo, Massimo?

— Não. Eu não dormi bem também e não estava prestando atenção para onde estava indo. Acho que as minhas pernas te encontraram por conta própria.

Stella revirou os olhos e passando por ele, continuou sua corrida.

— Até mais — ela falou por cima do ombro.

Max pensou em correr atrás dela, mas decidiu por não. Claramente, ela precisava de espaço agora e ele não iria se intrometer. Ele ficou maravilhado com a bunda dela por mais alguns momentos antes de continuar sua própria corrida.

— Pare de olhar para minha bunda, seu pervertido — ela falou, sem sequer olhar para trás, mas o sorriso em sua voz era evidente. Max riu de todo coração e correu para longe dela.

O dia tinha começado bem e Max se perguntou como iria acabar. Por alguma razão, desde que Stella chegou, seus dias tinham se tornado imprevisíveis. Antes disso, tudo tinha sido muito exato em sua vida diária - como seus dias começavam, como acabavam, quem ele encontrava. Na maior parte, não havia surpresas: apenas uma rotina. Agora, ele não tinha certeza de nada.

E ele gostou disso.

Stella sorriu durante todo o caminho de volta para casa. Às vezes, as coisas estavam destinadas a ser, e mesmo que tentasse tão duramente evitá-las, você simplesmente não conseguia. Isso sempre foi uma verdade em sua vida, mas a diferença é que era geralmente uma verdade sobre algo ruim.

Quem sabe minha sorte esteja mudando? Já era hora!

Quando chegou em casa, quase colidiu com Niki quando ela irrompeu pela porta da frente, com sua caneca de viagem na mão.

— Oh, desculpe, querida — ela disse, enquanto a abraçava. — Tenho que correr, mas te vejo mais tarde?

— Claro. Tenha um bom dia, tia Niki.

— Você também, querida.

Stella lembrou que ela tinha a intenção de pedir à sua tia os detalhes da conversa com sua mãe, mas não teve a oportunidade. Pensando em Helen, Stella percebeu que ela não ligava há algum tempo. Talvez hoje à noite ela ficasse em casa, descansasse e falasse pelo Skype com ela. Pegando seu celular, ela digitou uma mensagem rápida para a mãe, pedindo-lhe para se encontrarem para um bate-papo nesta noite. É claro que ela concordou quase que imediatamente.

Lisa estava na cozinha quando Stella entrou, colocando açúcar em dois copos de café.

— Eu te amo — disse Stella, quando pegou sua xícara e beijou o rosto de sua prima.

— Eu sei — disse Lisa, pegando a sua e indo para a mesa. — Correndo com Max de novo?

— Na verdade, correndo *dele*. Tentei evitá-lo, mas, nos encontramos, de qualquer maneira.

— Oh. Por que você estava tentando evitá-lo?

Stella suspirou e disse a Lisa tudo o que acontecera desde a última vez que tinham conversado no domingo, no estádio, assistindo Max. Lisa era a sua melhor amiga e a matava esconder as coisas dela, mesmo que isso significasse que ela tivesse que sentar e ouvir outro sermão.

Depois que ela terminou de contar a história, Lisa estava muito calada e havia algo em seus olhos - tristeza? Derrota? Entendimento? Stella não conseguia identificar o que era exatamente, mas isso não estava lá quando ela começou a falar.

— Eu acho que você não pode fugir do que está destinado a ser — ela finalmente disse, tentando forçar um sorriso, mas falhando.

— Isso é exatamente o que eu pensava. Não seria justo se fosse algo ruim, Lis. Isso só não é. Mas eu estou tão pronta para que algo bom esteja destinado a ser.

— Eu sei. Eu também.

— O que há de errado? — Stella apertou a mão de sua prima, porque ela parecia ter ficado muito triste em apenas alguns segundos.

— Nada. — Ela forçou um sorriso e, desta vez, ele quase conseguiu parecer convincente. — Eu só estou cansada.

Stella não queria pressioná-la, mas era evidente, há algum tempo, que algo estava definitivamente incomodando sua prima - algo que ela não tinha compartilhado com ninguém. Ela parecia uma pessoa que carregava um fardo enorme, tudo por conta própria. Stella queria fazê-la falar, mas como? Se ela empurrasse, Lisa simplesmente se fecharia ainda mais.

Ela tinha que contar a Max. Talvez ele tivesse alguma dica sobre o que fazer.

— Então, o que você quer fazer hoje? — perguntou Lisa.

— Não sei. Primeiro, eu gostaria de tomar um longo banho quente.

Num piscar de Olhos

Então... eu não sei. Talvez pudéssemos ficar em casa hoje? Tomar banho de sol à beira da piscina?

— Parece bom. — Lisa sorriu, e Stella pensou ter detectado alívio no sorriso.

O humor de Lisa pareceu melhorar no decorrer do dia. Elas nadaram na piscina e descansaram no jardim até a hora do almoço. Então, Lisa fez alguns petiscos incríveis - bruschetta de mussarela e pesto, batatinhas cozidas com manjericão, pedaços de melão envoltos em presunto de Parma, e sorvete de iogurte com biscoitos amaretti para a sobremesa. Stella simplesmente adorava comida italiana - tão simples e, ao mesmo tempo, tão deliciosa.

Enquanto estavam na piscina, tentando digerir os alimentos, Stella lutava contra o desejo de dar um cochilo. Sentia-se exausta e o estômago cheio, combinado com o bom e ensolarado clima, não ajudou.

— Stella?

— Sim?

— Eu tenho que dar uma saída. Você acha que ficará bem, sozinha, por algumas horas? — perguntou Lisa.

— Sim, mas aonde você vai? Eu achei que não teria que estar na galeria até cinco.

— Não, não é a galeria. Eu tenho que, hum, executar uma missão. — Era a imaginação de Stella ou Lisa parecia um pouco culpada?

— Está bem. Vá, eu vou ficar bem.

Lisa imediatamente saltou de sua espreguiçadeira e foi para dentro se vestir.

Isso foi estranho.

Aonde Lisa iria que não poderia levar Stella com ela? E por que ela agiu de forma misteriosa sobre isso? Alguma coisa estava acontecendo.

Empurrando todos os pensamentos para longe de seu cérebro, Stella relaxou e deixou o sono tomar conta de seu corpo cansado.

Ela acordou duas horas depois. O sol ainda estava alto no céu, mas não havia nenhum sinal de Lisa. Agarrando o telefone, Stella digitou:

Stella — Você volta logo para casa?

A resposta de Lisa veio poucos minutos depois.

Não, desculpe, fiquei presa. Vou direto para a galeria. Te vejo à noite. — **Lisa**

Então, Stella estava sozinha na casa, sem nada para fazer. Entediada nem sequer começava a descrevê-la. Ela pensou em sair sozinha, mas, por algum motivo, não queria ficar sozinha agora.

O que Max estaria fazendo? Ele estava no trabalho? Deveria enviar uma mensagem de texto para ele?

Por que não deveria?

Stella — Ei, você está no trabalho?

Não. Por quê? — **Max**

Stella — Estou loucamente entediada; Lisa me abandonou há duas horas. Quer me divertir?

Eu estava de saída. Te pego em 10. — **Max**

Stella se levantou tão rapidamente que se sentiu tonta. Correndo para o andar de cima, ela trocou o biquíni por um vestido de algodão simples e chinelos. Assim que foi para o banheiro arrumar o cabelo, o celular vibrou novamente.

Max Use um biquíni.

Merda. Ela tinha acabado de tirá-lo. Até o momento em que ela tinha se trocado e arrumado o cabelo, Max já estava esperando do lado de fora em sua BMW.

— Oi — disse Stella enquanto se jogava no banco do passageiro. — Nós vamos à praia?

— Não — ele disse, com um sorriso malicioso.

— Então, por que eu tenho que usar um biquíni?

— Você vai ver. — Ele piscou, e seu corpo traiçoeiro derreteu.

Max estacionou o carro perto das docas. Ele tirou uma grande mochila do carro e, acenando para uma Stella muito confusa segui-lo, foi direto para as docas. Eles passaram por grandes barcos, e navios ainda maiores que transportam de tudo, desde turistas até carga, antes de chegarem a uma parte diferente da doca. Parecia que era usada para iates privados, porque todos os barcos ancorados ali eram menores e pareciam de lazer, em vez de comerciais.

Eles chegaram a um belo iate branco, com o nome "Elsa" escrito em azul. Stella parou e olhou, porque essa era a última coisa que ela esperava.

— Você veleja? — ela perguntou.

— Sim, desde que eu era criança. Meu pai adorava barcos. Elsa era dele. — Ele pegou a mão de Stella e a levou em direção ao barco. Ele a ajudou subir e, em seguida, subiu. Depois de colocar sua mochila na cabine, Max se ocupou do barco e Stella não tinha ideia do que ele estava fazendo. Ela nunca tinha estado em um barco antes.

— Sente-se, por favor. Nós vamos sair e não quero que você caia. Quando nos afastarmos, em águas mais calmas, você pode olhar ao redor, ok?

— Sim, sim, capitão — Stella bateu continência e sentou-se ao lado dele. Ele sorriu para ela, ligou o motor, e velejaram para longe do cais.

 Eles navegaram por algum tempo, com Max no controle absoluto do barco. Quando eles chegaram a um lugar isolado, que não podia ser visto da costa e sem outros barcos ao redor, Max abrandou e baixou a âncora.

 — Está com fome? — questionou.

 Stella assentiu e ele desapareceu na cabine. Ele trouxe sua mochila e tirou dois sanduíches e duas latas de refrigerante. Ele também tirou a camisa e, seguindo o seu exemplo, Stella se livrou de seu vestido. Deitaram-se no convés, comendo seus sanduíches e desfrutando do sol.

 Eles não falaram por um tempo, mas era um daqueles silêncios confortáveis, que não havia necessidade de preencher.

 Até que o celular de Max tocou. Ele o tinha deixado na mochila e sinalizou para Stella pegá-lo, porque estava mais perto dela. Ela olhou para a tela - era Beppe. Max fez um gesto para ela pegar e ativar o viva-voz, já que ele estava segurando seu sanduíche e bebida.

 — Oi — a voz alegre de Beppe soou do outro lado. — Onde está você, cara?

 — No barco.

 — Oh, merda. Eu estava esperando para tomar uma cerveja.

 — Desculpe, cara. Amanhã?

 — Sim, talvez. Ei, já que eu estava ocupado dançando com a sua garota ontem à noite e não pude conseguir qualquer coisa para mim — os olhos de Max se arregalaram em choque, e Stella riu —, eu acho que você me deve uma noite só de garotos. Só nós dois. — Beppe fez uma pausa, escutando. — Será que é a risada de Stella que estou ouvindo?

 — Sim. E você está no viva-voz, então, cale a boca.

 — Você a levou ao seu barco?

— Obviamente. — A voz de Max era severa.

— Eu pensei que não fosse permitido ninguém no seu barco! Eu venho implorando há meses; é como um imã de garotas...

— Que parte do "cale a boca" você não entendeu, idiota? Eu te ligo mais tarde — disse ele e encerrou a ligação.

Max não olhou Stella nos olhos, só calmamente terminou seu sanduíche.

— Ele dançou com a *sua* garota? Importa-se de explicar isso? — Stella estava tão feliz que poderia provocar Max um pouco. Na curta conversa de dois minutos, Beppe tinha dado material de insultos para toda a tarde.

— Sim. — Ele tomou um gole de sua bebida, olhando em sua direção.

— Tudo bem. Que tal, por que eu sou permitida em seu barco e ninguém mais é?

Ele colocou a bebida no chão e olhou para ela com tal intensidade que ela sentiu o desejo de cobrir-se com alguma coisa. Era como se ele estivesse olhando diretamente em sua alma.

— Este barco é a única coisa de valor que me resta do meu pai. Ele o amava com todo o seu coração, e sinto que seria desrespeitoso com ele trazer qualquer um aqui.

— Mas é Beppe, não é *qualquer* um.

Max encolheu os ombros. — Eu não sei. Não parece certo. Com o tempo, ele se tornou meu espaço pessoal. Parece... íntimo trazer alguém aqui.

A maneira como ele disse a palavra "íntimo" causou arrepios de prazer pelo corpo de Stella. Ela decidiu deixar por isso mesmo. Estava perfeitamente claro o que significava trazê-la aqui, mesmo que Max não tivesse dito isso em palavras.

— Então, noite dos garotos, hein? — ela perguntou, mudando completamente o tom e a direção da conversa.

— Sim. Há algo acontecendo entre ele e a minha irmã. Ela o está irritando e ele tem que descarregar um pouco de energia, o que geralmente envolve levar uma garota para casa.

— Tenho notado o jeito como eles ficam quando estão perto um do outro. Mas você disse que era normal, quando eu te perguntei.

— Eles sempre tiveram um relacionamento estranho, mas agora é diferente. Eles brigaram porque Gia está atraída pelo chefe dela e ele a beijou. Beppe ficou louco com ela, e desde todo o fiasco com a música, ela não tem falado com ele.

Então, foi por isso que Gia tinha ido embora na outra noite, depois de Beppe ter cantado "If you can't say no", de Lenny Kravitz.

— Falando em estranho, Lisa também tem agido estranhamente. Ela me abandonou hoje para "executar uma missão". — Stella fez aspas com os dedos. — Ela se recusou a dizer onde ou com quem. E ela está tendo terríveis oscilações de humor. Você sabe alguma coisa sobre isso?

— Não. Ela não me disse nada.

— Nós temos que descobrir o que está acontecendo, porque ela está me enlouquecendo.

Max concordou com a cabeça e começaram a arrumar o convés.

— Acho que devemos voltar. Eu tenho que estar no bar às sete.

Max deu a partida no barco e Stella, depois de colocar o vestido de volta, sentou-se ao lado dele. O sol já estava começando a se pôr e, combinado com o vento do barco em movimento, ela sentiu frio. Lembrando que não tinha pensado em trazer um casaco de lá, ela se abraçou, tentando ficar mais quente.

— Ei, você está com frio? — perguntou Max.

— Um pouco.

— Aqui. — Ele vasculhou sua bolsa e tirou seu moletom. Depois que ela o colocou, ele colocou o braço em volta de seus ombros e a abraçou próxima a ele.

Naquele exato momento, em um barco no meio do mar, nos braços de Max, Stella se sentiu verdadeiramente feliz.

Capítulo Dezessete

— Você quer vir para o bar hoje à noite? — Max perguntou quando estacionou seu carro na frente da casa de Lisa. Stella queria ir, porque queria passar mais tempo com ele, mas, ao mesmo tempo, sentia que precisavam passar algum tempo separados. Estava ficando insano - desde que ela chegou, eles tinham passado quase todas as horas juntos.

— Não, acho que vou passar essa noite.

— Por quê?

— Porque... — disse ela, esperando que ele chegasse à mesma conclusão que ela e não tivesse que explicar. No entanto, ele continuou a olhar para ela com uma pergunta em seus olhos. — Acabamos de passar a tarde inteira sozinhos em um barco, Max. Você já não está cansado de mim?

— Não. — Isso foi tudo o que disse. E ele continuou a olhar para ela como se esperando que ela mudasse de ideia.

— Eu não vou. Tenho um encontro com a minha mãe, no Skype. E, além disso, eu preciso te dar algum tempo para sentir minha falta. — Ela piscou para ele e, beijando seu rosto em despedida, pulou para fora do carro. Max esperou que ela entrasse antes de partir.

Stella entrou e encontrou a casa vazia. Ela nunca tinha tido qualquer problema em ficar sozinha. Pelo contrário, muitas vezes, ela preferia. Em Londres, era apenas ela e Helen na grande casa; sua mãe raramente convidava amigos - não que ela tivesse muitos. Stella não tinha muitos amigos também. Ela nunca se preocupou em conhecer melhor as pessoas, a fim de ganhar o direito de chamá-las de amigos. Claro, ela se dava bem com todos na escola, saía com eles, se divertia, mas nunca deixava ninguém entrar. Ela até mesmo teve dois namorados, se é que vários meses de encontros pudessem ser considerados como tendo um namorado.

Isso até que ela foi diagnosticada pela primeira vez com câncer. Depois, ela se fechou completamente. Os e-mails e telefonemas ocasionais de Lisa tinham sido a única fonte de amizade que ela tinha deixado em sua vida.

Estar na Itália, na casa de Lisa, parecia completamente diferente. Havia algo sobre esse lugar que fazia Stella ansiar por ter outras pessoas ao seu redor. Até a ideia de passar a noite toda sozinha ali a enervava, enquanto em casa, ela teria acolhido como uma oportunidade de assistir a um filme ou ler um livro, de forma imperturbável.

Subindo as escadas, Stella tentou banir seus pensamentos, porque a última coisa que ela precisava agora era estragar seu humor. Um pensamento negativo levaria a outro e, antes que percebesse, ela estaria no chão, tremendo e chorando, lembrando o quão fodida sua vida era. Ela passou por isso muitas vezes e se recusava a deixar que isso acontecesse aqui, neste lugar perfeito, para onde ela tinha vindo para escapar e encontrar a felicidade, ainda que temporariamente.

Além disso, Stella queria parecer bem para sua mãe. Elas não se falavam há alguns dias e Helen precisava ver que ela estava feliz.

Trocando seu vestido por um short e uma camiseta regata, ela ligou seu laptop. A tela iluminou-se e, enquanto esperava para se conectar à internet, Stella desceu e fez uma xícara de chá de camomila. Voltando lá para cima e sentando de pernas cruzadas sobre a cama, Stella olhou para o relógio. Eram sete horas. Ela ainda tinha cerca de uma hora até que sua mãe estivesse online.

Para passar o tempo, ela começou a navegar sem rumo on-line, assistindo a vídeos no You Tube e organizando suas estantes no Goodreads, quando o celular vibrou.

Max O que você está fazendo?

Por quê? Você já está sentindo a minha falta? ;) **Stella**

Max Claro que sim. Venha já pra cá.

Stella Não posso. Ainda não falei com a minha mãe.

Depois? **Max**

Stella Max... Eu já estou de pijama. Prefiro ficar em casa.

Pijama? E como exatamente ele é? ;) **Max**

Stella sorriu. Ela adorava quando Max flertava com ela, mesmo dizendo para ele parar. Mas eles estavam enviando mensagens de texto agora; não era pessoalmente. Era apenas um pouco de diversão. Certo?

Stella Short que mal cobre minha bunda e uma camiseta regata que mal cobre... qualquer coisa.

Estarei aí em 10 min. **Max**

Stella Nãããoo, eu estava brincando. É um moletom largo. Nada sexy, eu juro.

Tarde demais. A imagem já está na minha cabeça. **Max**

Stella Você vai ter que se encarregar da imagem por sua conta porque minha mãe está ligando. Tchau!

Quando Stella clicou no botão verde piscando na tela de seu computador, ela não podia deixar de sorrir.

— Oi, mãe! — Stella acenou quando o rosto de sua mãe apareceu.

— Oi, docinho. Você parece feliz.

— Sim, eu sei — ela disse, pensando que não tinha rido ou, até mesmo, sorrido tanto assim, antes de conhecer Max. Devia ser estranho para sua mãe vê-la assim. — Você está ótima, mãe.

— Obrigada, querida. As meninas no trabalho me importunaram

para ir a um SPA com elas na semana passada. Eu acho que teve resultado.

— Você foi a um SPA? — Stella estava mais do que surpresa. Sua mãe nunca fez nada parecido. Helen era uma bela mulher, mesmo que não desse muita atenção à aparência. Talvez a separação fosse boa para as duas.

Como eram apenas as duas sozinhas por muito tempo, elas ficaram muito próximas uma da outra e compartilhavam tudo. Stella sentia falta de sua mãe e realmente queria falar com ela sobre Max, sobre as estranhas mudanças de humor de Lisa, sobre como ela estava com medo de que tudo isso fosse uma bolha cheia de pó mágico e que, mais cedo ou mais tarde, iria estourar.

— Eu acredito que tudo acontece por uma razão. As pessoas entram em nossas vidas por uma razão; nada é uma coincidência — Helen disse finalmente, depois que ouviu Stella colocar tudo para fora de seu peito. — Eu sei que você não quer se machucar, querida, mas, às vezes, temos que correr riscos e explorar as possibilidades apresentadas na nossa frente. Lembra-se do filme com Jim Carey, "Sim, senhor"?

— Lembro.

— Então... tente ser mais como ele. Diga "sim" para as coisas que você normalmente não diria.

— Você sabe, esse é um conselho terrível de uma mãe para sua filha!

Helen riu.

— Provavelmente. Mas eu sei que tipo de filha criei. E eu confio em você.

Elas conversaram por quase duas horas. Helen disse a Stella sobre suas conversas telefônicas com Niki e como estava feliz que sua antiga melhor amiga tinha finalmente decidido estender a mão para ela. Nenhuma das duas queria desligar, mas, no final, Stella viu sua mãe tentando esconder um bocejo pela terceira vez consecutiva, então, elas se despediram.

Stella desceu até a cozinha para pegar algo para comer, quando Niki entrou pela porta da frente. Lisa ainda não estava em casa, o que era estranho - ela nunca trabalhava até tão tarde na galeria. Stella tentou ligar para ela, mas o telefone foi direto para a caixa postal. Sua tia não achou estranho, de qualquer forma; ela disse que o sinal na galeria não era tão bom e ela provavelmente se atrasou. Lisa era uma boa menina - ela nunca saía tarde sozinha, ficava bêbada ou desaparecia sem ligar, e isso dava à sua mãe um motivo para confiar nela implicitamente.

Elas jantaram juntas e Stella se ofereceu para lavar os pratos, uma vez que Niki parecia exausta. Ela agradeceu e foi direto para seu quarto.

No momento em que Stella voltou para o quarto dela, eram quase onze horas. Pegando o telefone para tentar ligar para Lisa novamente, ela viu que tinha uma chamada não atendida de Max.

— Ei, o que aconteceu? Você ligou?

— Sim. Nós temos um problema. — Ele parecia preocupado. — Lisa está aqui.

— Aqui onde? No bar?

— Sim. — Stella não podia acreditar nisso. Sua prima a abandonou hoje, depois foi para o trabalho, supostamente, e agora estava fora festejando sem ela. Isso era tão diferente dela.

— Ela está sozinha? — perguntou Stella, pensando que talvez Lisa tivesse um encontro e fosse por isso que ela não a tinha convidado.

— Não mais — disse Max, com a voz triste e parecendo um pouco irritado.

— Max, me diga o que diabos está acontecendo.

— Ela chegou aqui há uma hora atrás. Eu não te liguei porque achei que você sabia, e talvez estivesse vindo também. Ela mal falou comigo e começou a pedir *shots*. Quando tentei fazer com que ela pegasse leve, ela gritou para eu não me meter e foi à loucura na pista de dança. Agora, ela tem um ser desprezível em cima dela.

— Oh, Deus. Estou indo para aí.

— Não. Você fica em casa. Eu vou cuidar disso.

— Max, o seu turno não acabou. Como exatamente você vai cuidar

Num piscar de Olhos   187

disso? Eu irei e a arrastarei para casa, pela bunda, se preciso for.

— Não, Stella. Eu não quero você saindo sozinha tão tarde. Eu vou lidar com isso.

— Max... — Stella realmente não gostou de seu tom superprotetor e estava pronta para discutir um pouco mais, ou, até mesmo, desligar na cara dele e ir lá, quando ele a interrompeu.

— Por favor, Stella. Fique aí. Eu não posso lidar com Lisa e me preocupar com você saindo sozinha à noite. — Sua voz era suave, mas comandando.

Apesar de não gostar, Stella concordou.

Passava da meia-noite quando Max ligou para ela ir para a porta, porque ele não queria tocar a campainha e acordar Niki. Ele tinha Lisa em seus braços e ela estava desmaiada. A reação de Stella deve ter sido perto de horrorizada, porque ele disse imediatamente.

— Está tudo bem. Ela desmaiou no carro. Ela vai estar com uma baita ressaca amanhã, mas, por outro lado, ela está bem.

Stella assentiu e eles a levaram para o quarto, tirando seus sapatos e cobrindo-a com o cobertor.

Voltando para a sala, Max sentou-se no sofá e Stella sentou ao lado dele.

— O que está acontecendo com ela, Max? Isto é tão diferente dela.

— Eu sei. — Ele colocou o braço sobre as costas do sofá e seus dedos roçaram o ombro de Stella. Ela estremeceu, sentindo muito frio. Seu corpo estava tão quente e convidativo ao lado dela, que, em um impulso, ela se aconchegou nele. Sem perder o ritmo, seu braço ficou mais apertado em torno dela e seus dedos começaram a fazer círculos em seu braço.

— Nós temos que conversar com ela. Fazê-la confessar o que a está incomodando — disse Stella, e sentiu Max concordando com a cabeça.

— Você não estava brincando sobre o pijama, afinal de contas — ele disse, colocando sua bochecha em cima de sua cabeça. Ela nem tinha percebido que estava usando apenas o short e a camiseta regata que dormia. Ela tinha estado tão preocupada com Lisa. Enrijecendo em seus braços, Stella pensou em como responder. — Ei, relaxe. Eu não mordo — ele disse, sentindo seu mal-estar, e apertou seu abraço de modo tranquilizador ao seu redor.

Que pena, ela pensou. *Acho que eu poderia gostar.*

Então, ela imediatamente repreendeu-se por pensar isso.

Stella esticou o pescoço para olhar para o rosto de Max. Ele levantou a cabeça dela e a encarou. Seus lábios estavam tão perto que ele só tinha que mergulhar a cabeça para baixo dois centímetros e eles tocariam os dela. Sentindo-a olhar para a sua boca, Max mordeu o lábio inferior e seus olhos nublaram de desejo, suas pálpebras semicerrando. Ele liberou o lábio de seus dentes e ficou com marcas de mordidas vermelhas brilhantes sobre ele.

Stella engoliu lentamente, sua frequência cardíaca aumentando quando ela se lembrou do gosto daqueles lábios. Sinos começaram a tocar em sua cabeça enquanto ela tentou sem sucesso se afastar e tudo ao seu redor turvou. Havia apenas Max e ela, seus olhos cor de avelã vidrados com o calor e seus lábios tão convidativos e próximos.

Max trouxe a outra mão ao rosto dela e acariciou-a ternamente. O que surpreendeu Stella foi que ele não saltou nela como tinha feito antes. Ele estava mostrando uma resistência surpreendente, considerando o quão íntimo aquele momento era. Era como se ele esperasse por ela, como se fosse a sua decisão a tomar.

Ela derreteu em sua mão e fechou os olhos, entregando-se totalmente ao momento. Exalando alto, Max apertou os braços em volta dela, quase a esmagando, e, trazendo seu rosto para o lado do pescoço dela, inspirou-a. Então, ele lentamente, quase agonizante, tocou seus lábios em seu pescoço.

Stella estremeceu fisicamente. Ela nunca sentiu essas dores intensas de prazer antes. Se ele podia fazer isso com ela só com um beijo suave em seu pescoço, como seria fazer amor com ele? O pensamento a fez ofegar, quando outra onda de luxúria trovejou através de seu corpo.

— Stella — Max sussurrou, sua voz rouca. — Assim você me mata aqui. — Ele arrastou os lábios e a ponta da língua por seu pescoço até sua linha da mandíbula. Stella gemeu quando emoções conflitantes se espalharam dentro dela; ela precisava se afastar, porque, se não o fizesse, eles acabariam passando a noite juntos - e, ainda assim, ela nunca se sentiu tão bem em toda a sua vida. Foi o momento mais incrível de sua existência, e como ela deveria interrompê-lo?

— Max...

— Por favor, não me diga para parar, minha linda. Eu te quero tanto — ele sussurrou, quando seus lábios encontraram os dela.

Desta vez, o beijo foi lento e luxurioso. Ela saboreou cada momento enquanto ele acariciava sua língua na dela. Chupando seu lábio inferior, Max enterrou suas mãos em seu cabelo e deitou-a no sofá. Ele deitou em cima dela, seus lábios nunca deixando os dela, suas mãos acariciando suas coxas, sua cintura, seus seios. A coxa dele abriu suas pernas quando ele se posicionou bem em cima dela, e ela gemeu baixinho.

O que estou fazendo? Dando amassos com Max no sofá da minha tia, pelo amor de Deus! E se ela acordar e nos encontrar? E se Lisa acordar?

Todos os pensamentos de Stella foram cortados, porque Max tinha aumentado a pressão de sua coxa entre as pernas dela e sua mão estava sob sua blusa.

Oh, Deus!

Stella ofegou sob seu toque, seu corpo todo tremia de necessidade. Ela o beijou de volta, como se sua vida dependesse disso. Seus lábios estavam ansiosos e qualquer coisa, menos gentil. No momento em que Max apertou sua coxa entre as pernas dela, ela mordeu o lábio inferior e gemeu, suas mãos encontrando seu caminho sob sua camisa. Seus olhos cinzentos estavam tão desfocados que pareciam pretos.

Deus, ela estava tão perto!

Max queria fazê-la gozar e observá-la o tempo todo, bebendo em seu rosto, seus lábios, com todo o seu corpo tremendo debaixo dele. Ele moveu a mão sob sua blusa, sobre os seios, a barriga, até que ele substituiu sua coxa pelos dedos. A respiração de Stella travou enquanto tentava ser silenciosa, e ela arqueou o corpo, a cabeça caindo para trás. Max inclinou-se e beijou seu pescoço, em seguida, afastou-se para ver como ela se desfazia, gozando em seus braços.

Foi a coisa mais linda que ele já tinha visto e extremamente sexy.

Ele estava imaginando esse momento desde que a conheceu na praia e derramou água oxigenada em seu pé ferido. Ela arqueou o corpo da mesma forma e ele ansiava para fazê-la fazer isso por prazer, e não dor.

Lentamente, Stella relaxou em seus braços, e olhou para ele, as pálpebras semicerradas. A pele dela estava corada e seus lábios estavam inchados e vermelhos. Max inclinou-se e beijou-a de novo, suavemente, saboreando o gosto doce dela. Ela colocou as mãos atrás do pescoço dele e puxou-o para ainda mais perto.

Bem, ela não estava empurrando-o. Isso era um bom sinal. Ele não seria capaz de aguentar se ela começasse a agir estranha com ele agora. Eles haviam cruzado a linha e, de agora em diante, era tudo ou nada. Sem mais essa besteira de amizade. Max queria Stella como nunca quis nada antes.

A julgar pela reação de seu corpo a ele, ela o queria da mesma forma.

Quando Stella se acalmou, ela começou a perceber o que tinha acontecido. Max havia deixado claro que queria estar com ela, e ele estava tentando ser apenas seu amigo porque ela lhe pediu. Ela sucumbiu à sua atração por ele e lhe deu falsas esperanças.

Ela não poderia, de forma alguma, quebrar seu coração.

Ele merecia alguém que pudesse estar com ele, sem quaisquer complicações, como um relacionamento de longa distância, ou, ainda pior, câncer. Havia uma possibilidade muito real de que, quando ela voltasse para

Londres e fizesse seu check-up, o câncer tivesse voltado. Tinha sido assim após a primeira cirurgia.

Stella gentilmente colocou a palma da mão sobre o peito de Max, tentando empurrá-lo de cima dela. Ela tinha que ter muito cuidado como reagir agora - ela não queria machucá-lo, mas, ao mesmo tempo, ele tinha que saber que isso não poderia acontecer novamente.

— Max — ela sussurrou, ainda um pouco sem fôlego. Ele levantou-se de cima dela e olhou em seus olhos, os seus próprios cheios de saudade. Ela empurrou-o um pouco mais, até que se sentou no sofá. — Isso foi incrível.

— Mas? — Sua expressão nublou e ele franziu a testa, sentindo que haveria um "mas".

— Nós não podemos fazer isso agora. Lisa está muito frágil no momento e eu não quero jogar uma relação entre nós sobre ela. Ela deixou claro que não aprovaria e acho que seria uma boa ideia colocarmos as necessidades dela em primeiro lugar. Vamos falar com ela amanhã, ver o que está acontecendo.

Ele olhou para ela, franzindo a testa, por um longo tempo. Ela sabia que o colocou em uma posição horrível e se odiou por isso. Max queria estar com ela, mas se ele dissesse isso agora, ele pareceria um idiota, por não se importar com os sentimentos de sua amiga.

Ele fechou seus olhos e esfregou o pescoço, tentando organizar seus pensamentos.

— Tudo bem. Você está certa. Vamos falar com ela amanhã de manhã; eu vou passar por aqui para tomar café. E nós vamos começar daí.

Stella assentiu e levantou-se do sofá. Mesmo que isso fosse exatamente o que ela queria que ele dissesse, lá no fundo, ela não podia evitar de se sentir um pouco decepcionada. Foi muito fácil, considerando o que tinha acontecido e a intensidade da atração de Max por ela. Ela esperava que ele discutisse com ela, fizesse alguma grande declaração sobre como ele não podia ficar longe dela um segundo a mais - mas não o fez.

Stella odiava a forma como Max espalhava suas emoções em todo o lugar, fazendo-a perder o foco sobre o que era certo e o que ela realmente queria.

Capítulo Dezoito

Max decidiu ligar para Stella antes de sair de casa, apenas no caso de ela ainda estar dormindo. Ela atendeu no quarto toque e sua voz ainda estava rouca e baixa.

— Acordei você? — ele perguntou, incapaz de esconder o sorriso de sua voz. Ele daria tudo para ter acordado ao lado dela e ouvir sua voz sexy de manhã pessoalmente.

— Sim. Mas, se desligar agora, eu poderia fingir que isso é um sonho e continuar a dormir.

— De jeito nenhum. Se você sonhar comigo, eles podem não ser sobre eu acordar você por telefone.

Ela riu de um modo bonito, gutural e Max começou a lamentar ter concordado em fingir que nada tinha acontecido entre eles na noite passada. Se ele tivesse argumentado a seu favor, tinha certeza de que Stella não teria sido capaz de resistir a ele, não no estado em que ela estava. E esse foi exatamente o problema. Ele estaria acordando ao lado dela agora, mas ela começaria a se arrepender e a duvidar de sua decisão. Se Max a fizesse passar a noite em sua cama, ele teria que se certificar de que não haveria arrependimentos no dia seguinte.

— Liguei para avisar que estou chegando. Estarei aí em dez minutos. É melhor você se levantar e fazer o café. — Ela gemeu do outro lado, claramente não apreciando a ideia de sair da cama ainda. Max suspirou. — Está bem. Fique na cama. Vou comprar café no caminho e levá-lo para você.

— Você não tem ideia de como isso parece bom agora — ela murmurou, e Max ouviu lençóis sendo amassados. Só de pensar nela sob os lençóis, imaginando seu cabelo selvagem, seus olhos sonolentos e seu corpo quente, deixou-o instantaneamente ligado.

— Você pode pelo menos arrastar seu traseiro bonito até lá embaixo e destrancar a porta? — ela murmurou um "hum-hum" e ele acrescentou: — Te vejo em breve, *tesoro*.

Quando Max chegou à casa de Lisa, a porta estava realmente destrancada e ele entrou, carregando três copos de café. Ele não viu o carro de Niki na calçada, mas eram dez horas, então, ele achou que ela já estava no trabalho. Ele deixou o copo de Lisa sobre a mesa e, levando os outros dois para o andar de cima, bateu discretamente na porta de Stella. Um quase inaudível "entre" veio do outro lado e ele abriu a porta.

Ela ainda estava na cama e ele tinha imaginado corretamente antes - seu cabelo estava, de fato, bagunçado e seus olhos estavam quase fechados. Max se sentou na beirada e entregou-lhe o café.

— Obrigada — disse ela, sentando-se. Observá-la tomar seu primeiro gole e exalar em puro prazer era hipnotizante. Seus pensamentos imediatamente voltaram para a noite passada, quando ele a viu sentindo um tipo diferente de prazer. Balançando a cabeça para dispersar os pensamentos, pelo menos por agora, Max percebeu que Stella estava olhando para ele, avaliando-o. Era óbvio o que ele estava pensando? Será que ela estava pensando a mesma coisa?

Por um momento, sentiu-se pouco à vontade sob o olhar dela. Quando ela o olhava assim, ele quase podia senti-la bisbilhotando dentro de sua cabeça.

— Então, você acha que devemos acordá-la? — disse Max, quebrando o silêncio.

— Vamos dar-lhe mais meia hora. Eu preciso de algum tempo para o meu cérebro começar a trabalhar. — Max assentiu.

— Normalmente, você não tem problema em acordar cedo. O que há de errado hoje? — ele perguntou, lembrando-se de que ela estava sempre de pé e em movimento no período da manhã.

— Não é que eu não tenha um problema de acordar. É que às vezes eu não consigo dormir e eu prefiro levantar em vez de virar e revirar na cama. — Ela fez uma pausa para tomar outro gole de café. — Ontem à noite, eu dormi melhor do que tenho dormido recentemente — ela disse, e Max quase se engasgou com seu café. Ela estava se referindo ao que tinha acontecido na noite passada? Como se percebendo o que ela tinha dito, Stella rapidamente acrescentou: — Este é o meu verdadeiro eu, não sou uma pessoa da manhã, de forma alguma. — Ela sorriu e tentou cobrir seu deslize, mas já era tarde demais. Max pegou o deslize e seus lábios se abriram em um sorriso perverso.

— Sabe, se você tiver problemas para dormir, eu posso te prescrever alguns tratamentos.

— Ah é? Desde quando você é médico?

— Eu não sou médico. Eu sou mais um tipo de... cara prático. — Stella corou e não respondeu.

Ele adorava deixá-la corada e sem palavras.

Assim que ele estava pensando em mais maneiras de fazer isso, ele ouviu a porta do outro lado do corredor abrir. Lisa estava acordada.

— Olha, eu não acho que seja uma boa ideia atacá-la agora. Ela provavelmente está de ressaca e se sente uma merda. Ela provavelmente não vai cooperar. Vamos dar-lhe algum espaço para acordar, pelo menos — disse Stella.

Max assentiu.

— Eu deixei o café dela na mesa da cozinha, acho que vai ajudar.

— Ok. Vou tomar um banho, então.

Stella afastou as cobertas e os olhos de Max percorreram seu corpo. Ela estava usando o mesmo short e camiseta regata da noite passada e sua mente foi imediatamente preenchida com lembranças: Stella debaixo dele, arqueando as costas, acariciando sua pele nua sob a camiseta. Ele sentiu seu coração começar a bater mais rápido e sua reação a ela deve ter sido óbvia, porque, quando seus olhos voltaram para o rosto dela, Stella estava evitando seu olhar. Apressadamente, ela pegou algumas roupas do armário e se dirigiu para o banheiro, fechando firmemente a porta atrás dela.

Stella tomou o banho mais rápido de sua vida. O tempo todo esteve ciente de que Max estava apenas a uma porta de distância, e ela estava molhada e nua. Demorar parecia errado, por razões que ela não tinha vontade de explorar naquele momento.

Ela rapidamente passou uma toalha seca por seu corpo e seu cabelo, e colocou um short limpo e a camiseta que ela pegou no caminho para o banheiro. Um espesso vapor saiu do banheiro quando ela abriu a porta e saiu. Max ainda estava em sua cama, mas havia ficado um pouco mais confortável. Ele estava encostado em seu travesseiro, com os braços atrás da cabeça, as pernas em cima da cama, cruzadas nos tornozelos. Sua camiseta tinha subido até sua cintura e Stella podia ver um pouco de pele nua logo acima de seu jeans. Mesmo que ela o tivesse visto sem camisa uma dúzia de vezes, naquele momento, deitado em sua cama, com apenas dois centímetros de pele aparecendo, ele estava ainda mais gostoso do que antes.

Ela mordeu o lábio, a fim de se impedir de sorrir ou ir para ele. Em pé, a dois passos da cama, ela disse.

— Pronto?

— Se você estiver — ele respondeu e piscou para ela.

Por que ele tem que ser assim tão irresistível?

Eles caminharam até a cozinha e encontraram Lisa sentada à mesa, o copo de café na sua frente e ela com a cabeça entre as mãos. Ouvindo-os entrar, ela levantou a cabeça com o que parecia ser um grande esforço, e seus olhos não reagiram por alguns segundos. Então, como se ela finalmente conseguisse se concentrar e invocar pensamentos racionais, ela olhou para Max e depois para Stella, e depois de volta para Max. Suas sobrancelhas franziram.

— De onde é que você veio? — Sua voz soava rouca quando ela dirigiu a pergunta a Max.

— Do quarto de Stella.

Stella revirou os olhos, porque ela sabia o que ele estava tentando fazer; ela simplesmente não sabia o porquê. Eles vieram até aqui para tentar falar com Lisa racionalmente, não irritá-la.

— Você passou a noite no quarto de Stella? — perguntou Lisa com uma voz cortada, mordendo sua isca.

— E se eu tivesse? — Max franziu a testa, provavelmente não gostando de seu tom. Lisa não respondeu de imediato, só olhava para ele em tom de acusação, em seguida, com esse mesmo olhar virou-se para Stella. — Ei, não olhe para ela assim. Nós podemos fazer qualquer merda que quisermos. Somos adultos. Não temos que pedir a sua permissão.

Max estava ficando seriamente irritado e essa coisa toda estava se transformando em confusão. Seu relacionamento inexistente não era o ponto da reunião. Stella se sentiu culpada, porque Lisa sabia por que ela tinha que afastar Max, mas ele não. As razões de sua prima para não querê-los envolvidos em qualquer coisa, exceto amizade, eram válidas. Max estava atacando-a, porque ele não sabia muita coisa sobre Stella, e pensava que a bênção de Lisa iria resolver todos os seus problemas.

— Max, pare — disse Stella, calmamente, mas com firmeza. Ela não permitiria que sua prima levasse toda a culpa. — Não é por isso que estamos aqui. — Ele praguejou novamente e, levantando as mãos na frente dele em derrota, foi até o balcão e se recostou contra ele, cruzando os pés.

— Lis — disse Stella, sentando-se ao lado dela. — O que aconteceu ontem à noite?

— O que você quer dizer? — Os olhos de Lisa assumiram um tom duro. Isso não ia ser fácil.

— Você ficou bêbada. Por vontade própria. Você esteve fora o dia todo e não atendeu ao telefone. Eu estava preocupada.   Stella decidiu que uma abordagem mais calma e racional poderia suavizar Lisa e ela confessaria o que a estava incomodando.

— Para citar seu namorado aí, eu posso fazer qualquer merda que eu quiser. — Ela levantou como se estivesse pronta para sair. Em um movimento rápido, Max estava na frente dela, bloqueando seu caminho.

— Você não vai sair daqui até que você nos diga o que está acontecendo com você, Lisa. — Max tentou controlar a sua voz, mas era evidente que ele estava com raiva e irritado com ela.

— Eu não tenho que explicar nada. Para te citar de novo, eu sou adulta. — Ela cruzou os braços na frente do peito.

— É mesmo? Bem, embebedar-se com doses de tequila, lamber sal do abdômen de caras aleatórios e dançar de uma forma que faria corar uma stripper veterana, até passar mal, não é um comportamento adulto. Então, é melhor você começar a falar.

Deus, Stella não tinha ideia de que a situação ontem à noite tinha sido tão fora de controle. Isso era pior do que ela esperava. Lisa ficou em silêncio na frente de Max, ele com o olhar duro e sua postura defensiva. Se ele continuasse a bancar o "policial ruim", ela nunca falaria.

— Lis — disse Stella, tocando seu ombro e a fazendo se virar para ela. — Max não passou a noite aqui. Ele chegou meia hora antes de você acordar e trouxe o café. — Ela apontou para os copos sobre a mesa como prova. O comportamento de Lisa imediatamente mudou e os braços cederam para seus lados. Stella usou isso para sua vantagem. — Por favor, converse com a gente. Nós te amamos e estamos muito preocupados com você. Você não tem sido a mesma nos últimos tempos e é óbvio que algo está errado.

Derrota inundou os olhos de Lisa quando ela sentou em sua cadeira.

— Tem um cara na minha aula de arte. Eu realmente gosto dele, mas ele está me enviando sinais mistos. Ele, uma hora, está focado inteiramente em mim, em outras, nem sequer nota que eu existo. Nós nos beijamos há quase uma semana, e ele tem sido muito doce desde então, mas, ontem à noite, ele veio para a galeria com uma menina pendurada em seu braço. Ele não sabia que eu trabalhava lá e iria vê-los. E eu tive um grande choque: ela tinha um anel de noivado, que mostrou a todos. Eles estavam fazendo compras de arte para a nova casa deles.

Uau, Stella não esperava isso.

— Então, foi por isso que eu fiquei bêbada ontem à noite. Foi uma péssima ideia e minha dor de cabeça pode testemunhar isso. Desculpe por ter deixado vocês tão preocupados. — Ela pegou a mão de Stella em cima da mesa e apertou-a, mesmo forçando um pequeno sorriso. Então, ela virou-se para Max. — Obrigada por me trazer para casa. Eu aprecio isso. — Ele acenou com a cabeça, mas sua carranca não aliviou. — Vou voltar para a cama.

Ela deixou a cozinha, passando por Max. Ele veio para a mesa e sentou-se, mas não disse nada até que ouviu a porta fechar.

— Eu não acredito nisso nem por um maldito segundo — disse ele.

— Sério? — Stella estava confusa. A história de Lisa parecia perfeitamente plausível.

— Ela está mentindo e nós temos que descobrir o porquê. Algo está definitivamente acontecendo, e você pode apostar que há um cara envolvido, mas não é o que ela nos disse.

— Se ela inventou uma história para escondê-lo, então é algo sério, Max.

Stella estava ficando realmente preocupada. Lisa não era uma pessoa que mentia. Ela era a mais honesta, honrada e genuinamente boa pessoa que Stella conhecia e, se ela tinha acabado de mentir para eles, sem pestanejar, então, o que ela estava escondendo deve ser muito importante para ela.

— Eu sei.

Um trovão estrondou acima deles e assustou os dois, porque o tempo estava perfeitamente bom há menos de meia hora. Só então, as primeiras grandes gotas de chuva começaram a bater nas janelas.

— Ótimo. Agora está chovendo. Então, estou presa aqui com Lisa cuidando de uma ressaca e sem nada para fazer — Stella reclamou, quando se inclinou para trás em sua cadeira.

— Eu posso ficar — disse Max e encolheu os ombros quando ela olhou para ele com cautela. — Se você quiser. Eu não tenho que estar no bar até às sete, e podemos ficar aqui até então. Ficar de olho em Lisa. Jogar um pouco de vídeo game; o que quiser.

É claro que ela tinha que concordar.

Eles acabaram tendo um dia maravilhoso juntos. Max sentiu que não seria uma boa ideia trazer à tona o que tinha acontecido na noite anterior ou irritar Stella ao provocá-la. Eventualmente, eles relaxaram e passaram momentos maravilhosos. Max lhe ensinou como jogar Wii Sports e, depois que ela tinha jogado o controle remoto na parede várias vezes, ele a fez usar a pulseira o tempo todo. Em algum momento, eles ficaram cansados e com fome, e Max preparou uma massa com frutos do mar, que estava mais do que deliciosa. Eles checaram Lisa algumas vezes, e, em todas elas, ela estava dormindo.

Depois de comer o macarrão, Stella não tinha mais vontade de jogar vídeo game, como se fosse necessário um esforço muito maior do que ela estava disposta a fazer com o estômago cheio. Eles se sentaram para assistir a um filme, mas Lisa não tinha nenhum DVD. Stella tinha diversos filmes em seu laptop e eles foram para o seu quarto, decidindo assistir "Snatch", já que era um dos favoritos dos dois. Eles estavam deitados na cama, o laptop sobre as pernas de Max, e Stella se aconchegou ao lado dele.

Logo, sem que ela sequer percebesse, suas pálpebras ficaram pesadas e ela adormeceu.

Max não se atreveu a respirar. Ele segurou Stella nos braços enquanto ela dormia e rezou para cada divindade conhecida pelo homem para que ela não acordasse logo. A sensação de tê-la aconchegada contra ele era maravilhosa. Valeu a pena tudo o que ele teria que fazer a partir de agora para convencê-la a desistir de todas as razões que a estavam segurando, e ser dele.

Quando Stella acordou, estava sozinha na cama. Olhando em volta, ela viu seu laptop desligado na mesinha de cabeceira. O que ela não viu foi Max. Alcançando o telefone, ela viu que eram 18:30 e ele provavelmente saiu para ir trabalhar.

Sentia-se exausta, apesar de todo o sono que teve. Obrigando-se a sair da cama, Stella foi ao banheiro refrescar-se e, em seguida, decidiu checar Lisa.

Assim que ela estava saindo de seu quarto, sua prima abriu sua própria porta do quarto.

— Oi. Você está viva — disse ela, e isso fez Lisa sorrir. Ela parecia muito melhor.

— Sim, estou. — Ela estava usando uma calça de moletom e uma camiseta folgada, o que significava que ela não estava pensando em sair.

— Quer comer alguma coisa?

— Não, eu não estou com fome. Estava indo para o estúdio — disse ela e olhou para Stella se desculpando. — Sinto muito, Stella. Eu sei que não tenho sido uma amiga muito boa ultimamente e não estive ao seu lado...

— Ei, pare com isso. Está tudo bem. Você tem um monte de coisas para se preocupar.

— Ainda assim... eu me sinto mal.

— Está tudo bem, Lis - realmente. Vá e pinte alguma coisa.

Lisa assentiu e se dirigiu para o estúdio. Stella foi para a cozinha, fez um sanduíche e voltou para o seu quarto. Ligando seu laptop, ela avaliava as opções em sua cabeça do que fazer a noite toda. Ela podia ver um filme, ou ver se sua mãe queria conversar, ou navegar sem rumo na internet, ou ler um livro até que ela sucumbisse ao tédio e adormecesse.

Seu travesseiro ainda cheirava a Max. Stella deitou sobre ele e relaxou, fechando os olhos. O cheiro dele estava em tudo ao redor dela, abraçando-a, consolando-a.

Como se tivesse adivinhado que estava pensando nele, seu telefone tocou com uma mensagem de texto.

Max — Você está acordada?

> Sim. Você deveria ter me acordado antes de sair. — **Stella**
> Me sinto uma péssima anfitriã.

Max Você está louca? Essa foi a melhor tarde da minha vida. Eu poderia ver você dormir durante meses.

Uau. Ok. Como posso responder a isso?

Ela não teve muito tempo para pensar sobre isso, porque recebeu outra mensagem.

Max Como está Lisa? Quando eu saí, ela ainda estava dormindo.

Ela acordou agora há pouco e se trancou no estúdio. **Stella**

Max Hmmm. Ela deixou você sozinha novamente. Quer vir aqui?

Está tudo bem. Vou terminar de assistir ao filme que eu adormeci no meio, e depois ler, acho. Eu estou bem, Max. Não se preocupe comigo. **Stella**

Max Ok. Você sabe onde me encontrar, se mudar de ideia.

Stella fez exatamente isso - terminou de assistir "Snatch", leu um pouco e, envolta no perfume de Max ainda persistente em seu travesseiro, adormeceu.

Capítulo Dezenove

Dois dias depois, na sexta-feira à tarde, enquanto assistiam a um filme na sala de estar, Lisa começou a ficar inquieta. Ela não parava de bater o pé e brincar com o cabelo. Stella não disse nada, porque não estava se sentindo particularmente interessada em abrir essa caixa de Pandora novamente. No dia anterior, Lisa parecia quase de volta ao normal - elas foram à praia, enquanto Max estava trabalhando lá, e tinha sido divertido. À noite, Max teve que trabalhar novamente e Lisa não quis sair, então, elas ficaram em casa, cozinhando, e, quando Niki voltou do trabalho, jantaram juntas. Perfeitamente normal.

Então, o que há com o pé batendo inquieto agora?

— Stella, acabei de me lembrar que eu tenho que fazer uma coisa.

Surpresa, surpresa.

— Você vai ficar bem, sozinha aqui por um tempo? Não devo demorar muito.

Stella olhou-a com curiosidade, querendo saber se ela deveria bater o pé e exigir a verdade - ou, se não toda a verdade, pelo menos, algum tipo de explicação. A julgar pelo comportamento nervoso de Lisa, isso não daria certo. Ela viria com outra mentira para tirar Stella de seu pé, e, ainda assim, sairia e faria o que quer ela realmente quisesse.

— Está tudo bem, Lis. Você não tem que me pedir permissão. Se você tiver algo para fazer, vá e faça.

Lisa levantou-se e, agarrando a bolsa da cadeira ao lado da mesa de café, correu para fora.

Stella desejou ter um carro para que ela pudesse segui-la.

Espere - o quê?

Ela realmente pensou nisso? Dirigir um carro era algo que Stella nunca faria. Mas, então, por que ela acabou de desejar isso?

Num piscar de Olhos 203

Ignorando o pensamento, ela pegou o celular e mandou uma mensagem para Max.

Stella — Lisa saiu correndo de novo.
Aposto que ela está indo para o mesmo lugar que foi antes.

Merda. Estou preso no trabalho até às quatro.
Vou pra aí logo depois que terminar aqui. — **Max**

Stella — Eu tenho a sensação de que ela não vai estar de volta até então.
Ela trabalha hoje à noite.

Vou arriscar. Além disso, eu quero ver você. — **Max**

Stella — Ok. Te vejo mais tarde, então.

Stella passou as próximas duas horas incapaz de se concentrar em qualquer coisa, perguntando-se o que diabos poderia levar sua prima equilibrada, a agir desta forma.

Max chegou um pouco depois das quatro.

Ele estava vestindo calça jeans e uma camiseta preta, com o cabelo ainda molhado, e cheirava como se tivesse acabado de tomar um banho.

— Ela já voltou? — ele perguntou enquanto se dirigia para o sofá.

— Não. Eu tentei ligar para ela, mas foi para a caixa postal.

— Você se importa se eu ficar por um tempo?

— Claro que não. O que você quer fazer?

— Chutar o seu traseiro no beisebol — ele disse e sorriu, porque Stella tinha realmente sido engolida nesse jogo na última vez que eles jogaram.

— Veremos.

Eles jogaram por um tempo e, a certa altura, Stella conseguiu rebater tão forte que ela cambaleou, perdendo o equilíbrio e caindo sobre o sofá, atirando o controle remoto na parede no processo. Ele caiu no chão com um baque, suas baterias se soltando e rolando. Max riu tanto que teve que se ajoelhar no chão para se firmar, enquanto Stella o repreendeu com um olhar desagradável.

Ela odiava perder.

— Uh-oh, eu quebrei o controle remoto — disse ela, com arrependimento fingido. — Pena que não poderemos mais jogar esse jogo idiota. — Ela caminhou até a cozinha e se serviu de um copo de água. Max a seguiu, ainda rindo. — Pare de rir, ou você vai ser a próxima coisa quebrada.

— Oh, estou morrendo de medo. Você pode provocar sérios danos com essas suas pequenas mãos. — Seu sorriso nunca deixou seu rosto e seus olhos brilhavam de felicidade. Stella gostava de vê-lo assim e a encantava totalmente a ideia de que ela fosse a razão pela qual ele estava tão feliz agora.

Seu telefone tocou e ele enfiou a mão no bolso de trás da calça para pegá-lo.

— Sim. O que foi? Não, cara. Eu estou na casa da Stella. Estávamos jogando beisebol e ela jogou propositalmente o controle remoto na parede e o quebrou. Porque ela é uma porcaria no beisebol. Eu sei. — Mais risos. Stella estava olhando-o e ele achou ainda mais engraçado. — Oh, sem essa. Hoje à noite? Não, não tenho planos. Tinha pensado em ficar por aqui. Tudo bem, pare de reclamar, eu vou. Não, vou te esperar aqui. Tchau.

Ele colocou o celular de volta no bolso e exalou alto.

— Eu tinha planejado ficar aqui e esperar por Lisa, mas Beppe quer que eu saia com ele.

— Não se preocupe. Ela provavelmente não voltará até tarde, de qualquer maneira. — Stella tentou convencê-lo de que não era grande coisa, mas por dentro ela estava fervendo.

— Você tem certeza? Eu posso cancelar e podemos esperar por ela juntos.

— Beppe não vai te deixar em paz até que você saia com ele, então vá. Eu converso com ela quando voltar. Da última vez, você não foi de muita ajuda mesmo.

Ignorando seu último comentário, disse ele:

— O que você vai fazer a noite toda? — Ele parecia preocupado e, por algum motivo, Stella não gostou dessa vez. Dois minutos atrás, eles estavam rindo e agora o clima entre eles havia mudado completamente. Stella sabia por experiência própria que não demoraria muito para que as coisas mudassem drasticamente, mas ainda a enervava.

— Não se preocupe comigo. — Ela lhe deu um sorriso forçado e, passando por ele, voltou para a sala de estar.

Eles zapearam pelos canais de TV até que Beppe veio buscar Max.

Depois de Max ter saído, Stella não conseguia decidir o que fazer. Ela não conseguia ficar parada ou prestar atenção em nada. Sua mente era um turbilhão de pensamentos - aonde iriam? Será que ficariam com algumas garotas? Max estaria se divertindo? Ele ia dançar com alguém, tocá-la, beijá-la? Ele ia levar alguém para casa com ele?

Ela nunca tinha sido tão ciumenta em toda a sua vida, embora ela soubesse muito bem que não tinha o direito de estar com ciúmes de Max ou com raiva dele. Ela não era sua namorada e ele podia fazer o que diabos ele quisesse.

E, no entanto, o pensamento dele com outra pessoa a deixava completamente insana.

Então, ela ficou com raiva de Lisa; se sua prima estivesse em casa, elas poderiam ter saído também, se divertido, tirar essas preocupações da sua cabeça. Mas ela não estava e Stella estava presa em casa, sozinha e inquieta.

Só então, o telefone dela tocou. Antes que ela sequer olhasse, as palavras de sua mãe ecoaram em sua cabeça:

Tudo acontece por uma razão... nada é uma coincidência... às vezes, temos que correr riscos e explorar as possibilidades apresentadas à nossa frente.

Ela esperava que a mensagem fosse de Max, dizendo o quão entediado ele estava e como desejava que ela estivesse lá.

Mas não era.

Rico — Ei, você quer sair amanhã? Ver um filme?

Que tal hoje à noite? — **Stella**

Rico — Claro. Vou buscá-la em meia hora.

Essa era sua chance de sair da casa. Se ela ficasse presa ali por mais tempo, ficaria completamente louca. E, além disso, por que não ela sairia com Rico? Se Max estava livre para sair e pegar meninas com Beppe, por que ela não deveria sair com Rico para ver uma droga de filme?

Stella vestiu rapidamente em um vestido azul marinho simples e sandálias de salto alto. Ela deixou os cabelos soltos ao redor de seus ombros e passou uma maquiagem leve. Pegando a bolsa, ela desceu as escadas para esperar Rico.

Sua tia chegou em casa naquele momento.

— Oh, oi, querida. Você vai sair?

— Sim. Eu estou esperando alguém me pegar.

— Humm. Lisa está chegando? — Niki pegou os sapatos e se dirigiu para a cozinha. Stella a seguiu.

— Não. Ela está trabalhando hoje à noite. — Por um momento, Stella contemplou dizer à sua tia sobre Lisa, mas decidiu por não. Ela tentaria falar com sua prima novamente, primeiro e, em seguida, usaria as grandes armas.

— Tudo bem, tenha uma boa noite, então. E certifique-se de que quem te pegar te traga também. Eu não quero você andando pela cidade sozinha à noite. — Stella concordou com a cabeça e, beijando a tia, saiu pela porta da frente, assim que o Honda Civic preto de Rico estacionou na garagem.

Ela se sentou ao lado dele, trocando os beijos habituais em ambas as

Num piscar de Olhos   207

faces, e eles foram embora. Stella estava nervosa no carro - ela confiava em Max e não se sentia tensa quando ele dirigia, mas estar em outro carro com alguém que ela mal conhecia era um pouco enervante. Não querendo mostrar seu medo, e parecer estranha, ela forçou um sorriso no rosto e o manteve lá até que tivessem estacionado no cinema.

Rico foi um perfeito cavalheiro - nunca permitindo que silêncios desconfortáveis se instalassem, mantendo a conversa sem esforço. Ele era realmente um cara muito legal, muito inteligente e engraçado. Logo, Stella começou a se divertir, e conseguiu empurrar Max completamente para fora de sua cabeça.

Eles viram o mais recente sucesso de bilheteria do verão, observando a cidade de Nova Iorque ser destruída pela milionésima vez. Rico não fez qualquer movimento sobre ela na escuridão do cinema, e Stella conseguiu relaxar completamente, apreciar o filme e a pipoca, e esquecer o mundo, pelo menos, por duas horas.

Ela estava feliz por ter saído esta noite.

Quando o filme acabou, Rico a levou para fora do cinema, mas não em direção ao estacionamento.

— Para onde vamos?

— Eu conheço uma sorveteria não muito longe daqui. Está uma noite quente, então, vamos dar uma caminhada e pegar um sorvete. — Ele sorriu, encorajando-a e puxou-lhe a mão.

Havia muitas pessoas na rua. Era sexta-feira à noite, afinal de contas. Stella não estava cansada ainda, então, que mal poderia haver em tomar um sorvete? A sorveteria realmente não era longe. Eles compraram uma taça com três sabores diferentes para cada e voltaram, andando devagar, saboreando.

Logo, o sorvete começou a derreter, e assim que Stella pegou uma colherada e levou à boca, um pouco derramou na parte da frente do vestido. Rico, como o cavalheiro que era, ofereceu-lhe um lenço de papel, mas Stella tinha a taça em uma das mãos e a colher na outra e não podia pegá-lo. Ele então começou suavemente a limpar a mancha de sorvete e Stella riu com nervosismo. Todo o seu comportamento mudou naquele momento, e seus olhos ficaram sérios quando ele baixou a cabeça, e, envolvendo-a em seus braços, beijou-a.

Ela ficou chocada, porque ele não tinha feito qualquer movimento em direção a ela toda a noite até então, nem mesmo um comentário provocativo - e, em seguida, do nada, a beijou!

Seus lábios estavam frios e tinham gosto de sorvete. Foi um bom beijo, mas nada comparado com os beijos de Max. Se os lábios de Max nunca tivessem tocado os dela, ela provavelmente teria gostado de beijar Rico. Infelizmente, esse não era o caso e ela não sentiu nada enquanto o beijo durou, ou depois. Delicadamente empurrando-o, Stella olhou para ele intrigada.

— Desculpa. Eu só... Eu quis fazer isso desde aquela noite no clube. Eu queria esperar até mais tarde hoje à noite, mas eu... não consegui. — Ele parecia um pouco envergonhado com isso e Stella decidiu não fazê-lo se sentir pior. Ela apenas sorriu e acenou com a cabeça, e voltaram para o carro.

Max saiu do bar com Beppe logo atrás dele. Sua noite estava indo de mal a pior. Seu amigo continuou empurrando mulheres para ele, mas ele não estava interessado. Beppe se queixou de que Max não era um bom companheiro e ele provavelmente iria para casa hoje à noite de mãos vazias. Eles haviam decidido mudar de bar, porque Max tinha ficado incrivelmente inquieto.

Enquanto se dirigiam para o outro bar que Beppe tinha em mente, Max parou no meio do caminho. Ele não acreditava no que estava vendo. Stella estava do outro lado da rua com Rico - e ele a estava beijando.

Sua visão ficou turva e ele viu vermelho. Raiva não era uma palavra forte o suficiente para descrever como se sentia por dentro. Max mal tinha consciência de Beppe puxando seu braço, tentando levá-lo para longe da cena que se desenvolvia diante deles.

— Eu vou matar esse filho da puta — rosnou Max, assim que Beppe o arrastou para uma rua lateral.

— Acalme-se, cara. — Beppe estava com a mão no peito de Max, impedindo-o de correr em sua direção.

— Acalmar? Acalmar? — Max gritou. — Ele a estava beijando! Ele estava com as mãos nela. Eu vou matá-lo. Me solta! — Continuou ele, gritando e tentando empurrar Beppe, mas ele era forte, embora não tão alto como Max.

— Ou se acalma, ou vou te prender no chão até que você fique calmo. Você escolhe. — A voz de Beppe era fria e intransigente, e pareceu chamar a atenção de Max. Ele assentiu e Beppe tirou a mão. Max xingou em voz alta e enfiou as mãos no cabelo.

— Eu não posso acreditar nisso. Eu pensei que tínhamos algo. Por que ela saiu com ele?

— Ela não é sua namorada, cara. Você está na rua pegando garotas.

— Estou aqui por sua causa. Você me obrigou a deixá-la e vir para te ajudar nas suas conquistas. Pensando bem, isso é tudo culpa sua. Você a apresentou a esse babaca na primeira noite em que todos saímos.

— Não tente jogar seu comportamento irracional em mim. Naquela noite, você estava com Antonia em cima de você, se bem me lembro. Como eu ia saber que você tinha sentimentos por Stella?

Max estava andando para trás e para frente, nem mesmo ouvindo o que Beppe estava dizendo. Sua cabeça estava tonta com confusão, raiva e decepção.

— Isso tudo é muito fodido. Eu não aguento mais. Estou cansado de oscilar para trás e para frente com ela, e, quando eu acho que temos algo, ela sai com outra pessoa e o beija no meio da rua, porra!

— Max, você precisa se acalmar. Eu odeio dizer isso, mas você está perdendo o controle, cara. Eu não gosto disso. O que teria acontecido se eu não estivesse aqui agora? — Max parou de andar, seus olhos esfriando. — Será que Rico estaria no hospital? Assim como da última vez que você perdeu o controle?

O corpo de Max ficou rígido quando ele endireitou os ombros, a determinação inundando seu olhar frio.

— Eu não sou mais aquela pessoa e você sabe disso. Quando é que você vai parar de jogar o meu passado na minha cara? Estou fazendo isso com você a cada porra de chance que eu tenho?

— Peço desculpas — disse Beppe, levantando as mãos na frente dele. — Eu não devia ter dito isso. Ainda estou preocupado com você, apesar de tudo.

— Você não tem que estar. Acabou, estou farto.

Ele se afastou, deixando Beppe ir para o próximo bar sozinho.

Quando Rico estacionou o carro na garagem para deixar Stella, ele se virou para ela e foi para outro beijo. Ela se esquivou.

— Olha, Rico, você é um cara legal e eu me diverti muito hoje à noite — ela começou quando ele se afastou dela em confusão. — Mas eu não quero te enrolar. Eu tenho sentimentos por outra pessoa.

Rico assentiu, entendimento inundando seus olhos.

— Max?

— Sim. Sinto muito. Eu não deveria ter saído com você.

— Não, Stella, tudo bem. Eu me diverti, estou feliz que saímos.

Stella assentiu e, sem dizer uma palavra, saiu do carro.

Capítulo Vinte

Caminhar por dentro do luxuoso centro médico privado "Giuseppe Mazzini" sempre parecia surreal. Era um edifício moderno, enorme e estranhamente em forma de cubo de um lado e uma pirâmide do outro. No interior, o lobby era de mármore branco, com arte moderna nas paredes, uma cascata na parede esquerda e uma enorme recepção em aço inox e vidro à direita. Era bem iluminado e arejado, devido à enorme quantidade de vidro em toda parte - nas paredes, no teto e nas escadas.

Lisa cumprimentou a recepcionista - hoje era Marta, a mais agradável - e assinou seu nome na lista de visitantes. Em seguida, ela subiu as escadas e foi pelo longo corredor com portas em ambos os lados.

Ela estava procurando o quarto 256 e sabia exatamente onde era - no final do corredor, ao lado da enorme janela com vista para os terrenos privados da clínica. Batendo suavemente na porta, mas não esperando qualquer resposta, ela esperou cinco segundos e entrou.

O quarto era grande e luxuoso. Tinha uma cama king-size, closet, banheiro e uma área de estar com sofás, mesinha de centro e televisão de tela plana. O local era decorado em cores neutras e apenas um toque de cor aqui e ali, como as cortinas em um vermelho profundo, os sofás de couro marrom e o tapete verde suave entre a cama e a área de estar.

O centro médico "Giuseppe Mazzini" cuidava apenas dos muito ricos. Ele admitia pacientes com doenças crônicas, que iam desde depressão e doenças mentais ao câncer e problemas de mobilidade, que precisavam de cuidados intermitentes que não poderiam ser prestados em casa. Lisa via isso como uma prisão de luxo para os mais vulneráveis que tinham sido expulsos por suas famílias ricas, mas que, pelo menos, tinham a decência de proporcionar-lhes o melhor tratamento disponível.

Gino estava no seu lugar de sempre ao lado da janela, sentado em sua cadeira de rodas e olhando para fora, realmente não vendo nada. Ele não reconheceu a sua presença, assim como nunca reconhecia. Lisa deixou a bolsa no sofá e caminhou até ele, inclinando-se no parapeito da janela. Ela olhou para ele, admirando seus traços perfeitos - nariz reto, maçãs do rosto salientes, lábios volumosos rosados, olhos azuis, cílios escuros. Seu cabelo foi lavado e penteado, mas ele tinha um pouco de barba em seu rosto. Eles aqui davam banho nos pacientes todos os dias, mas Gino parecia preferir fazer a barba apenas uma vez por semana. Como os funcionários sabiam disso, estava além dela, porque ele nunca falava. Nem uma única vez ele dirigiu a palavra a Lisa, ou, sequer, olhou na direção dela desde que ela começou a visitá-lo.

Era só com ela? Será que ele falava com outra pessoa?

Eles eram realmente bons em sigilo aqui, então, ela não podia perguntar a qualquer um. Tudo o que ela sabia era que ele estava aqui por depressão grave. Desde o acontecido, Gino tinha se fechado para o mundo ao seu redor. A luz em seus olhos azuis estava completamente desaparecida.

Ele passou por uma cirurgia na coluna e os médicos tinham noventa por cento de certeza de que tinham sido capazes de consertar sua vértebra quebrada, mas, sem qualquer fisioterapia, não podiam estar completamente certos. Gino tinha recusado a fisioterapeuta e não tinha sequer tentado se levantar da cadeira de rodas. Até onde Lisa sabia, ele nunca fez nada. Ela nunca o tinha visto ligar a TV, ou ler um livro, revista, nem mesmo um iPod. Seu quarto estava sempre em perfeita ordem, como se ele nunca tocasse em nada.

Toda vez que Lisa assinava o registro de visitantes, ela procurava verificar se algum dos familiares ou amigos de Gino tinham ido visitá-lo. Até agora, ela encontrou um padrão em sua mãe indo visitá-lo uma vez a cada quinze dias, na melhor das hipóteses. Era isso. Ninguém mais. Eles o haviam trancado aqui, envergonhados de seu herdeiro garoto de ouro.

— Oi, Gino — disse ela, mesmo sabendo que ele não responderia. Lisa não se importava. Ela não pararia de vir aqui, se era isso que ele queria. Em algum momento, ele olharia para ela e responderia a sua saudação. Até então, ela conversava com ele sobre sua vida, seus trabalhos, sua arte, os filmes que tinha visto ou novos álbuns que tinha baixado. Às vezes, ela tocava um pouco de música em seu iPod ou lia para ele o jornal ou um livro. Ele sabia mais sobre ela do que qualquer um, mas é isso que acontece quando você fala por horas sobre si mesmo sem que ninguém a interrompa.

A única coisa que ela não tinha contado a ele era como seu pai tinha morrido, mas nenhum deles estava pronto para isso ainda.

— Pronto para a nossa caminhada? — ela disse, e empurrou a cadeira de rodas em direção à porta. Toda vez que o visitava, Lisa o levava para fora para apanhar ar fresco. O jardim privado da clínica era lindo. Caminhos pavimentados teciam através de gramados intermináveis, escondidos do mundo exterior por enormes árvores ao redor das bordas da propriedade. Havia um pequeno lago com recantos e mesas de piquenique ao redor, e era o lugar favorito para os pacientes e suas famílias se reunirem.

Lisa empurrou a cadeira de rodas pelo caminho distraidamente, pensando em como esconder de todos as suas visitas a Gino teve efeito sobre ela. O estresse provou ser demais há dois dias, quando, depois de vê-lo, ela foi para a galeria e cada pequena coisa a incomodava. Tudo o que ela podia pensar depois era em ir para um bar, ficar bêbada e provavelmente dormir com um cara qualquer, apenas para que pudesse apagar Gino de sua cabeça.

Lisa precisava compartilhar seu segredo com alguém, mas não havia ninguém em quem pudesse confiar para apoiar sua decisão. Max, Stella e sua mãe nunca entenderiam por que ela estava fazendo isso, e - pior ainda - eles provavelmente ficariam horrorizados.

Não, não havia ninguém em quem ela pudesse confiar para ajudá-la a carregar seu fardo. Ela estava sozinha.

Num piscar de Olhos   215

216   Teodora Kostova

Capítulo Vinte e Um

— Stella, acorde — disse alguém, acariciando seu rosto. Ela abriu um olho e viu Lisa sentada em sua cama.

— O quê? Por quê? Que horas são? — Certamente parecia muito cedo para estar acordada.

— São sete horas.

— Por que exatamente eu tenho que me levantar às sete num sábado?

— Minha mãe e eu temos uma surpresa para você. Vamos lá, vista-se e te vemos na cozinha em dez minutos. — Lisa saltou para fora da cama enquanto Stella gemia. Sua prima louca estava definitivamente viajando na estrada bipolar.

— Eu fiz café — Lisa falou quando abriu a porta do quarto. — Quanto mais cedo você se levantar, mais cedo você vai sentir a cafeína fazer a sua mágica no corpo. — Ela fechou a porta, não muito gentilmente, e Stella suspirou. Jogando suas cobertas, ela foi para o banheiro e começou a escovar os dentes.

— Então, o que aconteceu? — perguntou Stella, envolvendo seus dedos em torno de uma caneca de café e tomando o incrível primeiro gole. Lisa e Niki estavam segurando suas próprias canecas, sorrindo como gato Cheshire e olhando para ela. Desde que ela chegou, não conseguia se lembrar de um momento em que as tinha visto parecendo tão genuinamente felizes.

— Bem — disse Lisa e sentou-se à mesa. — Nós não temos sido muito boas para você. Especialmente eu.

Stella abriu a boca para protestar, mas Lisa levantou a mão para silenciá-la.

— É verdade. Estivemos ambas trabalhando muito e, mesmo quando eu não estava, não tenho sido uma boa amiga, porque estou muito envolvida em meus próprios problemas. Então, para compensar isso e nos estragar este fim de semana, nós vamos para Milão! — Ela deixou a caneca sobre a mesa e aplaudiu com entusiasmo.

— Sério? Agora? — Tanto Lisa quanto Niki acenaram animadamente. — Uau! Isso é incrível, eu sempre quis ir pra lá. Obrigada! — Ela as abraçou e não conseguia parar de sorrir.

— Termine o seu café e arrume uma mala, querida — disse Niki. — Temos que sair em aproximadamente uma hora, se quisermos aproveitar ao máximo o fim de semana.

Stella não precisava ser ordenada duas vezes.

A viagem para Milão durou umas duas horas. Niki tinha reservado um hotel no centro da cidade, para que pudessem deixar o carro e explorar a impressionante cidade a pé.

Stella leu o guia turístico que Lisa tinha emprestado para ela no carro, e sua tia e prima a tinham encorajado a escolher o que ela queria ver, porque tinham ido a Milão muitas vezes e visto a maioria das coisas.

Considerando que tinham menos de dois dias inteiros, Stella teve que escolher com sabedoria. Sua primeira parada foi a *Duomo* - a mais famosa catedral da Itália. Não foi à toa que levou quinhentos anos para ser construída. Diante da *Duomo*, Stella sentiu-se insignificante, pequena, feia. Pegando o elevador, subiram ao telhado da catedral, onde poderiam passear e desfrutar de uma vista completa da cidade. Era como estar no topo do mundo - Milão se estendia abaixo delas e, mais longe, podiam ver os Alpes montando guarda entre a Itália e o resto da Europa.

Em seguida, visitaram o museu de arte *Pinacoteca di Brera*, que sediava artes dos artistas mais famosos e ilustres da Itália, como o "Cristo Morto", de Mantegna; uma comovente "Pietà", de Giovanni Bellini; e a "Ceia em Emaús", de Caravaggio. Stella escolheu esse museu, em particular, porque sabia que

Lisa o adorava e também porque logo atrás ficava o *Orto Botanico di Brera* - um jardim botânico de cinco mil metros quadrados. Nesta época do ano, era incrível - todos os canteiros estavam florescendo e seu perfume enchia o ar ao redor do jardim. Era como um oásis calmo no meio da correria da cidade. Elas andaram por um tempo, respirando o ar fresco, e relaxando em um banco para descansar um pouco e comer os sanduíches que tinham comprado na barraca de lanche nas proximidades.

Já passava das cinco horas quando saíram do jardim e estavam exaustas demais para mais passeios. Niki sugeriu que voltassem para o hotel, tomassem um banho, descansassem e saíssem para jantar.

Todas desmoronaram na cama pouco depois da meia-noite, depois de desfrutarem de uma refeição incrível e uma caminhada pelo centro da cidade, misturando-se com os turistas e habitantes locais; tudo para ter um pouco de diversão na noite de sábado.

No dia seguinte, Niki insistiu que precisavam ir às compras - dizendo que era contra a lei vir a Milão e não comprar! Sua primeira parada foi na *Galleria Vittorio Emanuele II* - um dos centros comerciais mais chiques que Stella já tinha visto. Ela ficava perto da *Duomo* e parecia uma catedral de luxo no interior. Tinha um enorme telhado de vidro que lançava luz sobre os cantos mais distantes do edifício e trazia à vida a elaborada arte da decoração do shopping. Niki explicou que tinha sido aberta por volta de 1867, e a loja da Prada tinha aberto aqui em 1913. Seus olhos brilharam de emoção enquanto falava, maravilhada com o grande estilo do edifício. Sentaram-se para um café e um pouco de descanso e Stella quase engasgou quando viu o valor de dez euros por um único café expresso.

— Se você quer beber o seu café entre a Prada, Fendi e Gucci, precisa pagar o preço — disse Niki, quando tomou um gole da bebida em miniatura.

Elas não compraram qualquer coisa na *Galleria*, pois uma sacola custaria tanto quanto um carro pequeno, mas do lado de fora do prédio, havia muitas lojas de grife espalhadas ao redor. Todas elas encontraram alguns tesouros com etiquetas de "setenta por cento de desconto" presas neles, e foram jantar mais cedo, felizes e carregando suas sacolas de compras, antes de entrarem no carro e dirigirem de volta para casa.

Num piscar de Olhos   219

Quando chegaram em casa na noite de domingo, as três estavam exaustas e foram direto para seus respectivos quartos.

Quando Stella deitou em sua cama, reviveu os eventos do fim de semana com um sorriso no rosto. Ela realmente tinha gostado da viagem, e de passar um tempo com Lisa e Niki. Tinha sido muito relaxante e libertador.

Sem qualquer aviso, seus pensamentos foram para Max. Ele não ligou ou mandou mensagem durante todo o fim de semana, o que era incomum. Stella se perguntou se deveria estar preocupada, mas depois se lembrou da última vez que ela o tinha visto e o que ele estava fazendo: saindo com Beppe para pegar garotas. Talvez ele tivesse pego uma e passado o fim de semana com ela, e foi por isso que ele não tinha pensado em Stella.

O simples pensamento de que Max estava com uma garota todo esse tempo enviou uma pontada tão forte de ciúme em suas entranhas, que seu jantar ameaçou sair. Ela sentiu a inundação ácida em seu estômago e sua boca encheu de água. Forçando seu corpo a se acalmar, Stella levantou da cama e foi pegar um copo d'água.

O pensamento de Max com outra garota não apenas induzia seu ciúme. Ele também a assustava. Stella não conseguia identificar exatamente o porquê. Talvez porque Max tinha sido um grande amigo e alguém em quem ela aprendeu a confiar, ou porque ele era o único sistema de apoio que tinha aqui desde que Lisa estava tão frágil no momento.

Ou porque, de repente, ela sentiu um vazio sem ele em sua vida.

Os dias seguintes se arrastaram. Stella se sentiu inquieta sem Max. Ele ainda não tinha ligado ou mandado mensagem ou mostrado qualquer sinal de vida. Por um segundo, Stella pensou que algo poderia ter acontecido com ele, mas depois se lembrou de que más notícias sempre chegam rápido e alguém teria dito a Lisa. Ele estava provavelmente muito ocupado entretendo sua conquista de final de semana e tinha esquecido completamente dela. Stella queria perguntar a Lisa se ela tinha ouvido falar dele, mas não queria parecer carente. Ela era orgulhosa demais para isso. Se ele não quis ligar - tudo bem. Ela certamente não iria implorar.

Pelo lado positivo, Lisa estava muito mais atenciosa e parecia mais feliz. Ela passou muito tempo com Stella. Elas se divertiram muito ao redor

220   *Teodora Kostova*

da cidade, no cinema, ou fazendo compras. Era como Stella tinha imaginado antes de vir - ela e Lisa, relaxando e se divertindo. Ela nunca tinha imaginado conhecer Max e ter sua vida virada de cabeça para baixo.

Stella contou à Lisa sobre seu encontro com Rico e ela ficou muito entusiasmada, até que Stella esclareceu que não houve nenhuma faísca e que ela não iria vê-lo novamente. Algo passou nos olhos de Lisa naquele momento, mas Stella não poderia dizer exatamente o quê. Sua prima não comentou, de qualquer forma, e Stella suspirou aliviada que, desta vez, não haveria um sermão. Se Stella tivesse dito a ela a verdadeira razão de por que ela não queria ver Rico novamente, certamente teria havido um sermão, e um bem longo. Até agora, Stella sabia de cor: você tem câncer, você vive em outro país, ele é um cara bom, você vai machucá-lo e a você mesma, blá, blá, blá. Ela não precisava de todas essas lembranças de por que ela não deveria ficar com Max. Ela só sabia que o queria - ponto final. Obviamente, ele tinha mudado de ideia.

Correu tudo bem até a quarta-feira, quando Lisa saiu sorrateiramente de novo. Ela tinha algo para fazer, mais uma vez. Isso pegou Stella um pouco de surpresa, porque elas estavam tomando sol na piscina e ela estava de biquíni quando Lisa entrou na casa e voltou, alguns minutos depois, vestida e pronta para sair. O que Stella deveria fazer? Jogá-la no chão, até que ela confessasse aonde estava indo? Ela apenas deu de ombros em vez disso, franzindo a testa.

Lisa estava ficando mais articulada, o que significava que ela estava preocupada que Stella pudesse encurralá-la. O que ela faria definitivamente. Da próxima vez, ela não seria pega desprevenida. Da próxima vez, ela planejava segui-la e resolver o mistério de uma vez por todas.

Stella desejava tanto que Max a ligasse. Se ele o fizesse, ela contaria tudo e ele teria alguma ideia. Ele a ajudaria. Acima de tudo, ela só queria ouvir sua voz.

Ela sentia muito a falta dele.

Pensar sobre o que ele poderia estar fazendo, ou com quem, ou até mesmo, por que de repente parou de ligar, quebrava seu coração em um milhão de pedaços. Doía porque ela pensava que o tinha perdido, e a ideia de nunca mais vê-lo novamente a matou.

Na sexta-feira, Lisa saiu para "executar uma missão" de novo. Desta vez, Stella estava pronta. Ela a seguiu para a rua e a viu entrar em um táxi.

E agora?

A única opção era subir no próximo táxi e segui-la, ignorando a comparação com um filme de gângster barato. Seus olhos percorreram a rua à procura de táxis disponíveis e lá estava um, vindo em sua direção. Stella levantou a mão e o chamou, mas, quando ele parou à sua frente e ela abriu a porta pronta para entrar, congelou. O cara atrás do volante parecia muito com o homem que matou Eric e seu pai - o mesmo cabelo castanho curto, os mesmos olhos azuis sem brilho, o mesmo sorriso complacente. Seu cérebro entrou em confinamento. Tudo ao seu redor turvou e ela se sentiu tonta.

— Você vem ou não? — o cara atrás do volante gritou e a assustou, tirando-a de seu transe. Negando com a cabeça, ela bateu a porta e correu.

Stella não tinha ideia de para onde estava indo; ela só sabia que queria fugir dali. Memórias inundaram sua cabeça e ela precisava escapar. Não se importando mais com Lisa, ela correu até suas pernas não suportarem seu peso por mais tempo.

Desmoronando na calçada, ela inclinou suas costas contra a parede mais próxima e puxou as pernas debaixo dela. Em seguida, lágrimas vieram. Graças a Deus, era uma pequena rua e não havia ninguém por perto, porque Stella chorou até que toda a dor tivesse sido lavada de seu peito e ela pudesse respirar novamente.

Ela não tinha ideia de quanto tempo tinha passado até que ouviu alguém vindo. Exausta e incapaz de se mover ou, até mesmo, se importar que alguém a veria dessa forma, ela permaneceu onde estava, esperando que o estranho passasse por ela como as pessoas em Londres faziam.

No entanto, aqui não era Londres; era a Itália, onde as pessoas não têm problema em meter o nariz na vida dos outros. E mais: não era um estranho.

— Oh, meu Deus! O que diabos você está fazendo aqui? — disse Gia quando reconheceu Stella. — Por que você está no chão? Stella, o que aconteceu? — A julgar pela sua voz, ela estava muito preocupada, mas Stella não conseguia encontrar mais forças para fingir que estava tudo bem.

Ela olhou para Gia sem expressão quando disse:

— Eu estou bem. Você pode me levar para casa? Não tenho ideia de onde estou.

Gia olhava para ela com puro horror estampado no rosto, mas apertou os lábios e, sem dizer uma palavra, passou o braço sob os ombros de Stella e a ajudou a se levantar.

Stella estava grata, não só porque Gia não fez mais perguntas, mas também porque ela a levou para casa, colocou-a na cama e foi embora. Não demorou muito para ela adormecer e esquecer tudo sobre o mundo real.

O celular de Max tocou quando ele estava indo para o bar.

— Oi — disse ele quando o pegou, vendo o nome de sua irmã na tela.

— Que merda você fez com ela, Max? — Ela parecia realmente irritada. Não que fosse difícil deixá-la brava - o pavio de Gia tinha apenas meio centímetro de comprimento - mas, ainda assim, ela raramente gritava com *ele*.

Eu acho que a culpa faz isso às pessoas.

— Quem é "ela"?

— Stella! — Imediatamente, ele ficou tenso.

— Eu não a vejo há uma semana. Não fiz nada a ela. Ela está bem?

— Não! Eu a encontrei sentada na rua atrás do restaurante, confusa, com o rosto inchado e os olhos vermelhos de tanto chorar.

Max estava segurando o telefone com tanta força que os nós dos dedos ficaram brancos. Ele não sabia o que pensar. Ele era a razão pela qual Stella estava chorando no meio da rua? Mesmo que não fosse por ele, isso não tornava as coisas melhores.

Por quê? Ela era muito boa em manter sua compostura e controle; o que poderia ter acontecido para fazê-la perder isso?

Num piscar de Olhos 223

— Max? Ainda está aí? — A voz de Gia o trouxe de volta para a ligação.

— Estou. Onde você está agora?

— Eu a levei para a casa de Lisa e a coloquei na cama. Vou para casa agora.

— Por que você supôs que eu tinha algo a ver com isso?

— Ah, sem essa, Max. Nós todos vimos como vocês se olham e eu desejo que vocês consigam um quarto de hotel por um fim de semana e acabem logo com isso. Está ficando ridículo. Eu agora não posso resolver as suas merdas. Eu já tenho uma tonelada delas.

Ela desligou na cara dele e ele sentiu vontade de jogar o celular na calçada. Isso era tão típico de Gia - se preocupar com seus próprios problemas sem olhar ao redor e nem ao menos considerar ajudar alguém. Por mais que ele a amasse, Max tinha que admitir que sua irmã era uma cadela egoísta.

O que ele deveria fazer agora? Stella estava em segurança em casa, então, ele não precisaria se preocupar com ela, certo? Quase o matou manter distância durante toda a semana e, se cedesse agora e fosse até ela, não haveria como voltar atrás. Ele tinha chegado ao ponto de não retorno.

Ele não tinha dormido bem durante toda a semana. Toda vez que fechava os olhos, ele a via beijando Rico. Max enterrou-se no trabalho, pegando turnos duplos na praia e no bar. Nesse ponto, ele estava tão exausto que estava funcionando no piloto automático - e ainda não conseguia dormir.

Essa menina tinha arruinado sua vida. Ele havia se apaixonado por ela rápido e duramente. Stella invadiu sua vida perfeitamente normal e a bagunçou até que ele não soubesse mais pelo que valia a pena lutar. Todos os seus sonhos e ambições se referiam a ela agora. Toda vez que ele imaginava sua vida no futuro, ele a via nela, e cada vez que isso acontecia, ele tinha que se lembrar que ela não queria ser imaginada lá. Ela não *o* queria, nem mesmo a longo prazo.

Quando na verdade, Stella era *tudo* o que ele queria.

Lisa bateu em sua porta quando voltou da galeria. Stella não queria contar a ela o que tinha acontecido hoje, então ela apenas fingiu que estava se sentindo muito cansada e queria dormir cedo. Na verdade, ela não tinha saído da cama desde que Gia a trouxe para casa e não tinha vontade de levantar, pelo menos, até de manhã.

Lisa compreendeu e a deixou sozinha.

Era sábado. Oito dias se passaram desde que Stella viu ou falou com Max. Se oito dias pareciam uma eternidade, como ela conseguiria sobreviver pelas próximas seis semanas?

Determinação inundou suas veias e se misturou com o sangue dela. Balançando as pernas para fora da cama, Stella tomou um banho, secou o cabelo, colocou um pouco de maquiagem para cobrir os efeitos do seu colapso de ontem, vestiu jeans e uma camiseta que tinha uma faixa dizendo "Eu não sou uma pessoa matinal" e desceu para a cozinha. Niki devia ter saído para o trabalho, porque eram dez horas, e Lisa estava sozinha, fazendo café.

— Ah, ei, sentindo-se melhor? — ela perguntou, notando Stella entrando na cozinha.

— Estou sim. Não tenho dormido bem ultimamente. Eu só precisava colocar o sono em dia.

Elas tomaram o café e terminaram de comer antes de Stella criar coragem para perguntar à Lisa sobre Max.

— Então, Max está estranhamente ausente esta semana. Você sabe por quê? — ela perguntou, tão casualmente quanto possível.

— Eu mandei uma mensagem para ele há alguns dias; ele disse que estava ocupado trabalhando em turnos dobrados, porque queria tirar alguns dias de folga no mês que vem.

Isso soou plausível, mas não convincente. Ele estava escondendo o verdadeiro motivo de Lisa?

— Estou surpresa que você não soubesse. Vocês estão bem? — perguntou Lisa, escondendo cuidadosamente sua expressão.

— Sim, está tudo bem. Então, o que vamos fazer hoje? — Stella perguntou, desesperada para mudar o rumo da conversa. Lisa não era tão fácil de enganar, mas ela decidiu deixar pra lá e não fazer mais perguntas.

— Há uma exposição na galeria de arte *Masala Stefania* que eu realmente queria ver. Quer vir?

— Claro.

Elas foram para a exposição, mas Stella não conseguia se concentrar em qualquer uma das pinturas. Ela seguiu Lisa ao redor, metade ouvindo seus comentários, metade perdida em pensamentos.

Teria Gia dito a Max como ela a encontrou ontem? Se ela o tivesse, por que ele não tinha ligado para saber como ela estava? Por que ele ficou de repente tão desinteressado nela? O que ela estava perdendo?

E o mais importante, como ela poderia recuperá-lo?

Levou um grande esforço para não ligar para Stella, depois do que Gia tinha dito a ele. Não só porque ele estava apaixonado por ela e isso despertou todos os seus instintos de proteção, mas também porque teria sido a coisa decente a fazer, mesmo que eles fossem apenas amigos.

Ele estava cansado de pensar nela. Ele tinha que parar, pelo menos, por uma noite.

Max discou o número de Beppe.

— Ei, cara, algum plano para hoje à noite? — questionou.

— Não, ainda não. Por quê? Você está propondo algo? — A voz de Beppe imediatamente mudou para um tom diabólico.

— Sim: vamos sair, ficar bêbados e pegar algumas garotas.

— Eu gosto dessa sua ideia. Te pego em uma hora.

Capítulo Vinte e Dois

Lisa queria sair no sábado à noite, mas Stella alegou estar exausta de sua caminhada pela cidade durante todo o dia e recusou. Sua prima perguntou se ela se importava se saísse sem ela, e, claro, Stella disse que não.

Gia veio buscá-la uma hora mais tarde. Ela olhou para Stella, avaliando-a, verificando se ela tinha se recuperado do incidente do choro no meio da rua. Forçando um sorriso no rosto, Stella deu a impressão de que estava absolutamente bem, apenas um pouco cansada. Enquanto esperavam Lisa se arrumar, Stella lhe contou tudo sobre a exposição que tinham visto naquele dia, e sua atitude feliz em relação à vida pareceu convencer Gia de que ela estava, de fato, bem.

Depois que elas saíram, a fachada cuidadosamente sustentada de Stella desmoronou. Lágrimas brotaram de seus olhos e ela não sabia exatamente o porquê. Algo dentro dela quebrou. Era como se ela estivesse se segurando por tanto tempo que não podia mais suportar seus muros artificiais.

Ela correu para o quarto e fechou a porta, deslizando no chão e chorando até que não tivesse mais lágrimas.

Quando ela se acalmou, tomou um banho e foi para a cama. Seus olhos estavam secos, mas ainda sentia um peso no coração. Normalmente, ela se sentia melhor depois de deixar as lágrimas caírem, mas não desta vez. Cavando profundamente em seu interior para descobrir a razão de ter um peso no coração, pela primeira vez, ela foi capaz de admitir para si mesma, algo que ela sabia o tempo todo, mas não queria admitir.

Ela estava apaixonada por Max.

Mas ela o tinha perdido por causa do seu desejo obstinado de proteger os corações de ambos. Como ela poderia amar alguém quando não sabia se viveria o suficiente para ter uma vida real com ele? E se quando ela voltasse para Londres, os médicos dissessem que o câncer voltou? Ou que se espalhou para outros órgãos, para o sangue dela? O que ela diria a Max?

Num piscar de Olhos

Talvez fosse melhor abrir mão agora, enquanto ainda era possível.

Mas era muito, muito difícil.

Em seu desespero, Stella fez algo que nunca tinha feito antes, nem mesmo quando descobriu sobre seu câncer. Naquela época, ela tinha sua mãe e os médicos e sentiu que alguém estava olhando por ela, protegendo-a, orando por ela. Agora, ela não tinha ninguém que pudesse orientá-la do que fazer.

Ela fechou os olhos e imaginou Eric e seu pai olhando para ela enquanto falava.

— Pai, Eric... não sei se vocês podem me ouvir — ela começou, sua voz um sussurro. — Mas eu preciso de vocês. Preciso de suas orientações. Eu me sinto tão perdida, tão sozinha. — Ela fechou os olhos enquanto as lágrimas escorriam pelo seu rosto. — Sinto tanto a falta de vocês dois, tanto. Me desculpa nunca ter falado com vocês antes, mas... é difícil. Vocês se foram e eu... Minha mãe e eu fomos deixadas para trás e nos perdemos em algum lugar ao longo do caminho. Nós existimos, mas não vivemos. Pela primeira vez na minha vida desde então, eu sinto que quero viver. Quero ter um futuro, uma família. E pela primeira vez na minha vida, eu tenho uma razão para viver. Tenho alguém que me faz feliz e que me faz imaginar uma vida longa pela frente. Bem, acho que deveria dizer "tinha", não "tenho", porque eu o afastei tantas vezes e agora ele não me quer mais. — Stella fechou os olhos, porque um bolo gigante se formou em sua garganta e ela não conseguia falar por mais tempo.

— Por favor — continuou ela, a palavra quase inaudível. — Me ajudem. Me mostrem o que fazer. Eu o quero, mas estou com medo e sinto que não é justo ele ficar comigo, por causa da minha doença. Mas, se não estou com ele, me sinto completamente vazia. Realmente não me importo se sou saudável ou não, porque, sem ele, eu volto apenas a existir e finjo viver.

Os soluços começaram a escapar de sua boca, em vez de palavras, e Stella parou de falar. Ela pensou que tinha chorado todas as lágrimas, mas, aparentemente, algumas ainda saíram.

Na manhã seguinte, a casa estava muito quieta. Stella adivinhou que Lisa ainda estava dormindo, embora ela não a tivesse ouvido chegar na noite anterior. Considerando que Stella tinha desmaiado depois de chorar pelo que pareceram horas, isso não era uma indicação real para saber se ela estava em casa ou não. Niki estava longe de ser vista também. Suspirando, Stella fez café e, pegando seu Kindle, foi para a piscina. Ela sentou-se em uma das espreguiçadeiras, pegando sua caneca e pensando no que fazer hoje. Ontem à noite, ela esperava ter tido um sonho cheio de revelações, mas não sonhou com nada.

Ela ainda não sabia o que fazer com Max. E se ele tivesse seguido em frente? Fazia muito tempo. Se ele quisesse vê-la, certamente já teria vindo. Ou, pelo menos, enviado uma mensagem. Mas ele não tinha, por isso, ela não teve escolha a não ser sentar e esperar. Mais cedo ou mais tarde, ele ressurgiria - ele não poderia evitar Lisa pelas próximas seis semanas, certo? Da próxima vez que ela o visse, saberia o que fazer.

— Cara, isso foi épico. Eu sinto que o velho Max está de volta, só que sem os problemas de raiva. — Beppe sorriu enquanto tomava o café. Cada palavra dita perfurava o cérebro de Max como uma broca.

— Pare de estar tão alegre, por favor. Eu estou morrendo aqui. Por que eu deixei você me arrastar para fora da cama está além do meu entendimento.

Eles estavam sentados em uma mesa do lado de fora da cafeteria favorita de Beppe. Max estava curvado sobre a mesa; seu cabelo estava uma bagunça, ele usava óculos escuros para esconder os olhos vermelhos e se sentia uma merda. Quando Beppe invadiu a sua casa esta manhã, Max não podia acreditar o quão bem seu amigo aparentava e como ele não tinha sido afetado por uma noite inteira cheia de festas, álcool e sexo.

— Eu nunca mais vou sair com você de novo — Max disse, enquanto tomava um gole de café.

— Você está brincando comigo? Essa saída foi a mais divertida que você teve nos últimos anos. Devo lembrá-lo das duas damas deslumbrantes que você levou para casa? — Beppe balançou as sobrancelhas sugestivamente.

— Não. Lembro-me bem. E não foi a mais divertida que tive em anos.

Os pensamentos de Max voltaram para Stella, de novo, como se ele se lembrasse de seus momentos juntos. Qualquer um desses momentos foi mais divertido do que qualquer coisa que tenha acontecido na noite passada.

— Você ainda está pensando nela? — Beppe perguntou, sua voz ficando séria. Max assentiu. — A noite passada não ajudou? — Max sacudiu a cabeça.

Beppe suspirou e bebeu o seu café em silêncio por alguns minutos.

— Está bem. Estou cansado dessa merda. Estou farto de você ficar de bobeira como um covarde, evitando-a e punindo-a porque ela beijou outro cara. Você realmente a quer? Vá atrás dela! Eu te disse antes, na primeira semana que ela chegou - se você não reivindicá-la, alguém o fará. Você ficou pisando em ovos com ela durante semanas e então alguém a rondou e a tomou. Cresça e a faça sua. Ou a esqueça.

— Eu estou tentando esquecê-la... — Max começou, mas Beppe o interrompeu.

— Bobagem. Você pensa nela o tempo todo; como isso é esquecer? Se você realmente a quer tanto que um ménage com duas garotas gostosas não conseguiu tirá-la de sua cabeça, você tem um problema, mano. Você está apaixonado por ela.

Diga-me algo que eu não saiba.

— O que você vai fazer? Sentir pena de si mesmo e desperdiçar todas as chances que tiver até ela ir embora, ou falar com ela e dizer o que realmente sente?

— E se ela não se sentir da mesma maneira?

— Esse é um risco que você tem que correr. Se você acha que ela vale a pena, corra esse risco.

Após o discurso de Beppe, Max passou o dia todo pensando. Ele foi para casa logo depois que terminou seu café e zapeou pelos canais de TV sem rumo, pensando em Stella e no que ele precisava fazer.

No final, ele decidiu que Beppe estava certo: ele estava sendo um covarde. Ele estava com medo de dar passos mais decisivos com Stella porque ele estava com medo de que ela o afastasse. Ele não queria perdê-la, mesmo que isso significasse ser seu amigo e nada mais.

Não mais.

Ele ia falar com ela hoje à noite, pegá-la desprevenida e fazê-la escolher: ser sua ou nunca mais vê-lo novamente.

Ele estava indo com tudo.

Max esperou até que ele tivesse certeza de que Lisa tivesse chegado em casa do trabalho para ligar para ela. Ela parecia feliz em ouvi-lo e ele sugeriu que parasse por um minuto, porque queria vê-la e não teria muito tempo na próxima semana. Ela disse que sentia saudade dele e o convidou.

Deliberadamente, Max demorou e já passava das dez quando ele chegou à casa de Lisa. Niki provavelmente estava dormindo e Lisa estaria cansada também. Exatamente como ele tinha planejado.

Stella ouviu a porta do quarto de Lisa abrir e fechar suavemente e, em poucos segundos, ouviu uma batida suave na sua própria porta. Supondo que era sua prima, ela automaticamente disse "entre", sem nem sequer levantar da cama.

Não era Lisa. Era Max. Ele entrou, fechou a porta atrás dele e, mantendo as mãos na maçaneta da porta por trás das costas, ficou lá. A única luz no quarto era a da lâmpada de cabeceira, mas era o suficiente para Stella ver claramente seu rosto. Ele não parecia bem. Seus olhos estavam vermelhos e ele tinha círculos escuros sob eles.

Ela se levantou e passou as pernas sobre a cama, mas não se moveu para ir até ele. Era mais seguro assim.

— Max, você está horrível. Está tudo bem? — perguntou Stella, preocupada.

— Não. — Ele olhou para ela, e seus olhos, geralmente brilhantes, pareciam poços sem fundo, na penumbra.

— O que aconteceu? — Stella não se moveu para ir até ele. Ela queria desesperadamente, porque ele parecia estar com tanta dor, mas sua intuição estava gritando que ela devia ficar onde estava.

— Você aconteceu, Stella. *Você* — ele disse, e deslizou para baixo na porta. Ele sentou-se no chão e colocou a cabeça entre as mãos. Stella se sentiu péssima. Ela era a razão pela qual ele estava sofrendo tanto. Em seu desejo de protegê-lo, ela lhe causou dor.

Foda-se sua intuição. Ela queria estar perto dele, aliviar sua dor, se pudesse. Caminhando lentamente pelo quarto, ela sentou-se na frente dele, colocando as pernas debaixo dela.

Ela não disse nada, porque não conseguia pensar em nada para dizer ou perguntar. Max precisava falar, caso contrário, ele não teria batido em sua porta. Então, ela tinha decidido esperar e deixá-lo tomar o seu tempo.

— Eu tentei. Eu realmente tentei ser seu amigo — ele começou, em poucos minutos, levantando os olhos para encontrar os dela. De perto, eles ainda eram negros. — Eu não posso mais fazer isso. Eu não posso estar perto de você e não querer te tocar, te beijar... — Sua voz era rouca e ele parou de falar para correr as mãos pelos cabelos. Stella não disse nada. Ela não podia nem se quisesse, porque sua garganta estava completamente fechada. — Eu tentei manter distância - é por isso que me afastei na semana passada. Eu não queria estar em qualquer lugar perto de você, e, ainda assim, eu não conseguia parar de pensar em você. Eu queria que tudo parasse. Saí na outra noite e fiquei bêbado. Não funcionou. Eu ainda pensava em você. Não conseguia me lembrar do caralho do meu próprio endereço, mas pensava em você. — Ele fez uma pausa e o jeito que ele a olhou mudou de desespero misturado com raiva para calorosa preocupação genuína. Stella se perguntou o porquê quando ela percebeu que uma lágrima rolou por sua bochecha esquerda. Ela limpou-a rapidamente, determinada a não chorar mais.

— Na noite passada, eu bati no fundo do poço — continuou ele,

232 *Teodora Kostova*

depois de alguns momentos, determinação aparecendo em seus olhos novamente. — Eu fui a um clube, bebi, dancei com uma dúzia de garotas e convidei duas delas para a minha casa. — Seus olhos nunca deixaram os dela quando ele disse isso. Se ele estava esperando por uma reação de ciúmes dela, ele conseguiu. Stella sentiu o chão sob seus pés balançar e, em seguida, forte e puro ciúme a envolveu. Levou toda a sua força interior para não saltar sobre ele e bater nele até que toda aquela raiva estivesse fora de seu corpo. Em vez disso, ela permaneceu em silêncio. Tinha que haver mais nisso do que apenas ele querendo machucá-la. — Eu pensei que duas garotas gostosas iriam apagar você da minha cabeça, ainda que só por uma noite. Sempre quis fazer um ménage com uma morena e uma loira, e foi por isso que eu escolhi essas duas. Eu fantasiava sobre olhar para o meu pau e ver duas cabeças de cores diferentes o chupando.

Nesse ponto, Stella não podia aguentar mais. Por que ele estava fazendo isso com ela? O Max que ela conhecia não era cruel, então quem era essa pessoa na frente dela?

Ela ficou de pé e se afastou dele.

— Saia — ela disse, tão calmamente quanto pôde. Ela não ia quebrar na frente dele e dar-lhe a satisfação de ver como suas palavras a tinham afetado.

— Eu não acabei — disse ele, sua voz vinda logo atrás dela.

— Eu não vou ficar sentada aqui e ouvir as suas aventuras sexuais. Você pode fazer o que diabos quiser, que eu não estou nem aí.

— Sério? Então, por que você quer que eu saia?

Stella virou-se para encará-lo.

— Você pode fazer o que quiser, mas eu não tenho que *ouvir*.

— Mas você precisa. Isso diz respeito a você.

— Não, não diz.

— Sim, diz. — Ela abriu a boca para argumentar, mas ele a interrompeu. — Poupe seu fôlego. Eu vou dizer o que vim aqui dizer, você querendo ouvir ou não.

Num piscar de Olhos 233

Stella fechou a boca, em parte, porque ela estava com medo de gritar com ele e chamar a atenção de Lisa e, em parte, porque ela sabia que ele era teimoso o suficiente para continuar a falar sem o seu consentimento. Fazendo o seu melhor olhar de desaprovação, ela o encarou e ele continuou.

— Eu tive o que todo homem sonha no meu quarto: duas garotas gostosas e com tesão, dispostas a fazer qualquer coisa que eu pedisse. Durante toda a noite. Mas em vez de ficar duro com o pensamento delas nuas, tudo o que eu conseguia pensar era como nenhuma dessas cabeças tinha a cor incrível de caramelo do seu cabelo. Nem o cheiro, nem a aparência ou a sensação. Elas eram meras substitutas para o que eu realmente queria. Então, pedi para que elas fossem embora antes de nós sequer começarmos, percebendo que *nada* poderia tirar você da minha cabeça.

Stella não esperava por isso. Mais uma vez, ela não sabia o que dizer. O que ele esperava? Um tapinha no ombro?

— Bom para você. Agora, saia. — Dispensando-o, ela se virou e se dirigiu para a cama. Ela não a alcançou, porque Max a agarrou pela cintura e a puxou para ele. Seu hálito quente estava em seu ouvido, seu peito pressionado em suas costas. E não era a única coisa duramente pressionada em suas costas.

— Você me arruinou, Stella. Sua teimosia atingiu um novo limite. Você diz que não quer ficar comigo porque não quer fazer mal a ninguém e, no entanto, por não estar comigo, você machuca a si, a Lisa e a mim.

Ele estava certo. Todo mundo estava bem e feliz antes que ela chegasse e estragasse tudo. Ela machucou Max recusando-se a ficar com ele; ela tinha machucado Lisa porque Max não podia suportar mais estar perto dela e se afastava; ela se machucou, porque o queria demais.

A mão que estava segurando sua cintura aliviou e acariciou sua pele, virando-a para encará-lo. Seu rosto tinha mudado completamente. Ele não era o idiota que queria que ela sofresse há um minuto atrás. Era o Max que ela conhecia: gentil, carinhoso, honesto. Ele tirou o cabelo dela do rosto, colocando-o para trás de seus ombros e gentilmente tocou seu pescoço no processo. Stella não pôde evitar - ela fechou os olhos e estremeceu.

— Vou aceitar qualquer coisa que você me der, minha linda. Qualquer coisa. Se você me der seis semanas até ir embora, eu vou aceitar. Não quero ouvir que o que temos é muito intenso para uma aventura de verão. Eu não me importo. — Ouvi-lo falar fez Stella se esquecer de todas as razões pelas quais tinha negado a si mesma ficar com ele.

Seis semanas. Isso era tudo o que tinham, mas agora parecia muito melhor do que nada.

— Já perdemos muito tempo. Por favor, *tesoro*, eu vou implorar, se é isso que você quer.

Stella negou com a cabeça; ela não queria que ele implorasse. Ela baixou os olhos para seus lábios e lambeu os seus próprios. Tudo o que ela queria era sentir o gosto dele e para o inferno com toda lógica.

Max não precisava de outro convite. Ele grudou sua boca na dela, sugando seu lábio inferior antes que enfiasse a língua na sua boca, e ela gemeu. Com um gemido, ele separou suas bocas para falar.

— Vou entender isso como um "sim". — Stella assentiu - ela estava tão tensa no momento que não confiava em si mesma para falar. — Tem certeza? — Outro aceno de cabeça. — Porque se você não estiver cem por cento certa de que você quer estar comigo, diga agora. Em dois segundos será tarde demais. Depois que você for minha, não vou abrir mão de você.

— Seis semanas. E então eu vou embora. — Max assentiu em concordância. — Prometa-me que isso não afetará o seu relacionamento com Lisa.

— Eu prometo. Nós dois sabemos quando isso vai acabar. Sem drama.

— Ok.

Mesmo antes do "k" sair de sua boca, Max já estava em cima dela, beijando-a, enterrando as mãos em seu cabelo e empurrando-a de volta na cama. Stella não conseguia se segurar por mais tempo. Ela o queria tanto quanto ele a queria, e estava cansada de lutar contra o que realmente sentia.

Max a deitou suavemente na cama, seus lábios devorando os dela com uma paixão que ela não sentiu nele antes. Todas as outras vezes que ele a beijou, ele se conteve, ela se deu conta. Stella respondeu igualmente, explorando sua boca com a língua, chupando, mordendo o lábio inferior, em seguida, liberando-o e beijando-o novamente. Max gemeu no fundo de sua garganta quando enganchou seu braço ao redor de sua cintura e a levantou com facilidade. Ele a posicionou no meio da cama e parou na beirada para olhar para ela.

Seus olhos eram puro fogo.

E Stella era a razão disso.

Esse único pensamento explodiu em seu coração como fogos de artifício e queimou qualquer incerteza. Já não havia mais peso em seu peito, nem mais tristeza. Tudo o que podia sentir eram os olhos de Max nela.

Ele levantou e deu um passo atrás. O pânico deve ter aparecido no rosto de Stella, porque ele sorriu e disse:

— Não se preocupe. Eu não vou a lugar nenhum.

Agarrando a parte de trás da sua camiseta, ele a puxou sobre a cabeça e a atirou no chão. Os músculos do peito dele se contraíram com cada movimento e Stella por pouco não resistiu e levantou para tocar cada parte dele. Ainda exibindo seu sorriso provocante, Max lentamente abriu sua calça jeans e, arrastando-a para baixo em seus quadris, saiu dela. Ele parou de pé, diante dela, apenas em sua boxer preta, o que deixou pouco à imaginação. Os olhos de Stella não sabiam o que consumir primeiro: o seu corpo bronzeado, perfeito; seus lábios molhados, convidativos; seus olhos ardentes; suas tatuagens.

Pensando em suas tatuagens, Stella se lembrou de que ela ainda não sabia o que dizia a que estava em seu quadril, então, ela fez algo que estava se imaginando fazer desde que o viu pela primeira vez na praia.

Saindo da cama, Stella se ajoelhou e engatinhou em direção a ele, segurando seu olhar divertido nos dela. Quando chegou a ele, lenta e deliberadamente, ela puxou a cintura de sua cueca para baixo até que todo o texto apareceu. Então, ela parou. Os músculos do abdômen de Max se contraíram e ela viu arrepios aparecerem onde ela o estava tocando.

A tatuagem dizia: *"A vida é uma jornada, não um destino"*. Uma citação de "Amazing", do Aerosmith. Uma citação que ela amava e tinha lhe dito isso, mesmo antes de saber sobre sua tatuagem. Sorrindo, Stella abaixou a cabeça em direção a ela e a beijou, arrastando a ponta da língua sobre as letras.

Max gemeu e puxou-a para cima, segurando seu rosto com as mãos. Ele a beijou ferozmente, à medida que Stella delicadamente arrastava as unhas ao longo de seu abdômen.

— Sua vez — Max sussurrou no ouvido de Stella enquanto mordiscava o lóbulo da orelha dela. Levar isso lentamente o deixou louco. *Ela* o estava levando à loucura. Ele planejava provocá-la muito antes de eles realmente fazerem amor, mas ele não estava tão certo agora. Quando ela lambeu sua tatuagem, precisou de toda a sua força interior para não jogá-la de volta na cama e empurrar dentro dela. Essa foi a coisa mais erótica que já lhe tinha acontecido, e ele tinha estado com mais mulheres do que ele poderia se lembrar.

Agarrando a bainha da camiseta regata dela, ele a puxou sobre sua cabeça. Ela não estava usando sutiã e estava em pé, diante dele, apenas de short, com o cabelo derramado sobre os ombros e costas, com seus olhos o admirando e todo o corpo dela tremia de desejo por ele. Max tinha imaginado esse momento um monte de vezes, mas a coisa real era muito melhor do que qualquer coisa que sua imaginação jamais poderia ter criado.

Ele passou os dedos sobre seus braços, costas, peito e barriga. Arrepios apareceram em todos os lugares e seus mamilos endureceram por ele. Ele pegou um entre os dedos, apertando-o suavemente, observando a reação dela. Ela arfou e sua respiração saiu ofegante. Puxando-a para mais perto dele, Max beijou seus lindos lábios, em seguida, moveu-se para deslizar a língua ao longo de seu pescoço, sugando sua pele até que ela gemeu alto e cravou as unhas em suas costas, que deslizaram até a cintura e puxaram sua boxer para baixo, deslizando-a sobre a sua bunda ao longo do caminho.

— Você leu meus pensamentos — disse ele, baixando a cabeça e pegando um de seus mamilos na boca, enquanto suas mãos estavam ocupadas removendo seu short da mesma maneira que ela tinha removido cueca.

Max puxou Stella até que ela ficou de pé, com os pés na cama, seu short em torno dos tornozelos, e ele teve que olhar para cima para encontrar seus olhos. Aqueles grandes olhos cinzentos que brilhavam com tal desejo intenso que Max teve que morder o lábio com força para recuperar o seu controle. Ele deslizou suas mãos ao longo de suas coxas, e ela saiu do short e o chutou para o chão. Max fez o mesmo com sua boxer, e seu olhar queimou sua pele enquanto ela admirava a visão dele completamente nu. Ele a puxou para ele, e Stella mergulhou seu corpo para baixo e encontrou seus lábios quando ele rodeou a cintura com os dois braços. Suas pernas estavam em volta dele e eles caíram em cima da cama. Stella riu e Max roçou sua bochecha com o polegar, incapaz de desviar o olhar para longe dela.

— Você é tão linda — ele sussurrou e roçou os lábios nos dela levemente. Sorrindo, ela trancou as mãos atrás do pescoço e puxou-o para si, beijando-o. Max deslizou sua mão ao longo de seu peito e seu estômago, até que alcançou sua calcinha. Quebrando o beijo, ele olhou para ela para confirmar que estava tudo bem, e, quando ela assentiu com a cabeça, ele deslizou um dedo dentro dela.

Stella gemeu, suas costas arqueando para cima e seus quadris movendo-se contra a mão dele.

— Stella... — ele sussurrou, incapaz de afastar o olhar dela.

— Max, por favor... — ela arquejou e trancou seu olhar com o dele através dos olhos semicerrados. — Sem mais provocações.

Como se ele precisasse de outro convite.

Rapidamente, ele encontrou um preservativo no bolso de sua calça jeans e o colocou. Em seguida, deslizou sua calcinha e se posicionou em cima dela, apoiando seu peso em seus braços para que ele não a esmagasse com o seu corpo. Stella envolveu suas pernas ao redor dele e acariciou suas costas quando Max mergulhou os lábios nos dela. O beijo foi lento e profundo, saboreando cada sensação. Cuidadosamente, Max deslizou dentro dela enquanto ela gemia alto contra seus lábios. Seu coração batia tão rápido que ele pensou que poderia ter um ataque cardíaco. Este momento, este exato momento bem aqui, estando dentro de Stella, foi a coisa mais incrível que ele já havia sentido.

Sua alma se expandiu até que se derramou sobre ele a cada movimento de seus quadris.

Quando Stella arqueou as costas e mordeu seu ombro, tentando abafar seus gemidos, tudo se tornou demais para ele e, com um empurrão final, ele encontrou sua própria libertação.

Ficaram assim, emaranhados juntos, ofegantes, recuperando a respiração, acalmando seus corpos. Max acariciou o cabelo de Stella e olhou em seus olhos, tentando ver como ela se sentia. Seu coração inchou em seu peito enquanto ele pensava nela, no quanto ele a amava. Sua alma era dela, quer ela gostasse ou não.

Stella era a sua alma gêmea, sua casa, seu tudo, e ele nunca a deixaria escapar. Tudo o que ele desejava agora era ser capaz de dizer a ela o quanto a amava, mas como poderia, quando prometeu que eles ficariam juntos apenas pelo restante de sua viagem? Determinação recém-encontrada inundou suas veias e ele silenciosamente jurou que iria passar as próximas seis semanas fazendo qualquer coisa que a levasse a se apaixonar por ele com tanta força que ela nunca iria querer deixá-lo.

Suas emoções furiosas devem ter sido percebidas por ela, porque uma lágrima rolou pelo rosto de Stella.

— O que foi? — ele perguntou baixinho, enxugando-a.

— Nada. Estou apenas... feliz. Eu não me lembro da última vez que me senti tão contente. Tão inteira. — Ela corou, como se não quisesse admitir isso.

— Eu também.

Max a beijou e, arrastando as cobertas sobre seus corpos, envolveu-a em seus braços e a segurou enquanto dormiam.

Capítulo Vinte e Três

Quando Stella, finalmente, ficou mais consciente pela manhã, ela percebeu duas coisas: primeiro, ela dormiu durante toda a noite e se sentia incrivelmente renovada e serena; e segundo, o corpo quente de Max estava enrolado em volta dela e ele respirava suavemente na parte de trás de seu pescoço. Ela não teve coragem de se mexer. O momento era perfeito demais.

Ela devia ter caído no sono de novo, porque acordou com a sensação incrível dos lábios de Max em seu pescoço. Eles se moveram lentamente em direção ao seu ombro e, em seguida, a ponta da sua língua traçou sua pele de volta à sua orelha. Ele chupou e Stella não podia fingir que estava dormindo por mais tempo. Ela gemeu e sentiu Max sorrir, exalando ar quente sobre seu pescoço.

— Bom dia — ele sussurrou.

A única resposta que Stella poderia formular agora era um fraco "hum-hum". Max moveu suas mãos ao longo de suas coxas e sobre seu estômago, apertando-a ainda mais perto dele, e escondeu o rosto em seu cabelo.

— Podemos ficar aqui para sempre? — questionou Stella, tão envolvida pelo momento que ela queria que nunca acabasse. Quando terminasse, ela teria que enfrentar a realidade novamente, incluindo Lisa e sua tia. Elas provavelmente tinham visto o carro de Max do lado de fora em frente à casa e estariam esperando por uma explicação. Niki sempre foi muito compreensiva e realista, mas Stella ainda não tinha certeza de como seria sua reação à notícia de que Max tinha passado a noite em sua cama. Ela também tinha de contar à sua mãe sobre ele.

— Por mim tudo bem.

Stella se virou de frente para ele e Max parecia tão perfeito na parte da manhã, como sempre. Vendo o cabelo dele bagunçado, lembrou-se que seu próprio cabelo devia estar um desastre completo agora. Em qualquer outra ocasião, Stella teria se sentido incrivelmente autoconsciente sobre como ela era na parte da manhã, mas não agora. Os olhos cor de avelã de Max brilhavam para ela e ele claramente estava gostando do que via, porque sua expressão ficou séria e aquele brilho se transformou em fogo completo.

Ele abaixou a cabeça e a beijou devagar, fazendo-a lembrar de cada momento da noite passada. Seu coração deve ter parado, pois, quando ele finalmente separou os lábios dos dela, ela sentiu uma pontada no peito e ele começou a bater novamente. Sua mão traçou o contorno de seu corpo nu e ela estremeceu. Max silvou por entre os dentes e, circulando sua cintura com seu braço forte, rolou e a trouxe para cima dele. Ele segurou seu rosto com as mãos e puxou sua boca para a dele.

— Adorei acordar ao seu lado, *tesoro* — ele disse enquanto acariciava o pescoço dela. Seu cabelo estava caindo sobre seu rosto, mas ele não parecia se importar. — Pelas próximas seis semanas, vou acordar ao seu lado todos os dias — ele murmurou enquanto guiava seus quadris e suavemente a deitava em cima dele. Stella fechou os olhos quando o prazer explodiu por todo o seu corpo. Ela começou a se mover lenta e ritmicamente, agarrando os ombros de Max para apoio quando ele empurrou-se nos cotovelos e arrastou beijos ao longo de seu pescoço, queixo, seios...

Pelas próximas seis semanas.

As palavras dele fizeram seu coração descompassar inesperadamente, como se não tivesse certeza se valia a pena, até mesmo bater, se Max não estivesse com ela.

Sentindo sua repentina tristeza, Max se ergueu até que ficou sentado na cama, Stella montada dele.

— Ei, você está bem? — questionou. Balançando a cabeça, porque não podia confiar em si mesma para falar direito, então, Stella aproximou a boca e reivindicou a dele sem fôlego. Desesperadamente. Seguindo sua liderança, Max enfiou os dedos em seus quadris e pediu a ela para se mover mais rápido, até que ambos estavam sem ar.

Quando Stella estava envolta nos braços de Max, sua mente estava completamente vazia. Ela não queria pensar; tudo o que ela queria fazer era *sentir*.

E assim ela o fez.

Sentiu cada parte dele como se fosse dela.

— Eu acho que preciso de um banho — disse Stella, enquanto distraidamente traçava os dedos ao longo da tatuagem do ombro de Max. Ele balançou a cabeça. — O quê?

— Eu não acho que você precisa de um banho.

— Não?

— Não. Acho que *nós* precisamos de um banho — disse ele com um sorriso brincalhão.

Stella se inclinou em direção à base do seu pescoço e inalou.

— Mmmm, eu acho que você talvez esteja certo — ela disse e franziu o nariz em desgosto simulado.

— Você está dizendo que estou fedendo?

— Não, eu estou dizendo que não me importaria de ensaboar você.

Os olhos de Max se acenderam instantaneamente e, em um movimento rápido, ele pegou Stella e, dando-lhe um beijo de curvar os dedos do pé, levou-a para o banheiro.

Ela realmente o ensaboou e fez outras coisas que o fizeram sentir como se ele nunca tivesse experimentado o prazer antes. Estar com Stella, tendo-a tão completamente, era como acordar de um sonho; todos os seus sentidos estavam tão elevados que ele não tinha certeza se ainda estava sonhando ou não.

Foi perfeito.

Ela era perfeita.

Max lavou o cabelo dela e passou condicionador, em seguida, apertou o gel de banho na esponja e lavou o corpo dela todo. Depois de ela ter feito o mesmo por ele, enxaguaram-se e saíram. Ele a envolveu em uma toalha, pegou uma para si e uma seca para o cabelo dela.

Parecia tão íntimo poder fazer isso com ela.

Caminhando de volta para o quarto, ele sentou-se na beira da cama e ela foi até ele, parou de pé entre suas pernas fechando suas mãos atrás do pescoço dele e o beijou.

— Em algum momento, precisaremos sair desse quarto, sabia? Encarar o mundo — disse ela quando separou seus lábios dos dele. Ele gemeu e a puxou de volta para ele, mordendo o lábio inferior.

— "O mundo" quer dizer Lisa, certo?

— E a tia Niki. Elas sabem que você está aqui; devem ter visto o seu carro.

— E daí? Eu quis dizer exatamente o que disse no outro dia. Somos adultos e não precisamos da permissão de ninguém para fazer sexo gostoso, suado e de tirar o fôlego. — Ele sorriu maliciosamente e deslizou suas mãos pelas coxas dela, ainda molhadas do banho.

— Isso foi uma citação exata? Porque eu não me lembro da parte gostoso, suado e de tirar o fôlego.

— Você não lembra, hein? Eu posso te lembrar, agora mesmo. — Ele a virou sobre a cama, fazendo-a rir alto, e a desenrolou da toalha.

— Outra vez?

— Temos três semanas para compensar, amor. E é tudo culpa sua, então, agora você terá o seu castigo. — Stella riu novamente quando Max arrancou sua toalha e não deixou nenhuma dúvida de que ele estava pronto para ela. Mais uma vez.

Era tarde quando finalmente conseguiram se vestir e sair do quarto. A casa estava completamente tranquila; não havia ninguém em casa. Niki estava no trabalho, isso era óbvio - mas onde estava Lisa?

Max se ofereceu para fazer macarrão e Stella sentou-se à mesa, observando-o. Seus movimentos eram tão graciosos; era hipnotizante.

— Eu preciso falar com a tia Niki. É a casa dela. Não importa se somos adultos ou não. Se ela não ficar confortável com você passar a noite aqui, então, você não vai.

Max levantou uma sobrancelha.

— É justo. Mas, se esse for o caso, o que eu duvido, então, vou ter que te sequestrar e trancá-la no meu quarto para usar como eu quiser. — Ele sorriu e deliberadamente lambeu um pouco de molho de seu dedo.

— Eu aposto que isso vai cair muito bem com Gia — disse Stella, a ironia em sua voz não passando despercebida por ele.

— O que você quer dizer?

— Ela te contou... sobre... sobre como ela me encontrou na sexta-feira? — Stella estava olhando fixamente para o tampo da mesa, incapaz de encontrar o olhar de Max. Ele deixou o molho no fogão e caminhou para sentar ao lado dela.

— Contou — respondeu ele, preocupado. — O que foi aquilo?

Será que ela imaginou ou ele realmente pareceu culpado?

— Na sexta-feira, Lisa e eu estávamos em casa quando ela fugiu de mim de novo, porque ela tinha que "fazer alguma coisa" — Stella começou, fazendo aspas no ar com os dedos. — Eu decidi segui-la. Ela foi para a rua e sinalizou para um táxi. A única opção que eu tinha era entrar em outro táxi e foi preciso tudo de mim para sequer considerar isso. — Max deu-lhe um pequeno aperto na mão para que ela soubesse que ele entendeu. — Bem, eu consegui um táxi, mas, quando ele parou... — Stella fechou os olhos, tentando não chorar. — O taxista parecia tanto com o pedaço de merda que matou Eric e papai. Eu simplesmente congelei. Eu não podia me mover. Ele gritou comigo se eu queria entrar ou sair, e assim eu bati a porta e corri. Eu não tinha ideia de onde eu estava quando Gia me encontrou.

— Stella... — Max disse, com a voz rouca quando a puxou e a abraçou. — Sinto muito não estar lá para você. Gia me ligou depois que te deixou em casa e eu sabia que você estava segura. Eu só... eu não podia. Eu estava com raiva de você e levou toda a força que eu tinha para ficar longe de você...

— Você estava com raiva de mim? Por quê?

Max olhou para ela por um longo tempo antes de falar, como se deliberasse se ele deveria dizer a ela. No final, ele suspirou e disse:

— Eu vi você com Rico. Beijando-o na rua.

— Foi por isso que você se afastou? Por causa de um beijo estúpido?

— Beijo estúpido? Eu pensei que tínhamos algo, Stella. Pensei que estávamos progredindo, que você estava mudando de opinião e queria ficar comigo, e então, te deixo por uma noite e você sai com Rico...

— Você saiu com Beppe! Para ajudá-lo nas conquistas dele! Você ia flertar com garotas durante toda a noite, ou pior. Eu não me sentia no direito de te impedir. — Stella levantou da cadeira, porque estava com tanta raiva que precisava de espaço para se mover. — Achei que você tinha encontrado alguém para passar a noite e que foi por isso que desapareceu de repente.

— E eu pensei que você estava namorando Rico! Por que você não me ligou? Por que nem tentou falar comigo?

— Porque eu sou teimosa e orgulhosa! Quanto mais o tempo passava, mais eu pensava que você tinha encontrado alguém naquela noite e seguido em frente. Eu pensei que finalmente tinha conseguido te afastar de vez. — Stella estava gritando, e as lágrimas ameaçavam transbordar. Max se levantou e foi até ela, com os olhos cheios de preocupação e arrependimento. Ele a abraçou com força, até que ela se acalmou.

— Por que você saiu com ele, Stella?

— Porque eu estava com raiva de você por sair com Beppe e pegar meninas a noite toda. Ele ligou e eu aproveitei a chance de sair de casa antes que enlouquecesse pensando em você com uma mulher.

— Eu não fiquei interessado em nenhuma mulher naquela noite. Eu só pensava em você e em como eu preferia estar com você. Quando eu te vi com Rico, perdi o controle. Graças a Deus, Beppe estava lá para me arrastar para longe, caso contrário, não sei o que eu teria feito. — Ele beijou o topo de sua cabeça enquanto ela relaxava contra seu peito. Sua voz saiu abafada quando ela falou.

— Ele me beijou de repente. Foi tudo da parte dele, Max. Eu o empurrei. Então, quando ele me levou para casa, eu lhe disse que tinha sentimentos por você e que não sairia com ele de novo.

Max exalou alto, todo o seu corpo relaxando. Stella levantou a cabeça para olhar para ele e acariciou sua bochecha com os nós dos dedos.

— Sinto muito, minha linda. Por tudo. Mas não podemos mudar o que já aconteceu. Vamos deixar tudo isso para trás e apreciar o que temos agora.

Stella assentiu em concordância e, roçando seus lábios nos dela, Max foi verificar seu molho. Ele o mexeu, provou, acrescentou algumas ervas e reduziu o fogo, deixando-o no fogão. Colocando água em outra panela, colocou a tampa e deixou ferver. Stella estava fascinada ao vê-lo se mover tão eficientemente ao redor da cozinha.

— Gia agora deve pensar que sou louca — disse ela, quando ele se sentou ao lado dela novamente.

— Não, ela não pensa. Ela realmente não pensa em outras pessoas de forma alguma. — Era sua imaginação ou ela sentiu um pouco de amargura na voz de Max? — Além disso, quem se importa? A casa é minha, tanto quanto dela. Se eu quiser que você fique comigo, você vai ficar, ponto final.

Stella concordou com a cabeça, porque não sabia mais o que dizer. Ela precisava falar com Niki primeiro e depois decidir o que fazer.

— Precisamos descobrir aonde Lisa vai, Max. Eu sinto que é a chave para tudo o que está acontecendo com ela. Se ela não nos contar, vamos

Num piscar de Olhos   247

descobrir por conta própria.

— Concordo. Mas como vamos fazer isso? Ela tem um padrão de quando ela vai?

— Eu acho que sim. Das últimas três vezes, duas foram quartas-feiras e uma na sexta-feira, à tarde. Então, eu acho que devemos estar prontos na quarta-feira. Você estará trabalhando?

— Não durante o dia. Eu tenho um turno no bar à noite.

— Ok, então esse é o plano.

Stella sorriu, satisfeita que tinha um confidente e cúmplice novamente. O macarrão estava pronto e eles o atacaram, sem perceber até então que estavam com tanta fome.

No momento em que eles terminaram a refeição e limparam a cozinha, era quase hora de Max ir embora. Ainda não havia sinal de Lisa, então, Stella decidiu enviar-lhe uma mensagem de texto.

Stella: Oi, Lis, você está no trabalho? Quando volta para casa?

Lisa: Sim, estou no meio da aula. Devo voltar em umas duas horas. Espere por mim; precisamos conversar.

Suspirando, Stella digitou.

Stella: Eu sei. Estarei aqui.

Essa não era uma conversa pela qual ela estava ansiosa. Franzindo a testa, ela deixou seu celular em cima da mesa e viu Max olhando para ela.

— Então? — ele perguntou.

— Ela está no trabalho. Ela quer conversar quando voltar.

Max pegou a mão dela e a levou para o sofá, onde ele a posicionou no colo dele antes de falar.

— Eu posso cancelar o meu turno e ficar. Podemos falar com ela juntos.

— Não, está tudo bem. Eu tenho que fazer isso sozinha.

Lisa sabia por que Stella não deveria estar com Max; ele não. Ela preferia abordar essas questões sem ele presente. A culpa a invadiu quando ela se tornou muito consciente de como teria que esconder tantas coisas dele, quando, na verdade, o que ela queria fazer era contar-lhe tudo. Isso não era uma opção, no entanto. O que eles tinham era perfeito demais para desperdiçá-lo com a cruel verdade. Além disso, ambos sabiam que não duraria para sempre. Eles tinham seis semanas e Stella pretendia torná-las tão incríveis como ela poderia, sem pensar em mais além disso.

— Eu tenho que ir, querida — disse ele, quando Stella colocou os braços em volta de seu pescoço e provocou seus lábios com os dela. Colocando ambas as mãos em seus ombros, Max a puxou para ele e aprofundou o beijo, encontrando sua língua com a dela. — Eu volto depois do trabalho — disse ele, sem fôlego contra sua boca. — Eu vou enviar uma mensagem de texto para que você venha até a porta. Se Niki não me quiser aqui, vou te levar para casa.

— Que trabalho você tem que ter para fazer sexo comigo — brincou Stella, seus lábios se curvando em um sorriso. Max permaneceu sério quando se afastou para olhar em seus olhos enquanto falava.

— Nunca sequer pense que isso é apenas sexo. É incrível, é verdade, mas é incrível, porque significa alguma coisa... para mim. Porque é com você.

Ele prendeu o olhar dela com o dele, até que a expressão dela mudou e ela assentiu. Max a puxou para outro beijo e Stella percebeu que precisava ouvir isso dele. Não porque ela não sentia isso quando estavam juntos, mas porque ela era uma menina e queria ter coisas ditas com clareza para ela - especialmente de alguém como Max, que nunca tinha sido privado de atenção feminina.

Depois que Max foi embora, Stella não sabia o que fazer. Sentia-se inquieta e agitada. Assistir TV não ajudou, porque nada poderia prender sua atenção por mais de cinco minutos, então, ela decidiu pegar seu Kindle e ler. A melhor maneira de esquecer o seu próprio drama era mergulhar no de outra pessoa, mesmo que fosse ficção.

Num piscar de Olhos   249

A abertura da porta da frente a assustou, tirando a concentração de sua leitura e Stella viu sua tia entrando.

Aqui vamos nós: choque de realidade número um.

— Oi, querida — disse ela com um sorriso.

Bom sinal?

— Oi, tia Niki. Como foi o seu dia? — Stella estremeceu com suas próprias palavras, mas, na verdade, o que ela deveria dizer? Toda a situação era um pouco estranha, para não dizer pior.

— Ele foi agitado, como de costume. Você já jantou?

— Não, ainda não.

— Vamos lá, então, eu trouxe alguns mantimentos; vamos fazer alguma coisa e conversar.

Niki grelhou alguns bifes e deixou Stella encarregada de cortar os legumes e cozinhá-los. Lisa estaria em casa logo, então elas fizeram comida suficiente para as três.

Quando os legumes estavam no vapor e os bifes, descansando, Niki se serviu de uma taça de *Prosecco* e sentou-se à mesa em frente à Stella, que estava descascando um pepino para a salada.

— Então, vi o carro de Max lá na frente esta manhã. Você quer compartilhar algo? — Sua voz era brincalhona, provocadora até.

— Ele passou a noite aqui — disse Stella, corando. — Comigo.

— Percebi. — Niki bebeu o vinho e o coração de Stella estava martelando dentro de seu peito enquanto esperava a reação de sua tia. Ela não precisava de sua permissão, isso era verdade, mas ela se sentiria muito melhor se Niki estivesse bem com Max estando aqui, e com seu relacionamento. — Você já contou a Helen? — ela finalmente perguntou.

— Ainda não. Quando conversamos da última vez, eu disse a ela sobre Max, sobre ter sentimentos por ele, mas eu também tinha algumas reservas sobre estar com ele. Ela me aconselhou a agir de acordo com o meu coração e

250 *Teodora Kostova*

dar uma chance se eu achasse que valia a pena.

— Isso soa como algo que ela diria — disse Niki e sorriu. Em seguida, ela se aproximou da mesa e pegou a mão de Stella na dela. — Ouça, meu bem, eu sei o quão injusta a vida tem sido para você e sei que deve ser difícil desejar muito alguma coisa, apenas para perceber que pode ser tirada de você a qualquer momento. Mas você tem que esquecer esse sentimento. Você tem que tentar e apreciar o que você tem agora e não pensar muito no futuro, porque ninguém sabe o que ele trará. Se Max é o que você quer agora, então, esqueça todo o resto e fique com ele. Veja aonde isso te leva. Não perca nenhuma chance na vida porque está com medo de que você possa se machucar.

No momento em que ela terminou de falar, tanto Niki como Stella tinham lágrimas não derramadas em seus olhos. Sua tia sabia exatamente como ela estava se sentindo, porque ela já tinha passado por isso: ela perdeu o homem que amava. Niki sabia exatamente o que estava incomodando Stella e o que dizer para tirar o peso de seus ombros. Tudo o que ela disse era absolutamente verdadeiro. Mesmo que a sua vida parecesse perfeita, no momento, um futuro incerto pairava sobre ela, e ele poderia mudar num piscar de olhos. Isso não significa que você deva parar de vivê-la.

— Obrigada. — Isso foi tudo o que Stella conseguiu dizer. Niki sorriu e soltou sua mão, inclinando-se para trás em sua cadeira. — Tia Niki, você tem certeza de que está bem com Max passando a noite aqui? Não apenas na noite passada, mas... algumas outras noites também?

— Eu não me importo. Você é uma mulher adulta. Apenas certifique-se de que a sua mãe saiba. Parece errado esconder isso dela.

— Claro. Eu realmente quero contar a ela — disse Stella e sorriu. Ela mal podia esperar para compartilhar com sua mãe o quanto estava feliz.

— Max é realmente um ótimo rapaz; eu sabia que você ia gostar dele, mesmo antes de você chegar. Ele ajudou Lisa a passar por muitas coisas. Ele é definitivamente alguém que você pode contar, e isso é muito raro de encontrar.

O timer dos legumes colocou fim à conversa e elas ficaram ocupadas servindo a comida em pratos. Lisa chegou assim que Stella estava colocando a salada na mesa e ela entregou-lhe um prato também. Elas terminaram a refeição rapidamente, risos e brincadeiras facilmente fluindo. Lisa parecia de

Num piscar de Olhos   251

bom humor e isso seria extremamente benéfico para a conversa mais tarde. As meninas enxotaram Niki para fora da cozinha para relaxar enquanto limpavam a mesa. Logo que terminaram, Lisa se serviu de uma taça de *Prosecco* e abriu uma garrafa de *San Pellegrino* para Stella quando elas foram para a sala de estar.

— Você gostaria de compartilhar algo? — perguntou Lisa, uma atitude brincalhona em sua voz.

Por que ela não está brava?

— Na verdade, eu gostaria sim. Max passou a noite aqui, como você deve ter presumido.

— Tipo "Max e eu fizemos sexo" passou a noite aqui? — Os lábios de Lisa se curvaram como se ela quisesse sorrir, mas estava se controlando.

— Tipo "Max e eu fizemos o melhor e mais alucinante sexo de todos os tempos" passou a noite aqui — disse Stella, arqueando uma sobrancelha e sorrindo.

— Ecaaaa, isso é nojento. Ele é meu amigo. Não preciso ouvir sobre suas habilidades no quarto.

Essa não era a conversa que Stella tinha imaginado. Com Lisa, ela nunca sabia o que esperar - sua grade emocional estava fora do normal. Ainda assim, ela estava feliz por sua prima ter mudado e aceitado a ideia de ela e Max juntos. Ela sentia falta de suas conversas femininas confortáveis.

— Você está bem com isso? — perguntou Stella.

— Se você está bem com isso, então, eu também estou.

— Mas não foi isso que você disse antes...

— Eu sei o que eu disse. Não era qualquer coisa que você já não soubesse. Você é uma das mais responsáveis, compassivas e atenciosas pessoas que eu conheço, Stella. Acredito que, se você chegou a um acordo com o resultado de sua decisão, ele deve valer a pena. Eu parei de julgar as pessoas. — Lisa se encolheu com suas próprias palavras e dor crua nublou seus traços por um segundo. Antes de Stella poder comentar, porém, Lisa sacudiu a cabeça, dispersando a emoção tão rapidamente como tinha aparecido. — E, além disso, eu estou feliz que vocês finalmente engataram; a tensão sexual entre vocês dois estava me dando dor de cabeça. — As duas riram e tomaram um gole de suas bebidas. — Você não contou a ele, né? — Ela não precisava esclarecer que ela queria dizer o câncer; Stella sabia.

— Não. E não vou. Ontem à noite, quando ele entrou no meu quarto, nós conversamos e decidimos não pensar além das seis semanas que me restam aqui. Ele sabe que vou embora para casa depois disso e será o fim para nós, e ele está bem com isso.

— Tem certeza?

— Tenho sim. Foi o que ele disse, então, não há necessidade de contar para ele. Eu não o quero me olhando de forma diferente. Tudo o que eu quero é aproveitar o que temos agora e não pensar em mais nada. Estou cansada de pensar excessivamente nas coisas, Lis.

— Eu sei. Eu também. — Havia uma tristeza inesperada em sua voz e Stella contemplou perguntar-lhe, mais uma vez, o que ela estava escondendo e por quê. Mas a conversa sobre Max tinha ido tão bem que ela não queria estragar o momento.

— Estou tão feliz por você estar bem com nós estarmos juntos. Isso teria parecido tão errado se você não estivesse. Você é muito importante para mim, Lis. Eu espero que você saiba disso. — Stella estendeu a mão e entrelaçou os dedos com os de sua prima, na esperança de que, talvez, se ela acreditasse no quanto Stella a amava, ela lhe diria o que estava acontecendo com ela.

— Eu sei. Você é muito importante para mim também. Desculpe se eu agi como uma cadela antes...

— Pare com isso: você não agiu. Você estava apenas cuidando de nós, eu sei disso. Mas às vezes aquilo que queremos nem sempre é o melhor para nós, e, mesmo se soubéssemos que não ia acabar bem, ainda assim mergulhamos de cabeça primeiro e aproveitamos cada minuto, porque nós desejaríamos tanto que qualquer pensamento racional é deixado para trás.

Lisa assentiu, imersa em seus pensamentos, e Stella não conseguiu evitar de se questionar se ela estava aplicando suas palavras para alguma outra situação.

— Ele vem hoje à noite? — Lisa finalmente perguntou.

Num piscar de Olhos   253

— Vem. E você vai ter que se acostumar com ele estando muito por aqui. E quando falo muito, quero dizer todas as noites. Pelo menos, é o que ele diz.

— Eu não estou surpresa. Quando Max quer alguma coisa, ele vai com tudo. — Lá estava ela - aquela tristeza de novo.

Estou perdendo alguma coisa?

— Lis, há algo que você gostaria de compartilhar?

Lisa sacudiu a cabeça e bebeu o resto do seu vinho.

— Estou cansada. Tive um longo dia. Acho que vou para a cama.

— Claro. Você vai trabalhar amanhã?

— Sim, na galeria durante o dia. Estarei em casa à noite.

Ela deu um beijo de boa noite em Stella e subiu as escadas até o quarto dela. Olhando para o relógio na parede, Stella percebeu que tinha pelo menos duas horas até que Max chegasse. Sentindo-se de repente exausta, ela foi para o quarto, deixando seu celular no travesseiro ao lado dela e, aproveitando o cheiro de Max em sua cama, caiu no sono.

Capítulo Vinte e Quatro

O toque do telefone acordou Stella e ela tateou cegamente ao redor até que conseguiu localizá-lo e pegá-lo.

— Acordei você? — A voz de Max encheu sua cabeça, seu corpo e todo o seu universo. Espalhou calor em todo o seu corpo e seu coração começou a bater mais rápido, reconhecendo que ela estaria em seus braços muito em breve.

— Hum-hum — ela murmurou, ainda sob a influência do sono.

— Venha e abra a porta, por favor — Max suspirou na linha, a intensa urgência escorrendo em cada palavra dele.

Desligando a chamada, Stella caminhou calmamente até a porta da frente e a destrancou. Max entrou e fechou-a atrás de si. Estava escuro dentro; a única fonte de luz vinha das lâmpadas da rua lá fora, que entrava pelas janelas. Ele estava vestindo jeans e camiseta escura, e seus olhos pareciam negros na penumbra. Quando ele se apoiou contra a porta e cruzou os tornozelos, ele parecia perigoso. Pecaminoso.

Stella não podia se mover. Ele a tinha fixado no lugar com o olhar e ela esperou até que ele a dissesse o que fazer. Passeando os olhos de seus pés até a cabeça, lentamente, deliberadamente, Max deu um sorriso torto e, estendendo um braço para ela, disse:

Vem cá. — Sua voz era puro sexo - baixa e rouca, cheia de promessas. Ela foi até ele, que a esmagou contra seu peito, devorando sua boca com a dele. Ele lambeu, chupou e mordeu seus lábios até que Stella não conseguia sequer se lembrar de como respirar e porque isso era necessário. Suas mãos cravaram em seus quadris quando ele a levantou contra ele e ela enrolou as pernas em torno dele. Ele a levou para cima, sua boca nunca deixando a dela.

— Eu senti sua falta — ele disse com a voz rouca quando a deitou na cama. Max deixou seus lábios para trilhar beijos ao longo de seu pescoço, enquanto sua mão puxava a bainha de sua camiseta para cima e sobre a cabeça.

Num piscar de Olhos   255

Stella empurrou-se para cima apoiada em seus cotovelos, observando-o, enquanto ele beijava seu estômago. Seus olhares se encontraram e o fogo neles era diferente da noite passada. Esta noite era puro fogo - impaciente, feroz, determinado. Isso a deixou tão excitada que ela não podia esperar um segundo a mais.

— Max... — ela mordeu o lábio quando ele chupou um mamilo, levando-a ao limite.

— Sim, minha linda? — ele provocou, enquanto chupava o outro mamilo, seus olhos nunca deixando os dela.

— Eu quero você dentro de mim, agora. — Sua demanda soava fraca e sem fôlego, mas foi o suficiente para fazer Max perder todo o controle. Ele a empurrou mais para cima da cama, arrancando seu short junto com a calcinha e, em dois movimentos rápidos, suas roupas tinham ido embora também. Rolando um preservativo, Max empurrou nela sem um segundo de hesitação e a fez gritar seu nome.

Eles fizeram amor no chuveiro e novamente na cama, até que ambos estavam completamente exaustos. Stella estava deitada em cima de Max, a cabeça em seu peito, ouvindo as batidas do seu coração, enquanto ele se acalmava. Seu peito subia e descia em um movimento rítmico, enquanto suas mãos acariciavam suas costas.

Eles não falaram; nenhum deles tinha energia para isso. Não havia nada a dizer - apenas estarem juntos naquele momento era perfeito. Pouco antes de adormecer, Stella sentiu Max puxar as cobertas em cima deles e seus braços fortes a envolveram com firmeza.

— Stella, acorde, linda. — A voz de Max vinha de algum lugar perto e, ainda assim, muito longe. Stella não queria acordar. Abrindo um olho e franzindo a testa, ela viu o rosto de Max a dois centímetros do dela e ele sorriu, trazendo seus lábios aos dela. — Você é tão sexy quando está sonolenta — ele murmurou contra sua boca. Quando ele se afastou, tinha um enorme sorriso no rosto, mas Stella continuou franzindo a testa. Por que ele a estava acordando? Estava muito agradável, acolhedor e confortável aqui. A questão deve ter aparecido em seu único olho aberto, porque ele disse: — Venha, vamos correr antes de eu ir para o trabalho.

Incisivamente, ela abriu o outro olho e deu-lhe um olhar incrédulo. Ele riu e a beijou novamente, desta vez demorando mais tempo.

— Eu não quero ir sem você, linda. Vamos lá, eu prometo fazer valer a pena. — Ele piscou para ela, e Stella não conseguiu resistir por mais tempo ao sorriso ameaçando aparecer em seu rosto.

Max correu atrás dela, na frente, ao lado, circulando-a, batendo em sua bunda, agarrando-a e a provocando a pegá-lo. Ele estava em toda parte, ao seu redor. Eles deram mais do que algumas paradas para beijos que, em vez de acalmar seus batimentos cardíacos, aumentaram para perto do nível de ruptura.

— Eu queria fazer isso desde a primeira vez que te vi — ele sussurrou enquanto chupava a pele sob sua orelha e suas mãos percorreram suas costas em direção à bunda dela, apalpando-a não muito gentilmente.

— Mmmm — Stella gemeu no fundo da sua garganta. — Eu vou te mostrar o que eu queria fazer desde a primeira vez que te vi, quando chegarmos em casa. É meio que muito explícito para um espaço aberto — ela sussurrou de volta. Max se afastou, deu uma olhada em seu rosto para ter certeza de que ela não estava brincando e, puxando-lhe a mão, levou-a para casa, onde ela o mostrou o que tinha em mente. Duas vezes.

Niki e Lisa devem ter saído durante o tempo que tinham ficado trancados no quarto de Stella, porque, quando eles finalmente se vestiram e foram para a cozinha tomar café, a casa estava vazia. Stella fez café, enquanto Max preparou alguns sanduíches.

— Acho que Lisa foi para o trabalho. O que você vai fazer hoje? — perguntou Max, espalhando manteiga em um pedaço de pão.

— Não sei — disse Stella e encolheu os ombros.

— Por que você não vem para a praia? É terça-feira, por isso não deve estar muito cheia.

— Eu acho que posso ir. Por você. — Stella sorriu e levantou uma sobrancelha de brincadeira.

— Você está brincando com fogo, linda. Mais um comentário como esse e eu coloco você sobre o meu ombro e a tranco de volta no quarto — disse Max, apontando para ela com a faca de manteiga, em uma ameaça simulada.

— Eu tenho brincado com fogo desde que te conheci. Estou resistente ao fogo por agora.

— É mesmo? Veremos.

Eles saíram juntos, de mãos dadas, e Max os conduziu para a praia. Ele tinha uma mochila no porta-malas de seu carro, onde, muito bem pensado, tinha seu uniforme, alguns produtos de higiene pessoal e uma muda de roupa.

Stella tinha levado seu iPod, Kindle e algumas revistas para mantê-la entretida. A praia não estava muito cheia, mas Max estava no trabalho, então, ele não podia lhe fazer companhia o tempo todo. Ele insistiu para ela posicionar sua toalha próximo a seu posto, de modo que pudesse parar de vez em quando, beijá-la até que ela quisesse muito mais do que um beijo, e voltar a trabalhar.

No momento em que Stella estava digitando uma mensagem de texto para Lisa, algo na água chamou sua atenção. Alguém estava agitando os braços freneticamente, desaparecendo sob a superfície e, em seguida, emergindo novamente. Seu cérebro demorou muito para registrar o que estava acontecendo, mas ela captou os acontecimentos quando Max passou por ela, correndo muito mais rápido do que ela já o tinha visto correr. Ele mergulhou no mar e nadou em direção aos braços que acenavam, que estavam começando a aparecer sobre a superfície depois de intervalos mais longos. Tudo aconteceu tão rápido que Stella mal conseguiu se mover. Ela se levantou, congelada no local, observando o que estava acontecendo na água com terror em seus olhos.

Alguém estava se afogando. E Max tinha entrado para tentar salvá-lo.

Logo, ele chegou à pessoa e, agarrando-a sob os braços, nadou em direção à segurança da praia. Ele levou muito mais tempo para nadar de volta do que quando foi.

Finalmente, chegaram à praia e Stella se aproximou para ver o que estava acontecendo. As pessoas se reuniram ao redor e observavam impotentes enquanto Max, habilmente, executava massagem cardíaca no homem de meia-idade que tinha sido arrastado do mar. Outros dois salva-vidas chegaram, um movendo a multidão para longe da cena, o outro ajudando Max com a massagem cardíaca. O homem tossiu e virou para o lado quando a água fluiu de sua boca. Ele começou a tomar respirações irregulares e, vendo que ele ficaria bem, Max saiu de cima dele e sentou na areia, com a cabeça entre as mãos.

Stella empurrou a multidão, tentando chegar a ele, quando o terceiro salva-vidas agarrou seu braço e a puxou de volta.

— Me solta! — ela gritou com tanta raiva, que ele se assustou por um segundo e afrouxou o aperto sobre ela. Stella não hesitou enquanto liberava o braço de sua mão e corria para Max.

— Max, querido, você está bem? — Ela se ajoelhou em frente a ele, com medo de tocá-lo. Ele levantou a cabeça e seu rosto estava perigosamente pálido. Seus olhos pareciam sem vida e afundados, como se ele não soubesse onde estava. — Oh, Deus... — Stella o abraçou e ele relaxou a cabeça em seu ombro. — Está tudo bem, amor. Ele está bem. Você o salvou. Você está me ouvindo? Você salvou a vida de alguém.

Os braços de Max vieram ao redor dela e a puxaram para si, apertando-a com força, enquanto todo o seu corpo tremia como se estivesse em estado de choque. Ninguém os incomodou por um tempo, e Max conseguiu se acalmar. A cor do seu rosto voltou lentamente e ele parecia quase bem.

Num piscar de Olhos   259

Enquanto estavam ali, pressionados um contra o outro, os paramédicos correram e levaram o homem resgatado para longe. O salva-vidas que havia tentado parar Stella aproximou-se e disse:

— Ei, cara, você está bem? — Max assentiu, mas o cara sabia que não. — Por que você não vai para casa? Eu cubro você. Você já fez o seu trabalho por hoje — disse ele e deu um tapinha nas costas dele. Max assentiu novamente e o salva-vidas saiu.

Eles não foram embora de imediato. Max parecia melhor, mas precisava de um pouco mais de tempo para se recompor totalmente.

— Foi a primeira vez que você salvou alguém? — perguntou Stella baixinho, pensando que essa deveria ser a razão pela qual ele estava tão abalado pela experiência.

— Não, foi a terceira. Nunca fica mais fácil. O mergulho de volta é a coisa mais angustiante do mundo. A pessoa está inconsciente em seus braços e pesada pra caramba e você tem que tentar arrastá-la de volta, quando tudo o que você consegue pensar é "por favor, não morra". Parecem horas, antes de trazê-la para a praia e começar a massagem cardíaca, ainda implorando "por favor, não morra", na sua cabeça. Quando tossem e a água sai de seus pulmões, o alívio que você sente é tão intenso que, literalmente, te derruba. E então você não pode deixar de pensar: e, se da próxima vez, eu não tiver essa sorte? E se da próxima vez não sobreviverem?

Stella não sabia o que dizer sobre isso. Ela nunca tinha salvo a vida de ninguém e não tinha ideia de qual era a sensação. Deve ser muito estressante ter um trabalho no qual a vida das pessoas depende de você. Ela disse a única coisa que sentia agora:

— Estou orgulhosa de você, Massimo Selvaggio. Você é uma pessoa incrível.

Max olhou para ela com surpresa, gratidão e alívio estampado em seu rosto.

— Como é que você sabe o meu sobrenome? — ele perguntou, com um pequeno sorriso em seus lábios.

— Eu tenho meus meios.

260   Teodora Kostova

— Tem? Eu também tenho os meus, Srta. Quinn.

Stella riu e isso pareceu relaxá-lo ainda mais. Se não fosse pela sombra que espreitava por trás de seus olhos, ele seria o mesmo Max que tinha sido há meia hora.

— Quer ir embora? — ele questionou.

— Deixe-me pegar as minhas coisas.

Max esperou que ela arrumasse sua bolsa e colocasse seu vestido de verão de volta e, em seguida, pegando sua mão, levou-a para o carro. Assim que chegaram nele, Max colocou as coisas deles no porta-malas e, quando o fechou, ele pressionou Stella contra ele.

Quando Max empurrou Stella contra o seu carro e colocou os braços em volta dela, ela ficou um pouco surpresa, mas cooperou. Lambendo os lábios, porque sabia o que estava por vir, ela colocou as mãos em volta de seu pescoço e encontrou com ele no meio do caminho. Seus lábios colidiram, urgentes e desesperados, um em busca de conforto, o outro mais do que feliz em fornecê-lo.

Já fazia muito tempo desde que Max tinha precisado de alguém. Ele tinha estado muito bem por conta própria, uma vez que ele, com catorze anos, teve que cuidar de seu pai o tempo todo. Stella era uma combinação incrível de alguém vulnerável, que acordou todo o instinto de proteção que ele tinha, e alguém que, quando necessário, tinha tomado a frente e oferecido conforto e segurança.

Quando ela disse que estava orgulhosa dele, ele se sentiu invencível. O mundo estava aos seus pés e tudo o que ele queria fazer era subir a montanha mais alta e gritar "eu te amo" até perder a voz.

Mas ele não podia. Ainda não, de qualquer maneira. Uma baixa, mas persistente voz em sua cabeça, dizia que se ele o fizesse, ela correria.

Ele expulsou todos aqueles pensamentos de seu cérebro e continuou beijando Stella como se ela fosse tudo o que ele precisava em sua vida.

E talvez ela fosse.

Stella se recusou a deixar Max sozinho depois do que tinha acontecido. Eles foram para a casa dele pegar algumas roupas a mais para passar a noite e, enquanto esperava por ele, ela mandou uma mensagem para Lisa perguntando se estava bem convidá-lo para jantar. A resposta foi, naturalmente, "sim" e já que ainda era apenas quatro horas da tarde, eles se dirigiram ao supermercado para comprar alguns mantimentos para preparar a refeição. Stella também mandou uma mensagem à tia para que ela soubesse que elas teriam um convidado para o jantar, e disse que o convidado iria cozinhar. Niki estava muito entusiasmada por não ter que cozinhar, a julgar pelos três pontos de exclamação em seu texto.

Max disse que ia fazer uma coisa chamada *strozzapreti pesto rosso con polo* para *primo*, e Stella não tinha ideia de que raios era, mas soava incrivelmente sexy quando saía de sua boca. Para o prato principal, ele estava fazendo rolos de berinjela com espinafre e ricota, que pareciam muito complicados para Stella, mas ele garantiu que não era. Sentindo-se mal porque não estava contribuindo com nada para o jantar, ela sugeriu fazer seu sundae especial, que era basicamente sorvete, frutas, Nutella e migalhas de brownie de chocolate, todos juntos e misturados.

— Os alimentos não precisam ser complicados para serem deliciosos, *tesoro* — disse Max, quando ela descreveu sua sobremesa como "nada especial". — Como alguém me disse uma vez, comida italiana é como homens italianos: mínimo esforço, máxima satisfação. — Stella riu tanto que se inclinou sobre ele para se apoiar e, passando o braço em volta de seus ombros, ele beijou o alto de sua cabeça. Eles continuaram andando pelos corredores até que Max ficou satisfeito que tinham tudo no carrinho, então, dirigiram-se para o caixa.

Capítulo Vinte e Cinco

— Posso supor que, como estava tudo bem eu ficar na noite passada, nós temos a bênção de Niki? — Max perguntou, enquanto cortava os peitos de frango em cubos. Depois de tudo o que aconteceu hoje, Stella tinha se esquecido completamente de contar a ele como as "conversas" com Niki e Lisa tinham sido.

Ela resumiu o que cada uma delas tinha dito, deixando alguns detalhes de fora, e expressou sua preocupação com a reação calma de Lisa - especialmente depois que ela reagiu tão negativamente quando pensou que Max tinha passado a noite lá, há algumas semanas. No final, ambos concordaram que a chave para a estranheza recente de Lisa era o seu encontro secreto, e ficaram mais determinados do que nunca a descobrir exatamente o que estava acontecendo.

Niki chegou em casa assim que Max estava colocando os rolos de berinjela do forno e, pouco tempo depois, Lisa chegou. Ambas estavam em êxtase com a refeição, porque cheirava muito bem e parecia maravilhosa. Depois de terem se ausentado para tomar banho e trocar de roupa, Max e Stella fizeram a salada e puseram a mesa.

— Vamos lá, gente, eu estou morrendo de fome — gritou Stella, assim que elas caminharam de volta para a cozinha.

— Credo, por que tão alto? — disse Lisa e ocupou seu lugar à mesa.

— Estou com fome; não mexa comigo agora. — Lisa levantou as mãos na frente dela e revirou os olhos.

Todos eles pareciam famintos e atacaram a comida, que estava deliciosa. Max tinha talento para cozinhar, assim como sua irmã. Quando eles terminaram seu *primo*, que Stella descobriu ser a entrada, e tinham um pouco de comida em seus estômagos, ficaram descontraídos e a conversa começou a fluir.

Quando o jantar acabou, Niki e Lisa se ofereceram para limpar, já

Num piscar de Olhos   263

que Stella e Max tinham cozinhado, e, depois de uma objeção hesitante, eles concordaram. Era muito cedo para ir para a cama, e, tanto quanto Stella queria trancar Max em seu quarto e tê-lo todo para si, ela achou que seria rude com sua tia e Lisa. Ela o levou para o sofá e, aconchegando-se ao lado dele, começou a procurar nos canais de TV até que encontrou um filme de seu gosto.

— Lis, apresse-se. "Ela dança, eu danço" acaba de começar — ela gritou para a cozinha, um pouco perto demais da cabeça de Max.

— Ai! — disse ele, esfregando a orelha.

— Desculpe, gatão! Acabei me animando. Você está bem?

— Acho que estou gravemente ferido; você pode dar uma olhada e talvez, eu não sei, me dar um beijo? Ou cinco? — Ele sorriu quando Stella se inclinou para um beijo.

— Ok, eu realmente não quero ver isso. Vocês podem, por favor, limitar as demonstrações públicas de afeto até o filme acabar? — disse Lisa, invadindo a sala de estar e caindo sobre o pufe ao lado deles.

— Na verdade, não, eu acho que não — respondeu Max, beijando Stella novamente e piscando enquanto ela se afastava.

Lisa vasculhou a prateleira embaixo da mesinha de centro e pegou seu caderno de desenho e alguns lápis. Stella tinha notado antes que, quando todos se reuniam na sala para assistir TV ou conversar, sua prima se sentava e esboçava, e, ao mesmo tempo, participava plenamente da conversa.

— Que parte é essa? — perguntou Lisa.

— Eu acho que é a três.

— Você está falando sério sobre isso? Vamos assistir a um filme de dança? — perguntou Max.

— Sim — ambas responderam em uníssono. Max deixou cair a cabeça para trás no sofá exalando alto, deixando-as saber que ele não estava feliz com isso.

— Max, acorda — alguém sussurrou e o cutucou no braço. Abrindo meio olho, ele percebeu que era Lisa. A TV estava desligada e Stella, dormindo ao lado dele. — Acho melhor irmos todos para a cama. — Ela apontou para Stella.

— Eu a levo. Pode ir. — Lisa assentiu e subiu as escadas.

Max não queria acordar Stella. Ela parecia tão calma e linda enquanto dormia. Em vez disso, ele se levantou e, tão suavemente quanto pôde, pegou-a nos braços e a levou para cima. Ele conseguiu abrir a porta do quarto sem acordá-la e a colocou na cama. Ela murmurou algo em voz baixa, mas não acordou. Aconchegando-se ao lado dela, Max puxou as cobertas sobre eles e, lentamente, puxou-a para si até que todos os contornos do seu corpo fundiram-se aos dele.

Quando ele acordou, o sol já estava alto, brilhando através das janelas no quarto de Stella. Ele tinha se esquecido de fechar as cortinas na noite passada. Stella dormia enrolada ao seu lado, praticamente na mesma posição que da noite passada. Ontem deve ter sido tão desgastante para ela como tinha sido para ele. Não querendo acordá-la, ainda, ele saiu da cama e foi para o banheiro.

Até o momento em que ele tinha terminado seu banho, Stella estava deitada na cama, bem desperta, mas parecia que ainda não queria se levantar.

— Oi — ele disse, esticando-se ao lado dela e colocando a cabeça na dobra de seu braço.

— Oi — ela disse. Ele estava se acostumando com suas respostas monossilábicas pela manhã.

— Hoje é o dia, né? — Ele não precisava esclarecer que era o dia de seguir Lisa. Stella assentiu. — Temos que bolar um plano. Não podemos simplesmente correr atrás dela. Ela também conhece meu carro e vai nos identificar a quilômetros de distância.

— Café, primeiro; planejar, depois — Stella resmungou e Max riu.

— Tudo bem, eu vou descer e fazer um pouco de café e trago pra cá. Você vai tomar banho e despertar. Eu quero a simpática e articulada Stella de volta.

Depois de considerar, pelo menos, meia dúzia de situações possíveis, eles encontraram algumas falhas em cada uma. No final, Stella veio com algo muito simples, mesmo assim, pensou Max, muito possivelmente o mais eficaz. Eles fingiriam que tinham planos, beijando-se bastante para que Lisa recusasse se juntar a eles quando perguntassem, entrariam no carro e iriam embora. Eles estacionariam por perto, de modo que não fosse óbvio onde estavam, mas onde ainda pudessem ver a casa. Se Lisa pensasse que eles tinham saído, as chances eram de que ela seria muito menos cuidadosa e eles seriam capazes de segui-la facilmente, mantendo uma distância segura.

A primeira parte do plano funcionou como mágica; Lisa recusou-se a se juntar a eles depois de testemunhar vários beijos particularmente picantes. Eles estacionaram a menos de cem metros abaixo da rua, em uma fila de carros que os deixara invisíveis se você não estivesse particularmente à procura de uma BMW prata. Era hora do almoço no momento e, como Stella havia previsto, Lisa saiu de casa um pouco depois das 12:30. À espera de ela virar a esquina para a rua principal, Max ligou o motor e direcionou o carro atrás dela. Quando chegaram à rua principal, Lisa estava acabando de entrar em um táxi.

Perfeito. Eles se cumprimentaram com um "toca aqui", e Max seguiu o táxi a uma distância segura. Logo, o táxi parou no estacionamento do Centro Médico Giuseppe Mazzini.

— Que merda é essa? — Max murmurou enquanto acelerava e estacionava o carro, desligando o motor antes de Lisa poder vê-los quando saísse do táxi. Ela correu em direção à entrada principal, sem sequer olhar para trás.

— Que lugar é esse? — perguntou Stella, saindo do carro.

— É a melhor clínica particular na cidade. Que merda ela está fazendo aqui, Stella? — Max estava franzindo a testa, seriamente nervoso.

— Eu não tenho ideia. Como é que vamos descobrir? Aposto que não darão muitas informações na recepção.

— Vamos esperar. Ela vai sair mais cedo ou mais tarde. Então, nós a confrontaremos aqui até que ela conte tudo.

Max se inclinou sobre o capô do carro, cruzando os tornozelos. Stella foi até ele e se inclinou contra ele, suas costas em seu peito. Ele cruzou os braços sobre os dois e eles esperaram.

Em aproximadamente quinze minutos, Lisa reapareceu na porta principal. Ela não estava sozinha. Ela estava empurrando alguém em uma cadeira de rodas. Um homem. Max empurrou Stella suavemente para que ele pudesse dar uma olhada no homem.

— Meu Deus! — ele exclamou, entendimento inundando suas veias e drenando a cor de seu rosto.

— O quê? O que está acontecendo, Max? Quem é esse? — Seu pânico estava passando para Stella, porque o seu olhar era de fúria.

Max passou as mãos pelos cabelos, andando para lá e para cá, incapaz de responder à pergunta. Stella iria pirar; ela perderia controle no momento em que ele dissesse a ela. Mas como ele podia não contar? Lisa, alheia a tudo ao seu redor, empurrava a cadeira de rodas ao longo de um caminho pavimentado para o que parecia ser um lago à distância.

— Max, pare de andar e me diga que porra é essa e por que você está tão pálido? — ela exigiu.

Max parou e olhou diretamente nos olhos dela antes de falar.

— Esse é o Gino Batista. O homem que bateu em nosso carro.

Stella sentiu seu sangue congelar e calafrios quebraram em todo o seu corpo.

— O quê? — ela sussurrou.

— Você me ouviu. Esse é o canalha que avançou o sinal e bateu no nosso carro. Ele ficou paralítico após o acidente. Saiu nos jornais.

— Por que saiu nos jornais?

— Ele é filho de Gennaro Batista, um bilionário que é dono de metade de Gênova.

O cérebro de Stella se recusou a processar a informação. Ela sentiu-se mal.

— Por que ela está aqui, Max? Por que ela está levando esse maldito pedaço de merda para um passeio? — Stella sabia que estava ficando histérica, mas não conseguia evitar. Tudo o que ela sabia sobre sua prima estava indo por água abaixo, e ela não conhecia mais essa pessoa.

— Eu não sei, linda. Por favor, acalme-se. Eu tenho certeza de que há algum tipo de explicação...

— A menos que ela vá empurrá-lo de cabeça no lago, eu não quero ouvir outra explicação! Como ela pôde fazer isso, Max? Depois do que aconteceu? Como ela poderia ter qualquer compaixão por alguém que... — Stella perdeu o rumo quando um soluço escapou de sua garganta, e ela se apoiou em Max em busca de apoio.

Ácido inundou seu estômago e ela não conseguiu segurar o café da manhã por mais tempo. Fugindo dele tanto quanto podia, ela se abaixou e vomitou, todo o seu corpo em convulsão. Ela sentiu as mãos de Max puxando seu cabelo e acariciando suas costas, até que ela terminou. Em seguida, ele a levou de volta para o carro e deu-lhe um lenço e uma garrafa de água.

Eles saíram sem olhar para trás.

— Envie uma mensagem de texto para ela; diga-lhe que algo importante aconteceu e ela precisa voltar para casa — disse Stella, enquanto caminhavam para a casa. Ela não disse uma palavra no carro, tentando se acalmar, forçando alguns pensamentos racionais e pensando em como lidar com a situação.

Max pegou seu celular e fez o que ela disse. Imediatamente, ele recebeu uma resposta e a leu em voz alta.

Lisa **Por quê? Estão todos bem? O que aconteceu?**

— O que devo dizer a ela? — perguntou Max, enquanto lia o texto para Stella.

— Eu não sei, qualquer coisa. Apenas se certifique de que ela venha. — Stella foi para a cozinha e serviu-se de um enorme copo de limonada.

— Ela está vindo — disse Max quando se juntou a ela na cozinha. Ele provavelmente sentiu que Stella não precisava de ninguém dizendo a ela para relaxar ou tentar acalmá-la de qualquer maneira, porque ele manteve distância e sentou-se à mesa. Ele não perguntou qual era o seu plano, o que ela ia dizer ou fazer. Ele apenas ficou lá, um simples, mas forte, muro de suporte no qual Stella podia sempre apoiar-se, se precisasse.

Ficaram em silêncio, até que ouviram a porta da frente se abrir. Stella imediatamente ficou tensa, preparando-se para o confronto. Pensando que ela tinha sua raiva sob controle, entrou na sala de estar, encontrando Lisa no meio do caminho. No momento em que viu sua prima, porém, sua raiva veio à tona, sufocando-a.

— O que está acontecendo? Está todo mundo bem? — perguntou Lisa.

— Não, Lis, eu não estou bem — disse Stella com os dentes cerrados. Ela sentiu Max entrar na sala de estar, bem como, ficar de pé a uma distância segura, dando-lhes espaço.

— O que houve... Por que eu tive que correr de volta para cá?

— Eu sei que você preferia estar com o seu *namorado*, aquele que ficou bêbado, entrou em um carro, avançou um sinal vermelho e bateu em você. Lembra-se dele? — As palavras de Stella eram afiadas e gotejavam com traição e decepção. Lisa empalideceu em um flash. Ela perdeu o equilíbrio e teve que apoiar as costas na borda do sofá. Ninguém se moveu em direção a ela. Stella olhou para Max, que estava sentado no braço do outro sofá, de braços cruzados, franzindo a testa.

Num piscar de Olhos 269

— Como é que você descobriu? — A voz de Lisa era pouco mais que um sussurro.

— Será que isso importa? — Stella gritou. Lisa não respondeu. Ela agarrou a almofada do sofá e os nós dos dedos estavam brancos devido ao esforço, mas ela não se atreveu a olhar na direção de Stella. — Você não vai dizer nada?

— Eu posso explicar... — Lisa começou, com a voz trêmula.

— Ah, você pode? Estou muito interessada em saber por que *diabos* você está brincando de enfermeira com aquele canalha.

— Não é assim...

— Como você pode, Lisa? Como você pode ser tão hipócrita e ter compaixão por ele, quando sua vida foi dilacerada por alguém como ele? — Os olhos de Stella estavam atirando punhais em sua prima, mas ela não quis saber porque ainda não conseguia olhar para ela.

— Ele não é como aquele homem; é diferente...

— Como? Por que você não morreu? Bem, há sempre uma próxima vez!

— Não haverá uma próxima vez para ele - ele não fala, não anda e nunca vai dirigir um carro de novo. — Pela primeira vez, Lisa olhou Stella nos olhos, levantando a voz e parecendo determinada a defender sua posição.

— Bom! Estou feliz por algo de positivo sair desta situação! — Stella gritou e fechou os punhos ao seu lado. Ela estava vagamente consciente de que Max tinha deixado o seu lugar no sofá e se aproximado dela.

— Como você pode dizer isso? Ele está quase morto, e não há sequer um arranhão em nós! — Os olhos de Lisa se encheram de lágrimas, e a boca de Stella se abriu em choque.

— Você vai chorar por ele? É mesmo? O que há de errado com você? — Stella gritou e deu alguns passos na direção de Lisa, com a intenção de sacudi-la para sair de sua ilusão, quando Max a agarrou pelos braços e a puxou de volta. Ela não resistiu.

270   *Teodora Kostova*

— Estou apaixonada por ele! Isso é o que há de errado comigo! — Lisa gritou de volta, e as lágrimas escorreram pelo seu rosto. Stella deu um passo atrás nos braços de Max enquanto balançava a cabeça em negação. Ele a envolveu em seus braços quando ela começou a soluçar.

— Stella, por favor, eu vou te contar tudo; se acalme e me escute — disse Lisa e tentou se aproximar de sua prima.

— Não se atreva a chegar perto de mim! Você está louca: clinicamente insana! Como você pôde esquecer, Lis? Como você pôde esquecer o que ele fez com a gente? Como você pôde esquecer os três túmulos que ele deixou para trás? — Stella estava tremendo e chorando, e, se não fosse por Max, que a segurava, ela teria caído no chão.

— Gino não é *ele*! — Lisa gritou, ficando com raiva de si mesma.

Stella balançou a cabeça, incapaz de sequer começar a entender para onde sua prima estava indo. Ela se virou para Max e disse:

— Por favor, me tire daqui. Eu não suporto ficar perto dela nem um segundo a mais.

Sem hesitar, ele segurou a mão dela e a conduziu pela porta. Eles entraram no carro dele e deixaram marcas de pneu na calçada quando aceleraram indo embora.

Teodora Kostova

Capítulo Vinte e Seis

Max a levou para sua casa. Stella estava tão entorpecida que, embora ela estivesse vagamente consciente do que estava acontecendo ao seu redor, era incapaz de participar disso. Tudo o que ela queria fazer era adormecer e descobrir, quando acordasse, que tudo isso nunca aconteceu. Max a levou para o quarto dele, deitou-a na cama, puxou as cobertas sobre ela e beijou sua testa.

— Descanse um pouco. Eu já volto e prometo que vamos sair daqui por alguns dias. — Stella conseguiu assentir antes de seus olhos se fecharem e trancar o mundo real do lado de fora.

Quando ela acordou, Max estava deitado ao lado dela, apoiado no cotovelo, observando-a.

— Oi. Sentindo-se melhor? — ele perguntou.

— Eu não sei. Não sinto a necessidade de matar alguém, então, acho que é um bom sinal.

Max se aproximou um pouco mais e a beijou; depois, um grande sorriso insolente apareceu em seu rosto.

— O quê? — perguntou Stella, intrigada. Era incrível como um beijo suave e um sorriso de Max eram capazes de fazê-la se esquecer de todo o resto, fazendo toda a sua atenção estar focada unicamente nele.

— Vamos, levante-se, *tesoro*. Temos que ir — ele disse quando pulou da cama.

— Ir? Ir para onde?

— Você vai ver. Vamos, temos que sair agora, se quisermos estar lá antes de o sol se pôr.

— Você está estranho. Quanto tempo vamos ficar "lá"? — perguntou Stella, fazendo aspas no ar e levantando-se da cama.

— Eu adoro quando você faz isso com os dedos — disse Max, caminhando em sua direção e a envolvendo nos braços para um beijo rápido. Então, ele agarrou a mão dela e quase a arrastou para fora de seu quarto.

— Espera, você não respondeu a minha pergunta. Se vamos passar a noite fora, vou precisar de algumas coisas e eu realmente não quero voltar para...

— Eu já cuidei disso. Arrumei uma mala para alguns dias, para você; está no porta-malas — ele a interrompeu e sorriu.

— E o seu trabalho? E a tia Niki? Eu não posso simplesmente desaparecer. Eu tenho que dizer a ela...

— Cuidei de tudo isso também. Agora, pare de falar e de se preocupar e entre no carro.

Stella fez o que lhe foi dito. Uma vez no carro, ela relaxou e até sorriu.

— Você fica sexy quando é mandão — ela brincou com Max, enquanto ele sentava no banco do motorista.

Ele riu e girou a chave na ignição, tirando o carro da garagem e indo para a estrada.

— Eu tenho um pedido — disse Stella enquanto ele acelerava ao longo da rodovia, e ela olhava para fora da janela admirando o pitoresco campo italiano. Ela não tinha ideia de para onde estavam indo, porque Max se recusou dizer, e, francamente, ela não se importava. Quanto maior a distância colocada entre ela e Lisa, melhor ela se sentia.

— Qual seria, linda?

— Eu não quero falar sobre o que aconteceu hoje. Nada disto. Eu preciso de algum tempo antes que eu possa sequer começar a pensar sobre o assunto.

— Não se preocupe. — Ele apertou a mão dela sobre a marcha e eles dirigiram em um silêncio confortável pelo resto do caminho.

— Ok, estamos quase lá — disse Max quando parou o carro no acostamento. Stella olhou ao redor - eles ainda estavam no meio do nada: apenas estrada e muito verde ao seu redor. Ela deve ter parecido confusa, porque Max riu e disse:

— Nós estamos *quase* lá. Eu preciso fazer uma coisa antes de dirigirmos o resto do caminho. — Ele abriu o porta-luvas e tirou uma máscara de dormir de cetim preto. — Coloque isso.

— Quando eu disse que eu gostava quando você fica mandão, eu não tinha sadomasoquismo em mente.

Max revirou os olhos, mas não conseguia esconder o sorriso.

— Deixe-me reformular: coloque isso, por favor.

Suspirando, Stella colocou a máscara.

— Você consegue ver alguma coisa?

— Não.

— Bom.

Ele ligou o motor novamente e dirigiu por mais uns dez minutos antes de fazerem uma curva acentuada e reduzirem consideravelmente a velocidade. A estrada agora era bastante irregular e acidentada e Stella presumiu ser um tipo de estrada de terra. Ela tinha desistido de fazer mais perguntas, porque Max não cedia. Ele levou sua surpresa muito a sério e era completamente imune à sondagem dela para conseguir informações. Felizmente, eles não dirigiram nessa estrada por muito tempo, porque Stella já estava se sentindo um pouco enjoada. Logo, o carro parou e Max desligou o motor.

— Chegamos — ele sussurrou em seu ouvido, e Stella se sobressaltou.

— Eu odeio essa coisa — disse ela, apontando para a máscara.

— Talvez eu possa mudar sua opinião mais tarde — disse Max em voz baixa e sedutora e o coração de Stella disparou. Como ele conseguia fazer com que ela ficasse tão excitada com uma única frase? — Espere aqui. Vou abrir a porta para você.

Quando a porta se abriu, Stella instintivamente estendeu a mão e pegou a dele. Ele a guiou alguns passos, parou e tirou a máscara.

A visão na frente dela a deixou sem fôlego. Eles estavam no meio de um cartão postal! E não apenas qualquer cartão postal, mas um dos mais bonitos que você envia às pessoas que você realmente não gosta, para deixá-las com inveja de suas férias perfeitas.

Eles estavam em uma estrada no meio de um campo que era da cor verde mais surpreendente que Stella já tinha visto. Ao longe, havia colinas e uma floresta de pinheiros, e a tortuosa pista única da estrada na qual eles vinham conduzindo. No final da estrada, havia uma casa, ou melhor, uma casa de campo. Parecia muito grande mesmo de muito longe.

— Onde estamos?

— Toscana. — Max parecia tão satisfeito consigo mesmo e com o fato de que Stella estava sem palavras. — Vamos lá, vamos voltar para o carro. Eu só queria te mostrar a vista daqui.

— Para onde vamos *agora*?

Max apontou para a casa de campo em vez de responder. Stella deu uma última olhada ao redor, tentando gravar na memória esse cenário para sempre - o verde sem fim, o sol laranja que tinha acabado de beijar o alto das colinas à distância, o cheiro surpreendente de ar fresco, o sossego natural.

Eles estacionaram na garagem alguns minutos depois. Max pegou as malas do porta-malas e se dirigiu à porta da frente, puxando de seu bolso a chave. Stella saiu do carro e olhou em volta. O lugar era mágico! Havia árvores enormes que cercavam a região ao redor da casa, dando uma sensação de aconchego. Elas certamente não foram plantadas lá por privacidade, porque só havia campos ao redor deles e nada mais. Mas ainda assim, parecia meio acolhedor.

A casa não parecia nada de especial do lado de fora; era uma grande construção quadrada feita de pedras cinza. No entanto, tinha enormes janelas ao longo das paredes que pareciam bastante modernas, então, Stella estava curiosa para saber o que iria encontrar lá dentro.

Max abriu a porta e entrou, deixando-a aberta para ela. Quando ela atravessou a soleira, a boca de Stella abriu e ficou assim por um tempo. A casa era incrível por dentro. Eles haviam entrado em um grande espaço que era uma sala de estar, sala de jantar e cozinha em um todo. Era muito moderna, com piso de madeira, paredes rebocadas e as grandes janelas permitiam a entrada de muita luz. A sala de estar era composta por dois sofás, uma grande quantidade de pufes e uma poltrona de couro. Havia uma lareira a gás e uma televisão de tela plana em cima dela. A cozinha era compacta e separada da área de estar por um bar e quatro bancos. Do outro lado, havia uma grande mesa de jantar com oito cadeiras.

A decoração era minimalista, mas confortável. No entanto, Stella não conseguia encontrar toques pessoais em qualquer lugar – nada de fotos, revistas ou livros espalhados, nada em cima dos balcões da cozinha. Ela parecia muito limpa e livre de bagunça.

— Que casa é essa? — ela perguntou a Max, quando ele deixou as malas no chão e passou para abrir as portas de vidro que davam para o jardim de trás.

— É do Beppe. — Isso foi tudo que ele disse, enquanto abria as portas. Toda a parede dianteira que dava para o jardim desapareceu quando Max deslizou todos os seis painéis de vidro para o lado. Stella se juntou a ele, incapaz de resistir à tentação de olhar para fora por mais tempo. Ela saiu para um pátio de pedra. Um gramado verde exuberante propagava-se além dele até as árvores circundando o jardim. À sua esquerda viu uma piscina oval, com um recanto bem próximo a ela. Olhando mais de perto, ela percebeu que não era apenas um recanto - havia uma banheira jacuzzi no interior. Levantando uma sobrancelha para Max, que estava observando a reação dela, Stella apontou para a jacuzzi.

— Como eu disse, é de Beppe — reafirmou Max, e sorriu.

— Por que ele não mora aqui, então?

Num piscar de Olhos   277

— Você consegue imaginar o Beppe vivendo no meio do nada em tempo integral? Ele ficaria louco em dois dias, no máximo.

— Então, por que ele comprou? — Stella odiava se intrometer, mas parecia estranho comprar uma casa tão grande, em plena Toscana, e não viver nela.

— Ele não comprou. Seu avô deixou para ele — Max respondeu sua pergunta, mas era óbvio pelo seu tom de voz e postura rígida que não queria falar mais. Stella deixou pra lá. Por que isso importa, afinal? Eles estavam com esta casa bonita toda para eles; todo o resto era irrelevante.

— Por quanto tempo podemos ficar? — ela perguntou.

— O tempo que você quiser. Liguei para Antonio antes de sairmos e ele deve ter abastecido a geladeira para nós. Vai durar, pelo menos, alguns dias. Mas podemos sempre ir até a cidade e comprar mais comida, ou qualquer outra coisa que precisarmos. — Max se moveu para trás dela e a abraçou pela cintura, apoiando o queixo no alto de sua cabeça.

— E o seu trabalho? Quando é que você tem que estar de volta?

— Não se preocupe com isso, linda; nós ficaremos o tempo que quisermos. Ponto final. — Ele beijou o lado de seu pescoço e apertou os braços com mais força ao redor dela.

— Quem é Antônio?

— Ele e a esposa, Cristina, são os caseiros.

— Você quer dizer que não estamos sozinhos aqui? — Stella não conseguia esconder a decepção em sua voz. Max riu.

— Estamos. Eles vivem em outra casa, ao lado do vinhedo.

— Outra casa? Vinhedo? Quão grande é esta propriedade, exatamente?

— Enorme. Amanhã, se você quiser, te levo para ver como eles fazem vinho. Eles adorariam te conhecer.

— Será que eles têm uma daquelas enormes banheiras cheias de uvas que você pode amassar com os pés? — Os olhos de Stella se iluminaram com entusiasmo. Ela sempre quis fazer isso, desde que tinha visto em um filme uma vez. Parecia uma experiência extraordinária.

Max riu novamente.

— Eles têm. Eles mantêm uma para entretenimento, eu acho, já que ninguém mais usa esse método para fazer vinho. Mas é muito cedo para colher as uvas; eles geralmente começam em meados de agosto. — Ele deu uma bitoca no lado de seu pescoço novamente. — Podemos voltar em agosto, se quiser.

— Eu adoraria.

Stella virou a cabeça para encará-lo e não conseguiu esconder seu sorriso encantado. Grata a Max por ele ter tido todo este trabalho de desmarcar sua agenda e levá-la para longe de seus problemas, Stella beijou sua bochecha ternamente e sussurrou:

— Obrigada. — Ele assentiu com a cabeça, aceitando a sua gratidão e, puxando a mão dela, levou-a para dentro.

— Está com fome? — perguntou.

— Estou.

— Bom, porque eu estou morrendo de fome. Deixe-me ver o que posso fazer. — Ele abriu a geladeira e começou a tirar algumas coisas. — Se você quiser, pode ir lá para cima e desfazer as malas, tomar um banho ou algo assim. Vou fazer alguma coisa para comer nesse meio tempo.

Como era mesmo possível existir um homem tão maravilhoso? Ele era atencioso, generoso, carinhoso, apaixonado, incrivelmente sexy e carismático - e cozinhava! Stella ainda tinha que encontrar uma falha nele.

— Você está me encarando de novo — disse ele, abrindo um sorriso malicioso e sobressaltando Stella de seus pensamentos. — Eu daria qualquer coisa para saber o que trouxe essa expressão sonhadora em seu rosto.

— Você — ela disse, seu sorriso desaparecendo de forma inesperada e seu rosto ficando sério. Sentindo a mudança, Max diminuiu a distância entre eles em poucos passos largos e esmagou sua boca na dela. Stella respondeu imediatamente, abrindo os lábios para ele e permitindo-lhe acesso completo à sua boca, língua e alma. Ele agarrou seu cabelo na parte de trás de seu pescoço, puxando-o para trás e expondo sua garganta e seu queixo para ele explorar com

Num piscar de Olhos   279

beijos famintos. Havia algo de desesperado, animalesco, na maneira como ele reagiu à sua admissão de uma única palavra. Stella abriu os olhos, tentando recuperar os sentidos e viu Max arrastando sua língua ao longo de seu pescoço, olhando para ela. Seus olhos castanhos estavam desfocados, ansiosos e nublados com a necessidade. Havia algo de muito mais profundo acontecendo por trás deles, mas Stella estava exausta e com muito medo, para entrar nisso agora.

— Max... — ela disse, sua voz saindo rouca. Ele moveu os lábios de volta para os dela e abrandou, beijando-a com ternura, tentando recuperar o controle. Suas mãos se moveram para o lado de seu rosto, envolvendo-o enquanto ele pressionava sua testa na dela, respirando pesadamente. Stella apertou a mão em seu peito e sentiu seu coração batendo em um ritmo frenético.

— Desculpe — disse ele em voz baixa, ainda sem largá-la.

— Não se desculpe. — Stella moveu a mão de seu peito para seu rosto, escovando-o com os dedos.

— Eu sei que nós viemos aqui para você relaxar e tirar os problemas da cabeça e a última coisa que você precisa é de mim em cima de você assim, mas é que eu não consigo me controlar perto de você. Especialmente quando você começa a ficar toda sonhadora e sexy e pensando em mim.

— Isso não vai acontecer de novo — disse Stella, e o olhar horrorizado nos olhos de Max a fez rir. — Eu estou brincando! Eu não poderia evitar, mesmo que eu quisesse. Desde que eu te vi naquele dia na praia, você é tudo o que eu penso.

Max deu um passo para trás e sorriu, com os olhos brilhando de alegria. — Eu também. Você ainda tem aquele vestido amarelo que usou naquele dia? Eu adoraria tirá-lo de você.

— Espera, você se lembra de mim? — Stella sempre pensou que Max não tinha prestado atenção nela naquele dia e que ele só se lembrava do seu primeiro encontro "oficial" na praia no dia seguinte, quando ela tinha machucado o pé.

— Claro que lembro. Você olhou para mim de boca aberta por um longo tempo, linda.

— Ei! — Stella bateu na parte superior de seu braço de brincadeira. — Você estava saindo do mar em câmera lenta, todo lindo, bronzeado e molhado. O que eu deveria fazer?

— Eu tenho certeza de que estava me movendo em uma velocidade normal.

— Não foi como eu vi. — Ela piscou e ele sorriu. — E, além disso, deve haver uma tonelada de outras mulheres olhando para você o tempo todo. Eu pensei que você estava acostumado.

— Nem todas as mulheres que olham para mim têm pernas magras e longas, cabelos incríveis cor de caramelo, pele pálida perfeita e parecem incrivelmente bonitas em um vestido amarelo curto. — Enquanto falava, Max se aproximou dela novamente, enfatizando cada palavra arrastando seus olhos ao longo do corpo de Stella.

— Quando eu vi você no dia seguinte sozinha na praia, eu não podia acreditar na minha sorte. Quando machucou o pé, eu tive a oportunidade de bancar o seu herói. Cuidar de você — disse ele, e se moveu para ainda mais perto. Stella podia sentir sua respiração em seus lábios e seu coração acelerou novamente. — Eu fui um idiota não te convidando para sair naquele dia, mas não parecia certo enfaixar seu pé e dar em cima de você, nos mesmos cinco minutos. Quando te vi na casa de Lisa, eu sabia que havia uma razão pela qual você continuava aparecendo em minha vida.

Ele roçou os lábios nos dela e Stella ficou hipnotizada por suas palavras, sua boca, a maneira como ele olhou para ela. Ela ficou congelada no lugar, incapaz de se afastar. Recusando-se a se afastar. — Eu acho que é uma boa ideia você ir desfazer as malas, porque se você ficar aqui, eu não posso prometer que vou resistir a jogá-la por cima do meu ombro e levá-la para o quarto. — Ele beijou a pele sob sua orelha e ela estremeceu.

Certo. Mover. Desfazer as malas. Banho. Definitivamente banho.

— Onde é o quarto? — ela perguntou sem fôlego.

— Lá em cima, segunda porta à sua esquerda. — Max sorriu e, dando-lhe um último beijinho na bochecha, voltou a fazer o jantar.

— Max, esta é a segunda refeição incrível que você cozinha para mim. Eu não acredito que você não seja um chef, assim como Gia. Você tem muitas habilidades especiais.

Ele tinha feito lasanha, pão de alho assado fresquinho e uma enorme salada com o mais saboroso tempero que Stella já tinha provado.

— Eu considerei isso por um tempo. Meu pai era chef, e tanto Gia quanto eu adorávamos vê-lo cozinhar. Acho que depois que ele morreu, eu não conseguiria fazer algo que me fizesse lembrar dele todos os dias. — Toda vez que Max falava de seu pai, uma sombra inconfundível de tristeza aparecia em seu rosto. Stella sabia que jamais sumiria, não importava quanto tempo passasse. — Gia, por outro lado, estava mais determinada do que nunca a ser chef. Ela tinha dezessete anos quando ele morreu e prestes a entrar na faculdade. Todos os seus esforços foram para tirar boas notas e ser aceita no Instituto de Artes Culinárias. Acho que todo mundo lida com a dor de forma diferente - eu queria esquecer, enquanto tudo o que ela queria fazer era se lembrar dele.

Stella poderia absolutamente entender isso e, pela primeira vez desde que seu pai e seu irmão morreram, ela se sentiu pronta para falar sobre isso com alguém além de sua mãe.

— Você está certo, todo mundo fica de luto à sua maneira. Após o acidente, Niki levou Lisa embora, deixando cada coisa que lembrava seu marido para trás, inclusive eu e minha mãe. Mamãe, porém, sentiu que precisava se lembrar de seu filho e marido todos os dias e se recusou a se mudar. Mas, no final, não importa onde você mora ou o que faz. Você se lembra das pessoas que perdeu, a cada dia, quer queira ou não. Eu acho que tudo o que podemos fazer é continuar com as nossas vidas da melhor maneira possível e chegar a um acordo com o fato de que, embora nós nunca iremos esquecê-los, eles nunca voltarão.

Max assentiu, mas se manteve em silêncio, como se processasse as palavras de Stella. Eles terminaram a lasanha em silêncio e, mesmo que ele não estivesse desconfortável, Stella sentiu Max se fechar. Ele tinha uma tendência a fazer isso às vezes - pensar tão duramente sobre algo que todos os seus outros sentidos se desligavam. Agora Stella precisava dele *aqui*, não se fechando, e a vibração distante que ele estava projetando era insuportável.

— Então, me fale mais sobre esta casa. Quando Beppe a reformou? Tudo parece novo aqui. — Max tomou um gole de sua bebida, tentando concentrar todos os seus pensamentos no presente antes de falar.

— Há uns três anos. Ele contratou empreiteiras para reformá-la, mas ele esteve aqui na casa, quase todos os dias. Eu acompanhei e fiquei fascinado. Fiz tantas perguntas e queria estar envolvido em tudo o que estava acontecendo, que eu deixava todo mundo louco. Em um determinado momento, o arquiteto ameaçou ir embora se eu não me afastasse. — Stella riu porque ela poderia perfeitamente imaginar Max fazendo isso. Ela sabia por experiência própria o quão determinado ele era quando decidia que queria algo, e ele ia tentar de tudo até que conseguisse.

— Meu palpite é que você não o deixou em paz, né?

— Nem pensar — ele disse e sorriu, parecendo muito contente para que ela soubesse como ele tinha reagido. — Acionei o meu charme e ele comeu nas minhas mãos pelas próximas três semanas.

— Às vezes, eu acho que você não tem nenhuma ideia do que a palavra "não" significa.

— Ah, eu sei o que significa. Só nao gosto dela — ele dissc c piscou para ela.

— Foi por isso que você decidiu que queria seguir essa carreira? — perguntou Stella, levando a conversa de volta aos trilhos.

— Sempre fui interessado em prédios, eu acho. Mas sim, esse foi o momento em que percebi que não queria construir novos. Eu prefiro salvar os negligenciados. Na Itália, há tantas casas antigas incríveis, deixadas para apodrecer no tempo. Muitas pessoas não querem assumir esses projetos, porque são difíceis - a maioria dessas casas são construções tombadas e há uma série de questões burocráticas, muitas licenças para solicitar. Pelo lado positivo, elas são muito baratas para comprar e, geralmente, vêm com um monte de terra.

O coração de Stella inchou enquanto Max falava. A necessidade de ajudar e proteger estava profundamente enraizada em seu DNA. Se ele quisesse

Num piscar de Olhos   283

fazer uma carreira no segmento imobiliário, seria muito mais fácil construir novas casas a partir do zero. Mas não, ele tinha que salvar as antigas, dar nova vida a elas. Fazê-las felizes.

— Eu posso te mostrar, se você quiser. — Stella percebeu que Max ainda estava falando e ela não tinha ouvido uma palavra nos últimos dois minutos.

— Desculpe, o quê? — ela perguntou, trazendo toda a sua atenção de volta para ele novamente.

— Aonde você foi? Você parecia toda sonhadora por um momento. Você tem que parar de pensar em mim o tempo todo — ele brincou com um sorriso encantador.

— Farei o meu melhor.

— Então, eu estava perguntando se você queria que eu te mostrasse algumas das casas nas quais estou de olho. Elas não são muito longe; a maioria delas fica aqui na Toscana.

— Claro, eu adoraria. Amanhã?

Capítulo Vinte e Sete

No momento em que eles terminaram a refeição e limparam a cozinha, já era meia-noite. A exaustão bateu em Stella tão forte que ela mal conseguia arrastar os pés escada acima. Felizmente, ela já tinha tomado banho antes do jantar, por isso, tudo o que tinha que fazer agora era tirar a roupa e subir na cama.

— Eu vou tomar um banho rápido antes de me juntar a você — Max sussurrou em seu ouvido quando Stella já estava quase dormindo. Ela conseguiu acenar com a cabeça e a última coisa que ouviu foi o chuveiro sendo ligado no banheiro.

Algum tempo depois, Stella acordou, desorientada. Por um momento, ela não tinha ideia de onde estava. Seu ritmo cardíaco acelerou e sua respiração tornou-se superficial. Tudo o que podia sentir era o corpo quente de Max atrás dela, sua perna cruzada sobre a dela, seus braços abraçando-a perto dele. Ela se acalmou imediatamente, lembrando-se de todos os eventos do dia e percebendo que ainda era madrugada.

— Volte a dormir, querida — ele murmurou, sua respiração formigando em sua nuca. Ela sorriu e, suspirando satisfeita, fechou os olhos e obedeceu.

O dia seguinte foi um dos dias mais maravilhosos da vida de Stella. Ela não conseguia se lembrar da última vez que se sentiu tão despreocupada e feliz. Depois de fazer café da manhã para ela, Max a levou em uma viagem para mostrar-lhe algumas casas.

A Toscana chegava tão perto do paraíso na Terra como Stella poderia imaginar. Ela não conseguia parar de olhar pela janela e memorizar a paisagem. Londres pareceria tão claustrofóbica quando ela chegasse em casa depois disso.

A primeira casa que viram estava tão degradada que Stella se perguntou como ela ainda não tinha desmoronado. Era um grande retângulo de três andares, com enormes buracos no telhado e faltando partes da parede. A terra ao redor dela estava negligenciada e com uma necessidade desesperada de ternura, amor e cuidado.

Max olhava para ela com tanta paixão e esperança, que, se Stella não soubesse o que ele estava olhando, ela teria pensado que eles estavam de pé na frente da mansão Playboy.

— O que você acha, linda? — Ele sorriu para ela, tomando-lhe a mão e a levando para mais perto de casa.

— É... eu acho que é... velha. E mal fica de pé.

Max riu, moveu-se e a abraçou por trás, colocando sua boca ao lado de seu ouvido antes de falar.

— Feche os olhos — disse ele, em voz baixa, roçando seus lábios em seu ouvido. Ela fechou. — Agora, imagine que não há buracos no telhado e ele está coberto de novíssimas telhas vermelhas. Imagine fumaça saindo da chaminé. Imagine molduras em madeira escura e janelas enormes. Uma porta sólida de madeira escura. Imagine cortinas sobre as janelas. — Stella sorriu, mantendo os olhos fechados e visualizando o que Max dizia a ela. Ela começou a tomar forma em sua mente e realmente gostou do que viu. — Agora, vamos entrar. Você vê o piso de madeira? Sente o aquecimento debaixo dele? Olhe para a direita - você vê a lareira original, completamente restaurada? Sente o calor das chamas dela? — O timbre da voz de Max tinha ficado baixo e rouco. Seu hálito quente em seu ouvido estava deixando Stella louca. Ela não estava pensando sobre a casa mais; ela imaginou-os sentados no chão em frente à lareira, beijando-se, puxando as roupas um do outro. Um gemido escapou de seus lábios involuntariamente e os braços de Max apertaram ao redor dela. — Stella? Você ainda está imaginando a casa? — Ele beijou seu pescoço abaixo do ouvido, espalhando seus pensamentos além de quaisquer imagens da casa. — Eu nem descrevi os outros cômodos ainda. Especialmente o quarto principal. Tenho grandes planos para esse. — Stella o sentiu sorrir contra sua pele. Virando-se para encará-lo, ela abriu os olhos e disse:

— Eu a quero. — Max jogou a cabeça para trás e riu.

— Pensei que você tinha dito que era velha e mal ficava de pé.

— Bem, você pode ser muito persuasivo. — Ele baixou a cabeça e beijou-a.

— Isso é o que eu quero, minha linda. Quero uma casa como esta, cercada por minha terra, com pomar, vinha, horta e dois cães. Quero restaurar quantas casas como esta eu puder, dar-lhes a vida que elas merecem. — A paixão nos olhos dele era contagiante e Stella sentiu seus lábios se espalhando em um enorme sorriso. A vida que Max queria para si era incrível, e, conhecendo-o, ela tinha certeza de que um dia ele conseguiria tudo o que sonhava.

Stella queria dizer a ele tudo isso, mas por trás de seu sorriso havia uma pontada de tristeza. Por um momento, ela tinha se imaginado nesse cenário futuro com Max, mas depois ela teve que se sacudir mentalmente e lembrar-se de que seu futuro era muito incerto - e não incluía Max. Com medo de que, se ela falasse, ele poderia sentir isso, ela só o beijou, tentando empurrar a tristeza para longe antes que ele percebesse.

— Venha, vamos lá. Temos mais algumas casas para ver — disse ele quando seus lábios se separaram.

As outras três casas que viram não estavam em melhores condições, mas Stella olhava para elas com a mente aberta. Ela não via mais as ruínas de uma construção de tijolos; ela via uma casa cheia de vida e possibilidades.

Já havia passado a hora do almoço quando terminaram a viagem e a barriga de Stella roncou para lembrá-la de que não tinha comido nada desde o café da manhã. Max olhou para ela e sorriu, parando o carro. Ele pegou dois sacos de papel do porta-malas e deu um para Stella, fazendo um gesto para que ela o seguisse. Sentaram-se na grama, a poucos metros de distância da estrada, e comeram os sanduíches que Max tinha feito para eles.

— Isso é apenas para reduzir a fome. Eu tenho planos para fazer algo especial para o jantar hoje à noite.

Claro que ele tinha. Como posso ter tanta sorte e um destino tão cruel, tudo ao mesmo tempo?

O jantar foi realmente especial. Max fez costelas de cordeiro com um molho mágico, cujos ingredientes ele se recusou a revelar. Stella não costumava comer cordeiro, mas a forma como Max tinha preparado fez seu paladar pular de alegria e implorar por mais. A noite estava linda e quente, e Max sugeriu que comessem a sobremesa na jacuzzi do lado de fora. Stella correu para cima para colocar seu biquíni, enquanto Max cortava frutas em pedaços e as colocava em uma tigela grande.

Ele alimentou-a com morangos, melão e pêssego, e beijou-a após cada mordida. Em algum momento, ele tinha conseguido remover seu biquíni e descartá-lo na borda da jacuzzi sem Stella sequer perceber. Não que ela tenha reclamado.

Ele deslizava seus dedos ao longo das costas dela enquanto ela estava sentava no colo dele e, literalmente, comendo em sua mão.

— O que a sua tatuagem significa? — Ele perguntou, quando traçou os símbolos em suas costas.

— Amor, sonhos e sorte.

Max levantou uma sobrancelha, esperando algum esclarecimento.

— Essas são as três coisas que eu acho que ninguém pode viver sem. Você tem que amar algo ou alguém; não importa se é romântico ou não, mas se você não tem nada que ame em sua vida, então, você está perdido. Danificado. Quebrado. — Stella suspirou e fez uma pausa antes de falar novamente. — Você precisa ter um sonho, caso contrário, o que te fará seguir em frente? Sem um sonho, é como se você estivesse andando constantemente em um túnel escuro e sem luz no final dele. E você precisa de sorte, é claro, porque sem ela as coisas não dão certo, por mais que você tente.

Max a olhava enquanto ela falava, as sobrancelhas levemente franzidas sobre seu olhar impressionado.

— Você tem razão. Eu nunca pensei sobre isso antes, mas você está certa — ele disse e alimentou Stella com um morango. Quando ela mordeu a fruta madura, um pouco de suco escorreu em seu queixo e, instantaneamente, os olhos de Max ficaram vidrados enquanto abaixava a cabeça e a lambia.

— Sabe, eu acho que há uma última coisa para adicionar à sua lista, apesar disso. Algo tão importante quanto os outros três — ele murmurou contra seus lábios.

— O quê?

— Esperança.

Mais tarde naquela noite, enquanto estavam deitados na cama nos braços um do outro, Max suspirou e disse:

— Você lembra daquela noite no carro depois que tínhamos trabalhado no bar juntos, quando eu te contei sobre o meu colapso depois que meu pai morreu? — perguntou Max, roçando os nós dos dedos sobre o braço de Stella distraidamente.

— Claro.

— Eu contei que o que me fez buscar ajuda foi bater em um cara até que ele estivesse em coma. Isso foi uma parte da verdade. Houve algo mais que me fez perceber que pedaço inútil de merda eu havia me tornado. Beppe sempre foi o meu melhor amigo desde que me lembro. Ele, Gia e eu éramos inseparáveis. Ele se agarrou a nós para salvar sua vida. Ele ficava tanto em nossa casa que nossos pais começaram a tratá-lo como se fosse da família.

— Por quê? Onde estavam os pais dele?

— O pai dele era muito violento. Ele culpou Beppe e sua mãe por arruinarem sua vida, quando foi o contrário. Os pais de sua mãe a deserdaram quando se casou com o pai dele. Eles odiavam o cara, e com razão. Ela estava grávida e cega de amor, e não podia ver o filho da puta que ele era até que fosse tarde demais. Quando meu pai morreu e eu comecei a ficar descontrolado, Beppe tentou estar ao meu lado, mesmo que ele tivesse um monte de problemas. Gia se afastou de nós dois e do mundo. Efetivamente, eu perdi minha irmã quando perdi meu pai. Comecei a odiar Beppe e sua irritação constante. Eu pensava que ele não sabia o que eu estava passando, que ele não tinha o direito de me dizer o que fazer ou o que eu precisava. Ele ficou do meu lado, mesmo eu sendo um idiota com ele. Se não fosse por ele, eu teria acabado muito pior do que realmente foi.

— Poucos dias antes de eu quase matar o cara, Beppe foi internado no hospital. O pai dele bateu tanto nele que pensou que o tinha matado. Ele foi tão covarde, que pegou uma faca e matou a esposa e depois se matou.

A mão de Stella voou para a boca. Ela ficou sem palavras, porque um caroço enorme tinha se formado em sua garganta. Max abraçou-a um pouco mais antes de continuar.

— Eu descobri sobre ele por um noticiário de TV. Eu estava tão absorto na minha vida de merda que deixei o meu melhor amigo sozinho e desamparado. Eu não conseguia sequer me obrigar a visitá-lo no hospital. Naquela noite, fiquei bêbado e queria morrer. Eu me senti tão inútil. Nem me lembro como a briga com esse cara começou, eu só sabia que derramei todo o meu desespero, dor, autopiedade e raiva nele.

A voz de Max tremeu e ele fez uma pausa para se recompor.

— Max, você não tem que me contar isso. — Stella sabia que falar sobre isso o fazia reviver tudo e ela não queria vê-lo com tanta dor.

— Não, eu preciso. Tenho um motivo para falar nisso, eu juro, apenas me ouça. O dia em que visitei o cara no hospital, eu reuni coragem para visitar Beppe também. Ele estava fora da UTI e fazendo um bom progresso em sua recuperação. Quando me viu, a dor em seus olhos quase me matou. Ele não estava com raiva de mim; ele estava mais do que ferido. E não apenas por aquilo que tinha acontecido com ele, mas também, como mais tarde percebi, pela minha aparência. Ele viu através de mim, e sabia que eu tinha chegado ao ponto em que ou eu me consertava ou não haveria como voltar atrás. Ele não disse nada para mim no momento; apenas me olhou. Ele sabia que não estava em condições de me ajudar, nem fisicamente nem mentalmente. Eu não aguentei mais e fui embora.

— A próxima vez que eu o vi foi dois anos depois. Depois de melhorar, ele foi morar com o avô - pai de sua mãe - aqui na Toscana. Ele era a única família que Beppe tinha e, já que tinha dezessete anos, ele precisava de um tutor. Ele não voltou para Gênova quando completou dezoito anos, porque o avô precisava dele aqui. Ele voltou um ano mais tarde, depois que seu avô decidiu vender tudo o que possuía, exceto esta propriedade, e se mudar para a Sicília - de onde ele veio originalmente - para se aposentar. Ele deu a maior parte do dinheiro para Beppe e o fez prometer que viveria sua vida, faria algo para si mesmo, encontraria um sonho, um objetivo.

— Quando Beppe voltou, era como se ele nunca tivesse ido embora. No momento em que o vi, senti a mesma conexão que costumávamos ter antes. Ele me perdoou sem pensar duas vezes, embora eu não merecesse.

Max parou novamente, dominado pela emoção de falar sobre o seu passado e o de Beppe, e do amor que sentia por seu amigo.

— Eu acho que o que estou tentando dizer - e sei que prometi não falar sobre isso enquanto estivéssemos aqui, mas só vou dizer isto e não toco mais no assunto - é que você tem que falar com Lisa, deixá-la se explicar e encontrar força em seu coração para perdoá-la. Ela é sua melhor amiga; vocês compartilham tantas coisas. Jogar fora uma conexão assim por causa dos sentimentos que ela tem por Gino, e tenho certeza de que ela deve ter lutado contra, mas apenas não conseguiu evitar, seria imperdoável. Eu sei que você vai se arrepender se não se permitir uma chance de entendimento. E perdoar. Você conhece Lisa, e sabe que ela nunca faria nada sem uma boa razão. Você sabe o quão grande o coração dela é. — Max puxou o dedo sob o queixo de Stella, inclinando-o para cima para olhar em seus olhos. Ela não resistiu. Seus olhos estavam nublados com lágrimas ameaçando derramar a qualquer momento. — Prometa-me que vai tentar, Stella.

Balançando a cabeça, ela fechou os olhos e lágrimas escorreram pelo seu rosto.

Eles ficaram na casa de Beppe por mais um dia. Stella já tinha decidido que ia conversar com Lisa e tentar de tudo para perdoá-la, não só porque ela tinha prometido a Max, mas porque ele estava certo sobre tudo. Elas tinham uma conexão muito especial que não podiam simplesmente jogar fora porque uma não estava de acordo com as decisões da outra. Lisa era uma pessoa muito responsável; ela nunca faria qualquer coisa sem considerar as consequências, e, se ela sentia que cuidar daquele cara, Gino, era a coisa certa a fazer, então, talvez fosse. Talvez ela precisasse de ajuda e aconselhamento. Stella tinha certeza de que sua prima não tinha compartilhado seu segredo com ninguém e o estava carregando esse tempo todo, como um fardo enorme, tudo por conta própria.

Stella precisava de mais um dia longe da realidade, apesar disso. Ela gostou de ficar sozinha com Max no meio do nada. Ele cuidou muito bem dela; mimou-a com comida maravilhosa e a fez rir. Se pudesse, Stella teria ficado aqui com ele para sempre.

Capítulo Vinte e Oito

Max queria entrar com Stella depois de estacionar o carro na entrada da garagem, mas ela insistiu em entrar sozinha. Isso era entre ela e Lisa, e tanto quanto apreciava o apoio de Max, ela precisava ser madura e enfrentar sua prima. Sozinha.

Ele foi embora, fazendo-a prometer que ligaria logo depois que elas terminassem de conversar.

Dentro de casa, Lisa estava sentada no sofá, à espera de Stella. Ela tinha enviado uma mensagem antes de saírem da casa de Beppe e sabia que sua prima estaria esperando por ela.

— Oi — disse ela, levantando-se com ansiedade, a incerteza sombreando seus, normalmente brilhantes, olhos verdes.

— Oi — Stella respondeu, deixando sua bolsa no chão e caminhou até o outro sofá. Lisa sentou, com as mãos remexendo em seu colo. Ela estava nervosa, o que não era um bom sinal. Se ela tivesse certeza de que Stella entenderia seu raciocínio, ela não estaria tão nervosa. — Então, fale. Estou pronta para ouvir com a mente aberta o que você tem a dizer, Lis.

Pigarreando, Lisa começou, mas incapaz de encarar Stella.

— Eu conheci Gino algumas semanas antes do acidente. Ele entrou na galeria querendo comprar uma pintura muito específica. Claro que eu sabia quem ele era; sua foto era constantemente espalhada por todas as revistas de fofocas. Eu tinha a minha opinião formada sobre ele com base no que eu li, e acho que provavelmente quase nem olhei pra ele. Ele pode até ser filho de um bilionário, mas, aos meus olhos, ele não passava de um playboy mimado super privilegiado. Ele captou a minha opinião sobre ele quase que de imediato e não pareceu satisfeito. Mas ele conhecia muito sobre arte e ficou realmente apaixonado por ela, de modo que, quando começamos a falar sobre pinturas, senti que talvez eu estivesse sendo muito dura no meu julgamento. Não era justo formar uma opinião sobre ele com base unicamente em fofocas. Eu nunca o conheci antes.

Num piscar de Olhos 293

— De qualquer forma, ele comprou a pintura que estava procurando e foi embora. Na semana seguinte, ele voltou, mas eu estava de folga naquele dia. Ele perguntou por mim especificamente e recusou a ajuda de outra pessoa, então o proprietário da galeria me ligou e implorou para que eu fosse lá e lidasse com ele. Eu fui, e vendi-lhe outra pintura. Antes de ir embora, ele me convidou para sair, para um drinque. Eu realmente não queria ir, mas senti que meu chefe poderia ficar chateado se não fosse, afinal, Gino era um ótimo cliente a ganhar para uma galeria relativamente pequena. Então, saímos naquela noite e eu me diverti muito. Em particular, Gino não era nada como as revistas o faziam parecer. Senti uma conexão estranha entre nós que eu não consigo explicar.

— Quando me deixou em casa, ele me beijou. Senti como se eu tivesse sido atingida por um raio. Nunca, nunca mesmo eu tinha sentido uma emoção tão intensa com um beijo. Quando ele se afastou, percebi que ele tinha sentido algo semelhante também. Estava nos olhos dele.

Lisa parou e afastou uma lágrima de seu rosto. Em circunstâncias normais, Stella teria sentado ao lado dela e a abraçado, oferecendo o máximo de apoio que precisasse. Não agora, apesar disso. Lisa tinha que terminar a história antes de Stella decidir se ela merecia algum consolo.

— Ele não me ligou depois disso. Eu o vi no dia do acidente com uma morena agarrada nos braços dele; eles estavam andando pelo centro comercial, parecendo felizes e íntimos juntos. Quando passei por eles... ele me viu. Olhou diretamente para mim, havia arrependimento e sofrimento em seu rosto. Eu não podia lidar com isso. Estava muito magoada e envergonhada para falar com ele. Então, passei por eles como se não o conhecesse.

— Naquela mesma noite, ele bateu com o carro e ficou em coma por vários dias. Não sei por que fui vê-lo no hospital. Acho que eu precisava de algum tipo de encerramento. Ele parecia tão vulnerável e frágil na cama, com todas aquelas máquinas conectadas a ele. Sentei-me ao lado dele e senti que a única maneira de que eu alguma vez seria capaz de seguir em frente era perdoá-lo pelo que ele fez, e, através dele, perdoar o homem que matou o meu pai. — Outra lágrima escapou dos olhos de Lisa e Stella sentiu o familiar filete quente pelo seu rosto também. — Eu contei a história da minha vida, pensando que ele não podia me ouvir. No final, eu disse que o perdoava e me virei para ir embora. Não sei por que, mas senti a necessidade inexplicável de fazer uma pausa na porta e olhar para ele uma última vez. — Lisa levantou os olhos para Stella, pela primeira vez desde que tinha começado a falar. A angústia neles apertou o coração de Stella. — Eu vi uma lágrima deslizar pelo canto do olho dele. Ele ouviu tudo o que eu tinha dito.

Lisa não podia continuar falando porque um enorme soluço escapou de sua boca. Stella saltou de onde estava sentada e sentou-se ao lado de sua prima, envolvendo-a nos braços e oferecendo o conforto que ela tanto precisava. Após se acalmar um pouco, Lisa continuou:

— Ele machucou a coluna no acidente, mas foi operado e foi dado sinal verde para começar a fisioterapia depois que ele saiu do coma. Ele recusou. Ele não quer falar, andar, fazer qualquer coisa. Fui visitá-lo mais algumas vezes, me sentindo responsável; ele poderia estar deprimido por minha causa, em razão do que eu disse. Notei que, pouco a pouco, os balões, cartões e flores em seu quarto começaram a desaparecer. Sua família estava com muita vergonha dele para levá-lo de volta para casa; ele estragaria todos os jantares extravagantes deles. Então, colocaram-no nessa clínica e o esqueceram. A mãe dele o visita umas duas vezes por mês, por obrigação, ao invés de qualquer outro motivo.

— Eu sinto que o que aconteceu com ele não é justo. O homem que matou nossos pais e Eric ficou oito anos na prisão, cumpriu apenas quatro anos, e foi multado. Agora, ele está lá fora e livre para viver sua vida. Gino, por outro lado, não matou ninguém, mas está preso a uma cadeira de rodas; em suma, toda sua vida foi tirada dele. Como isso é justo, Stella?

Não era uma pergunta retórica; Lisa realmente olhava para sua prima esperando uma resposta. Stella não tinha uma, então, ela apenas deu de ombros.

— Eu comecei a visitá-lo na clínica mais e mais vezes. Mesmo que ele nem sequer foque seus olhos em mim, sinto-me estranhamente aliviada com sua presença. Se não o vejo por alguns dias, fico agitada, desconcentrada. Eu quero conseguir uma conexão com ele, fazê-lo querer viver novamente. Mas eu não sei como e isso está me matando, Stella. Estou apaixonada por ele. Nunca me senti assim por ninguém, eu faria qualquer coisa para ajudá-lo.

Lisa começou a soluçar de novo e Stella apertou os braços em volta dela. Ela podia entender estar apaixonada por alguém, apesar de todo o pensamento racional. Ela também entendia aonde Lisa queria chegar com a injustiça da

Num piscar de Olhos   295

situação. Quem era ela para julgar? Ela fez algumas coisas muito irracionais também. E Lisa estava certa: Gino não era o homem que matou seus pais e Eric. Stella tinha exagerado quando confrontou Lisa antes, e era hora de pedir desculpas e admitir alguns de seus erros.

— Lis, olhe para mim. — Ela levantou a cabeça e focou seus olhos lacrimejantes no rosto da prima. — Me desculpe pela minha reação. Eu deveria ter lhe dado a chance de explicar tudo, mas estava com tanta... raiva. Não de você. Eu ainda estou com raiva de como eles morreram, quão estúpidas e desnecessárias suas mortes foram. Não acho que eu seja capaz de superar algum dia, mas isso não é desculpa para a maneira como reagi. Eu deveria ter deixado você explicar tudo antes de sair correndo. Me desculpa. — Lisa assentiu, aceitando o pedido de desculpas, mas as lágrimas continuavam escorrendo pelo seu rosto.

Stella sentiu necessidade de compartilhar algo igualmente difícil de admitir, porque ela estava cansada do buraco que ardia em seu coração. Lisa era a única pessoa que ela consideraria dizer isso, e talvez isso fizesse sua prima se sentir melhor, sabendo que ela não era a única pessoa carregando um enorme segredo.

— Eu nunca disse isto a ninguém, nem mesmo à minha mãe — ela começou, e as suas palavras fizeram Lisa inclinar a cabeça para encará-la novamente. — No dia em que *ele* foi libertado da prisão, tanto minha mãe quanto eu ficamos devastadas. Não podíamos acreditar no quanto três vidas humanas valiam: quatro anos de prisão e uma multa. O canalha voltou para casa para sua família, enquanto nossas vidas estavam arruinadas para sempre. A minha mãe passou o dia inteiro no cemitério, chorando. Eu a encontrei dormindo no túmulo de Eric. Nunca senti tanta raiva, Lis. Eu estava brava com ele, com o sistema judiciário, com o governo, com a vida. Eu precisava fazer alguma coisa ou ia entrar em combustão. Então, naquela noite eu fiz a mais irresponsável, vil e estúpida coisa. Peguei uma faca de cozinha da gaveta, coloquei-a na minha bolsa e me dirigi para a casa *dele*. Eu me escondi do lado de fora e esperei. No momento em que ele saísse de casa, eu planejava correr até ele e esfaqueá-lo repetidamente até que ele morresse em meus braços.

Stella fechou os olhos, incapaz de olhar para Lisa. O que ela deve pensar dela? Como uma pessoa em sã consciência poderia querer matar outro ser humano, não importando o que ele fez para merecer isso? Ela sentiu a mão de

Lisa em seu rosto e abriu os olhos, encontrando-a olhando encorajadoramente. Não havia julgamento em seus olhos. Ainda.

— Então, esperei. Eu o vi com sua família pela janela. Eles jantaram, conversaram e riram. Eu chorei. Depois do jantar, ele saiu para caminhar com seu cachorro, acompanhado da filha caçula. Chorei mais duramente. Eu não podia ir até o fim, não só por causa da menina, mas porque eu simplesmente não conseguia. Não tenho isso em mim, de matar alguém a sangue frio. Então, eu fui embora.

— Stella... — Lisa começou.

— Não, eu não terminei. No dia seguinte, fui ao médico para uma consulta bastante mundana para o que eu achava ser uma azia persistente. Eles me disseram que eu tinha câncer.

— Stella, isso não era... — Lisa tentou interromper novamente, percebendo para onde isso estava indo.

— Era, Lisa. Era o meu castigo por querer matar alguém. Deus, eu sou uma pessoa tão desprezível. — Stella escondeu o rosto entre as mãos enquanto soluçava, com vergonha do que tinha acabado de admitir.

— Você não é desprezível. Nunca pense isso. — Lisa agarrou Stella pelos braços e a sacudiu até que ela baixou as mãos do rosto e olhou para ela. — Você estava com raiva, e com razão. Seus instintos protetores afloraram depois que você viu tia Helen tão arrasada. O importante é que você não foi adiante com seu plano e eu duvido que você fosse. Você é uma boa pessoa, Stella, mas você é humana. Nós cometemos erros, fazemos coisas estúpidas - é o que nos torna humanos. Então, pare de se julgar.

— Porque eu tenho câncer, Lisa? — perguntou Stella, sua voz calma, com os olhos cheios de dor e arrependimento. Lisa sacudiu a cabeça. — Minha mãe não merecia perder outro filho. Eu não mereço isso depois de tudo que passei. Por quê? Sou uma pessoa tão ruim que preciso ser punida constantemente? Minha vida se transformou em um pesadelo e eu...

Stella não podia continuar, porque sua garganta tinha fechado e tudo o que saía de sua boca eram soluços. Lisa a abraçou e elas permaneceram assim, chorando e falando e consolando uma à outra por um longo tempo.

Num piscar de Olhos 297

Capítulo Vinte e Nove

Stella tomou um gole da sua sangria sem álcool, enquanto observava Max trabalhando atrás do bar. Esse homem levava o termo "colírio para os olhos" a um nível totalmente novo. Ela nunca se cansava de vê-lo se movimentando - o modo como seu corpo grande fazia cada movimento parecia sem esforço, preciso e sexy, e a deixava insana. Toda vez que ele esticava o braço para pegar uma garrafa na prateleira superior, a camiseta subia e ela tinha um vislumbre de seu abdômen; cada vez que ele pegava um copo para encher com algo, Stella notava como suas mãos eram grandes e superavam o tamanho do copo; cada vez que alguém vinha pedir uma bebida, ele olhava nos olhos, sorria educadamente e fazia com que se sentissem como se fossem o único cliente no bar.

A cada segundo livre que ele tinha, Max ia até ela e a beijava, levando um pedacinho dela com ele. Na semana passada, eles ficaram inseparáveis. Ele veio para casa depois que ela e Lisa se reconciliaram, e nunca mais foi embora. Ele praticamente morava com ela.

Stella sentiu como se um enorme peso tivesse sido tirado de seus ombros depois de ter conversado com sua prima e ambas compartilharem tudo o que as incomodava. Algo dentro dela estalou, rachou e saiu voando, deixando-a de alguma forma mais leve. Ela notou uma mudança em Lisa também. Parecia muito mais calma, muito mais parecida com a Lisa que ela conhecia, embora ainda ficasse triste depois de cada visita a Gino, fechando-se em seu estúdio por horas. Mas Stella não a julgava. Pelo menos agora, ela sabia a razão de seu comportamento irracional.

— *Cara*, eu gostaria que alguém olhasse assim para mim. — A voz de Beppe assustou Stella de seus pensamentos, e ela percebeu que estava olhando para Max - novamente.

— Muitas mulheres olham para você assim, Beppe — Stella brincou, quando ele sentou no banquinho ao lado dela.

— Não, não desse jeito. — Ele fez um gesto para Max e ele acenou com a cabeça, parecendo saber o que o amigo queria. Um momento depois, uma cerveja apareceu na frente de Beppe e Max se inclinou para beijar Stella, piscou e desapareceu para servir um cliente.

— Eu conheço alguém que olha para você de forma diferente — disse Stella com um sorriso, esperando parecer indiferente. Ela realmente queria fazer Beppe se abrir para ela, mas não tinha ideia do porquê. Ele parecia tão perdido, às vezes, apesar de sua atitude arrogante.

— Conhece? — Beppe tomou um gole de sua garrafa, tentando esconder seu sorriso.

— Conheço. Você a conhece também. Muito bem. Ela é pequena, curvilínea, uma coisinha mal-humorada, com longos cabelos escuros e incríveis olhos castanhos. Na verdade, se você olhar para sua direita, você verá o mesmo incrível par de olhos cor de avelã em outra pessoa. — Stella apontou para Max e sorriu.

— Se "de forma diferente" significa que ela quer me matar, sim, ela olha para mim desse jeito. — Beppe girava a garrafa em suas mãos, distraidamente, olhando para ela. Stella não sabia ao certo qual deveria ser seu próximo passo. Ela devia pegar sua sugestão e levar a conversa em uma direção mais séria, ou deveria mantê-la alegre? O que faria Beppe se abrir mais?

— Eu não sei nada sobre isso — disse ela, ainda com um pequeno sorriso em seus lábios. — Eu vi vocês dois juntos. Quando Gia fixa o olhar em você, todo o mundo à sua volta desaparece. Você também não tem olhos para mais ninguém, embora as mulheres ao seu redor continuem te olhando com aquela fome crua nos olhos de quem promete bons momentos.

Beppe virou lentamente a cabeça para olhar para Stella, inclinando-a para o lado, claramente surpreso com a sua observação. Seus simpáticos olhos castanhos a estudaram por alguns segundos antes de sua atenção se voltar para sua garrafa de cerveja.

— Você está surpreso com o que eu disse, ou pelo fato de eu ter notado?

— Ambos. Eu não achei que era tão óbvio. — Sua voz tinha ficado baixa e, por alguma razão, isso quebrava o coração de Stella. Ela sabia muito pouco sobre Beppe, e, ainda assim, a necessidade de aliviar a sua dor era quase insuportável. No entanto, ela não queria brincar com a sorte. Ele parecia um cara muito reservado, que não costumava compartilhar muito, mesmo com os seus amigos.

— Ouça, Beppe, se você quiser conversar, sobre qualquer coisa, me liga. Eu sou uma boa ouvinte. — Ela colocou a mão em seu antebraço e ele olhou para ela antes de assentir. Isso foi o suficiente para ela.

— Vocês dois parecem muito aconchegadinhos — disse Max, olhando para a mão de Stella no braço de Beppe com uma carranca. — O que está acontecendo? — Sua pergunta foi dirigida ao seu amigo. A atitude de Beppe mudou imediatamente, como se alguém tivesse apertado um interruptor, e sua arrogância habitual retornado.

— Está com ciúmes, mano? — ele perguntou, colocando o braço sobre os ombros de Stella e a apertando em sua direção. Ela riu, sabendo que ele estava só brincando com Max.

— Você precisa deste braço? Em caso afirmativo, eu sugiro que o retire dos ombros da minha namorada.

Os três se retesaram com suas palavras. Namorada? Stella não sabia como reagir a isso. Ela era sua namorada? Eles estavam ficando exclusivamente, mesmo que fosse apenas durante a sua estadia, mas isso a fazia sua namorada? Max ficou olhando para ela ansiosamente, como se esperasse que ela se opusesse ao termo que ele usou. Ele não parecia arrependido do que disse, apesar de tudo. Beppe estava assistindo a interação silenciosa entre eles com diversão.

Os lábios de Stella se espalharam em um sorriso lento e, apoiando-se nos cotovelos em direção a Max do outro lado do bar, ela disse:

— Não se preocupe, querido. Ele estava apenas me fazendo companhia enquanto *meu namorado* está ocupado trabalhando. — O sorriso satisfeito que Max deu-lhe fez seu coração doer por ele. Ela desejou que fosse meia-noite e já estivessem indo para casa. Inclinando-se em sua direção até que seus lábios se encontraram, Max murmurou contra eles.

— Excelente. — Ele a beijou, lenta e profundamente, não se importando com qualquer um ao redor deles. — Vá e divirta-se com Beppe. Eu não quero que você fique entediada até quase a morte, sentada aqui me olhando a noite toda — disse ele, quando suas bocas se separaram.

Num piscar de Olhos   301

— Não há nada de entediante em observar você a noite toda.

— Ah, por favor! — Beppe resmungou e, deslizando de seu banquinho, puxou a mão de Stella, até ela ficar de pé também. — Vamos dançar antes que vocês dois me deem diabetes.

Max não ia trabalhar no fim de semana, o que Stella suspeitava que fosse para seu benefício. Lisa, no entanto, tinha pego alguns turnos extras na galeria porque seu colega de trabalho estava viajando de férias por duas semanas. Considerando que Gia esteve ausente nas últimas duas semanas e Beppe também tinha desaparecido, Max e Stella ficaram sozinhos todo o fim de semana.

Stella tinha realmente esperança de que Beppe aceitasse sua oferta para conversar, mas ele não ligou. Eles haviam dançado a noite toda na quarta-feira e ele logo relaxou. Quando eles se separaram depois de Max ter fechado, Beppe parecia quase de volta ao normal. Stella não sabia por que se preocupava com ele, mas ela não podia evitar se sentir assim. Naquela noite, no bar, quando ela mencionou Gia, ele parecia tão desesperado, tão quebrado. O que tinha a irmã de Max feito com ele?

— Pronta para ir? — perguntou Max, e Stella forçou todos os pensamentos sobre Beppe para o fundo da sua mente. Ela precisava se concentrar em seu namorado agora, porque, aparentemente, ele tinha algum tipo de surpresa para ela.

— Estou. Você ainda não vai me dizer para onde estamos indo? — ela perguntou, dando um passo para fora e fechando a porta atrás dela.

— Não. Pare de perguntar. Você vai ver. — Max sorriu, mas havia algum tipo de reserva por trás de seu sorriso. Normalmente, quando ele sorria, iluminava todo o seu rosto, e era tão contagiante que era impossível não sorrir com ele. Stella olhou para ele com desconfiança, estreitando os olhos. — Apenas entre no carro, por favor.

Ela decidiu confiar nele, mas tinha uma suspeita de que ela não ia gostar da surpresa que ele tinha reservado para ela.

Meia hora depois, eles chegaram a um enorme estacionamento vazio. Ficava atrás de alguns prédios comerciais que estavam com todas suas portas e janelas trancadas. Max desligou o motor e se virou para olhar para Stella, sua expressão ansiosa.

— Saia — ele disse, e abriu a porta. Stella decidiu agradá-lo e saiu, perguntando-se por que ele estava agindo de forma estranha. Ele deu a volta no carro e veio ficar ao lado dela, passando as mãos pelos cabelos, nervoso.

— Desembuche, Max. Você está me deixando louca com todo esse comportamento enigmático. — Stella cruzou os braços na frente do peito e franziu a testa.

— Ok. Mas não surte.

— Isso não é um bom começo.

— Stella, me prometa que não vai surtar antes de ouvir o que tenho a dizer. — Ele segurou seus braços e a olhou nos olhos atentamente. Ela assentiu, sem saber o que dizer, e um pouco assustada. — Eu trouxe você aqui para ensiná-la a dirigir.

Os braços de Stella caíram para os lados e ela saltou para fora de seu alcance.

— O quê? — Ela ficou tão chocada que não sabia mais o que dizer. Max sabia o quanto ela temia carros, e especialmente dirigir. Como ele poderia até mesmo pensar que isso era bom?

— Você prometeu que me escutaria. — Ele ainda estava olhando para ela extasiado, não recuando. Stella assentiu, decidindo dar-lhe uma chance de se explicar antes que ela se apavorasse. — Naquela noite, quando você me disse que estava com medo de carros, você também disse que não queria passar a vida sem vivê-la de verdade, tendo medo dela. Eu tenho pensando sobre isso há algum tempo, Stella. Não quero que você sinta mais medo. Eu quero ajudá-la a superar um dos maiores medos da sua vida. Dirigir é uma necessidade nos dias de hoje; não é algo que você deve desistir facilmente. — Ele fez uma pausa, esperando sua reação. Stella não sabia o que dizer. Ela ainda estava com medo de ficar atrás do volante de um carro - isso não tinha mudado, mas as palavras de Max faziam sentido. Aproveitando o silêncio e o fato de que ela não tinha fugido, apesar disso, Max continuou: — Você é forte, Stella. Sei que você é - eu já vi isso. Não deixe que seus medos a controlem. Você pode realmente nunca gostar de dirigir, mas se você fizer isso, pelo menos, significa que você é mais forte do que seus medos, do que o seu passado. — Ela ainda não tinha dito nada, mas o lábio inferior estava ferido por mordê-lo com força. Stella queria fazer isso; queria que Max a ajudasse. Ela confiava nele. A pergunta era: ela *conseguiria*? — Olhe ao seu redor, linda. Não há ninguém aqui. Temos um estacionamento do tamanho de um campo de futebol só para nós. Eu estarei ao seu lado; ninguém vai se machucar, eu prometo.

Por livre vontade, a cabeça de Stella assentiu concordando.

O que estou fazendo?

Max sorriu. Desta vez, seu sorriso era absolutamente genuíno e nada preocupado. Ele não perdeu tempo perguntando se ela tinha certeza ou se isso era o que ela realmente queria. Ele sabia que tinha que usar seu choque momentâneo e empurrá-la para fazer isso, caso contrário, ela mudaria de ideia.

Ele já me conhece tão bem, Stella pensou quando sentou no banco do motorista.

Sentada ali, com o volante bem à sua frente, ela sentiu o pânico começar a subir. Max sentou ao seu lado e o som do fechamento da porta a fez saltar.

— Ei, olhe para mim — disse ele suavemente, pegando a mão dela. — Você consegue, *tesoro*. Eu não te forçaria, se achasse que você não conseguiria. Apenas confie em mim, ok? — Stella assentiu, ainda incapaz de formar qualquer palavra. Ela poderia fazer isso. Não havia ninguém por perto. Ela poderia dirigir este carro. Era seguro.

Cantando essas palavras uma e outra vez, como mantra, Stella respirou fundo e disse:

— Vamos fazer isso. — Estendendo a mão para a chave, ela empurrou-a para dentro da ignição. Respirando fundo, ela apertou o botão de ignição e o motor rugiu para a vida. Essa foi a parte mais fácil; ela tinha visto Max fazer o tempo todo. E agora?

— Coloque o seu pé esquerdo na embreagem e pressione firmemente até o fim. Agora, coloque o pé direito no freio, no meio. O pedal ao lado é o acelerador. Você aperta o freio e o acelerador com o pé direito; o esquerdo é apenas para a embreagem. — Stella assentiu e segurou o volante com as duas mãos. — Agora, coloque sua mão sobre a marcha e eu vou guiá-la através delas. — Max deslizou sua mão sobre a dela e colocou a em primeira. — Agora, tire seu pé direito do freio, coloque-o no acelerador e pressione suavemente. — Stella fez o que lhe foi dito e o carro rugiu mais alto. — Retire o seu pé esquerdo da embreagem lentamente enquanto ainda pressiona o acelerador.

O carro avançou e Stella deu um grito assustado, esquecendo-se de todos os pedais. O motor do carro morreu. Max riu e Stella se virou para ele, horrorizada.

— O que aconteceu? Eu quebrei seu carro?

— Não, é preciso muito mais do que isso para quebrar um carro, querida. Relaxe. Isso é completamente normal para um motorista de primeira viagem. Talvez eu deva explicar como o carro funciona, para que você saiba qual pedal pressionar, quando e como.

Ele passou a explicar que soltar a embreagem sem pressionar o acelerador enquanto engrenado fazia o motor parar. Ele também lhe mostrou como mudar de marcha e como pressionar os freios levemente para que eles não quebrassem o pescoço. Quando ele terminou, Stella se sentiu um pouco mais confiante tendo a compreensão de como a máquina funcionava. Forçando sua cabeça a se concentrar inteiramente em fazer o carro se movimentar e colocando todas as suas dúvidas e medos no canto mais distante disponível de sua consciência, Stella ligou o motor novamente. Desta vez, quando o carro avançou, ela não tirou os pés dos pedais. Ela apertou a embreagem para baixo, mantendo a pressão sobre o acelerador e, com a ajuda de Max para colocar a segunda, soltou a embreagem totalmente.

— Eu consegui! Mudei de marcha — ela gritou feliz olhando para Max, que estava sorrindo como se tivesse acabado de descobrir que tinha ganho na loteria.

Num piscar de Olhos   305

Eles passaram o resto da tarde dirigindo pelo estacionamento vazio e, no momento em que decidiram que era hora de ir embora, Stella tinha aprendido a mudar todas as marchas, virar e até mesmo a dar ré.

— Excelente, *tesoro*. Estou muito orgulhoso de você — disse Max quando eles pararam e Stella recostou no banco, exausta.

— Eu também — disse ela. — Obrigada por me obrigar a fazer isso.

Max se inclinou em direção a ela e a beijou suavemente, cobrindo seu rosto com as mãos. Ele colocou uma mecha de cabelo atrás da orelha dela e acariciou sua bochecha, hipnotizando-a com aqueles olhos incríveis, na mesma hora. — Eu faria qualquer coisa por você — ele sussurrou e ficou sério. Havia algo mais que ele queria dizer, Stella podia ver isso. Mas ele decidiu não falar e plantou outro beijo em sua boca. — Vamos, vamos trocar de lugar. Vou te levar para jantar e ao cinema; você merece.

Stella alegremente trocou de assento com ele e mal podia esperar para jantar. Agora que toda a pressão se foi, ela percebeu o quanto estava com fome.

Ela realmente era grata a Max por fazê-la enfrentar seu medo; mas ela sabia que, embora o que ela fez hoje fosse um grande passo, ela poderia ser capaz de nunca fazer isso em uma rua de verdade, com outros veículos em movimento ao seu redor. Empurrando ainda mais esses pensamentos para os cantos mais distantes de sua cabeça, Stella relaxou em seu assento e entrelaçou os dedos com os de Max sobre a marcha, ansiosa por sua noite com ele.

Capítulo Trinta

Adormecer com o corpo de Max agarrado ao dela e, até mesmo, acordar com o som da sua respiração tinha se tornado uma realidade cotidiana para Stella. Como ela iria se acostumar a dormir sozinha quando voltasse para casa, ela não tinha ideia.

O simples pensamento de ir embora fazia seu peito se contrair dolorosamente. Em pouco mais de três semanas, ela teria que voltar para Londres, de volta à sua vida. Estar em Gênova, estar com Max, tudo isso parecia uma fuga - como um mundo de fantasia para o qual a ela tinha acesso permitido por tempo limitado. Sua vida real estava pacientemente esperando por ela no Reino Unido.

— Mmmm — Max murmurou atrás dela, colocando o seu corpo mais perto até que se encaixou perfeitamente no seu e entrelaçou as pernas com as dela. — Ainda não. Eu não quero levantar ainda.

Como ele sabia que ela tinha acordado? Ele fazia isso todas as vezes; ela mal abria os olhos e ele sabia que ela estava acordada.

— Eu também não.

Três horas mais tarde, depois de um longo tempo só deitados e um banho mais longo ainda, Stella e Max desceram as escadas até a cozinha para encontrá-la vazia. Isso era estranho. Ela lembrou de Lisa dizer que hoje teria o dia de folga e que mal podia esperar, já que ela tinha feito tantos turnos extras recentemente. Stella olhou para fora, pelas janelas francesas, mas sua prima não estava lá. Ela ainda estaria dormindo? Eram onze horas e Lisa nunca dormia até tão tarde. Pegando o celular, ela começou a digitar um texto.

Stella ▸ Onde você está?

Estúdio. Já conseguiu arrastar a bunda do Max para fora do quarto? Lisa

Stella sorriu e olhou para Max, que já tinha ligado a máquina de café e estava fazendo sanduíches para o café da manhã. Sem camisa. Sua calça jeans abraçava seus quadris e Stella se lembrou de que ele não havia colocado cueca antes de saírem do quarto. Sentindo seu olhar fixo em suas costas, ele virou a cabeça por cima do ombro e a encarou com seus lindos olhos. Percebendo que estava olhando para ele, Stella conseguiu desviar o olhar e levou sua atenção de volta para o celular nas mãos. Ele riu, mas não comentou sobre seu estado boquiaberto para ele mais uma vez.

Stella **Sim, eu consegui. Ele está fazendo o café da manhã. Vai se juntar a nós?**

Dê-me 10 minutos. Lisa

— Lisa está no estúdio. Ela diz que vem em poucos minutos. Você se importaria de fazer um sanduíche para ela também? Acho que ela está trancada lá a manhã toda e ainda não comeu.

— Claro — disse Max, enquanto abria a geladeira para pegar mais alguns ingredientes.

Stella não podia ver seus músculos se moverem sob sua pele suave e bronzeada por mais tempo, sem tocá-los. Ela se esgueirou por trás dele e colocou seus braços ao redor de sua cintura, beijando-o entre as omoplatas. Ele continuou espalhando manteiga em uma fatia de pão, como se não estivesse ciente de que ela o estava abraçando. Aceitando o desafio silenciosamente, Stella moveu suas mãos ao longo de seu abdômen devagar, até chegar ao botão da calça jeans. Abrindo-o com um único puxão, Stella deslizou a mão pela sua cintura, enquanto traçava uma linha reta ao longo de sua espinha com a ponta da língua. Mesmo sem perceber, ela gemeu baixinho. A mão de Max segurou a dela, impedindo-a de prosseguir deslizando para baixo, em seu jeans. Virando tão rápido que ela mal conseguiu reagir, ele a tinha com as costas pressionadas contra o balcão, prendendo-a entre seus braços. O fogo selvagem em seus olhos fez todo o corpo de Stella estremecer em delírio - ela adorava quando ele perdia o controle com ela.

— Já é bastante difícil quando você olha para mim como se quisesse me comer o tempo todo, mas, se você quiser sair do seu quarto novamente, é melhor você parar de me provocar — Max rosnou, inclinando-se para ela, sua respiração roçando sua boca. Involuntariamente, Stella fechou os olhos e abriu os lábios, deixando escapar um suspiro. Ele lambeu o lábio inferior dela com a ponta da língua, mas não a beijou. Stella abriu os olhos, encontrando-o ainda a centímetros de seu rosto, seus olhos queimando através dela. Os músculos de seus braços estavam se esforçando com a tensão, como se ele estivesse usando toda a sua força física para se controlar.

— Então, você deseja me trancar pelas próximas três semanas? — disse ela, com a voz baixa e rouca. Ela queria tanto que ele perdesse o controle que estava disposta a empurrá-lo.

— Talvez até mais — disse ele em voz baixa, suavizando seus traços de puro desejo para algo mais gentil. Stella sentiu as lágrimas embaçarem seus olhos. Era porque ela havia dito o tempo que eles ainda tinham juntos, ou por causa da súbita mudança de comportamento de Max? Ela não tinha certeza. Ela não teve muito tempo para analisar sua reação, porque ele baixou a cabeça e esmagou sua boca contra a dela, colocando sua língua para dentro, desesperadamente. Ele moveu uma mão para sua nuca e apertou a cabeça para seus lábios, não a deixando se afastar. Não que ela tivesse qualquer intenção de se afastar.

— Ah, por favor! — A voz de Lisa parecia vir de algum lugar distante. — Vocês estão colados há mais de duas semanas. Vocês ainda não se cansaram um do outro? — Ela passou por eles e abriu um armário para pegar uma caneca para colocar seu café. Max sorriu contra os lábios de Stella, mas não se afastou.

— Nunca — ele sussurrou, fazendo Stella sorrir. Com sua visão periférica, viu Lisa revirando os olhos antes que ela se jogasse em uma cadeira à mesa.

Relutantemente, Max se afastou de Stella e foi terminar os sanduíches que estava fazendo, ao mesmo tempo em que ela pegou mais duas canecas e serviu café para eles.

— Então, o que vamos fazer hoje? — Stella perguntou, quando todos se sentaram à mesa e começaram a comer seu café da manhã.

— Precisamos ir ao shopping para comprar o presente de Beppe. O aniversário dele é na sexta-feira — disse Max entre uma mordida e outra.

Num piscar de Olhos   309

— Ah, esqueci completamente! — disse Lisa. — O que devemos comprar?

— Eu estava pensando em um novo fone de ouvido. Ele ama ouvir música e seu Sony querido é mais velho do que eu — disse Max, tomando um gole de seu café.

— Eu duvido que qualquer coisa possa ser *tão* velha assim — Lisa brincou com ele e Stella não conseguiu segurar o riso. Max jogou um pedaço de pão em Lisa e ela gritou. — Ecaaaaa, você jogou maionese por todo o meu top!

— Lembra-se da última vez que você brincou sobre a minha idade, como eu te joguei na piscina?

— Como posso esquecer? Você arruinou meu vestido e quarenta minutos de esforço em maquiagem. — Lisa franziu o cenho enquanto limpava a maionese do seu top com um guardanapo de papel.

— Mantenha essa lembrança fresca na sua cabeça, ou terei que atualizá-la. — Ele jogou outro pedaço de pão nela, assim que ela terminou de limpar a mancha.

— Ei, pare com isso. Você é tão imaturo. Honestamente, Stella, eu não sei como você consegue aguentá-lo, e muito menos gostar dele.

— Eu não achei nada imaturo nele. E pode acreditar, eu tenho examinado muito rigorosamente — disse Stella sorrindo, enquanto Max gargalhava. Lisa revirou os olhos e levantou.

— Vou ignorar isso. Vou me vestir e sugiro que vocês façam o mesmo, para que possamos sair. E não vou ficar esperando vocês darem amassos. — Lisa saiu da cozinha e subiu as escadas em direção ao seu quarto.

— Desde quando ela ficou tão mandona? — perguntou Stella, enquanto levantava e levava seu prato vazio para a pia. Max a seguiu e a prendeu entre ele e o balcão novamente. Ele afastou o cabelo dela sobre o ombro e, deslizando a manga de sua blusa para baixo do outro ombro, suavemente mordeu sua pele antes de beijá-la.

— Sem amassos, lembra? — Stella protestou sem muita convicção.

— Eu nunca fui bom em seguir instruções. — Ele a virou de frente para ele e a beijou profundamente, sem pressa.

Beppe morava na cobertura de um prédio recém-construído, a apenas dez minutos a pé do centro da cidade e da *Piazza Ferrari*. Stella arqueou uma sobrancelha quando eles tiveram que passar por dois portões de segurança separados antes de chegarem ao estacionamento subterrâneo. Eles foram recebidos por um porteiro no hall de entrada, que reconheceu Max imediatamente e sorriu calorosamente para Stella e Lisa. Ele os acompanhou até o elevador da cobertura, apertou o botão e conversou educadamente com Max até que as portas do elevador se abriram.

A cobertura era enorme e decorada exatamente como você esperaria de um apartamento de solteiro: cores neutras, mobiliário elegante, sistema de som de alta tecnologia, grande TV de tela plana e, é claro, uma mesa de bilhar.

Ela estava cheia de pessoas e as paredes trepidavam com a música. Garçonetes escassamente vestidas serviam coquetéis em bandejas e havia não um, mas dois bares improvisados na enorme sala de estar. Parecia que Beppe tinha se lembrado de que suas convidadas do sexo feminino deviam ter algum colírio para os olhos também, porque os barmen por trás de ambos os bares eram lindos. Uma das garçonetes os notou e apontou para uma enorme mesa transbordando de presentes, gesticulou para eles deixarem os presentes lá também.

Beppe estava jogando sinuca com dois amigos e parecia estar se divertindo muito.

— Feliz aniversário, cara — disse Max, quando eles se aproximaram de Beppe, e deu-lhe um abraço-de-um-só-braço que os homens dão. Stella deu um passo atrás dele, desejando feliz aniversário, dando os habituais beijos e um abraço. Ele a segurou um pouco mais do que o normal - só para irritar Max, Stella suspeitou. Quando a soltou, ele piscou e sua suspeita foi confirmada. Ela não pôde deixar de sorrir para ele - Beppe era tão impertinente, e ainda assim era impossível não gostar dele. Depois de abraçar Lisa, Beppe disse:

— Divirtam-se, gente; a festa só está começando a aquecer.

Eles se misturaram com o resto dos convidados, Max e Lisa ocasionalmente cumprimentavam alguém conforme eles passavam. Stella não conseguiu encontrar Gia em nenhum lugar. As coisas tinham ficado tão ruins entre ela e Beppe que ela perderia seu aniversário?

Lisa encontrou um amigo da escola e ficou conversando, enquanto Max e Stella continuaram sua caminhada pelo lugar. Ele pegou um coquetel de uma garçonete que passava e tomou um gole.

— Vou ver no bar se eles têm algo sem álcool — disse Stella e Max assentiu, assim que outra pessoa se aproximou dele e eles se cumprimentaram.

Se o barman era lindo de longe, de perto, ele era extraordinário. Não era justo alguém ser tão perfeito - olhos azuis amendoados, cílios grossos, pele dourada, cabelos escuros ondulados, maçãs do rosto salientes, boca sensual. Ele estava vestindo uma camiseta preta apertada que não fazia nada para esconder seus ombros largos e peito bem definido. Por que esse cara não estava em um anúncio de cuecas Armani em vez de sendo barman?

— O que posso fazer por você? — ele perguntou, com um sorriso sedutor, quando Stella percebeu que estava olhando para ele com admiração.

— Você tem algo sem álcool? — ela perguntou, devolvendo o sorriso.

— Claro. Posso fazer qualquer coquetel sem álcool. O que você gosta?

Ela escolheu um Tom Collins sem álcool e o barman riu. Alguém colocou uma mão no ombro de Stella e desviou sua atenção das covinhas do barman. Esperando que fosse Max, ela se virou, mas viu Rico ao invés dele. Ela lhe ofereceu um sorriso educado, depois de ter beijado ambas as bochechas em saudação.

— Ei, como você está? — ela perguntou.

— Bem. Você? — Ele a olhou de uma forma que ela não gostou. Seu olhar viajou por todo corpo dela, desde suas pernas nuas, até sua saia plissada curta, e sua blusa decotada. Quando os olhos dele finalmente encontraram os dela, havia luxúria neles. Stella achava que eles tinham se despedido de forma amigável, com ela sendo honesta sobre seus sentimentos por Max. Então, por

312   Teodora Kostova

que ele estava olhando para ela desse jeito?

— Eu também. — Ela precisava pegar seu coquetel e dar o fora dali, porque, se Max a visse com Rico, ele piraria.

— Então, você está aqui sozinha? — perguntou Rico, tomando um gole de cerveja, seus olhos nunca deixando os dela. Ela supôs que ele não sabia sobre ela e Max, mas ainda assim, ela já o havia rejeitado uma vez.

— Não. — Stella pegou seu coquetel do balcão, agradecendo ao barman, que a recompensou com seu lindo sorriso, e tentou sair. — Te vejo por aí, Rico.

— Stella, espere — disse ele e a tocou no braço antes que ela virasse as costas. — Eu sei que você e Max estão juntos, mas preciso te contar uma coisa. — Sua atenção voltou para ele. O que ele poderia dizer que seria de seu interesse? — Aproximadamente uma semana depois que saímos, eu o vi em um clube, completamente bêbado. Ele tinha uma garota em cima dele e parecia não se importar com nada. — Stella franziu o cenho. Rico tomou isso como um bom sinal e continuou. — No dia seguinte, o vi no mesmo clube com Beppe. Ele não parecia tão bêbado, mas foi embora com duas meninas agarradas nele.

Assim que Stella estava prestes a abrir a boca para corrigi-lo, Max apareceu ao lado dela, raiva irradiando dele.

— Por que você não cuida da porra da sua vida, Rico? — ele vociferou e Stella sentiu que ele estava pronto para atacar a qualquer segundo.

— Eu só queria que ela soubesse o que você anda fazendo pelas costas dela. Acho que algumas pessoas nunca mudam. — Rico se manteve firme, igualando o olhar furioso de Max. Stella precisava intervir, caso contrário, estes dois se socariam em menos de dois segundos.

— Rico, pare de se intrometer na vida dos outros. Agora vá embora. — Ela esperava soar autoritária o suficiente, porque ela não se sentia traída de forma alguma. A raiva de Max a estava sufocando.

— Se você não quer acreditar em mim, então, tudo bem...

— Eu acredito em você — disse Stella, cortando-o antes que ele

Num piscar de Olhos   313

dissesse algo estúpido. — Não que seja da sua conta, mas eu sei de tudo isso. — A expressão surpresa de Rico a fez sorrir. Ele provavelmente esperava um soco na cara, mas não que ela já soubesse o que ele estava dizendo. Claro, Stella não esclareceu que isso tinha sido antes de ela e Max ficarem juntos - ela não lhe devia nenhuma explicação. Por que ele estava tentando criar problemas entre eles? Ele parecia um cara tão legal. Recuperando-se rapidamente de seu choque, Rico franziu a testa, ainda não se afastando deles.

— Desculpe, meu erro. Não achei que você fosse burra o suficiente para se envolver com um traidor, mentiroso, psicótico filho da... — Ele não terminou a frase, porque Max deu um soco nele e seu queixo chiou em protesto, fazendo-o cambalear alguns passos para trás. Agarrando-o pelo colarinho de sua camisa, Max o segurou antes que ele caísse. Já havia alguns olhares curiosos neles e, mesmo que a música fosse alta, as pessoas ao redor podiam ouvir o diálogo. Max se inclinou na direção do rosto de Rico e, em assustadora voz baixa, disse:

— Se você chamar a minha namorada de burra de novo, eu juro que vou arrancar sua língua. — Ele o empurrou, mas não forte o suficiente para fazê-lo tropeçar e cair. O rosto de Rico ficou vermelho de humilhação, então ele se virou e saiu.

— Que merda foi essa? — perguntou Beppe, quando se aproximou com uma expressão ameaçadora no rosto.

— Você *o* convidou? Sério? Você achou que eu e ele no mesmo ambiente era uma boa ideia? — Max deu alguns passos na direção de Beppe e ficou a centímetros de distância de seu rosto, mas seu amigo nem sequer pestanejou. Uau, Beppe era corajoso. Aos olhos de Stella, Max parecia absolutamente e terrivelmente furioso agora. Ela não tinha certeza se espelhar seu olhar furioso com um ainda mais irritado era uma boa ideia. Stella se aproximou no caso de precisar separá-los. Por causa da aparição de Beppe, a maioria das pessoas ao redor deles se dispersou, sentindo o clima e, felizmente, eles não tinham mais uma audiência.

— Escute aqui, Max — disse Beppe, com a voz calma, mas firme. — Este é o meu aniversário e minha casa. Enquanto estiver aqui, você vai respeitar os meus convidados, e eu não dou a mínima se você tem problema com isso. Entendeu? — A expressão de Max mudou imediatamente de

314   *Teodora Kostova*

raiva para arrependimento. A ligação entre os dois homens era tão forte, tão surpreendentemente óbvia, que Stella não tinha dúvida de que poderiam resolver tudo o que acontecesse entre eles.

— Você está certo. Me desculpe. Eu não deveria ter feito isso.

— Está tudo bem. Agora, vá pegar um coquetel e relaxar. Juro, se eu te ver assediar alguém de novo, eu mesmo te coloco para fora — Beppe ameaçou, mas um sorriso espalhou por sua boca. Max se virou para Stella, lamentando claramente suas ações.

— Sinto muito, anjo. Eu não queria te envergonhar, mas aquele idiota queria causar problemas entre nós. E não ajuda que toda vez que eu olho para a cara dele, me lembro dele te beijando e quero dar um soco nele sem nenhuma outra razão.

Stella jogou os braços em volta do pescoço dele e sorriu.

— Você não está brava? — perguntou Max.

— Não. Ele estava me dando nos nervos também. — Max sorriu e a beijou.

Quando se separaram, ele tomou-lhe a mão e levou-a em direção às portas francesas que levavam ao terraço. Antes de chegarem a ele, no entanto, a porta da frente se abriu e Stella viu Gia entrando. Ela parecia um pouco incerta; sua caminhada confiante habitual parecia um pouco hesitante. Em suas mãos, ela tinha um pequeno presente embrulhado em azul escuro e dourado, e ela balançou a cabeça quando uma garçonete fez um gesto para ela deixá-lo na mesa de presentes. A garçonete fez uma careta, mas não insistiu. Gia olhou ao redor com olhos preocupados, obviamente, à procura de Beppe.

Stella puxou a mão de Max e apontou o queixo em direção à sua irmã.

— Ela veio — disse ela e sorriu, sem ter certeza do porquê. Talvez porque soubesse que a aparição de Gia faria Beppe muito feliz.

— Eu não achei que ela viria. Eles não se falam desde aquela noite no bar de karaokê. Beppe não quer admitir, mas ficou arrasado — disse Max. Stella assentiu enquanto observava o desenrolar dos acontecimentos à sua frente. Beppe viu Gia do outro lado da sala e dirigiu-se em direção a ela com firmes

Num piscar de Olhos 315

passadas longas. Ele parou bem na frente dela e hesitou por alguns segundos antes de envolvê-la em seus braços. Gia pareceu surpresa com a reação dele, mas se recuperou rapidamente e o abraçou de volta.

Stella sorriu e levou Max de volta para seu destino original.

Capítulo Trinta e Um

Na quinta-feira seguinte, Stella acordou cedo e não conseguiu voltar a dormir. Ela estava deitada na cama, com a cabeça no peito de Max e seu braço em volta dela, ouvindo seus batimentos cardíacos constantes. Ele estava respirando lenta e uniformemente e, estranhamente, não se mexeu quando Stella levantou a cabeça de seu peito e deslizou para fora da cama. Ele provavelmente estava muito cansado - tinha trabalhado no bar na noite anterior. Stella tinha insistido em ficar em casa e não ir com ele, apesar de seus esforços para convencê-la do contrário. Eles quase nem tinham passado uma hora sequer separados em mais de três semanas e Stella sentiu que seria bom, para eles, ficarem longe um do outro por algumas horas. Max fez cara feia e colocou em seu rosto um irresistível olhar triste que, geralmente, o ajudava a conseguir tudo o que queria, mas, desta vez, ela não recuou.

Quando ele finalmente chegou em casa, já passava das duas da manhã. No momento em que Stella abriu a porta para ele, ele se lançou sobre ela, beijando-a com tal urgência que, se ela não soubesse que só tinham ficado separados por cinco horas, ela teria pensado que tinham sido cinco dias. Ele fez amor com ela e a segurou nos braços como se ela fosse desaparecer se ele a soltasse.

Só de pensar em quão rápido o final de suas férias estava se aproximando fazia o peito de Stella doer e a deixava com dificuldade de respirar. Um pouco mais de duas semanas; isso era tudo o que lhe restava com Max. Como ela conseguiria continuar vivendo como se nada disso tivesse acontecido? Como se ela não o tivesse conhecido? Como se não o amasse com todas as suas forças?

Uma lágrima deslizou pelo seu rosto e, limpando-a com raiva, Stella saiu silenciosamente do quarto. Ambos sabiam no que estavam se metendo; esse era um relacionamento com data de validade, desde o início. Sem drama, eles tinham dito.

Mesmo sendo tão difícil ir embora, Stella não se arrependeu nem por um único segundo do tempo que passou com Max. Ela faria tudo de novo, mesmo que tivesse que ter seu coração partido novamente de forma

Num piscar de Olhos   317

irreversível. As últimas semanas tinham sido as mais felizes de toda a sua vida e ela não as trocaria por nada.

— Ei, o que há de errado? — perguntou Lisa. Ela estava sentada à mesa de jantar tomando café e tinha um pedaço de papel na mão.

— Nada, eu só... não dormi bem. — Stella se serviu de uma xícara de café e se juntou à Lisa na mesa.

— Onde está Max? Ele não veio ontem à noite?

— Veio. Ainda está dormindo e eu não quis acordá-lo.

Lisa colocou a mão no antebraço de Stella, para chamar sua atenção, antes de dizer:

— Você sabe que sempre pode conversar comigo, né? — Stella assentiu, embora, nesse momento, ela não conseguisse falar. Ela não estava preparada para admitir que estava apaixonada por Max e não queria ir embora. — Esta é a primeira manhã, desde que começaram a namorar, que vocês não descem juntos. Você tem certeza de que está tudo bem?

— Sim, tenho certeza. Esquece isso, ok? — Stella retrucou e imediatamente se arrependeu. — O que é isso? É um bilhete? — Ela apontou para o pedaço de papel que Lisa tinha colocado em cima da mesa à sua frente, numa tentativa de mudar de assunto.

— Sim, um bilhete da mamãe. Ela é uma péssima geek - quem deixa bilhetes nos dias de hoje? — Lisa revirou os olhos e leu em voz alta:

Queridos filhos (isso inclui você, Max, já que, aparentemente, mora na minha casa agora),

Por favor, estejam em casa para o jantar às sete horas em ponto. Eu tenho uma grande surpresa para todos vocês! Não se atrevam a se atrasar! Oh, a propósito, façam o jantar. Eu não vou estar em casa até às sete; tenho uma coisa para fazer primeiro. Mal posso esperar para ver todos vocês em um só lugar, para variar!

Amor, Niki.

— Estranho — disse Stella, pegando o bilhete de Lisa para reler.

— Eu sei. Estejam em casa para o jantar, mas *façam* o jantar? Eu não sei o que ela está aprontando. — Lisa bebeu o último gole de seu café e levou a xícara para a pia.

Max acordou e encontrou a cama vazia ao seu lado. Levantando abruptamente, olhou ao redor, mas não havia nenhum sinal de Stella. Ele sentiu uma pontada aguda no peito tão forte que, momentaneamente, ficou tonto. Ontem à noite, quando ele passou a noite inteira sem ela, foi pura tortura. Tudo o que podia pensar era nela. Ele estava no limite, estourando com as garçonetes, Marco e impaciente com os clientes. Isso era muito diferente dele, que geralmente gostava bastante de trabalhar no bar. Ele não parava de olhar para o relógio e sentia como se o tempo estivesse passando a uma velocidade insuportável. Sem ela, Max se sentiu desequilibrado, inquieto. Sozinho. Vazio.

Isso dolorosamente o lembrou de que logo ele estaria de fato sozinho; ela iria embora em duas semanas.

Ele não podia deixar isso acontecer. Ele não podia perdê-la.

O simples pensamento de nunca mais ver Stella novamente fez todo o seu corpo tremer. Passando as mãos trêmulas pelo cabelo, ele levantou da cama e foi procurá-la. Por que ela saiu da cama sem ele? Ela nunca tinha feito isso antes. Eram só nove horas; considerando que não tinham dormido até bem depois das 4 horas da manhã, eles não dormiram o suficiente.

Inferno, onde ela estava?

Max ouviu a voz dela na cozinha e se dirigiu para lá, sem se importar que usava apenas sua boxer. Ver Stella em pé ao lado da pia conversando com Lisa o fez relaxar um pouco.

— Meu anjo — ele disse para atrair sua atenção. Ela o olhou, surpresa, e seus lindos lábios carnudos esboçaram um sorriso.

— Por que você já está de pé? Ainda é cedo. — Ela foi até ele e o abraçou pela cintura. — Acordei e você tinha sumido. — Ele percebeu o quão sentimental soou, mas não deu a mínima. Ele a queria aninhada a ele enquanto dormia, não se esgueirando da cama. — Por favor, volte para a cama. Eu não consigo dormir sem você. — Ele beijou a ponta do seu nariz e colocou o cabelo atrás da sua orelha esquerda. O que ele fará quando ela for embora? Sofrer de insônia pelo resto da vida?

— Está bem — ela sussurrou e o libertou do seu abraço. Ele segurou a mão dela com firmeza, com medo de que ela mudasse de ideia e decidisse ficar aqui com Lisa. — Lis, vou voltar para a cama. Que tal ir ao supermercado à tarde para comprar os ingredientes para fazer o jantar?

— Ok. Estarei no estúdio. Não vou trabalhar hoje. Ligue-me quando você estiver pronta para ir. — Lisa não fez qualquer comentário sobre Max estar só de cueca, ou sua demonstração pública de afeto, ou o fato de que ele arrastou Stella de volta para a cama. Estranho. Normalmente, ela teria feito pelo menos cinco comentários provocativos até agora.

Isso não importa. Stella voltou com ele.

Eles se aninharam debaixo das cobertas e ele puxou o corpo dela contra o dele, pressionando-a contra o peito até que não restasse espaço nem mesmo para o ar entre eles. Max beijou a nuca dela e inalou o perfume de seus cabelos.

Casa. Ela estava em casa.

Para onde ele iria quando ela fosse embora? Para sua casa vazia, onde ele mal via sua mãe e irmã? Ele também não poderia ficar aqui. Não que Lisa ou Niki fossem se opor, mas ele não conseguiria ficar aqui sem Stella.

Sem Stella, ele não tinha uma casa.

A emoção o dominou e ele sentiu todo o seu corpo começar a tremer.

— Você está bem? Está com frio? — perguntou Stella.

— Eu estou bem. Só senti a sua falta. — Ele forçou seu corpo a parar de tremer e tentou relaxar. Ela estava aqui agora; tudo estava bem.

Max queria dizer a ela o quanto a amava, que não queria que ela o deixasse, e que eles poderiam fazer o relacionamento dar certo, mesmo depois que ela voltasse para Londres. Ele simplesmente não conseguia. Especialmente

320 *Teodora Kostova*

com o enorme nó na garganta. E se ela dissesse que não se sentia da mesma forma e ele estragasse as últimas duas semanas que tinham juntos? Ele esperou por tanto tempo; ele podia esperar por mais alguns dias. Ele diria a ela, mas não ainda.

Forçando o ataque de pânico que tinha acabado de experimentar, diminuir, Max fechou os olhos e, aliviado pela respiração tranquila de Stella, adormeceu.

Eram quase sete e Stella se sentia estranhamente nervosa. Sua tia não lhes tinha dado qualquer pista sobre o que era a sua surpresa, mas todos sabiam que devia ser algo grande, porque Niki não era o tipo de pessoa de "guardar segredos".

— Ei, como vai o jantar? — perguntou Lisa, passeando pela cozinha. Ela não tinha ido com eles ao supermercado, e se recusou a sair de seu estúdio para ajudar na cozinha. Não que Max precisasse de ajuda - como de costume, ele fez toda a refeição sozinho. Stella ficou encarregada de fazer a salada e provar o molho para o tagliatelle de almôndega a cada dez minutos. Quando o assunto era cozinhar, Max era obcecado com a perfeição.

— Bem, eu acho. Não estou fazendo muito — disse Stella, enquanto picava alguns tomates cereja para a salada. Max se afastou do fogão e caminhou em direção à Stella, curvando-se para beijá-la.

— Você está fazendo muito, linda. Está entretendo o chef, e isso é um trabalho muito importante. Você sabe o tamanho da lista de espera para essa posição? — Stella e Lisa riram ao mesmo tempo.

— Sim, muito longa — disse Lisa, sarcasmo escorrendo de suas palavras e fazendo Stella rir ainda mais. Aqueles dois adoravam provocar um ao outro e Stella era feliz por colher os frutos dessa diversão.

— Lisa está com inveja, porque ela costumava ser a animadora principal do chef — disse Max com um sorriso. — Mas essa boca inteligente dela sempre a colocou em apuros.

— Não é minha culpa se você é tão fácil de provocar. Ou que você seja tão imaturo que a única maneira de conseguir responder as minhas piadas ou é com violência física ou jogando comida em mim. — Lisa pegou uma garrafa de água na geladeira e sentou ao lado de Stella.

— Violência física? Quando foi que eu já usei "violência física"? — Ele fez aspas no ar com os dedos e se inclinou contra o balcão com uma expressão divertida no rosto.

— Quando você me jogou por cima do seu ombro e me jogou no sofá, gritando comigo para não voltar para a cozinha. Ou quando você me empurrou na piscina, depois que eu disse que você queimou as costelas na churrasqueira, de novo.

— Oh, sim, eu me lembro. — Max sorriu com a lembrança, enquanto Lisa franziu o cenho.

— Verdade, prima? Você não conseguiu fazer melhor do que isso? — disse Lisa a Stella, inclinando a cabeça para Max.

— Por favor, deixe-o em paz. — Stella sorriu para Max, que lhe soprou um beijo no ar. Lisa revirou os olhos e levou sua garrafa aos lábios. — Antes que ele te jogue na piscina de novo — acrescentou Stella. Max riu e, encurtando a distância entre eles em dois passos largos, reivindicou sua boca em um beijo apaixonado.

— Oh, Deus, há dois deles agora! — Exclamou Lisa, mordendo o lábio inferior para reprimir seu sorriso.

— Dois de quê? — disse alguém da sala de estar, e todos os três viraram a cabeça na direção da voz. Uma voz muito familiar.

Stella saltou de sua cadeira, quase a derrubando e correu para a sala de estar.

— Mãe! — ela gritou, antes de esmagar o corpo de Helen em um abraço de urso. — O que você está fazendo aqui? — Ela se afastou e olhou para o rosto de sua mãe, ainda incapaz de acreditar que ela estava realmente aqui.

— Surpresa! — disse Niki, quando se aproximou delas, sorrindo. Stella tinha falado com sua mãe há dois dias e ela não tinha mencionado nada sobre vir visitar. — Eu a convenci a tirar alguns dias de folga e vir nos visitar. Afinal, ela é minha melhor amiga e ainda não viu onde moro. — Ela piscou para Helen, que irradiava alegria pura.

Stella não sabia que as duas mulheres tinham conseguido tão rapidamente reconstruir sua relação como a que tinham tido antes. Sua mãe não tinha mencionado isso nem sua tia, mas talvez fosse parte do plano. Realmente não importava: sua mãe estava aqui e ela estava em êxtase. Stella não tinha percebido o quanto sentia falta dela até aquele momento.

— Estou muito feliz que você veio — disse Stella e puxou-a para outro abraço.

— Eu também, coração. Senti sua falta. De todas vocês — disse Helen, olhando para Lisa e depois Niki. Lisa deu um passo adiante para dar um abraço na tia.

— Bem-vinda, tia Helen. É tão bom te ver depois de todo esse tempo — disse Lisa, e Stella viu seu olhar se erguer.

Max veio da cozinha e parecia um pouco desconfortável. Era imaginação de Stella, ou ele estava nervoso com o encontro com sua mãe? Ela sorriu para ele, na tentativa de aliviar o seu desconforto.

— Mãe, este é Max — disse Stella enquanto ele se aproximava delas. Os olhos de Helen se iluminaram quando ela o mediu com um olhar rápido, e seus lábios se espalharam em um sorriso.

— Olá, Sra. Quinn. Prazer em conhecê-la — disse ele educadamente, estendendo a mão.

— Por favor, me chame de Helen. Prazer em conhecê-lo também, Max. Já ouvi muito sobre você. — Ela sorriu para ele e olhou diretamente para a filha.

Max corou. Ele *realmente* corou. Stella nunca tinha imaginado que isso fosse mesmo possível. Ele parecia tão frio e arrogante o tempo todo, que ela nunca, em um milhão de anos, pensou que alguém poderia fazer suas bochechas corarem. Era adorável. Seu coração se expandiu com tanto amor por ele que empurrou contra seus pulmões e ela achou difícil respirar.

Stella seguiu Niki e Helen lá em cima para ajudar sua mãe a se instalar. Sem ninguém perceber, Niki tinha movido sua mesa e o computador para seu quarto, e tinha preparado o escritório como um espaço para Helen. Tinha um sofá-cama, uma cômoda e um pequeno guarda-roupa, de modo que ela ficaria suficientemente confortável. O quarto era pequeno e não tinha suíte, como os outros quartos, mas, pelo menos, Helen teria seu próprio espaço. Stella se perguntou se sua tia havia passado por todo esse trabalho por causa dela e seu relacionamento com Max. Se Max não estivesse dormindo em sua cama todas as noites, ela poderia ter compartilhado o quarto com a mãe; havia espaço mais do que suficiente para as duas. Mesmo que Niki trabalhasse longas horas, ela ainda conseguia prestar atenção ao que estava acontecendo ao seu redor. Talvez ela sentisse o quanto era importante para Stella gastar tanto tempo quanto possível com Max, simplesmente porque sabia que seu tempo com ele era limitado.

Enxotando todos esses pensamentos deprimentes de sua cabeça, Stella deixou Niki e sua mãe desfazendo as malas e caminhou de volta para a cozinha, onde Max e Lisa estavam discutindo sobre qual foi a melhor série já transmitida na TV: "Lost" ou "Prison Break: Em Busca da Verdade". Ela decidiu ficar de fora disso, pelo menos até que a comida ficasse pronta, e levou pratos e talheres para pôr a mesa.

O jantar foi perfeito. Pela primeira vez desde que Eric e seu pai tinham morrido, Stella sentiu que tinha todas as pessoas que amava ao seu redor. Todo mundo parecia de bom humor também. Até Max conseguiu relaxar perto de Helen, especialmente depois que todo mundo elogiou a deliciosa refeição que ele tinha, mais uma vez, preparado para elas.

Niki compartilhou o resto do plano para a estada de Helen: ela tinha tirado uma folga do trabalho, e também deixou sua assistente encarregada do SPA. Ela queria mostrar à Helen tanto da Itália quanto possível, no curto espaço de tempo disponível - o que significava que elas viajariam muito e Stella não seria capaz de passar muito tempo com sua mãe. Ela estava bem com isso - em pouco tempo, seriam apenas elas duas em Londres. Stella estava feliz que sua mãe teria a oportunidade de reacender sua amizade com Niki. Helen precisava desesperadamente de sua melhor amiga em sua vida novamente.

Quando terminaram de comer, Niki e Helen foram para a sala de estar terminar seu vinho e conversar. Stella ficou para trás para ajudar com os pratos, mesmo que Max e Lisa tenham tentado fazê-la ir com a mãe. Ela sentiu que dar a Niki e Helen um pouco de privacidade era o que elas precisavam naquele momento. Ela mataria a saudade de sua mãe mais tarde.

Logo a cozinha foi arrumada, a máquina de lavar louça estava cheia e trabalhando, e Lisa tinha pego três copos para eles. Ela derramou suco de laranja em um e *Prosecco* nos outros.

— O que você vai beber, Max? *Prosecco*, cerveja ou vinho tinto? — ela perguntou.

— Nada para mim. Acho que vou tomar uma cerveja com Beppe. — Ele olhou para Stella com incerteza, à espera de sua reação.

— Você quer sair hoje à noite? — perguntou Stella, surpresa.

— Eu não *quero*, mas acho que deveria. Você não vê sua mãe há semanas e talvez vocês duas queiram algum tempo a sós. — Ele mordeu o lábio inferior e olhou para baixo.

— Lis, você pode nos dar um minuto? — Lisa assentiu e, pegando sua taça, entrou na sala de estar. — Max, não vá. Eu não vou ficar sozinha com a mamãe; Niki e Lisa estão aqui também. Ela provavelmente está cansada e vai para a cama cedo. Eu vou ter todo o tempo do mundo para ficar com a minha mãe quando voltar para casa; ela não está aqui por minha causa.

Max não pareceu convencido e Stella sentiu que havia algo mais.

— Você está nervoso perto da mamãe porque dormimos juntos? — Max desviou o olhar e não respondeu à pergunta, e isso fez Stella sorrir. Este homem de vinte e dois anos de idade, que não tinha nenhum problema em começar brigas por ela e beijá-la até deixá-la sem fôlego, sem prestar atenção em quem estava por perto, estava com vergonha de dormir com ela porque sua mãe estava na mesma casa. — Max, isso é ridículo. Eu disse à minha mãe que estou namorando e ela sabe que você passa as noites aqui. Além disso, ela é uma pessoa aberta e muito compreensiva. Você não tem nada para se preocupar.

Num piscar de Olhos   325

— Eu quero que ela goste de mim — disse Max, em voz baixa, como se ele não tivesse certeza se deveria dizer isso. O coração de Stella palpitou.

— Ela já gosta de você, querido. Ela vê o quão feliz você me faz e isso é uma razão boa o suficiente para ela gostar de você. Por favor, não vá embora. Ela adoraria se você ficasse.

— Está bem.

Stella sorriu feliz e levou Max para sala de estar antes que ele mudasse de ideia.

Capítulo Trinta e Dois

Max sentou-se no enorme *puff* verde e Stella o seguiu, sentando entre suas pernas e inclinando-se para trás contra seu peito. Era mais do que suficiente para ambos e sentiram-se confortáveis. Por um momento, ele ficou tenso, sem saber onde colocar as mãos. Virando a cabeça para encará-lo, Stella sorriu encorajadoramente, e colocou seus braços em volta dela. Ele exalou a respiração que estava segurando e pareceu descontrair um pouco.

Niki e Helen estavam conversando sobre seus planos de visitarem Milão no fim de semana, Lisa estava sentada no outro pufe, em frente a eles com seu bloco de desenhos sobre os joelhos, com os dedos se movendo rapidamente sobre ele. Tudo parecia tão normal, tão natural, como se o tempo tivesse voltado e suas vidas não tivessem mudado dramaticamente nos últimos cinco anos. Só que tinham.

— O que você está pensando? — Max sussurrou em seu ouvido.

— No quão bom isso é.

Não demorou muito para Helen começar a reprimir seus bocejos e decidir encerrar a noite. Ela desejou "boa noite" a todos e subiu as escadas, seguida de Niki.

— Ainda é cedo para nós. Vocês querem assistir a um filme? — perguntou Stella.

— Eu não dormi o dia todo, ao contrário de vocês. Lisa levantou, dando-lhes um olhar afiado.

— Quem disse que *dormimos* o dia todo? — Max brincou. Lisa revirou os olhos e arrancou uma página de seu caderno de desenho.

— Vou ignorar isso. Aqui. — Ela estendeu o braço em direção a eles, segurando a página que tinha acabado de rasgar. — Vejam o quão enjoativamente fofos vocês parecem. — Piscando o olho para eles, Lisa subiu as escadas para o quarto dela.

Num piscar de Olhos

Stella segurou o desenho na mão, com a boca aberta. Como Lisa poderia desenhar aquilo em tão pouco tempo? Era perfeito: a imagem exata de Max segurando Stella no *puff*. Lisa era uma pintora muito talentosa, mas Stella achava que ela era ainda mais surpreendente com um simples lápis na mão. De alguma forma, ela conseguiu captar a ligação compartilhada entre eles com alguns traços pretos. Stella não conseguia parar de olhar para o desenho.

— Ela é incrível, não é? — disse Max, olhando para o desenho por cima da cabeça dela. — Quando a vi pela primeira vez na reunião de aconselhamento, ela estava sentada em uma cadeira, com as pernas cruzadas e um bloco de desenho nos joelhos. Ela nunca parava de desenhar, mesmo enquanto falava, mas nunca nos mostrava nada. Eu levei quatro semanas ouvindo os outros antes de reunir coragem suficiente para falar. No dia em que eu falei sobre o meu pai, Lisa veio até mim após a reunião e me deu uma folha como esta. — Max parou de falar e, mesmo que Stella não pudesse ver seu rosto, ela sabia que ele estava lutando contra suas emoções. Ela sentiu seu coração acelerar e sua mão tremer quando ele pegou distraidamente um fiapo imaginário do puff ao lado dela. — Quando olhei para o desenho, era como se eu tivesse sido atropelado por um trem-bala. A emoção por trás desse simples desenho a lápis era exatamente a que eu senti quando falei naquele dia. Eu não sei como ela faz isso, mas ela tem um talento incrível para captar sentimentos em um pedaço de papel.

Isso era exatamente como Stella descreveria seu desenho: sentimentos em um pedaço de papel.

— Stella... — Max sussurrou, seus lábios tocando a pele debaixo de sua orelha. — Eu não quero ver um filme. — Sua respiração estava queimando sua pele e ela estava consciente de cada centímetro dele ao redor dela.

— O que você quer fazer? — perguntou Stella, sua voz baixa e instável. Max passou os braços com mais força em volta dela e mordeu o lóbulo de sua orelha.

— Eu quero estar dentro de você. Desesperadamente. E então eu quero que você durma nos meus braços.

Um arrepio correu por todo o corpo de Stella como uma grande ola mexicana. Max percebeu e sua respiração ficou ofegante. Antes que ela pudesse reagir, ele já estava de pé e com ela em seus braços.

No momento em que Max pegou Stella nos braços e ela o encarou com aquele incrível olhar sensual, ele quase disse tudo o que estava pesando sobre eles: o quanto a amava; o quanto precisava dela; o quanto precisava que ela precisasse dele. Em vez disso, ele a beijou quando ela cruzou as mãos atrás do pescoço dele, e levou-a para o quarto.

Quando ele a deitou na cama, algo em seu olhar mudou. Como se ela quisesse dizer as mesmas coisas que ele desejava dizer. Como se ela também não quisesse que isso acabasse.

Diga, Stella, por favor, diga. Diga que me ama. Diga que você me quer. Diga que você não vai embora.

Ele entoou essas palavras repetidamente em sua cabeça, esperando que ela pudesse ler sua mente.

Stella permaneceu em silêncio por muito tempo antes de fechar os olhos e fazer uma careta. Quando os abriu, o que estava lá segundos atrás tinha ido embora. Tudo o que Max via agora era desejo e desespero.

Ele não queria mais pensar. O que ele queria estava ali, deitada na cama debaixo dele. Max alcançou a boca de Stella em um beijo feroz e ela respondeu imediatamente, agarrando sua nuca e puxando-o para ela. Ela precisava disso tão urgentemente quanto ele. Ele seria lento e gentil com ela mais tarde, mas agora ele queria enterrar-se dentro dela e esquecer o futuro.

Algum tempo depois, ofegantes e sem fôlego, Max segurou Stella em seus braços e tentou acalmar seu corpo e sua mente, ouvindo sua respiração irregular. O peito dela colidia contra o dele e ele podia sentir o batimento acelerado do coração dela, que combinava com o seu. Nenhum dos dois tinha dito uma só palavra desde que chegaram ao quarto. Eles expressaram seus sentimentos sem conversar. Enquanto as palavras poderiam ser retidas, as ações não mentiam.

A ligação que compartilhavam era muito mais profunda do que as palavras. Max sentiu que Stella era tão parte dele quanto sua própria alma. Era algo que estava permanentemente gravado em seu próprio ser. Sem ela, ele nunca *seria* completo.

Ele sabia que ela sentia o mesmo. Ele tinha visto isso em seus olhos, ouvia nas batidas do coração dela, sentia em seu hálito quente contra sua pele. Se ela não estivesse pronta para dizer isso ainda, então, que assim fosse. Max não iria pressioná-la a expressar seus sentimentos com palavras. No entanto, ele iria pressioná-la a ficar com ele.

Ir embora não era mais uma opção.

Talvez nunca tivesse sido.

— Você acredita em amor à primeira vista? — ele perguntou, quando sua respiração acalmou o suficiente para formar palavras. Stella ficou tensa ao lado dele e ele acariciou a linha reta de suas costas para relaxá-la.

— Eu realmente nunca pensei sobre isso.

Mentirosa.

— Bem, pense sobre isso agora. Você acha que é possível amar alguém no momento em que você o vê?

— Provavelmente não. Ficar atraído por alguém, com certeza. Mas amor? Isso não precisa de tempo? — Stella inclinou a cabeça para olhar nos olhos de Max.

— Aqui está a minha teoria: eu acho que se você sente esta atração insana por alguém, não pode ser apenas físico. Você acha que é físico, porque para você essa pessoa é a coisa mais linda que você já viu, mas não pode ser. E eu não estou falando apenas de qualquer atração; existem muitas pessoas de boa aparência que encontramos todos os dias e, certamente, nós somos atraídos por algumas delas, sem nos importarmos de conhecê-las, fazer sexo com elas. Estou falando da atração intensa que sufoca quando a pessoa em questão sai de perto de você. Isso não é físico. O cérebro humano é um pouco lento e precisa de tempo para processar o que o nosso coração já sabe. Quando - ou melhor, se - tivermos a sorte de encontrar alguém que capte o nosso coração no momento em que colocamos os olhos sobre ela, sentimos a primitiva atração física que é tão forte que não se apaga facilmente. Dessa forma, nosso cérebro tem tempo para processar isso e perceber que esta é a pessoa que você não pode viver sem. Essa é a pessoa que te completa. — Max olhou para Stella, que o observava com admiração. — Essa é a única para mim. — Ele disse as últimas palavras enquanto olhava diretamente em seus olhos, dizendo-as para ela, mas dando-lhe a opção de pensar que ele estava terminando sua linha de pensamento.

Stella engoliu lentamente, lambeu os lábios secos e baixou os olhos. Ela se aconchegou mais perto de Max, enterrando o nariz em seu pescoço.

— Você já pensou muito sobre isso — ela sussurrou.

— Meu pai sempre dizia que amou a minha mãe no momento em que a viu. Quando eu era mais novo, achava que isso não era possível. Então, depois que ele morreu, eu repassei as nossas conversas uma e outra vez na minha cabeça. Eu poderia falar com ele sobre qualquer coisa, e ele sempre tinha algo interessante e não convencional a dizer. Eu pensei sobre a conexão que ele e a minha mãe tinham. Não era algo pessoal - era algo que podia ser sentido por todos ao redor deles e fez eu me concentrar no assunto, analisá-lo, acreditar nisso. — De repente, Max não conseguia controlar suas palavras por mais tempo. O que ele sentia por Stella iria explodir dentro dele e se não soltasse, iria rasgá-lo em pedaços. — Eu realmente não conseguia acreditar até que senti o mesmo.

Stella ainda tinha o nariz enterrado em seu pescoço e Max inclinou seu queixo para cima com o dedo indicador para que pudesse ver a reação dela ao que ele tinha acabado de dizer. Seus olhos estavam marejados de lágrimas não derramadas e havia medo neles. Por que ela estava com tanto medo de ouvir que ele a amava? Especialmente quando ela se sentia da mesma forma?

Uma lágrima escapou de seu olho e rolou pelo seu rosto. Ele morreria se a fizesse chorar. Tudo o que ele queria era fazê-la feliz, e não ter medo ou ficar triste. Isso foi o suficiente para segurar tudo o que ele queria dizer e bloquear atrás de uma porta sólida.

— Não chore, por favor, *tesoro*, não chore — ele sussurrou e beijou uma trilha ao longo de sua bochecha onde sua lágrima tinha deixado um traço úmido. Quando chegou ao canto da boca, Stella virou a cabeça ligeiramente e colidiu seus lábios nos dele. Seu beijo foi frenético, desesperado. Forçando-se a não perder o controle e ceder à sua paixão, Max diminuiu o ritmo de seus lábios, explorando delicadamente sua boca com a língua, acalmando seu desejo. Ele deslizou a mão ao longo de suas costas, espalmando seu traseiro e fazendo-a gemer expressivamente. Stella tentou assumir o controle novamente e o empurrou de costas com ela em cima, mas Max resistiu, virando-a de costas e a pressionando para baixo com o seu corpo.

— Faremos isso do meu jeito agora. Eu vou fazer amor com você lentamente até você derreter em minhas mãos — ele disse com a voz rouca. Stella mordeu o lábio inferior e seus olhos cinzentos ficaram vidrados pela necessidade. — Se você não quer ouvir o que eu sinto, tudo bem. Eu vou te mostrar.

Ele não deu tempo para ela reagir ou responder. Mergulhando sua cabeça para baixo, Max a beijou até que ela gemeu contra seus lábios.

Até o final da noite, ele tinha certeza de que Stella sabia exatamente como ele se sentia sobre ela. O medo nos olhos dela tinha ido embora e ele viu esperança substituí-lo, pouco antes de ela adormecer em um sono tranquilo em seus braços.

Capítulo Trinta e Três

Os próximos dez dias passaram num borrão. Stella mal viu a mãe, porque Niki a levou para Milão, Turim, Veneza, Verona, Toscana e Deus sabe mais onde. Cada vez que voltavam para casa, as duas mulheres brilhavam de felicidade. Helen tinha dito várias vezes que, se algum deles quisesse se juntar a elas, seriam bem-vindos. Lisa recusou por causa dos compromissos de trabalho, supostamente, mas Stella suspeitava que ela estava apreensiva por causa de Gino. Ela tinha ido visitá-lo muito mais vezes durante essas últimas duas semanas, mas se recusou a falar sobre isso. Stella odiava que sua teimosa prima estivesse sofrendo sozinha, mas, se ela não queria conversar a respeito, Stella não poderia obrigá-la. Manter um segredo tão grande de sua mãe também estava pesando sobre Lisa, e Stella percebeu que ela se afastou de Niki, tentando mantê-la à distância.

Stella tinha passado todo o seu tempo com Max. Ele lhe deu mais algumas aulas de direção, nas quais ela tinha realmente apreciado o momento. Ela ainda não tinha certeza se algum dia tentaria tirar a carteira de motorista, mas, já que estava se divertindo e dando amassos em Max no carro depois, Stella decidiu não pensar nisso e apenas desfrutar do momento.

Ele também a levou para o seu barco algumas vezes. Ancorava-o em algum lugar isolado e se deitavam no convés, tomando sol e conversando. Stella não tinha certeza do que ela gostava mais: fazer amor com Max ou conversar com ele. Quando ele a tocava, a fazia quebrar em milhões de pequenos pedaços de prazer, antes de colocá-los de volta juntos – e, em seguida, começar tudo de novo. Quando conversavam, ele sempre conseguia surpreendê-la, dizendo algo totalmente estranho ou obscenamente engraçado. Stella não conseguia se imaginar entediada em sua presença.

Felizmente, ele não tinha tentado confessar novamente qualquer sentimento que sentia por ela. Stella tinha certeza de que não teria sido capaz de se segurar, se ele tivesse confessado. Seria demais. Já era difícil o suficiente que a data de sua partida se aproximava com a velocidade da luz.

Sua mãe deveria ir embora em três dias e Niki a tinha levado em uma

Num piscar de Olhos   333

última viagem. Aparentemente, havia um mercado de antiguidades muito famoso em uma pequena cidade perto de Padua, chamada Piazzola sul Brenta, e as pessoas de toda a Itália iam visitá-la. Niki tinha ido uma vez antes e afirmou que Helen iria adorar. Stella rezou para que tudo o que sua mãe decidisse comprar coubesse em seu limite de bagagem.

Era sexta-feira à noite e Lisa tinha uma exposição na galeria. Seu chefe tinha conseguido garantir uma visualização exclusiva do mais recente trabalho de um artista muito popular, e Lisa estava muito animada durante toda a semana. Muitas pessoas eram esperadas e seria uma noite agitada, por isso provavelmente chegaria tarde em casa.

Max estava agindo estranhamente durante todo o dia e, cada vez que Stella perguntava o que estava acontecendo, ele desconversava, ou a beijava até que ela esquecesse de como formar qualquer palavra. Então, às oito horas da noite, ele disse a ela para se vestir, porque eles iam sair. É claro que ele não diria para onde, mas o sorriso bobo em seu rosto dizia a Stella que ele tinha algo planejado e que isso tinha sido a razão de seu comportamento estranho o dia todo.

Ela rapidamente colocou um vestido amarelo e sandálias, e estava pronta para sair. Quando saíram, Max segurou sua mão e eles começaram a caminhar pela rua, em vez de entrarem em seu carro. Logo, Stella percebeu que eles estavam indo para a praia.

O sol tinha quase se posto, então, apenas algumas sombras alaranjadas lambiam a superfície da água. A praia estava praticamente vazia; apenas um corredor ocasional podia ser visto por ali enquanto caminhavam de mãos dadas ao longo da costa.

— Feche os olhos — disse Max, movendo-se na frente dela em um movimento rápido.

— Por quê?

— Apenas feche, Stella. — Ele suspirou, e deu-lhe um sorriso desarmante. Ela revirou os olhos antes de fechá-los. Max a beijou e sussurrou: — Mantenha-os fechados até que eu diga que pode abrir. — Stella assentiu. — Prometa-me que não vai espiar.

— Não vou espiar.

— Ótimo. — Ele pegou suas duas mãos, mas não se mexeu. Ela o sentiu mover a parte superior do corpo, mas não começaram a andar. O que ele estava fazendo? Por que ela tinha um mau pressentimento sobre isso? Era como se ele fosse fazer algo importante esta noite e nunca seriam capazes de voltar atrás.

Em poucos minutos, Max puxou seus braços para frente e ela começou a andar. Custou cada grama de autocontrole que Stella possuía para não abrir os olhos e ver o que estava acontecendo. Eles caminharam por alguns minutos antes de Max parar e, respirando fundo, dizer: — Abra.

Ela abriu. Eles estavam em frente ao seu posto de salva-vidas e havia velas iluminando ao redor dela.

— Uau. Como você fez isso? — Stella teria visto as velas de longe se estivessem acesas há poucos minutos.

— Eu tive um pequeno ajudante. — Ele piscou para ela e levou-a até as escadas, fazendo um gesto para ela sentar. Quando ela o fez, ele se ajoelhou na areia em frente a ela. — Estou muito feliz que você usou esse vestido esta noite. — Confusa, Stella deu uma rápida olhada em seu vestido, querendo saber o que havia de tão especial nele. E então se lembrou: era o vestido que tinha usado no primeiro dia que chegou em Gênova; o vestido que ela estava usando quando viu Max pela primeira vez.

— Você estava usando esse mesmo vestido quando a vi pela primeira vez e você mudou a minha vida para sempre — disse Max, e Stella abriu a boca para dizer alguma coisa, qualquer coisa, apenas para que ela pudesse interrompê-lo, porque ela já sabia para onde isso ia. Max colocou um dedo sobre seus lábios silenciando-a. — Eu sei que você não quer ouvir isso, mas eu não posso segurar por mais tempo.

Ele tirou o dedo de seus lábios e o substituiu por sua boca, dando-lhe um beijo lento e suave.

— Stella, eu te amo. Eu te amei desde a primeira vez que te vi. Meu cérebro precisava de algum tempo para processar isso, mas meu coração ficou marcado por você desde aquele momento. — Max fez uma pausa, estudando

Num piscar de Olhos 335

seu rosto e esperando algum tipo de reação. Stella não sabia o que dizer. No fundo, ela sabia que Max a amava, mas agora que ele tinha passado por todo esse trabalho para realmente dizer isso, tornou-o real.

Ela ia embora em menos de duas semanas e tinha uma consulta com seu oncologista em três. Que diferença fazia se ele a amava, ou que ela o amava, quando havia uma forte probabilidade de o câncer ter voltado?

— Max, eu... eu não sei o que dizer. — Era exatamente como se sentia. Nada do que ela dissesse faria isso direito.

— Você não tem que dizer nada. Eu não fiz isso para encurralá-la, Stella. Eu... eu preciso de você. Não quero te perder. — Sua voz tremia de emoção e Stella estava à beira das lágrimas. Ela odiava não ser capaz de dizer-lhe o quanto o amava, e por que, apesar disso, ainda ter que ir embora. Ela odiava ter que quebrar seu coração.

Max viu isso em seus olhos. Ele viu seu conflito interno e o resultado. Ele balançou a cabeça, seus olhos ficando desesperados.

— Não faça isso, Stella — ele sussurrou. Stella sentiu uma lágrima quente correr pelo seu rosto. — Não. — Max levantou e começou a andar como um animal enjaulado.

— Max... — Stella começou, imaginando o que ela poderia dizer para tornar isso melhor. Ela queria colocar toda a culpa em si mesma e não fazê-lo se sentir como se tivesse feito algo errado.

— Ouça-me — disse ele, interrompendo-a e se ajoelhando na frente dela. — Eu não sei por que você está tentando me afastar. Não há nada nos impedindo. Nós vivemos em países diferentes, é verdade, mas, se quisermos, podemos fazer isso funcionar. Eu sei que podemos. Eu nunca quis tanto algo. Você me faz sentir como se eu fosse digno, como se eu fosse necessário. Ninguém precisou de mim desde que meu pai morreu, Stella. Minha mãe se enterrou no seu trabalho e raramente a vejo, e Gia se fechou completamente para mim, ainda se culpando por não ter ajudado a cuidar do papai.

— O que você quer dizer? — perguntou Stella, percebendo que Max nunca tinha compartilhado como seu pai tinha morrido. Ele não gostava de falar sobre isso e Stella nunca tinha pressionado o assunto, porque sabia o quão doloroso era se lembrar.

Max passou as mãos pelos cabelos, em seguida, arrastou-as pelo seu rosto, como se buscando coragem para falar.

— Meu pai teve leucemia. Quase um ano antes de morrer, ele precisava de cuidados intensivos. Gia se apavorou. Ela sempre o idolatrou, e ver o homem forte e confiante ser reduzido a uma pessoa frágil, doente e deitada na cama o dia todo, realmente a assustou. Ela se afundou nos estudos - estava no último ano do ensino médio e precisava de boas notas para ser aceita no Instituto de Artes Culinárias. Mamãe continuou a ser o único ganha-pão de toda a nossa família e trabalhava quase o tempo todo. Só restou eu. Eu tinha quatorze anos quando fiz uma pausa da escola por um ano, para cuidar dele em tempo integral. Ele morreu duas semanas depois do meu aniversário de quinze anos.

Stella não conseguiu segurar as lágrimas por mais tempo; elas corriam livremente por suas bochechas. A vida era tão injusta. O pai de Max tinha morrido de câncer, e, agora, Max se apaixonou por uma garota que estava com câncer também. Como isso era possível? Por quê? Max não merecia isso. Ele era uma pessoa incrível, que merecia uma vida longa e plena, cheia de amor, felicidade e sorte.

— Desde então, eu me sentia desconectado, fluindo com a corrente e não tendo qualquer finalidade. Até que te conheci. Você me dá tudo o que eu preciso, Stella. Você me dá base; reúne todos os meus pedaços. Me sinto inteiro quando estou com você. Quando olho para o futuro, vejo você do meu lado.

Não. Stella não era, definitivamente, o futuro de Max, porque ela nem sabia se teria um futuro. Mas não podia dizer isso a ele. Se ela lhe dissesse a verdade, ele ficaria com ela. Ela não podia permitir que isso acontecesse; ninguém merecia ter duas pessoas que amava morrendo em seus braços. Mesmo se houvesse uma chance de ela não morrer, ela ainda não queria que Max sofresse com ela enquanto entrava e saía de hospitais e chorava até dormir todas as noites.

— Max, eu sinto muito sobre o seu pai — ela começou, e ele assentiu em reconhecimento. — Você é incrível, mas eu... Preciso de algum tempo para clarear a minha cabeça. Eu preciso pensar.

Ela não podia dizer que nunca ficariam juntos. Hoje não. Seu coração explodiria se ela trouxesse mais dor em tão pouco tempo. Além disso, ela precisava de tempo para se recompor e se preparar para o que tinha que fazer.

— Tudo bem. Conversaremos sobre isso amanhã. — Ele levantou e começou a apagar as velas. Quando terminou, estendeu a mão e Stella a pegou, levantando-se. — Vamos para casa.

— Posso te pedir uma coisa? Você se importa se eu dormir sozinha esta noite? — Seu rosto caiu e Stella se sentiu a maior vilã do mundo. — Eu só... Acho que vai ser melhor se eu pensar nisso sozinha.

Max relutantemente concordou, e a levou para casa. Antes de entrar em seu carro, ele disse:

— Eu sei que tudo o que eu disse esta noite é uma responsabilidade muito grande, e sei que estou te pedindo um compromisso enorme. Também sei que provavelmente não vai ser fácil fazer tudo isso, mas eu sei que, enquanto tivermos um ao outro, podemos fazer qualquer coisa. — Ele circulou sua cintura e a puxou para ele, enterrando seu rosto na curva do pescoço dela. — Eu te amo, Stella.

Ela prendeu as mãos atrás de seu pescoço assim que Max encontrou sua boca e a beijou. Stella não se conteve no beijo. Ela deu tudo de si porque essa seria a última vez que o beijaria.

Max entrou no carro, fechou a porta e acelerou, levando a alma dela com ele.

Capítulo Trinta e Quatro

Uma vez dentro de casa, Stella sentou no sofá e acendeu o abajur. Ela não conseguia se mover, não conseguia chorar, não conseguia respirar. As paredes começaram a se aproximar e ela se sentia presa, sufocada, com náuseas. Sentindo seu estômago queimar com a acidez, ela correu para o banheiro e vomitou. E então as lágrimas vieram novamente. Ela soluçou no banheiro vazio até que desmaiou no chão frio.

Quando acordou, Stella não tinha ideia de que horas eram. Tudo que ela sabia era que não tinha mais forças para chorar. Espirrando água fria no rosto, ela tentou arrumar sua aparência horrível, mas foi inútil - seus olhos estavam vermelhos e inchados, sua pele estava pálida, apesar de seu bronzeado, seus lábios estavam secos e havia círculos escuros sob os olhos.

Saindo do banheiro, Stella ouviu a porta da frente abrir e fechar. Lisa estava em casa. De repente, a raiva oprimiu Stella. Lisa sabia sobre isso o tempo todo! Ela era a única que sabia todos os seus segredos.

— Por que você não me contou? — Não havia nenhuma necessidade de esclarecer. Lisa entendeu imediatamente o que ela quis dizer com a expressão estrondosa, mas sem esperança no rosto de Stella. Ela não respondeu de imediato, obviamente, tentando formular uma resposta de forma que não perturbasse ainda mais Stella.

Tarde demais para isso.

— Como você pôde esconder isso de mim, Lis? — Lágrimas de frustração correram por suas bochechas e Stella as afastou raivosamente com as costas da mão. — Por que você não me contou que o pai dele teve câncer? Que Max cuidou dele sozinho!

— Não cabia a mim te contar isso, Stella. É a vida pessoal de Max; ele era o único que deveria ter dito.

— *Você* deveria ter me contado, quando te perguntei se você estava bem com a gente namorando. Se você tivesse me dito, então, eu teria terminado as coisas imediatamente. Eu não teria...

— Você não teria se apaixonado? Acho que você já estava apaixonada por ele. — Lisa jogou as mãos para cima, exasperada. — Tentei te avisar tantas vezes, mas acho que não funciona dessa maneira. Nós não escolhemos quem amamos, não é?

— Não. Se você tivesse me dito no primeiro dia que o conheci, eu o teria evitado como uma praga. *Nada* teria acontecido entre nós.

— Sério, Stella, você não pode me culpar por isso — disse Lisa com calma, aproximando-se de sua prima. — Eu guardei os *seus* segredos também.

Stella desabou nos braços de Lisa. Seus soluços estavam rasgando o coração dela em pedaços, mas ela não podia ajudar muito. Seu coração também estava rasgado em pedaços.

— Você contou a ele sobre você? — perguntou Lisa, quando ela se acalmou o suficiente para falar.

— Não! E não vou. E nem você — respondeu Stella, determinação se misturando com tristeza em seus olhos.

— Ele não vai te deixar por causa da remota chance do seu câncer voltar. Você sabe disso, né?

— Sim, eu sei, e é exatamente por isso que não vamos contar a ele. A chance é de mais ou menos oitenta por cento - especialmente depois de voltar após a primeira cirurgia e quimioterapia. Eu não vou submeter Max a isso novamente. Ele já sofreu o suficiente com o pai. Eu seria a pessoa mais cruel do mundo, se o permitisse ficar ao meu lado também. Eu prefiro que ele pense que tudo está acabado entre nós e siga em frente com sua vida.

— Ele não vai seguir em frente. Ele te ama, Stella. Dê-lhe a oportunidade de estar lá para você.

— Não.

Stella saiu dos braços de Lisa e afastou a última de suas lágrimas.

— Amanhã eu vou dizer-lhe que está tudo acabado entre nós. Vai levar tempo, mas ele vai seguir em frente. Ele vai conhecer alguém, apaixonar-se e ter a vida que ele merece. Ele não merece ficar preso a uma pessoa doente, especialmente quando ele não sabia que eu estava doente, desde o início. Eu vivi uma mentira com ele esse tempo todo. É tudo culpa minha; se eu tivesse lhe dito no início que eu tinha câncer, talvez ele nunca tivesse...

— Não é algo que você conta em uma conversa, não é? — Lisa interrompeu. — Não procure qualquer culpa, Stella. Não é culpa de ninguém. Os corações de ambos serão quebrados. Não há vencedores nisso.

A chuva caía do céu. Não havia nuvens - apenas um céu cinzento sem fim. Ironicamente, ele lembrava a Stella de casa. Ele também refletia perfeitamente o seu humor.

Ela estava sentada em uma espreguiçadeira sob o toldo, olhando para a chuva e esperando que a água que caía afogasse seus pensamentos.

— Oi — disse Max, quando se aproximou do lado dela e sentou na espreguiçadeira. Ela mandou uma mensagem para ele vir há meia hora atrás. Não tinha porque retardar isso.

— Oi — disse ela sem se virar para encará-lo. — Eu vou embora amanhã. — Não havia porque ficar dando voltas também. Quanto mais cedo ela o afastasse, melhor.

— O quê?

— Minha mãe vai para casa amanhã, e vou voltar com ela.

— Nós temos mais dez dias, Stella. Você não pode ir embora mais cedo. — Stella não disse nada. Ela nem sequer olhou para ele. Ela não podia. Se o fizesse, seu coração quebraria todo de novo e ele já tinha sido quebrado muitas vezes.

— Olhe para mim! — ele exigiu. Suspirando, ela olhou. — É essa a sua resposta? Você pensou em tudo o que eu disse ontem à noite, e essa é a sua resposta? Você não me quer?

Stella não respondeu; ela só olhava para ele com determinação em seus olhos. Se ela abrisse a boca para falar, não tinha certeza se poderia se segurar.

— Merda. — Ele se levantou e começou a andar ao redor. A raiva emanada por ele era nauseante. Seus olhos estavam em chamas, seus punhos, cerrados, todo o seu corpo estava vibrando de raiva.

Ele sentou-se na espreguiçadeira.

— Stella, eu te amo. — Ela olhou para ele e tentou manter o rosto impassível e sem emoção, quando a única coisa que ela queria fazer era beijá-lo e dizer-lhe que o amava também. — Mesmo que você vá agora, a Inglaterra não é a Austrália. Fica a apenas uma hora de voo. Não quero que este seja o fim. Eu quero você. Quero fazer isso funcionar. Se você não quer ficar aqui, eu vou para Londres. Vou para a universidade lá. Eu...

Ele parou, porque Stella nem estava olhando para ele. Ela olhava para a chuva que caía na piscina atrás de Max, e mesmo que ela tentasse manter afastada qualquer emoção, uma única lágrima derramou de seu olho e pelo seu rosto. — Stella — ele disse, seu tom firme. Ele queria que ela o olhasse, mas ela simplesmente não conseguia. — Stella, por favor. Olhe para mim. — Sua voz estava mais suave agora. Ela não podia resistir e o encarou com um olhar vazio. — Eu te amo. Eu... Por favor, não vá embora. Não *me* deixe.

— Eu tenho que ir — foi tudo o que ela disse.

— Por quê?

— Porque eu não sinto o que você sente. Pensei que sentia, mas eu não sinto. — Doía fisicamente dizer essas palavras. Stella conseguiu manter seu tom de voz plano e tão convincente quanto possível, porque essa era a maior mentira que ela já tinha dito.

— Mentira! Eu sei que você me ama, Stella. Não tente me afastar, porque você é covarde para admitir o que realmente sente.

— Pense o que quiser. Estou te dizendo como eu realmente me sinto. Me sinto atraída por você, adoro o sexo e me divirto com você. Mas eu não te amo, Max. Não quero construir uma vida com você.

— Pare de mentir, porra! Eu sei que você me ama. Eu já vi isso em seus olhos. Há luxúria e paixão lá, mas há também amor. E confiança.

Stella não disse nada. Como poderia? Ele estava certo. Era exatamente como se sentia; ela o desejava, mas ao mesmo tempo confiava nele com sua vida e o amava com todo o seu coração partido.

E era exatamente por isso que ela tinha que afastá-lo para o mais longe possível dela.

— Me desculpe se você interpretou errado, mas eu não te amo, Max. Eu adoro como você me faz sentir na cama, adoro conversar e passar o tempo com você. É só isso. Não posso me comprometer com você e ser uma parte do seu futuro, porque, quando fecho meus olhos, não te vejo no meu.

Ele fisicamente recuou com suas palavras. A decepção e a dor em seus olhos quase a matou. Mas Stella tinha que permanecer forte. Ela não chorou e não desviou o olhar do dele, enquanto ele sofria. Ele não disse nada. Apenas ficou ali, olhando para ela, incapaz de formar palavras ou mostrar qualquer tipo de reação.

E, em seguida, Lisa entrou - e tudo desabou.

Ele pulou da espreguiçadeira e parou a poucos centímetros na frente de Lisa, elevando-se sobre o seu pequeno corpo. Para seu crédito, ela não recuou. Lisa cruzou os braços na frente do peito e teimosamente ergueu o queixo para olhá-lo nos olhos.

— O que você disse a ela? — ele gritou.

— Eu não disse nada. Ela faz suas próprias escolhas.

— Sim? Então, ontem à noite, eu digo a ela que a amo e quero passar o resto da minha vida com ela; ela vem para casa para pensar sobre as coisas e a única pessoa aqui é você. Coincidência demais, você não acha?

Lisa encolheu os ombros, seus olhos nunca deixando os de Max. Seu corpo tremia enquanto tentava se controlar. Stella sabia que ele nunca iria machucar fisicamente Lisa, mas, ainda assim, seu corpo enorme se elevando sobre sua prima a deixou desconfortável.

— Max, afaste-se. Não é culpa dela. — Ela levantou-se e aproximou-se dele.

Num piscar de Olhos   343

— Eu discordo — ele rangeu os dentes, ainda se concentrando em Lisa.

— Por que você não pode simplesmente aceitar que eu não te amo? O seu ego é tão grande que você não pode sequer admitir a ideia de uma mulher não ser completamente apaixonada por você?

— Oh, eu posso aceitar que nem *toda* mulher seja apaixonada por mim — disse ele, desviando sua raiva de Lisa e se virando para Stella. — Eu não aceito é que *você* não seja. Porque *você* é. E vocês duas estão mentindo para mim. Eu só não sei o porquê. Mas garanto que vou descobrir; e, quando isso acontecer, vou esperar que você caia em si.

Ele saiu da casa, batendo a porta com tanta força que as janelas tremeram.

Stella não conseguiu aguentar mais. Ela caiu no chão e chorou nos braços de Lisa até que não tinha mais lágrimas ou forças.

Helen e Niki tinham chegado em casa tarde da noite, sem perceber o drama que tinha acontecido apenas algumas horas antes. Stella saiu de seu quarto para contar à sua mãe que tinha comprado uma passagem para o mesmo voo e que ia embora com ela. A julgar pelo seu rosto, Helen queria fazer-lhe um milhão de perguntas, mas Stella murmurou: — Eu não quero falar sobre isso. — E bateu a porta do quarto. Para manter-se ocupada, Stella fez sua mala e, quando terminou, já estava no meio da noite.

Seu celular bipou com uma mensagem de texto e ela o pegou com os dedos trêmulos, certa de que era de Max.

Max — Eu te amo. Por favor, não vá embora.

Ela não respondeu. Cinco minutos depois, bipou novamente.

Max — Seja o que for que você esteja escondendo, nós podemos resolver.

Não, ele não poderia resolver isso. Stella desligou o celular e subiu na cama, exausta demais para lutar contra o sono por mais tempo.

Max não conseguia dormir. Tudo o que podia pensar era em Stella indo embora em poucas horas. O que ele podia fazer? Se declarar o seu amor por ela, compartilhar seus segredos mais profundos, servir a sua alma em uma bandeja de prata não a impediu de ir embora, o que poderia?

Em uma última tentativa desesperada de fazê-la mudar de ideia, ele enviou duas mensagens de texto. Ela não respondeu. Ele enviou outra, mas voltou sem ser entregue. Ela desligou o celular. Ela o expulsou de sua vida. Para sempre.

Max jogou o telefone na direção da parede e o destruiu em pedaços. Ele se enrolou em uma bola na cama e chorou como nunca tinha chorado antes - nem mesmo quando seu pai morreu.

— Me desculpa, Lis. Eu baguncei a sua vida nos dois curtos meses que estive aqui — disse Stella, enquanto abraçava sua prima em despedida no aeroporto. — Max vai provavelmente te culpar pelo que aconteceu, mesmo que não tenha nada a ver com você.

— Ele voltará. Ele precisava de alguém para gritar. Tenho certeza de que ele realmente não me culpa. — Lisa abraçou-a de volta e, quando ela se afastou, seus olhos estavam cheios de lágrimas. — Eu vou sentir sua falta. Prometa que vai me ligar todos os dias.

— Prometo. Vou sentir sua falta também.

Stella odiava despedidas. Já sentada no avião, respirou fundo, mas isso não fez nada para aliviar a pressão em seu peito. Ela se inclinou para trás em sua cadeira, com as mãos segurando os braços. Uma mão quente deslizou sobre seus dedos.

— Como você está, querida? — sua mãe perguntou, a preocupação estampada em suas belas feições.

— Já estive melhor.

— Quando você estiver pronta para falar sobre isso, estou aqui. Não vou te julgar.

Stella assentiu, apreciando verdadeiramente que, apesar de sua mãe estar preocupada, ela não a pressionou para falar, porque agora toda a força de Stella estava focada em fazer seu corpo funcionar fisicamente. Colocando seus fones de ouvido, ela ligou o iPod, selecionou o álbum de Framing Hanley, "Promise to Burn", colocou o volume no máximo e fechou os olhos.

Capítulo Trinta e Cinco

Os primeiros dias de volta a Londres foram pura tortura para Stella. Mesmo que fosse meados de agosto, estava muito mais frio do que em Gênova e ela teve pouco tempo para se adaptar à mudança de temperatura. Só de pensar em desfazer as malas a deixava tonta. Tudo naquela mala a fazia lembrar de Max. Tinha que ficar trancada, caso contrário, ela poderia desmoronar.

Ela só teve forças para perambular pela casa, comer e, ocasionalmente, quando sua mãe a forçava, mudar sem rumo os canais na TV e ler. Stella não queria pensar ou falar. Ela estava entorpecida, e, quanto mais tempo ela ficasse assim, melhor seria, pensava ela.

Na sexta-feira à noite, Helen sentou ao lado dela no sofá, pegou o controle remoto de sua mão, desligou a TV e disse:

— Já chega. Eu já te dei tempo para chafurdar. Você vai me contar tudo, para que eu possa ajudá-la. Recuso-me a sentar e assistir você ficar mais e mais deprimida.

Stella não queria falar, porque ela não via nenhum sentido nisso. Sua mãe não podia fazer nada, então porque sobrecarregá-la? Mas ela parecia determinada a descobrir o que tinha acontecido e Stella não tinha forças para discutir com ela.

Com uma voz firme, ela falou tudo. Pareceu estranhamente bom colocar tudo para fora de seu peito. No momento em que ela terminou, Stella já se sentia melhor. Uma carga compartilhada era um fardo pela metade, certo? Helen não a interrompeu ou fez perguntas. Ela esperou pacientemente até que a história tivesse terminado antes de falar.

— Eu acho que você cometeu um erro.

— Como é que é? — Stella permaneceu sentada no sofá, incapaz de acreditar no que acabara de ouvir.

— Quando você encontra alguém que te ama assim, você não o deixa ir, Stella. Nunca.

— Você ouviu alguma coisa do que eu disse? Eu fiz isso por ele! Eu não o quero preso comigo em hospitais quando ele pode ser livre para viver a vida dele — Stella gritou, com os olhos cheios de lágrimas. A única coisa com a qual ela sempre tinha sido capaz de contar era com a sua mãe estando ao seu lado, e agora ela parecia estar se voltando contra ela.

— Eu vi vocês juntos, querida. Não sou cega. Esse garoto nunca estará livre para viver a vida dele, se ele te ama tanto quanto eu suspeito que ame. — Helen se aproximou de Stella e a abraçou. Ela não resistiu. — Eu entendo porque você fez o que fez. Mas me prometa uma coisa. — Ela se afastou para olhar nos olhos de sua mãe. Helen colocou uma mecha de cabelo atrás da orelha e secou as lágrimas de Stella com seus polegares, segurando seu rosto. — Sua consulta com o Dr. Hansen é na próxima semana. Prometa-me que, se você receber a notícia de que está livre do câncer, você vai ligar para o Max.

Stella começou a negar com a cabeça, mas Helen a parou.

— Prometa-me, Stella. Se você estiver em remissão, não há nenhuma razão para ficar longe.

— Ele sempre pode voltar, mamãe. Você sabe que...

— Querida, você não pode pensar assim, ou nunca vai ser capaz de viver a sua vida. Você tem que pegar cada oportunidade que a vida jogar em você e usá-la a seu favor.

Stella levou um momento para pensar sobre suas palavras. Será que sua mãe estava certa? E se o câncer tiver ido embora? A chance era muito pequena, mas não era impossível.

— Prometa-me, querida.

— Tá bom. Se eu receber essa boa notícia, vou ligar para ele.

Depois de conversar com Helen, Stella sentiu-se mais disposta do que tinha se sentido em dias. Ela arrumou seu quarto, mesmo que a mala ainda permanecesse fechada em seu armário. Em seguida, tomou um longo banho, secou o cabelo e vestiu uma calça jeans e uma camiseta limpa, em vez do pijama que ela não tinha tirado nos últimos quatro dias. Ela ainda encontrou forças para ligar seu laptop e falar no Skype com Lisa, que estava muito feliz em ouvir notícias dela. Elas conversaram por quase uma hora, evitando temas como Max e câncer. Depois que se despediram, Stella verificou seu e-mail e quase caiu da cama quando viu dois e-mails de Massimo Selvaggio. Seu coração batia forte no peito e seus ouvidos ficaram surdos a tudo ao seu redor, exceto o sangue correndo para seu cérebro. Seu instinto era de excluí-los sem lê-los, mas seu dedo parou. Ela prometeu à sua mãe que daria outra chance ao seu relacionamento, se tivesse o sinal verde. Então, talvez ela pudesse espiar seus e-mails, não respondendo até que tivesse sua consulta com o médico.

Deus, ela sentia falta dele. Ela precisava saber o que ele tinha dito.

```
DE: MASSIMO SELVAGGIO
PARA: STELLA

    Stella,

    Eu sinto tanto a sua falta. Não tenho outra maneira de
entrar em contato com você. Lisa se recusa a me dar o endereço
da sua casa ou o número do telefone. Graças a Deus que você
decidiu me enviar esse vídeo hilário com aquele cavalo e, pelo
menos, eu tenho o seu endereço de e-mail.

    Então, só me resta escrever para você por e-mails.

    Por que você foi embora? Estive me fazendo essa mesma
pergunta mais e mais e ainda não tenho uma resposta. Não
acredito nem por um segundo que você não me ame, então o que
está acontecendo?

    Não saber por que você me deixou é horrível.

    Estou perdido sem você, tesoro.

    Eu te amo.

    Por favor... Me escreva de volta. Ou ligue. Eu preciso
ouvir a sua voz.

    Seu, Max.
```

Num piscar de Olhos   349

Stella mal consegui ler as últimas linhas. Sua visão embaçou pelas lágrimas. Com as mãos trêmulas, ela clicou no segundo e-mail, que era desta manhã.

```
DE: MASSIMO SELVAGGIO
PARA: STELLA

            Stella,

       Você não escreveu de volta ou ligou. Isso não me
  surpreende. Eu nunca esperei que você o fizesse. Eu sei, em
  primeira mão, como você é teimosa - deve ser um traço de
  família, porque Lisa é tão teimosa quanto você. Eu a assedio
  todos os dias para me dar o seu número, mas ela se recusa.

       Eu não vou desistir. Sei que você recebe meus e-mails e
  também sei que você é muito curiosa para excluí-los sem ler.
  Vou chegar ao fundo disto nem que seja a última coisa que eu
  faça. Eu te amo e eu não vou abrir mão de você tão facilmente.
  Nunca é tarde demais para consertar o que você acha que seja
  um empecilho entre nós.

       Ligue para mim. Por favor. Eu preciso de você, Stella.

       Seu, Max.
```

Stella queria escrever de volta, mas não podia. Por que dar a ele falsa esperança? Era da natureza de Max ser tenaz e tentar resolver tudo. Em poucos dias, ela saberia com certeza se o câncer tinha voltado. Ela decidiria o que fazer em seguida, mas agora tudo o que ela podia fazer era esperar. E rezar.

Naquela noite, Stella sonhou que estava nos braços de Max. Ele a abraçou e sussurrou o quanto a amava. Em seu sonho, Stella era capaz de dizer de volta que o amava muito. Foi tão libertador, tão certo. Um sentimento distante de que algo errado pairava no ar ao seu redor, mas Stella estava tão feliz que o ignorou. Do nada, Max a afastou e olhou para ela, magoado e decepcionado.

— O que quer dizer, você não me ama? — ele questionou.

— Não, Max, não foi isso que eu disse. Eu disse que te amo — disse Stella e tentou alcançá-lo novamente, mas ele balançou a cabeça e se afastou dela. — Eu te amo, Max. Por favor, acredite em mim. — Ela estava implorando agora, mas tudo o que ele fez foi se afastar cada vez para mais longe dela, o arrependimento nos olhos dele a atingiu no peito como uma faca.

Ela acordou ofegante, suando e desorientada. Demorou alguns segundos para perceber onde estava e que tinha sido apenas um sonho. A sensação de peso no peito ainda persistia. Tinha parecido tão real poder finalmente dizer a Max que ela o amava. Percebendo que nunca seria capaz de fazer isso, Stella caiu de costas na cama, o desespero pairando sobre ela.

Um pensamento surgiu em sua cabeça e ela levantou-se da cama de forma tão abrupta que se sentiu tonta. Firmando-se de pé, Stella correu para o armário e, abrindo sua mala, vasculhou até que encontrou o desenho que Lisa fez de Max e ela. Alívio e calma tomaram conta dela enquanto o segurava contra o peito. Era a única coisa que lhe restava de Max. Voltando para a cama, ela olhou para o desenho por um longo tempo antes de traçar a sua forma na folha e sussurrar:

— Eu te amo.

No dia seguinte, Stella foi ao estúdio de tatuagem onde tinha feito sua tatuagem há dois anos. Ela disse a Max que amor, sonhos e sorte eram três coisas que ninguém poderia viver sem. Era hora de acrescentar à lista a que ele tinha sugerido: esperança.

— Eu sinto muito, Stella, mas a notícia não é boa — disse Dr. Hansen, olhando-a por trás dos óculos de aro grosso. — O ultrassom mostra que o câncer voltou, e desta vez ele está espalhado por todo o fígado. Não podemos operar para removê-lo.

Tanto Stella quanto sua mãe tinham ficado pálidas no momento em que o médico disse suas primeiras palavras. O mundo inteiro de Stella desabou ao seu redor enquanto ele falava. Era isso. Tudo tinha acabado.

— O que podemos fazer, doutor Hansen? — perguntou Helen.

— Quimioterapia. Essa é a nossa única opção no momento. As chances de matar completamente o câncer são escassas, mas vai dar a ela mais tempo, pelo menos.

Mais tempo? Por que ela precisa de mais tempo? Tinha perdido tudo pelo qual queria viver. Não havia razão para lutar por mais tempo.

— Não. Eu não quero quimioterapia. Ela vai enfraquecer o meu corpo, mesmo se prolongar a minha vida por alguns meses. Eu não acho que vale a pena.

— Stella... — começou a mãe, mas ela interrompeu.

— Eu não vou fazer quimioterapia novamente, mãe. Eu me lembro muito bem do inferno que ela me fez passar da última vez, e para quê?

— Está em estágio bastante inicial, Stella. Quanto mais cedo você começar a quimioterapia, maior a sua chance de vencê-lo.

Helen estava olhando para ela com olhos arregalados e tristes. Stella devia à sua mãe, pelo menos, a tentativa.

— Eu vou pensar sobre isso — ela mentiu, só porque não aguentava ver a tristeza nos olhos de Helen.

— Não demore muito. Uma semana no máximo — disse o médico.

— Que tal um transplante? — Helen perguntou quando se levantou.

— Nós podemos colocá-la na lista de espera de doadores, se é isso que você quer. Mas deixe-me ser honesto: doadores de fígado são muito raros.

Pode levar um longo tempo para encontrar um. Se Stella concordar com a quimioterapia, ela vai dar uma chance de esperar. Mas se não fizer isso, o câncer pode se espalhar para o resto do corpo, e, então, até mesmo um transplante não será capaz de salvá-la.

No momento em que chegaram em casa, Helen foi para o seu quarto e fechou a porta. Ela não disse uma palavra desde que saíram do consultório médico. Stella se fechou em seu quarto, e a primeira coisa que fez foi desativar sua conta de e-mail. Chega de Max. Nada de e-mails. Nenhum contato.

Ela ia morrer e ele ficaria muito melhor sem ela. Ela tinha esperança de que ele seguisse em frente e a esquecesse.

Esperança. Isso era tudo o que lhe restava.

Até as lágrimas secaram completamente. Ela não conseguia chorar; ela não conseguia nem ficar com raiva da grande injustiça chamada "vida". Ela só tinha forças para dormir.

Stella deve ter dormido algumas horas, porque, quando Helen a acordou, ela se sentia descansada.

— Como está se sentindo, querida? — Sua mãe perguntou, e, para a surpresa de Stella, não parecia que tinha chorado. No momento em que Helen tinha se fechado em seu quarto, Stella tinha pensado que era para chorar sozinha, mas sua mãe parecia bem. Sem olhos inchados, sem manchas vermelhas. — Acabei de falar ao telefone com meia dúzia de pessoas. Liguei para todo mundo que conheço a tarde toda.

— Ligou para quem? E por quê? — perguntou Stella, confusa.

— Eu venho pesquisando novos métodos de tratamento de câncer de fígado há meses. Eu encontrei algo promissor logo depois que você partiu para a Itália. Há um novo método, chamado saturação de quimioterapia. É ainda experimental, embora os pacientes, tanto na América quanto na Europa, tenham respondido bem a ele, mas não é oferecido no Sistema Nacional de Saúde. Nós precisamos fazer particular no Hospital Queen Ann, em Oxford, porque é o único lugar no país que oferece o tratamento. Eu tive que mexer meus pauzinhos, mas consegui uma consulta para semana que vem! — O rosto de Helen se iluminou num sorriso animado. Stella se sentiu tonta. Era muita informação para processar em tão pouco tempo.

— Espere. Então, qual é o procedimento exatamente? — ela perguntou a primeira coisa que lhe veio à mente.

— Eles dão uma dose muito maior de quimioterapia, injetando-a diretamente no fígado. Com a quimioterapia tradicional, apenas cerca de dois por cento dos produtos químicos atingem os tumores, enquanto o resto fica espalhado por todo o corpo, danificando tudo em seu caminho. Com a saturação de quimioterapia, eles isolam temporariamente o fornecimento de sangue para o fígado e injetam os produtos químicos diretamente nele, sem dar-lhes a chance de se espalhar para o resto do corpo.

— E os efeitos colaterais?

— Não há efeitos colaterais. Os pacientes costumam ir para casa no mesmo dia após o procedimento.

— Isso parece bom demais para ser verdade, mãe. Por que o Dr. Hansen não o ofereceu como uma possibilidade hoje?

— Porque é um procedimento experimental e não é oferecido pelo Sistema Nacional de Saúde.

Stella precisava de tempo para processar tudo isso. Quanto mais pensava, mais perguntas surgiam em sua cabeça.

— Quanto é? — Se não fosse pelo SNS, isso significava que elas tinham que pagar - e não seria barato.

— Não se preocupe com isso, querida. Eu vou pagar.

— Como?

— Temos uma poupança. Inferno, eu faço outra hipoteca da casa se for preciso. Se houver *alguma* chance de que funcione, eu venderia minha alma para o diabo para conseguir o dinheiro. — Os olhos de Helen se encheram de lágrimas e Stella se sentiu mal por ter pensado em desistir de sua luta.

— Existe uma chance disso não funcionar? — perguntou Stella.

— Há sempre essa possibilidade, mas o câncer está no estágio um, o que me deixa muito otimista com o resultado. É um tratamento muito intenso, que produz grandes resultados - no entanto, ele também comporta o risco de fatalidade. — A voz de Helen balançou na última palavra. Mas ela era médica e sabia que quase todos os procedimentos realizados em um hospital podem acabar sendo fatais. Stella viu a determinação nos olhos de sua mãe e ela devia a ela encontrar a vontade de lutar novamente.

— Temos que tentar, querida. Mesmo que não te livre dos tumores completamente, ele vai nos dar muito mais tempo para encontrar um doador e você será capaz de viver plenamente a sua vida, sem quaisquer efeitos secundários. Você poderia ir para a faculdade. Poderíamos viajar. Qualquer coisa que você queira.

Stella nunca teria o que queria.

Mas ela faria isso por sua mãe. Helen merecia. Ela já perdeu muito - mais do que uma pessoa pode perder em uma vida.

Num piscar de Olhos   355

356   Teodora Kostova

Capítulo Trinta e Seis

Quando Max viu o aviso de "falha na entrega" na sua caixa de entrada de e-mail, ele sentiu como se um balde de gelo tivesse sido derramado sobre a sua cabeça. Seus dedos ficaram congelados no teclado e ele foi incapaz de se mover ou formar um pensamento coerente por um longo tempo. Quando o seu sangue começou a circular novamente, ele tentou se acalmar e não se sentir como se sua única ligação com Stella tivesse acabado de ser cortada.

Talvez tenha sido um erro técnico. E-mails se perdem e são devolvidos ao remetente o tempo todo, certo? Ele digitou rapidamente um novo e-mail e clicou em "enviar". Os dois minutos seguintes foram os mais longos de sua vida.

Até que o e-mail voltou sem ser entregue, e Max sentiu seu coração quebrar.

Ele fechou seu laptop com força, reunindo todo o autocontrole que possuía, para não jogá-lo contra a parede. Andando pelo quarto, Max se sentiu impotente, irritado, desesperado, perdido. O que ele deveria fazer agora?

Só havia uma pessoa que poderia dar o que ele queria e ele arrancaria isso dela, independente do que fosse preciso.

Max estacionou seu carro na garagem de Lisa e saiu, totalmente preparado para uma grande luta. Ele não sairia da casa dela sem o número de telefone e o endereço de Stella, mesmo que ele tivesse que se acorrentar à geladeira dela. Tocando a campainha, ele respirou fundo e rezou para que ela estivesse em casa. A porta se abriu e Lisa ficou na frente dele, surpresa estampada em seu rosto. Assim que Max estava prestes a passar por ela para entrar e começar um discurso inflamado com raiva, seus olhos se encheram de lágrimas e a surpresa em seu rosto derreteu em tristeza.

— Lisa, o que está acontecendo? — perguntou Max, quando ela gesticulou para ele entrar e fechou a porta. Ela foi até o sofá sem responder a sua pergunta e ele a seguiu.

— Eu estava pensando em você e tentando encontrar razões para não ir vê-lo — disse Lisa, apressadamente enxugando as lágrimas que haviam caído de seus olhos.

— Apenas me diga o que está acontecendo. — A voz de Max estava afiada e dura. Ele sabia que isso tinha algo a ver com Stella e o simples pensamento de alguma coisa acontecendo com ela fez suas entranhas queimarem.

— Stella ligou ontem à noite — disse Lisa, e olhou para ele com cautela. O corpo de Max ficou rígido quando ouviu o nome dela. Ele estava tão ansioso que sentiu que poderia explodir a qualquer segundo. — Ela... — Lisa começou e um soluço escapou de seus lábios.

— Porra, diga logo, Lisa! — Max se ouviu gritar, mas seu cérebro não registrou isso. Todos os seus esforços conscientes foram destinados para sentar-se e apenas respirar.

— Ela está com câncer, Max. É por isso que ela foi embora.

Max sentiu o sangue ser drenado de todo o seu corpo. O tempo parou. Seus ouvidos começaram a zumbir e ele se sentiu tonto.

— Max! — Lisa gritou, pulando de seu lugar no sofá e se inclinando sobre ele. Ele estava ciente da presença dela, mas não era capaz de fazer qualquer coisa. Sua cabeça estava girando, sua garganta estava seca, todo o seu corpo tremia. Lisa saiu correndo para algum lugar, voltando com um copo de água. Ela o forçou em seus lábios e ele bebeu, engolindo dolorosamente. Ela pegou o copo de suas mãos trêmulas e o colocou sobre a mesa.

Max sentiu seu sangue começar a fluir novamente e tinha consciência de ouvir a voz de Lisa sobre o zumbido nos ouvidos.

— Max, você está me assustando. Você está branco como cera. Devo chamar uma ambulância? Vai desmaiar em cima de mim?

Ele balançou negativamente a cabeça e colocou seus dedos em sua têmpora, massageando-a e tentando recuperar algum controle sobre seu corpo.

358 Teodora Kostova

— Conte-me tudo — ele sussurrou.

Lisa contou a ele toda a história: o câncer de Stella, as cirurgias, por que ela o afastou, a reação dela quando descobriu como o pai de Max tinha morrido, sua última consulta onde havia sido confirmado que o câncer tinha voltado.

— Eles não podem operar dessa vez, mas a mãe dela conseguiu marcar uma consulta nesse hospital que faz um tratamento experimental.

No momento em que Lisa estava terminando de falar, Max estava se sentindo mais como ele mesmo de novo - apenas mais irritado.

— O que fez você me dizer? — ele perguntou, com os dentes cerrados.

— O tratamento produz resultados surpreendentes, se for bem sucedido. Mas há uma chance de que não seja. É um tratamento muito intensivo e é por isso que ainda não foi aprovado para uso geral. — Lisa ergueu os olhos para o seu rosto e esperou até que ele olhou para ela também. — Há uma chance de que ela possa morrer, Max. Eu nunca teria me perdoado se ela morresse e você não soubesse.

Max deu um pulo do sofá, incapaz de permanecer sentado ao lado de Lisa por mais tempo. Ele estava além de bravo. Ele estava furioso.

— Eu não posso acreditar nisso. Como se atreve? Como se atreveu a esconder isso de mim? Você acha que sou um covarde? Que não vou ficar ao lado da mulher que eu amo quando ela está doente?

— Exatamente o oposto. Stella estava certa de que você não a deixaria se ela te contasse. Ela não queria fazê-lo passar por algo assim novamente. Uma vez é mais do que suficiente para uma vida. Não foi minha decisão, Max; foi dela. Eu só segui pelo caminho de não te dizer. Até agora, pelo menos.

— É uma pena. Não é escolha dela - é minha. Me dê o endereço e o número dela, agora. — Sua voz era mortal, mesmo que ele tentasse controlar sua raiva.

— Antes de te dar, eu quero que você pense sobre isso por mais de um minuto...

Num piscar de Olhos   359

— Eu não preciso pensar em nada. Eu a amo. Ficarei lá, ao lado dela, não importa o que aconteça. Agora me dê o que eu preciso. Tenho que pegar um avião.

Lisa assentiu e escreveu os dados de Stella em um pedaço de papel. Ela parou por um momento, antes de pegar seu celular e copiar um número que pegou nele.

— Ligue para tia Helen; não apareça lá, simplesmente. Ela vai ficar do seu lado e, acredite em mim, você vai precisar de uma aliada quando Stella te ver.

Eram dezoito horas quando Max desembarcou em Londres e entrou em um táxi. No caminho para a casa de Stella, ele tentou se acalmar e racionalizar tudo o que tinha acontecido desde esta manhã.

Ele tinha ligado para Helen do aeroporto, como Lisa tinha sugerido. Ela estava feliz e talvez até mesmo aliviada por falar com ele. Levou um tempo para ela ser convencida, mas ela concordou em deixá-lo ficar com elas e acompanhá-las até Oxford para o procedimento. Ele disse que não tinha intenção de sair do lado de Stella nunca mais. Se Helen não estivesse confortável com ele permanecendo em sua casa, ele iria alugar um apartamento nas proximidades, mas não voltaria para a Itália sem Stella. Helen suspirou e disse:

— Ela provavelmente vai me odiar por me aliar a você, Max, mas eu sei que é a coisa certa a fazer. Sei que você a ama e sei que ela te ama, mas se prepare para ouvi-la negar. Stella te ama mais do que ama a si mesma, e eu *a* amo mais do que qualquer coisa, e é por isso que eu vou fazer tudo o que puder para ajudá-lo, mesmo que isso signifique que o seu coração fique quebrado no final. Sinto muito, Max.

— Não sinta, Helen. Meu coração está quebrado agora. Ele não pode ficar pior do que isso.

Depois que desligaram, Max pensou nas palavras de Helen. Ele entendeu completamente seu ponto de vista: para ela, Stella era mais importante do que ele. Ele estava bem com isso. Deus, para *ele*, Stella era mais importante do que ele mesmo. Ter a aprovação de sua mãe significava muito para Max, porque ele sabia que ela nunca deixaria sua filha estar com alguém que não fosse bom o suficiente para ela.

Enquanto o táxi preto dirigia pelas ruas de Londres, a mente de Max derivou para a última vez que tinha visto Stella. Como ela pôde fazer isso com ele? Com ela mesma? Já não era ruim o suficiente ter câncer: ela tinha que passar por isso sozinha? Como ela ousou tirar essa escolha dele?

Max ainda estava zangado com ela quando o táxi o deixou na casa de Stella, e ele tinha a intenção de deixá-la saber disso.

A campainha tocou, assustando Stella, que estava cochilando no sofá, mesmo com a TV explodindo, no volume máximo. Quem poderia ser? Eram quase oito horas da noite e sua mãe não tinha mencionado que estava esperando qualquer visita.

— Mãe! Campainha — ela gritou, mas Helen não saiu de seu quarto. Pelo menos, Stella presumiu que ela estivesse no quarto; ela não tinha visto sua mãe desde algum momento no período da tarde, quando a tinha obrigado a almoçar. Revirando os olhos e com relutância, deixando o sofá confortável, Stella se arrastou até a porta. Se fosse qualquer tipo de vendedor ou pregador, ela usaria um pouco de sua energia negativa acumulada e o estrangularia.

Abrindo a porta, Stella congelou no lugar, incapaz de se mover, falar ou respirar porque Max estava olhando para ela, com uma mochila na mão. A expressão em seu rosto era estrondosa quando ele passou por ela para entrar, sem esperar por um convite.

Encontrando sua voz quando fechou a porta, ela se virou para ele e disse:

— Eu vou matar Lisa. — Ela foi com raiva para a mesinha de centro e pegou o celular dela, apertando os botões freneticamente. Com um movimento rápido, Max tirou o celular de sua mão e, apontando para o sofá, falou rispidamente:

— Senta.

Stella cruzou os braços e o olhou ameaçadoramente.

— Não me diga o que fazer na minha casa. Que diabos você está fazendo aqui? Pensei que tivesse deixado bem claro que eu não...

— Deixou, deixou: você não me ama. Pare de falar e sente. — Ele a encarou com seus inflexíveis olhos cor de avelã e Stella se sentiu compelida a obedecer. Não faria mal ouvir o que ele tinha a dizer, certo? Ele tinha vindo de tão longe, então, o mínimo que ela podia fazer era ouvi-lo antes de expulsá-lo.

— Lisa me contou tudo — disse ele, os olhos com raiva e mágoa, mas havia uma sombra de algo mais suave por trás de toda a raiva. Stella empalideceu - ela não esperava que sua prima contasse tudo. Ela teria entendido se Lisa tivesse cedido e dado seu endereço, ou se Max o tivesse roubado de alguma forma, mas isso? Por que ela faria uma coisa dessas? Será que Lisa não se preocupa com ele, de forma alguma? — Como você pôde, Stella?

Espere, o quê? Ele estava zangado com *ela*?

— Como eu pude o que, Max? Expulsá-lo da minha vida para que você não tivesse que me testemunhar definhando e morrendo de câncer? Como eu sou cruel!

— É cruel. É cruel com você e comigo. Como você acha que eu me senti quando Lisa me contou sobre seu câncer e o que você teve que passar nas últimas duas semanas? Como você acha que eu me sinto por não ter sido capaz de estar com você?

— Você vai me superar, Max. Vai encontrar outra pessoa e ter o "felizes para sempre" que você merece. Eu não vou te deixar sacrificar tudo o que você sonha por mim. — A voz de Stella tinha ficado tranquila, mas a expressão no rosto dela dizia que ela ainda estava determinada a afastar Max. Não havia nenhuma maneira de ela deixá-lo ficar com ela.

— Essa é a *minha* escolha, Stella, não sua. Ninguém faz as minhas escolhas por mim, nem mesmo você. Eu escolhi você. Vou ficar aqui com você, apoiá-la em tudo e ter o meu "felizes para sempre" com *você*.

— Não, você não pode ficar aqui. Essa é a *minha* escolha. Quero você fora da minha vida. — Stella engasgou com as últimas palavras e sentiu as lágrimas se acumularem em seus olhos. Max não se moveu em direção a ela ou fez qualquer tentativa de ir embora. Ele olhou para ela como se isso fosse tudo culpa dela. — Saia, Max. Eu não quero você aqui.

— Mas eu quero. — A voz de Helen veio das escadas enquanto ela descia e foi em direção a Max e lhe deu um abraço, pegando a mochila de sua mão. Stella não podia acreditar no que estava vendo - sua mãe estava do lado de Max? Ela estava por dentro de tudo isso?

— Que merda é essa, mãe? Por que você está fazendo isso?

— Porque eu te amo. — Ela se virou e levou a mochila de Max para o andar de cima.

— Eu vou ficar, Stella. Eu vou com você para o hospital e estarei segurando a sua mão quando você acordar. Eu não vou a lugar nenhum. Lide com isso. — Ele se virou e seguiu Helen para o andar de cima.

Stella os olhou boquiaberta, incapaz de sequer começar a entender como isso poderia estar acontecendo. Quando ouviu a porta do quarto de hóspedes fechar, ela pisou firme escadas acima e entrou sem bater.

— Eu não sou a merda do seu caso caridade, Max. Encontre alguém para alimentar o seu complexo de herói. Eu não preciso de você aqui! — ela gritou.

— Stella! — Helen levantou a voz, indignada, o que conseguiu tirar Stella de seu ataque de raiva, porque a mãe dela gritava muito raramente. Max não disse nada; ele apenas olhou para ela com firmeza, nem um pouco ofendido por seu comentário.

Stella saiu batendo a porta e entrou em seu quarto, batendo a porta também. Ela pensou em ligar para Lisa e gritar com ela, mas de que adiantava? Max estava aqui; isso era o mais importante. Ele ia arruinar a vida dele, porque queria estar com ela. O que ela poderia fazer para afastá-lo? Todo mundo estava do lado dele, por algum motivo inexplicável. Será que eles não podiam ver que o estavam condenando a uma vida cheia de sofrimento?

Desamparo inesperado a oprimiu e um soluço escapou de seus lábios.

Num piscar de Olhos   363

Stella desejava poder ser tão forte quanto fingia ser, mas no fundo tudo o que ela realmente queria fazer era se aconchegar nos braços de Max e deixá-lo resolver tudo. Seria muito difícil resistir a esse impulso, agora que ele estava aqui e mais do que disposto a deixá-la fazer isso.

Desde a sua volta da Itália, Stella tinha tido o sono muito leve, acordando com o menor dos ruídos ou por nenhuma razão. Saber que Max estava a duas paredes dela não permitiu que ela adormecesse a noite toda. Ela deitou enrolada como uma bola, olhando para a parede, incapaz de sucumbir ao descanso que precisava desesperadamente.

Ela ouviu a porta abrir lentamente e fechar silenciosamente. Em seguida, ouviu passos e sentiu Max deitar na cama atrás dela, envolvendo o seu corpo de forma tão natural ao seu. Stella congelou. Ela jamais imaginou que ele viesse aqui depois do que tinha dito a ele algumas horas atrás.

E agora?

Instintivamente, tudo o que Stella queria fazer era relaxar em seus braços e se deixar levar. Parar de brigar com ele. Deixá-lo estar lá para ela; mas a sua consciência se recusava a ceder tão facilmente. Ele se recusou a ficar bem com o fato de que estava arruinando sua vida por causa dela.

Enquanto Stella estava oprimida por suas emoções contraditórias, ela sentiu o corpo de Max começar a tremer atrás dela. Ele apertou seus braços firmemente ao redor dela e, quando falou, ela sentiu sua voz embargada.

— Por favor, Stella. Não me diga para ir embora.

Ela sabia o que ele queria dizer, não só agora, mas para sempre. Seu coração encheu-se de todos os sentimentos que ela estava tentando suprimir nestas últimas semanas. Lembrando de como apenas algumas noites atrás, ela desejou poder dizer a ele o quanto o amava, e pensou que nunca teria a chance, Stella abriu a boca para falar, mas fechou-a sem dizer uma palavra.

Não. Ela não podia fazer isso. Ele precisava ir.

— Eu te amo — ele sussurrou e acariciou seu pescoço.

Stella não respondeu. Não se mexeu. Até tentou não respirar.

Talvez se ela ficasse assim, ele pegaria a dica e iria embora.

Max não disse mais nada, mas também não foi embora. Ele ficou por trás dela, abraçando-a, até que ela não conseguiu mais manter os olhos abertos e cedeu à exaustão.

366   Teodora Kostova

Capítulo Trinta e Sete

Acordar levou algum esforço. Stella abriu os olhos lentamente, desorientada por um momento sobre onde estava. Instintivamente, ela deslizou sua mão sobre os lençóis ao lado dela, procurando o calor familiar. Max não estava lá.

O pensamento em Max conseguiu acordar totalmente seu cérebro da sonolência, e se lembrar dos acontecimentos de ontem à noite lhe deu uma dor de cabeça instantânea. Amanhã, ela precisava ir para Oxford para o seu tratamento. Hoje era a sua última chance de colocar algum sentido na cabeça de Max e fazê-lo ir embora.

Stella tomou um banho rápido, vestiu um moletom e uma camiseta e desceu as escadas. Aromas fantásticos vieram da cozinha – ovos fritos, torradas, manteiga e café. Pela primeira vez desde que voltou, o estômago de Stella roncou de fome. Comer se tornou uma tarefa que ela fazia para agradar sua mãe.

Entrando na cozinha, Stella deu de cara com um cenário idílico: Helen estava sentada à mesa lendo o jornal e tomando uma xícara de café; Max estava cozinhando no fogão atrás dela e colocando ovos fritos em três pratos.

— Você deve estar brincando comigo — Stella murmurou, enquanto se encaminhava para a cafeteira. As cabeças de Max e de sua mãe viraram em sua direção.

— Bom dia, querida — disse Helen alegremente. Stella murmurou um "hum-hum" e pegou uma xícara para se servir de café. Max olhou para ela por um longo momento, mas ela o ignorou. Se ele queria ficar, tudo bem. Mas ela não ia fingir que estava bem com isso.

Max e Stella comeram silenciosamente, enquanto Helen tentava aliviar o clima, discutindo artigos do jornal. Não deu certo, então, ela desistiu e terminou seu café da manhã em silêncio. Depois que todo mundo tinha finalizado seus pratos, Helen os mandou embora e recusou qualquer ajuda com a limpeza. Stella sabia o que sua mãe estava tentando fazer: conseguir que ela

Num piscar de Olhos 367

ficasse a sós com Max. Por um momento, ela pensou em ir direto para o quarto e trancar a porta, mas, em seguida, ficou irritada com a ideia. Era a sua casa; ela poderia fazer o que quisesse. E agora, ela queria assistir TV e ficar deitada no sofá até que suas costas começassem a doer.

Stella se esparramou no sofá, ligou a TV e ignorou completamente Max, que estava sentado na outra ponta, mais precisamente em seus pés. Ela podia sentir o calor vindo de seu corpo e puxou seus pés para longe dele.

— Como você está? — ele perguntou calmamente.

— Eu não sei. Você vai embora? — Stella lançou-lhe um olhar sombrio e ele se retraiu.

— Não.

— Então, eu não estou bem. — Ela começou a passear pelos canais, realmente não vendo nada na tela, porque a única coisa que ela estava atenta eram os olhos de Max sobre ela. Ele se levantou, pegou o controle remoto da mão dela, colocou a TV no mudo e se sentou na mesinha de centro na frente dela.

— Stella... — ele começou.

— Nem comece, Max. Nada do que você possa dizer me fará acreditar que arruinar a sua vida por minha causa está bem.

— Eu vou arruinar a minha vida se passar por ela sem você, Stella. Como você pode não ver isso? — ele disse baixinho e tentou tocar a mão dela, mas ela a moveu para longe.

— Eu posso morrer amanhã, Max. Morrer. E mesmo se isso não acontecer, estou condenada a passar a minha vida toda em hospitais, recebendo tratamentos e fazendo check-ups. Mesmo se, por algum milagre, eu ficar curada ou eles encontrarem um doador para mim, eu ainda vou ter que ser verificada regularmente. O câncer será uma sombra constante sobre a minha vida e, consequentemente, na de todos que estão *na* minha vida.

— Ninguém está seguro contra doença ou tragédia, amor. Você pode estar perfeitamente saudável um dia e, no seguinte, ser diagnosticado com câncer. Ou sair de férias e se afogar no mar. Isso não significa que nós não possamos viver as nossas vidas.

Stella foi pega de surpresa por suas palavras. Ele estava certo. Seu pai e Eric eram saudáveis e estavam vivos em um minuto e, no próximo, estavam no necrotério. Ela poderia ter tido câncer quando tivesse quarenta e cinco anos e dois filhos adolescentes.

— A diferença é que eu sei o que o meu futuro reserva agora. Eu não quero essa vida para você.

— Não cabe a você — disse Max e, quando Stella abriu a boca para protestar, ele a silenciou levantando a mão. — Você está errada, Stella. Você não sabe o que o futuro reserva para você. A vida tem uma tendência a nos surpreender.

Stella olhou para ele, confusa. Por que ele sempre tinha que virar suas palavras contra ela?

— Eu quero que você lute, Stella. Você é forte e, desde que você não desista, você vai mandar o câncer de volta para o inferno. E eu vou estar ao seu lado. — Ele levantou, inclinou-se sobre ela e beijou o topo de sua cabeça, antes de desaparecer pelas escadas.

Stella ficou chocada com as palavras dele. Ele via tudo sob um prisma completamente diferente. Pela primeira vez desde que ela o deixou, Stella se questionou se tinha feito a coisa certa - se correr não tinha sido apenas uma reação instintiva. Ela estava certa por ter ido embora sem contar a ele a verdade? Sem dar a ele uma escolha? E se tivesse sido o contrário? E se ele tivesse sido a pessoa que estava doente e tivesse desaparecido, sem qualquer explicação?

Deus, ela teria ficado furiosa! Ela provavelmente teria reagido exatamente da mesma maneira que ele.

— Querida, por que você está adiando? — perguntou sua mãe, sentando ao seu lado no sofá e colocando um braço em volta dos ombros.

— Traidora — disse Stella, e olhou para Helen acusadoramente. Ela não podia manter uma cara séria por muito mais tempo, porém, e seus lábios se espalharam em um sorriso genuíno. Helen sorriu e beijou a bochecha da filha.

— Me desculpe, eu agi pelas suas costas, querida. Mas não me arrependo de ajudar Max, ou por ele estar aqui. Esse rapaz te ama muito,

Num piscar de Olhos   369

Stella. Pare de brigar com ele. Pela primeira vez, a vida te deu uma tábua de salvação. Pegue-a.

Stella fechou os olhos, tão perto de subir as escadas e atirar-se em seus braços.

— Ontem à noite, depois que você disse aquelas coisas horríveis e correu para o seu quarto, eu podia ouvir Max andando pelo quarto dele. Fui verificar se ele estava bem ou se queria alguma coisa para comer, e ele quebrou. Sentou na cama e chorou. Eu o abracei e todo o corpo dele tremia sob meus braços. — Helen fez uma pausa para limpar uma lágrima do rosto de Stella. — Ele me disse que se culpa por você passar por tudo o que aconteceu nas últimas duas semanas sem ele. Ele lamentou não ter sido mais persistente e não ter impedido você de ir embora. — Helen inclinou o queixo de Stella e a fez olhar em seus olhos. — Max vai fazer qualquer coisa por você, Stella. Sua maior preocupação não é o futuro dele, mas o seu. Ele é o tipo de homem que, quando ama, ama com tudo o que tem. Ele quer te proteger, cuidar de você, te ajudar. Deixe-o fazer isso. Não o afaste, porque você vai arruiná-lo.

As lágrimas de Stella corriam pelo rosto livremente agora. Helen deu-lhe um lenço de papel e esperou que ela assuasse o nariz antes de falar novamente.

— Vá até ele, querida. Deixe que ele fique do seu lado.

As palavras de Max e agora as de sua mãe estavam começando a fazer muito mais sentido do que o seu desejo obstinado de protegê-lo. Ela sentiu as paredes começarem a rachar e a vontade de mantê-lo longe desmoronou.

Stella enxugou as lágrimas e, antes que percebesse, suas pernas a tinham levado para o quarto de Max por vontade própria.

Ela bateu de leve na porta e, um momento depois, ela abriu. Max parou diante dela, várias emoções passando por seu rosto quando ele a viu - surpresa, esperança, entendimento, alívio. Então, tudo se dissipou para o amor.

Ele a pegou pela mão e a arrastou para dentro, fechando a porta atrás dela, e puxou-a em seus braços. Ele a abraçou com tanta força que Stella não conseguia respirar, mas ela não se queixou e rodeou o pescoço dele, abraçando-o de volta.

— Eu senti tanto a sua falta — disse ela, inalando o cheiro dele e o deixando envolvê-la.

— Nunca mais fuja de mim, Stella. Eu não serei capaz de aguentar se você for embora de novo — disse Max, levantando a cabeça para olhar em seus olhos, encontrou-os nublados com lágrimas não derramadas e vê-lo tão vulnerável fez os lábios de Stella tremerem.

— Eu te amo — disse ela e sua voz embargou.

— Eu sei.

Ele se inclinou e a beijou, fazendo-a se esquecer do resto do mundo. Ela derreteu em seus braços e sentiu inflamar a esperança em seu coração com renovada paixão. Se ela tivesse Max, poderia fazer qualquer coisa - incluindo combater o câncer e dar a ele a vida que sonhou.

O quarto do hospital era pequeno, mas, pelo menos, era limpo e arrumado. Se tudo corresse bem, Stella não teria sequer que passar a noite aqui e não precisaria suportar o cheiro horrível do hospital por muito tempo. Já estava sufocando-a.

Helen caminhou atrás dela, carregando as roupas que Stella necessitaria vestir para o procedimento.

— Se apresse e vista-se, querida. O médico vai estar aqui a qualquer minuto para levá-la para o centro cirúrgico — disse ela, e empurrou o vestido simples de algodão em suas mãos. Stella olhou para Max, que também apareceu na porta, encostado na soleira. Ele deu-lhe um aceno encorajador e a certeza absoluta de que tudo ia ficar bem brilhava em seus olhos. Era exatamente o que Stella precisava agora, porque ela não tinha tanta certeza.

Ela entrou no pequeno banheiro da suíte, colocou a camisola de hospital no balcão e molhou o rosto com água fria. Seus nervos estavam começando a levar a melhor sobre ela quando Stella pegou a toalha com as mãos trêmulas. Alguns dias atrás, ela realmente não se importava se viveria ou morreria, tão vergonhosa como essa afirmação possa parecer. Tudo o que sentiu foi culpa, porque ela não tinha forças para lutar - se não por si mesma, pelo menos, por Helen.

Uma batida suave na porta a assustou de seus pensamentos, e, quando Stella abriu, viu a principal razão pela qual ela estava determinada a chutar o câncer. Como ela não tinha percebido o quanto precisava de Max, até agora?

— Ei. Precisa de alguma ajuda? — ele perguntou. Stella olhou para sua mãe, que estava conversando com uma enfermeira do outro lado do quarto. Recuando um pouco, ela deixou Max entrar e fechou a porta atrás dele.

— Sim, acho que preciso.

Esta simples frase era difícil de dizer e ainda mais difícil de explicar, e isso significava muito para os dois. Max concordou e ajudou Stella a tirar a roupa, dobrando-a ordenadamente em uma pilha sobre o balcão. Quando ela ficou só com sua roupa íntima, Stella virou-se para pegar a camisola do hospital e ouviu Max ofegar pesadamente atrás dela. Virando a cabeça por cima do ombro para olhá-lo, o viu olhar para a tatuagem dela. Stella tinha esquecido completamente sobre isso, e o fato de que Max não sabia que ela tinha acrescentado outro símbolo para ele.

Max cobriu a distância entre eles em um movimento rápido, ajoelhou-se atrás de Stella, tocando a tatuagem com os dedos.

— Você adicionou isso? — ele perguntou, sua voz saindo um pouco sem fôlego. — Quando?

— Logo depois que eu voltei. No dia anterior que recebi a notícia de que o câncer tinha voltado.

— Eu estou contente. — Ele beijou todos os símbolos, dando especial atenção ao mais recente - esperança. Ele permaneceu nele por alguns momentos mais do que no resto, traçando-o com a ponta da sua língua. Stella percebeu que aqui, neste momento, era o lugar mais impróprio para sentir seu desejo por Max acender em todo o seu corpo, mas ela não podia evitar. Tremendo violentamente, ela agarrou o balcão com as duas mãos, tentando recuperar algum controle.

Max se levantou atrás dela e encontrou seus olhos no espelho sobre a pia. Stella conhecia esse olhar muito bem. Ele a queria também. A determinação repentina para sobreviver e se deliciar com aquele olhar por um longo tempo futuro ultrapassou Stella e ela sorriu para ele.

Max a ajudou a vestir a camisola e a envolveu em seus braços.

— Você vai ficar bem, *tesoro* — ele murmurou contra seu pescoço, e Stella sentiu as lágrimas que ameaçavam fazer uma aparição. Max se afastou, olhou diretamente em seus olhos e disse: — Eu prometo.

Ela acreditou nele.

Max não conseguia ficar parado. Ele andava pela sala de espera, deixando todo mundo ansioso, mas ele não podia evitar. O procedimento não devia demorar mais do que uma hora e só haviam se passado dez minutos desde que Stella tinha ido embora com o médico. Para Max, pareciam dez dias. Não saber o que estava acontecendo por trás daquelas portas fechadas o estava deixando louco.

O celular tocou em seu bolso e o assustou, quase o fazendo tropeçar. Recebendo um olhar de desaprovação de uma enfermeira, ele o tirou do bolso e caminhou em direção às portas que davam para o corredor.

— Oi, Lisa — ele disse, depois que atendeu.

— Max! O que está acontecendo? Ela já está no centro cirúrgico? — Ele mandou uma mensagem para ela ontem à noite, dizendo que tinham feito as pazes e que ela faria o procedimento hoje.

— Sim, ela acabou de entrar. — Ele enfiou a mão livre nos cabelos e se encostou na parede, tentando se acalmar o suficiente para ter uma conversa normal com Lisa.

— Como você está se sentindo? — Sua voz era suave e preocupada, e isso o levou à borda.

— Eu nunca estive tão assustado em toda a minha vida. — Ele deslizou pela parede e se sentou no chão, enterrando o rosto na curva do braço. Max precisava ser forte para Stella, mas conversar com Lisa o fez desmoronar.

— Max, ela vai ficar bem. Eu sei disso. Você e Stella estão destinados um ao outro. A história de vocês não é apenas uma piada cruel, Max. É real e é o que vocês dois merecem. A vida tem que fazer as pazes com os dois, e eu acho que isso é o que está acontecendo.

Só Lisa poderia dizer algo assim, e essa era uma das muitas razões pelas quais ele a amava tanto. Eles podiam brigar, discutir e irritar pra cacete um ao outro, mas Lisa era sua amiga e lhe ajudou mais vezes do que ele podia contar. Incluindo este momento.

Quando ele não disse nada, porque suas cordas vocais se recusavam a funcionar, ela entendeu o recado e continuou:

— Minha mãe e eu reservamos um voo para daqui a duas semanas. Não diga a Stella; queremos fazer surpresa. — Se elas já tinham reservado os seus voos, isso significava que não havia dúvidas em suas mentes de que Stella ia ficar bem. Max sorriu, força recém-encontrada florescendo em seu peito.

— Isso é bom, ela vai gostar — disse ele.

— Há outra razão pela qual nós duas estamos indo. Eu contei tudo à mamãe - ela não sabia sobre o câncer de Stella; ninguém, exceto tia Helen e eu, sabíamos. Quando ela descobriu, sugeriu imediatamente que nós duas fôssemos testadas para ver se uma de nós pode ser uma doadora compatível para Stella.

Max congelou no lugar. Por que ele não tinha pensado nisso? Sua mente estava tão preocupada em tê-la de volta e convencê-la a deixá-lo ficar com ela de novo que ele não tinha pensado nisso.

— Você não pode dizer a ela, Max. Ela não nos permitiria fazer isso. Não há razão em discutir com ela, porque nós já temos o pensamento formado sobre isso. Se uma de nós for compatível, então, vamos discutir. Escolha suas batalhas, certo? — Max ouviu o sorriso na voz de Lisa e isso lhe deu ainda mais esperança.

— Eu quero fazer o teste também — disse ele.

— Tudo bem, você pode fazer com a gente. Apenas... não tenha muitas esperanças, Max. Helen foi testada quando descobriram o câncer e ela não é compatível, mesmo que seja o parente mais próximo de Stella. Há uma forte possibilidade de que nenhum de nós seja compatível.

— Nós temos que tentar.

— Eu concordo. Tenho que ir agora, mas, por favor, me envie uma mensagem de texto assim que você tiver alguma notícia.

— Pode deixar. Obrigado, Lisa. Eu não sabia o quanto precisava falar com você, antes de ligar.

Max voltou para a sala de espera e encontrou Helen sentada, batendo o pé nervosamente. Era uma coisa estranha de se ver, porque a mãe de Stella sempre parecia tão calma e serena. Vê-la ansiosa fez o coração de Max acelerar ainda mais.

Ele se sentou ao lado dela e ela colocou a mão sobre a dele, sem dizer nada.

Depois do que pareceu um século mais tarde, o médico de Stella passou pelas portas duplas e, encontrando-os, foi direto na direção deles.

— Ela está bem — disse ele, provavelmente sentindo que esta deveria ser a primeira coisa que tinha que falar. — Tudo correu bem e eu tenho certeza de que ela vai fazer um bom progresso. Ela precisa descansar por algumas horas e, se ela se sentir bem depois, vocês podem levá-la para casa. Não há efeitos colaterais para este procedimento, por isso ela deve estar novinha em folha amanhã. Traga-a de volta para um check-up em uma semana. — Ele deu-lhes um sorriso mecânico e um aceno de cabeça, então se virou para ir embora. A mão de Helen disparou e agarrou seu braço, impedindo-o.

— Obrigada, doutor. — Ela engasgou com as palavras e, no momento em que ele saiu, Helen escondeu o rosto no peito de Max e soluçou.

O médico tinha razão: Stella estava nova em folha no dia seguinte. Ela estava um pouco cansada quando a levaram para casa após o procedimento, mas era mais por causa da anestesia do que qualquer outra coisa. Max a segurou em seus braços e ela dormiu durante toda a viagem para casa. Após Helen ter chorado toda a sua dor na sala de espera, ela não conseguia parar de sorrir. Ela sorria para ele toda vez que o olhava no espelho retrovisor e encontrava seus olhos.

O check-up, uma semana depois, correu bem - o exame de ressonância magnética mostrou que os tumores estavam menos definidos e começando a diminuir. A próxima consulta era em quatro semanas e iria mostrar se Stella precisaria de outro tipo de tratamento.

Stella estava basicamente de volta ao seu antigo eu. Helen voltou ao trabalho, deixando-a aos cuidados de Max. Ele não poderia ter estado mais feliz.

Quando Lisa e Niki apareceram em sua porta, Stella ficou incrivelmente feliz. Mais tarde, quando lhe disseram que tinham sido testadas para doador compatível - nem tanto. Descobriu-se que Niki era perfeitamente compatível com Stella, mas ela não queria nem ouvir falar disso. Ela se recusou a deixar sua tia arriscar a vida dela, como ela mesma disse, para salvar a sua. Além disso, o tratamento de saturação de quimioterapia lhe tinha dado grande esperança de que ela não precisaria sequer de um doador. Tudo dependia dos resultados do próximo check-up, dentro de duas semanas.

Por fim, para conseguir algum tipo de acordo, Niki fez Stella prometer que, se em algum momento no futuro, ela precisasse de um transplante, ela a deixaria fazer isso.

Os resultados do check-up de quatro semanas depois foram incríveis; os tumores tinham quase desaparecido. O médico de Stella ficou surpreso; eles nunca tinham tido tão bons resultados antes.

Depois de mais três meses, Stella recebeu o sinal verde do câncer e foi considerada oficialmente em remissão.

— É tudo por sua causa, amor. Você me salvou — disse Stella, aconchegando-se ao lado de Max.

Ele ansiava ouvir essas palavras há tanto tempo.

A verdade era que um tinha salvo o outro.

Epílogo

12 anos mais tarde

Max

Conhece o ditado que diz que, quando você está em perigo mortal, sua vida passa diante de seus olhos? Bem, isso também pode acontecer quando você está tão feliz que sente que pode explodir em milhões de pedaços brilhantes e cintilantes.

É assim que eu me sinto agora.

Assistir a minha esposa acalentar o nosso filho de cinco anos de idade, porque ele caiu e tem um pequeno arranhão no joelho, faz de mim o homem mais feliz do mundo.

Doze anos atrás, eu só podia sonhar com essa vida - e agora a estou realmente vivendo.

Quando Stella entrou em remissão, ambos nos inscrevemos na Universidade de Kingston e fomos aceitos em nossos respectivos cursos: eu, arquitetura; Stella, design de interiores. Três anos mais tarde, nos graduamos com honras. Eu a pedi em casamento no mesmo dia.

Nós nos casamos na Villa de Beppe, na Toscana, e nos mudamos permanentemente para a Itália no mesmo ano. Nos comprometemos com uma hipoteca de taxa decente, compramos uma das casas que eu estava de olho e, mesmo que restaurá-la tenha sido difícil, cansativo e nos empurrou aos nossos limites, o resultado final valeu a pena. Nós a vendemos com um bom lucro e imediatamente compramos outra. Stella foi uma parte inseparável de todo o processo, lidando com a obtenção de alvarás, regulamentos, fornecedores, construtores, pintores e decoradores muito melhor do que eu jamais poderia.

Até o final do projeto, todos os contratantes estavam apaixonados por ela e fariam qualquer coisa que ela pedisse. Eu não os culpo.

Com o dinheiro obtido na segunda casa, compramos mais duas - uma para negócios e uma para nós. Nós nos apaixonamos por esta casa incrível não muito longe da casa de Beppe. Ela tinha quatro hectares de terra, incluindo a enorme vinícola que eu sempre quis. Levou um longo tempo para restaurá-la e torná-la habitável, porque nós tivemos que fazer isso juntamente com os projetos que pagavam as contas.

Stella ficou grávida antes que a casa estivesse pronta. Vivemos na minha casa naquela época, e minha mãe estava mais do que feliz por nos ter lá e ajudar com o bebê. Nós demos o nome de Luca, por causa do meu pai. Stella sugeriu e não aceitou um não como resposta.

Helen vendeu sua casa em Londres e, solicitando sua aposentadoria precoce, mudou-se para a Itália. Ela não tinha nada que a prendesse no Reino Unido e queria estar com a filha e o neto. Inicialmente, ela foi morar com Niki, que desesperadamente precisava de uma parceira para ajudá-la com o SPA. Estava crescendo rapidamente e Niki não tinha recursos ou tempo para cuidar de tudo sozinha. Helen investiu nele e finalmente realizou o seu sonho de ter o seu próprio negócio.

Nós nos mudamos para a nossa casa dos sonhos, quando Luca tinha três anos. Vê-lo correr no gramado verde sem fim, pela primeira vez, encheu meu coração de tanta felicidade que eu mal podia respirar. Toda noite, quando vou para a cama e aconchego Stella em meus braços, e todas as manhãs quando acordo ao lado dela, conto minhas bênçãos e agradeço a todas as forças do universo pelo que eu tenho.

Stella ainda precisa fazer check-ups regulares a cada seis meses, para se certificar de que seu câncer não voltou, mas acho que ela aprendeu a aceitar isso como parte da *nossa* vida. Eu nunca estive mais certo de que podemos superar qualquer coisa que a vida jogar em nós, desde que estejamos juntos.

Amor à primeira vista é real. Eu vi acontecer com minha mãe e meu pai, com Stella e eu, com Lisa e Gino, e, até mesmo, com Beppe e Gia. Meu melhor amigo se apaixonou pela minha irmã desde que ela deu-lhe um gesso rosa com pontos alaranjados quando ele tinha seis anos.

Então, acho que o que eu estou tentando dizer com tudo isso é: quando a vida lhe der limões, pegue sal, copos, e os encha com tequila. Lute pelo que você realmente quer e nunca, nunca se contente com nada menos.

Não exista. Viva.

Saúde!

Fim

380   Teodora Kostova

Agradecimentos

Nunca tive a intenção de começar a escrever esta história. Na verdade, eu sentei para escrever o capítulo final da série *Humanless* quando, para passar o tempo enquanto diagramava, eu consultei imagens de arte de capa para inspiração. A imagem capa de "Num piscar de olhos" me chamou a atenção e me atraiu instantaneamente. Eu não conseguia parar de olhar para ela.

Comprei-a na hora.

Eu sabia que não seria a capa do terceiro livro de *Humanless*, mas eu também sabia que tinha que tê-la como uma capa de livro, eventualmente. E foi aí que a história me bateu. Foi tão repentino e inesperado que eu tive uma dor de cabeça. Essas pessoas, diálogos, cenas e cenários enchendo minha cabeça e eu precisava sentar e escrever.

Eu escrevi em todas as oportunidades que tive. Mesmo no Natal. Mesmo depois de um dia exaustivo. Mesmo no início da manhã antes que o despertador tocasse.

Quatro meses mais tarde, o primeiro esboço de "Num piscar de olhos" nasceu. E tudo começou com uma simples foto.

Eu gostaria de dizer um grande obrigada ao meu marido e meu filho, que quase esqueceram o meu rosto durante esses quatro meses. Obrigada por me arrastarem para fora da minha escrita para as refeições, por irem às compras e cozinhar, por serem pacientes comigo e pela compreensão. Eu amo muito, muito vocês!

Obrigada a minha irmã incrível que não só criou a arte da capa do livro original, mas estava sempre lá para mim quando eu precisava dela.

Obrigada a minha amiga maravilhosa Veronica Bates, que está sempre lá quando preciso desabafar ou conversar; que sempre tem algo engraçado e incentivador a dizer; que acreditou neste livro desde o começo e me convenceu a não jogá-lo fora. Estou muito feliz que você me escreveu isso no primeiro e-mail, Veronica!

Um enorme obrigado a todos os blogs literários, revisores e leitores que me contataram e apoiaram este livro, especialmente Kathryn Grimes, do *Tsk Tsk What to Read*, que me colocou sob sua asa e organizou meu blog tour! Obrigada, Kathryn, você não tem ideia do quanto isso significa para mim.

Nós, autores, não somos nada sem vocês! Eu amo como todos vocês são entusiasmados por livros e como vocês doam o seu tempo e esforço para apoiar os autores, sem esperar nada em troca!

Por fim, obrigada a cada leitor que se encontrou neste livro. Espero que tenham gostado de ler a história tanto quanto eu gostei de escrevê-la!

Num piscar de Olhos   383

Entre em nosso site e viaje no nosso mundo literário.
Lá você vai encontrar todos os nossos
títulos, autores, lançamentos e novidades.
Acesse www.editoracharme.com.br

Além do site, você pode nos encontrar em nossas redes sociais.

https://www.facebook.com/editoracharme

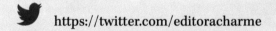
https://twitter.com/editoracharme

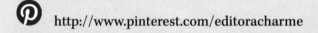
http://www.pinterest.com/editoracharme

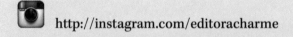
http://instagram.com/editoracharme